Lisa Nerz, Ritterin von Zweifels Gnaden, reitet mitten zwischen die Windmühlen des deutschen Literaturbetriebs, während Sancho Richard Weber mit süffisanter Melancholie seine ganz eigenen Strippen zieht – was für ein Spektakel!

Malefizkrott ist ein Fest der zugespitzten Widersprüche und ein erzählsportliches Pokalspiel. In der Bücherbranche sind ja die Gut-Böse-Rollen klar verteilt: Schriftsteller/innen sind unterbezahlt, Verlage sind Ausbeuter (wobei die kleineren es sich selbst besorgen), Kritiker sind dünkelhaft, und Leser/innen sind (leider) naiv genug, Bestsellerlisten für Qualitätsbeweise zu halten. Gegenwärtig verfällt überhaupt die Kultur: Konzerne erdrosseln die Vielfalt, TV und Internet buhlen um die letzte Freizeit verdienender Konsumenten, und wer am Elektronikhype verdient, erklärt gedruckte Bücher prinzipiell für überflüssig. Warenwirtschaft ist der Weg, Erfolg ist sexy, dies rechtfertigt jede Praxis von Personalschwund bis Bäumefällen. Längst ist erwiesen, wer den Vorteil und wer das Nachsehen hat: Opfer sind die kleinen Buchläden, die liebevoll beraten und sich auskennen. Täter sind Onlinekaufhäuser und gigantische Buchketten, für die Kultur nichts als Ware ist. Na und? Schluss mit dem nostalgischen Getue. Selber schuld, wer dem Geist der Zeit nicht gerecht wird. Die Politik hat auf den Markt gesetzt und darf bei Todesstrafe nicht gegen den Favoriten wetten. Gell?

Lisa Nerz betritt diese Szene mit entschlossener Ignoranz – sie weigert sich, Bücher zu verherrlichen – und sägt an allen Klarheiten, ganz wie es ihre Art ist. Und doch pflastern in diesem heißen Roadmovie Bücher ihren Weg, führen irre, verheißen Ruhm und enthalten Fährten, weisen Taten nach und Narben auf. Alles hängt mit allem zusammen, und die Spur führt vom Stuttgarter Bahnhof über Berlin ’68, Facebook und Waldidyll bis zur Buchmesse 2010. *Malefizkrott* ist Actionthriller, Burleske und Medienromanze, ein Abenteuerroman im Literaturdschungel. Tod der Unterwerfung! Es lebe das Buch.

Else Laudan

Dr. Christine Lehmann, geboren 1958, lebt in Stuttgart und Wangen (Allgäu) und ist als Nachrichten- und Aktuellredakteurin beim SWR tätig. Mit Lisa Nerz schuf sie eine provokante Serienheldin, die der hiesigen Krimikultur frische Impulse verpasst. Christine Lehmann schreibt Romane und Kurzkrimis, Kriminalhörspiele (Radio Tatort), Glossen und Artikel (z.B. für *Das Argument*) und verfasste mit Fahnder Manfred Büttner *Von Arsen bis Zielfahndung – ein Handbuch für Krimiautorinnen und Neugierige.*

Coverskulptur von Wolfgang Thiel: *1951 in Zweibrücken, lebt in Stuttgart, bestückt seit den 80ern Stadt und Land mit seinen quietschbunten Plastiken. War einmal der Kunstlehrer der Autorin. Sein Thema ist der Mensch – meist Madonnen, Engel, Mannequins, Amazonen, Weibsbilder. www.atelier-thiel.de

Christine Lehmann

Malefizkrott

Ariadne Krimi 1185
Argument Verlag

Ariadne Krimis
Herausgegeben von Else Laudan
www.ariadnekrimis.de

Christine Lehmann bei Ariadne:

Vergeltung am Degerloch (Ariadne Krimi 1165)
Gaisburger Schlachthof (Ariadne Krimi 1167)
Pferdekuss (Ariadne Krimi 1171)
Harte Schule (Ariadne Krimi 1157)
Höhlenangst (Ariadne Krimi 1161)
Allmachtsdackel (Ariadne Krimi 1169)
Nachtkrater (Ariadne Krimi 1173)
Mit Teufelsg'walt (Ariadne Krimi 1179)
Notorisch Nerz – Storys (Ariadne Krimi 1181)
Malefizkrott (Ariadne Krimi 1185)

Zusammen mit Manfred Büttner:
Von Arsen bis Zielfahndung – Das aktuelle Handbuch
für Krimiautorinnen und Neugierige

Deutsche Originalausgabe

Glashüttenstraße 28, 20357 Hamburg
Telefon 040/4018000 – Fax 040/40180020
www.argument.de
Umschlag: Martin Grundmann, unter Verwendung einer
Skulptur von Wolfgang Thiel
Lektorat & Satz: Iris Konopik
Druck und Bindung: CPI Moravia Books, Pohorelice,
Printed in Czech Republic
Gedruckt auf säure- und chlorfreiem Papier
ISBN 978-3-86754-185-5
Erste Auflage 2010

Warnung

Dies ist ein Buch über den lustigen Literaturbetrieb, zu dem Verleger, Vertreter, das Feuilleton, Buchhändlerinnen und Buchhändler, Väter und – ach ja – auch Schriftsteller/innen gehören. Nichts in dem Buch ist in Wirklichkeit so gewesen, wie ich es schildere. Ich habe Typen, Typisches und Historisches, selbst die heilige Literatur benutzt und verfälscht, wie ich es brauchte, um meine Geschichte zu erzählen. Ähnlichkeiten mit lebenden Personen – insbesondere Autor/innen, Verleger/innen und Buchhändler/innen – sind nicht beabsichtigt. Trotzdem werden Sie versucht sein, den einen oder die andere wiederzuerkennen, einfach, weil sie Unikate waren oder sind. Doch nicht über die Unikate im Literaturbetrieb habe ich geschrieben, sondern über den ganz normalen Wahnsinn.

Christine Lehmann

Ein Kenner der Buchmacherey wird – als Verleger – nicht erst darauf warten, daß ihm von schreibseligen allzeit fertigen Schriftstellern ihre eigene Ware zum Verkauf angeboten wird; er sinnt sich – als Direktor einer Fabrik – die Materie sowohl als die Façon aus, welche mutmaßlich – es sei durch die Neuigkeit oder auch Skurrilität des Witzes, damit das lesende Publikum etwas zum Angaffen und zum Belachen bekomme – welche, sage ich, die größte Nachfrage oder allenfalls auch nur die schnellste Abnahme haben wird.

Immanuel Kant, *Über die Buchmacherey, zwei Briefe an Herrn Friedrich Nicolai*, 1798

1

Ich bin die Erste, die auf der Frankfurter Buchmesse erschossen wird, dachte ich, als ich in die Mündung blickte. Es war eine Pistole mit Schalldämpfer. Sie verlängerte den Arm eines Mannes mit einem zu alten Gesicht für das dunkle Haar. Er trug Jeans und eine Cordjacke wie tausend andere der Literaten, Verleger oder Kritiker, die über die Messe eilten, und über der Schulter eine alte Herrentasche.

Zeugen? Keine. Kein Mensch zu sehen. Der Gang spiegelte das Licht der Düsternis, die so einen Gang ausmacht, der vielleicht zu Büros führt oder ins Nichts. Woanders herrschte Leben, waren Leute, standen Bücher, verließen Genies mit einem Bündel Text in der Tasche auf der Suche nach der Chance ihres Lebens frustriert die Messe. Sie alle würden nichts hören, wenn er feuerte.

Vermutlich würde ich es auch nicht hören. Am lautesten würde das Klirren der ausgeworfenen Patronenhülse auf dem Boden sein. Dann würde irgendwo Blut aus mir quellen. Klebrig und heiß. Schmerz würde ich keinen fühlen. Wenn er mein Herz nicht traf, wäre ich auch nicht gleich tot. Und solange ich das noch denken konnte, hatte er es nicht getroffen. Ich würde nur umfallen oder die Orientierung verlieren, plötzlich liegen und das Loch in mir zuhalten. Während er fortlief, dem Ziel entgegen, das er seit gut einem halben Jahr voller Hass und Wahnsinn verfolgte.

Nicht ohnmächtig werden! Bleib wach, Lisa Nerz! Das ist wichtig.

Jemand wird kommen, mir eine Jacke unter den Kopf legen. Man wird Notarzt und Krankenwagen rufen. Dann die Notoperation. Ich habe durchaus eine Chance.

2

Die Affäre Lola Schrader begann unauffällig im Frühsommerdauerregen des Jahres, in dem Deutschland wieder nicht Fußball-Weltmeister wurde. Richard Weber, der die Zeitung bis in alle Winkel der Veranstaltungshinweise und Notrufnummern las, rief mich an und sagte: »Heute Abend liest Lola Schrader in der Buchhandlung Ursprung.«

»Rettet uns das?«, fragte ich.

»Sie ist die Tochter der Schauspielerin Marlies Schrader.«

Ich kramte in meinem Bildergedächtnis. »Eine Blondine?«

»Nein, eine Brünette. Ich glaube, sie spielt auch in irgendeiner Soko mit.«

»Und deren Tochter schreibt Gedichte?«

»Nein, Romane, zumindest einen.«

»Ist sie blond?«

»Weiß ich nicht, Lisa. Aber sie liest bei Durs Ursprung. Das ist nicht nichts. Außerdem war ich seit Jahrzehnten nicht mehr dort. Ich wusste gar nicht, dass es den Laden noch gibt.«

Ich hatte nie gewusst, dass es ihn gab. Buchläden sind nicht so mein Ding.

»Er hatte früher die beste antiquarische Sammlung juristischer Bücher«, schwärmte der Oberstaatsanwalt, »und das Schöne war für mich als Jurastudent: Die meisten hatten Markierungen und Kommentare anderer Studenten. Also, was ist? Kommst du mit?«

»Ich habe nichts zum Anziehen!«

Richard lachte. »Sagen wir, um sieben am Tor?«

Mein Kleiderschrank stand im Badezimmer, das größer war als meine Schlafzelle. Nach dem Brand in der Wohnung über mir und dem Wasserschaden hatte ich mit dem Gedanken gespielt, die Neckarstraße aufzugeben. Aber ich war sowieso nie richtig eingezogen. Warum nicht die Chance nutzen, aus der Behausung eine Wohnung zu machen? Überlebt hatte nur der alte

Kneipentisch und seine vier Stühle. Der Rest war neu: Küche, Tapeten, Sofa, Fernseher, Regale im Schlafzimmer für die Bücher, die ich bisher in Pappkartons unterm Bett gelagert hatte, der Kleiderschrank und der Teppich im Badezimmer, in das ich außerdem ein rundes Tischchen und zwei Designerplastikschalensessel gestellt hatte, einfach nur, weil sie gut aussahen.

Auch wenn das Schöne und Unnütze schleichend Macht über mich gewann, für meinen Auftritt bei einer schöngeistigen Veranstaltung und die Begegnung mit einer jungen – sicherlich hübschen – Autorin brauchte ich was Abschreckendes.

Ich ließ die Lesben-Konzepte Revue passieren. Wenn Männer sich nach Gusto anziehen, geht es nicht darum, gut auszusehen, sondern zum Fürchten. Früher hatte man Messer und Kriegsbemalung, heute gibt es bollerige Jeans, Ringelshirts und bunte Windjacken. Für den Business-Auftritt hat die Lesbe einen dunkelgrauen Dreiteiler mit Hemd, Halstuch und Taschenuhr. Sublim wird's, wenn sie sich in Rock und Boutiquenjacke schlägt und in Pumps auf die Weltbühne stampft, als sei sie ein geschminkter Mann. Konnte ich alles bieten. Aber im Grunde wollen wir nur das eine: Hardcore. Damals hatte ich gerade im Kino die letzte Folge der Verfilmungen dieses schwedischen Erfolgsautors gesehen – Sie wissen schon, der gestorben ist, bevor er berühmt wurde – und mich in den Comicpunk der Heldin verkuschelt. Das bin ja ich!, hatte ich in der Dunkelheit des Kinos gedacht, nur eben schon viel länger als die. Es war mir eine Erleuchtung gewesen. Seit vierzig Jahren suchte ich mein Ich. Und da sprang es auf der Leinwand umher, dünner, hübscher, mit Asperger-Syndrom – ich habe weniger spektakuläre, bin auch nicht hochbegabt und würde weder einen Kopfschuss überleben, noch aus meinem eigenen Grab krabbeln. Andererseits, wer weiß … Geld habe ich auch.

Im Grunde brauchte ich nicht zu überlegen. Ich zog die Jeans an, die ich mir kürzlich im Abseits für ein Vermögen gekauft hatte: hell, weit, zerschunden, löchrig und ölverschmiert, dazu

Bikerstiefel, die Motorradjacke mit Kupfernieten und immer klirrenden Schnallen an Ärmeln und Hüfte, einen schwarzen Hoody mit Kapuze über dem Jackenkragen und jede Menge Leder um die Handgelenke. Vor dem Spiegel bepinselte ich Wimpern, Brauen und Lider und sprayte die eine lange schwarze Strähne meines ansonsten blondierten Kurzhaars über die Stirn ins Auge. Nicht zu vergessen die Narben, die mir einst eine berstende Windsschutzscheibe ins Gesicht geschlagen hatte. Sie waren in all den Jahren verblasst. Deshalb schattierte ich sie zu besonderen Gelegenheiten mit einem roten Kajal dezent ab.

Cipión stand mit gesenkter Rute in der Tür. Der Dackel wusste: Je länger ich vor dem Badezimmerspiegel mit Stiften klackerte, desto geringer war seine Chance, mitgenommen zu werden.

»So, ziehet Sie wieder amol in den Krieg?«, fragte Oma Scheible im Treppenhaus. »Passetse uf, gell!«

Draußen herrschte Getröpfel. Schirme verhakelten sich auf dem schmalen Fußweg zwischen Parkplätzen und den Schaufenstern von Sparback und Fimse. Am Ausfahrttor der Staatsanwaltschaft, meinem Haus genau gegenüber, stieg ich in Richards Limousine. Er trug einen bräunlichen Dreiteiler, Schlips und Platinmanschettenknöpfe und den Hochmut des Erfolgs. Dabei ging es ihm gar nicht gut derzeit.

Die Buchhandlung Ursprung lag in der Gerberstraße. Sie war gerade mal eine Tür und ein Fenster breit. Davor stand ein Schemel mit Tisch und Aschenbecher. An der Tür hing ein mit dem Computer gebasteltes Plakat mit der Einladung zur heutigen Lesung. Haare von gewaltiger Schwärze erdrückten das Gesicht der kindlichen Autorin.

»Wir sind zu früh«, bemerkte ich. »Es beginnt zwanzig Uhr, nicht neunzehn Uhr dreißig!« Ein Irrtum, der Richard eigentlich nicht zu unterlaufen pflegte. In seinem Gedächtnis blieben Zahlen und Namen haften wie an einem Fliegenfänger.

»Hm«, machte er, zündete sich eine Zigarette an und ließ den Blick zum Cowboystiefelladen an der Ecke wandern. »Eigentlich schade ums Gerberviertel«, bemerkte er. »In ein paar Monaten ist es umzingelt von Baustellen. Dann können die Läden alle dichtmachen.«

»Du kaufst eh keine Cowboystiefel.«

»Ich denke nicht immer nur an mich, Lisa! Das sind Existenzen. Die meisten Ladeninhaber haben Schulden gemacht, die noch lange nicht abbezahlt sind. Und abgesehen davon, meine Lesebrille habe ich da drüben um die Ecke in der Sichtbar gekauft. Und in der Nesenbachstraße gibt es den einzigen Krimibuchladen von Stuttgart, das Under-Cover.«

»Du liest doch gar keine Krimis, Richard. Zu viele Leichen, zu viele Morde!«

Schon die beiden Schlüsselworte machten ihn schaudern. Er war noch empfindlicher geworden seit der Sache mit der toten Familienrichterin und dem Findelbaby, das er nach fünf Tagen Vaterglück seiner biologischen Mutter hatte zurückgeben wollen und müssen.[1] Seitdem arbeitete er bis zum Wachkoma und verbrachte seine Freizeit entweder auf dem Tennisplatz, im Fitnessstudio, in Balingen bei seiner Mutter oder an seinem Bechsteinstutzflügel. Und er hatte seinen Urlaub verfallen lassen.

»Ob Durs Ursprung das überlebt, weiß ich nicht«, sinnierte Richard und blies den Rauch in den gerade mal trockenen Regenhimmel über den Häusern der schmalen Gasse. »Stuttgart würde was verlieren. Zu seinen Lesungen sind alle gekommen, die Philosophen der Frankfurter Schule: Marcuse, Habermas … Die Großen aus der Gruppe 47. Sogar Böll war hier, in Ursprungs Keller. Peter Handke, der hat hier die Gruppe 47 beschimpft: dumme und läppische Prosa. Und Martin Walser hat von einem imperialistischen Monopol zur Einschüchterung von Kritikern, Lesern und Öffentlichkeit gesprochen.«

Das war vor meiner vernunftbegabten Zeit gewesen. »Wieso Einschüchterung?«

1 Siehe Lehmann: *Mit Teufelsg'walt.* Ariadne 2009

»Das ist wie heute. Wenn unser Fernsehkritiker Heinrich Weinrich alle Vierteljahr einen Autor einlädt und drei weitere Bücher in die Kamera hält, dann haben eben nur zwölf im Jahr das große Los gezogen.«

»Aber Einschüchterung?«

»Wen er abkanzelt, der ist für den Rest seines Lebens gezeichnet und schreibt nur noch, um sich an Weinrich zu rächen.« Richard wandte sich zum Schaufenster um. »Durs Ursprungs Laden war immer anders. Hier stehen Bücher, die niemand lobt oder kritisiert. Hier steht alles!«

Deshalb mag ich keine Buchhandlungen. Es sind mir zu viele Bücher. Sie schreien nach Respekt, jedes einzelne für sich. Und nicht nur die alten, über die man reden können sollte. Sie alle wollen Erfolg von mir und beschimpfen mich, weil ich sie nicht kaufe. Manche werden frech, springen mich an. Nimm mich, verschenk mich! Tod in Degerloch, Tod im Trollinger, Tod am Hölderlinplatz … Brrr! In Krimis sind Frauen immer entweder blondes Gift oder vergiften andere oder beides.

»Und in dieser Fensterecke«, fuhr Richard fort, »hingen früher die Schriftsätze vom Gericht, wenn Durs Ursprung mal wieder einen Spendenaufruf für eine Zahnbehandlung von RAF-Terroristen unterschieben hatte oder dergleichen.«

»Jaha, das waren noch Zeiten!«, seufzte ich mit falscher Inbrunst.

Richard löschte die Kippe im Aschenbecher auf dem Tisch neben der Tür, als ich mir gerade selbst eine anzünden wollte. »Buchhändler wie Durs sind eine aussterbende Art.«

Ich steckte meine Schachtel wieder weg. Die Tür streifte ein Glöckchen. Der Laden war eng. Und das lag an den Büchern. Es waren zu viele. Sie füllten nicht nur die Regale, sie stapelten sich auch auf dem Boden. In wankenden Türmen. Im vorderen Bereich lagen auf einem Tisch ein paar Zugeständnisse an den Mainstream, die neuesten Mankells, Suters, Browns und Schätzings und ein paar Gartenbücher. Der hintere Teil war staubgewordene Literaturgeschichte, durch die sich schmale Pfade schlängelten. Sogar auf den Stufen einer Treppe, die in den Keller führte, türmten sich die Schwarten.

Am Kassentresen stand ein kleiner Mann in grünem Hemd mit gesundem Bäuchlein, Glatze und an die siebzig Jahren im Gesicht, auf dem ein amüsiertes Lächeln lag.

»'n Abend«, murmelte Richard. Der breitbrüstige Staatsanwalt wirkte verblüffend schüchtern. Während sein Blick über die Bücherregale und Stapel glitt, ruhten die blauen Augen des Buchhändlers auf mir. Und er dachte gar nicht daran, daraus ein Hehl zu machen.

So ist es recht!, dachte ich. Schau du nur! So was wie mich gab's früher nicht. Ich bin queer, original Falschgeld, transgender und polyamant. Falls du weißt, was das ist.

Durs lächelte. Womöglich dachte er, ich hätte mich in der Tür geirrt. Die Homo-Buchhandlung Erlkönig befand sich eine Kopfsteingasse weiter, in der Nesenbachstraße. In den Anfängen meiner Stuttgarter Zeit, als ich im Auftrag der einen oder anderen Kollegin des Lesbenmagazins *Amazone* Bücher zu klauen pflegte – auch mal einen Bildband mit nackten Kerlen –, hatte sich der Erlkönig noch ganz woanders befunden. In Stuttgart wanderten die Läden. Die kleinen an den Rand, die großen ins Zentrum.

»Ist das dichtende Kind schon da?«, erkundigte ich mich. Ich hatte das unwiderstehliche Bedürfnis, das buddhistische Lächeln des Buchhändlers aufzustechen, indem ich ihn zum Reden zwang. Vermutlich eine Falle, in die alle Kunden tappten. Und schon hatte man sich ihm ausgeliefert.

»Bist du von der Presse?«, fragte er zurück. »Ich kenne dich nicht. Du warst noch nie hier.«

»Schwabenreporterin Lisa Nerz. Freelancer«, sagte ich.

Der Buchhändler lächelte. Er hatte nichts verraten, ich alles. Sein Blick sprang zu Richard.

Ich hob Hände und Augenbrauen: Gehört nicht zu mir, kenne ich nicht!

Für einen Augenblick verlor Durs sein Lächeln und sah gallig aus. Vielleicht erkannte er, was ein Staatsanwalt war. Davon bekam Richard jedoch nichts mit. Er ging in der Nähe der Treppe aufs gut betuchte Knie, stabilisierte mit einer Hand einen Buchturm und zupfte geübt mit Daumen und Zeigefinger aus dem unteren Drittel ein kleinformatiges Buch hervor: harter Pappdeckel in meliertes Papier geschlagen, ordentlich gebunden.

Durs zog die Brauen hoch. »Alter Kunde?«

Richard drehte sich um. Seine Hand mit dem Buch zitterte. »Das … das haben Sie noch?«

Durs Ursprung lächelte. Für solche Momente war er Buchhändler geworden. Damit harte Männer in guten Anzügen wie Richard weiche Stimmen bekamen.

»Wie hieß doch dieser Roman mit dem Friedhof der vergessenen Bücher?«, überlegte Richard. »*La sombra del viento*.[2] Die Idee ist bestrickend. Man fragt sich, warum vorher noch nie jemand darauf gekommen ist.«

»Vielleicht das Geheimnis guter Bücher«, bemerkte Durs.

»Auf diesem Friedhof dürfen sich manche ein Buch aussuchen, das für eine gewisse Zeit Teil ihres Lebens wird, bis sie es wieder zurückstellen und dem ewigen Vergessen anheimgeben. Ich glaube, dass jedem Menschen – sofern er liest – in seiner Jugend ein Buch in die Hände gefallen ist, das ihn mehr berührt hat als jedes andere, auch wenn seine Qualität zweifelhaft war. Erwähnt man dieses Buch später einmal, schütteln alle ratlos die Köpfe. Doch im eigenen Kopf ist es immer präsent, eine Geschichte, eine Figur, eine Idee, die einen für das ganze Leben unauffällig prägt.«

Durs lächelte wissend.

»Auf der anderen Seite verzweifelt ein Autor an seiner Erfolglosigkeit. Er setzt alles daran, die wenigen Exemplare einer winzigen Auflage, die noch übrig sind, zu vernichten, zu verbrennen. Denn den Geist eines Buchs vernichtet man nur durch Feuer …«

2 Carlos Ruiz Zafón, 2001. Deutsch: *Der Schatten des Windes*. Insel Verlag 2003

»Geht am schnellsten«, bemerkte ich. »Papier verrottet schlecht, brennt aber gut.«

Es war ein sonderbares Blickgefecht, das die beiden Schwaben ausfochten. Richards Hand zitterte nicht mehr. Allerlei Bildung auffahren und reden war das Mittel seiner Wahl, um mit seiner eigenen Erregung fertigzuwerden. So hart, wie er das gefundene Buch mit der Hand umspannte, war er noch immer nicht so ruhig, wie er zu sein wünschte.

»Doch es wird ihm nicht gelingen«, fuhr er fort. »Auf dem Friedhof der vergessenen Bücher wird ein Exemplar überleben. Und so muss der Autor wahnsinnig werden angesichts seiner Ohnmacht, darüber zu bestimmen, ob er Anerkennung bekommt. Bekommt er sie nicht, kann er doch das Zeugnis seines Versuchs niemals mehr zurücknehmen. Hat er seine Welt – und jedes Buch enthält eine Welt, die es vorher nicht gab – einmal aus der Hand in die Öffentlichkeit gegeben, ist sie nicht mehr zu vernichten. In mindestens einem Kopf bleibt sie lebendig.«

Durs hob das Kinn. »Und dieses Buch da«, Richard siezte er, »ist nun jenes, welches Ihnen in die Hände gefallen ist?«

»Es hat mir einer in Ihrem Laden geschenkt«, erwiderte Richard. »Ich hatte es gerade aus einem Stapel gezogen. Ein anderer, ein Schriftsteller, den Sie gut kannten, sah mich – 1967 war das.«

In mir stöhnten die Jahrzehnte. Da war ich gerade eben so auf der Welt gewesen.

»Er erzählte Ihnen, Herr Ursprung, er habe als junger Mann nie Geld gehabt, um sich Bücher zu kaufen. Oftmals habe er sich gewünscht, es möge ihm einer ein Buch schenken. Deshalb wolle er mir nun dieses schenken.«

Richards Finger lösten sich langsam, als falle es ihm schwer, das Büchlein aus dem Schutz seiner warmen Hand zu entlassen. Während er es hochhielt, damit wir den Titel sehen konnten, bemerkte ich auf der Rückseite einen eigenartig schwarzen Fleck mitten im melierten Deckel.

»Dieses Buch war *Schloss und Fabrik* von Louise Otto«, erläuterte Richard. »Ich hätte es mir nicht ausgesucht, wenn ich mir ein Buch hätte aussuchen dürfen, das ein anderer bezahlt.«

Durs schmunzelte.

»Ein Werk einer großen Frauenrechtlerin des Vormärz, heute bekannt unter dem Namen Otto-Peters«, erklärte Richard. »Sie schrieb nicht nur für die Rechte der Arbeiter, sondern auch für die der Arbeiterinnen.«

Ich grinste Unwissenheit in den Laden. Mein Feminismus hatte erst in den achtziger Jahren begonnen. Dafür aber sehr lila.

»Der erste Band von *Schloss und Fabrik* ist 1846 erschienen und sofort von der Zensur verboten worden. Eine zensierte Ausgabe kam ein paar Jahre später, drei Bände. Erst 1996, nach dem Fund der Zensurakten, ist es dann wieder aufgelegt worden.«

»Also ist es gar kein vergessenes Buch«, bemerkte ich.

»Wie man es nimmt. Louise Otto-Peters ist als erste Vorsitzende des Allgemeinen Deutschen Frauenvereins bestimmt noch einigen ein Begriff. Aber *Schloss und Fabrik* gehört sicherlich zu den Büchern, an denen nur hartgesottene Literaturwissenschaftler...äh...innen ihre Freude haben. Im Bücherschrank meines Vaters befand es sich jedenfalls nicht.« Er lachte kurz und bitter. Sein Vater hatte auf der anderen Seite gestanden. Er war Fabrikant gewesen, wenn auch ohne Schloss.

Vorsichtig schlug Richard das Buch auf. Die Bindung knackte leise. Er holte die Lesebrille aus dem Jackett, überflog eine Seite, lächelte peinlich berührt und las vor: »›Thalheim mogte ...‹«

»Mogte? Himmel!«

»›... mogte einige dreißig Jahre zählen. Die Züge seines Antlitzes waren von männlicher Schönheit und antiker Regelmäßigkeit; aber aus den leichten Furchen seiner hohen, breiten Stirn, Furchen, welche nur der Schmerz gezogen haben konnte, war bald zu lesen, daß manch hartes Geschick den Mann getroffen haben mogte, und die Blässe seines Antlitzes, das dunkle Feuer, das in seinen tiefblauen Augen brannte, das schmerzliche Zucken um den Mund, das die Oberlippe emporzog und ihn halb öffnete, so daß man eine Reihe großer mormorweißer Zähne gewahrte, deutete auch jetzt auf ein schmerzlich bewegtes Inneres. Bei all dem aber konnte Thalheims Anblick auch in seiner jetzigen niedergebeugten Stellung weniger Mitleid als Ehrfurcht erwecken. Etwas Unaussprechliches, Unnennbares prägte sich in seiner Gestalt, auf seinem Gesichte aus, etwas Heiliges, Unüberwindliches.‹«

»Was 'n Kitsch!«, seufzte ich und wischte mir eine Träne aus dem Auge, die meine zur Nadel geschmierte Haarspitze gestochen hatte.

Richard hielt den Blick gesenkt und gestand: »Schon hier im Laden, als ich das Buch aufschlug, hat es mir genau diese Stelle angeboten. Ich befand mich damals in einer schwierigen Lebensphase. Ich hatte mich mit meinem Vater überworfen, ich fühlte mich ausgestoßen und gesichtslos. Ich suchte nach meinem Gesicht, nach einem Gestus, den ich mir und meinem Leben geben konnte. Und fand es«, wieder zuckte sein Mund peinlichst berührt, »in diesem Thalheim, dem edlen Arbeiter, dem heimlichen Schriftsteller, der sich aus Gründen unverdienter Armut hatte verdingen müssen und um seine Würde ringt. Er ist … er war lange Zeit so etwas wie ein … Vorbild möchte ich nicht sagen … eine Selbstprojektion.« Richard blickte uns über die Brillenränder hinweg herausfordernd an. »Manchmal denke ich, Bücher sind das Privateste überhaupt. Was wir mit ihnen erleben, bleibt unser Geheimnis, vielleicht unser größtes.«

Warum lüftete er es jetzt?

Durs hatte, ohne es zu merken, die Hand ausgestreckt.

»Ja«, sagte Richard, »ich hatte schon damals den Eindruck, dass Sie das Buch lieber behalten hätten.«

Durs ließ die Hand fallen.

»Tatsächlich ist es ein Buch, das es gar nicht geben sollte. Es ist ein Unikat. Bücher sind normalerweise keine Unikate, es widerspricht ihrem Charakter. Aber dieses hier ist eines. Es ist ein

Zwitter aus Alt und Neu. Es ist in Fraktur gedruckt, der Einband ist neu. Und es enthält etwas, was nicht hineingehört.«

Richard blätterte. Wir warteten gebannt, der Buchhändler und ich.

In der Stille hörte man Schritte von unten die Treppe herauftappen. Ein schwerfälliger Mittvierziger erschien. Er trug einen verzogenen Pullover und Jeans. Sein Kinn zierte ein geflochtener Knebelbart, die Haare hatte er zum Pferdeschwanz zurückgebunden, seine Oberlippe war rasiert. Er war Durs wie aus dem Gesicht geschnitten, nur fehlte seiner Galligkeit der Schleier des Lächelns. »Abend!«, sagte er und begab sich geschäftig hinter die Kassentheke. Er bückte sich und wuchtete ein Postpaket auf den Tisch.

Wir wandten uns wieder Richard zu, der mit aufgeschlagenem Buch vor uns stand und darauf wartete vorzulesen. Doch was er uns präsentierte, war unerwartet anders als das »mogte« Thalheims.

»›Mit einem neuen Gag in der vielseitigen Geschichte amerikanischer Werbemethoden wurde jetzt in Brüssel eine amerikanische Woche eröffnet: Ein ungewöhnliches Schauspiel bot sich am Montag den Einwohnern der belgischen Metropole: Ein brennendes Kaufhaus mit brennenden Menschen vermittelte zum ersten Mal in einer europäischen Großstadt jenes knisternde Vietnamgefühl, dabei zu sein und mitzubrennen, das wir in Berlin bislang noch missen müssen …‹« Richard blickte uns über die Lesebrille hinweg an. »Eine Anspielung auf den Brand im Brüsseler Kaufhaus *A l'innovation* im Mai 1967. Dabei kamen 322 Menschen ums Leben. Vietnamkriegsgegner hatten Böller hochgehen lassen.«

»Übel!«, bemerkte ich.

Durs nickte erinnerungsschwer.

»Und hier heißt es«, fuhr Richard fort: »›Sosehr wir den Schmerz der Hinterbliebenen in Brüssel mitempfinden: Wir, die wir dem Neuen aufgeschlossen sind, können, solange das rechte

Maß nicht überschritten wird, dem Kühnen und Unkonventionellen, das bei aller menschlichen Tragik im Brüsseler Kaufhausbrand steckt, unsere Bewunderung nicht versagen.‹«

Der Bärtige hinter der Kassentheke lachte meckernd. »Nichts freut den Literaten mehr als der Tod.«

»Das ist ein Flugblatt der Kommune 1«, antwortete Richard mit gerunzelter Stirn.

»Und was macht das in einem Buch aus dem Vormärz?«, fragte ich.

»Es war in Zeiten vor dem Internet eine Möglichkeit, indizierte Texte in Umlauf zu bringen, versteckt unter einem irreführenden Buchtitel und ersten Kapiteln. Orwells *1984* war so in der DDR jahrelang im Umlauf. Dieses Büchlein hier konnte im Bücherschrank eines APO-Studenten stehen, ohne Verdacht zu erregen.«

»Da stand es aber nicht, sondern hier!«, bemerkte ich.

»Das hat mir einer dieser Verrückten untergeschoben!«, sagte Durs. Es klang wie eine Ausrede aus der Mottenkiste.

Der Mann mit dem geflochtenen Kinnbart lachte wieder. »Ich dachte, sie hätten dich immer nur beklaut, die Linken, nicht beschenkt.« Er hatte eine Schere in der Hand, ließ sie zweimal schnappen und hieb sie ins Klebeband des Postpakets, um es aufzuratschen.

»›Unsere belgischen Freunde haben endlich den Dreh heraus‹«, las Richard weiter, »›die Bevölkerung am lustigen Treiben in Vietnam wirklich zu beteiligen: Sie zünden ein Kaufhaus an, dreihundert saturierte Bürger beenden ihr aufregendes Leben, und Brüssel wird Hanoi.‹«

»Klingt schwer nach RAF«, sinnierte der Knebelbart. Er war dabei, Bücher mit callgirlrotem Cover neben der Kasse zu stapeln.

»Die Kommune 1 war nicht die RAF!«, wies ihn Durs zurecht.

»Aber damit hat es angefangen«, sagte Richard. »Etwa ein Jahr später, im April 1968, kundschafteten Baader, Ensslin und zwei weitere in Frankfurt Kaufhäuser aus und legten in zweien Brandsätze mit Zündzeitverzögerern …«

Die beiden Buchhändler blickten Richard erschrocken an.

»Äh … mit Zeitzündern«, korrigierte er sein Strafaktendeutsch, »die um Mitternacht losgingen. Das Feuer richtete nur geringen Schaden an, aber es löste die Sprinkleranlagen aus. Der Sachschaden betrug mehr als eine halbe Million Mark.«

»Oha!«, sagte ich. »Und so ein brandgefährliches Buch hast du besessen?«

Durs schlitzte die Augen. Also doch!, dachte er sichtbar, die gehören doch zusammen.

»In der Tat, es hat mir in den Händen gebrannt!«, sagte Richard. »Der Zynismus der Texte hat mich erschreckt. Bis heute fällt es mir schwer, einzusehen, dass sie ironisch gemeint sind. Damals war ich ein reichlich unpolitischer, desorientierter junger Mensch, der hoffte, seine ersten Semester Jura in Tübingen zu überleben, und davon träumte, in eine schlagende Verbindung aufgenommen zu werden.«

Durs verzog das Gesicht durchaus verzeihend.

»Die Medien bliesen zur Jagd auf das, was sie unreife Ignoranten und Kommunisten mit SA-Methoden nannten. Man prügelte auf Demonstranten ein.«

Wir dachten, es käme noch was, aber Richard schwieg plötzlich.

»Und da dachten Sie, Sie legen das Buch zu Ursprung zurück, der steht eh mit einem Bein im Gefängnis«, bemerkte Durs Ursprung.

»Nein, ich dachte daran, es zu verbrennen. Das gestaltete sich jedoch schwieriger als angenommen. Bei Nacht ist jedes Feuer hell, bei Tag gucken andere zu, auf der Neckarwiese ist man nie allein, auch im Wald nicht, und zu tief ins Unterholz traute ich mich nicht, nachher hätte ich noch einen Waldbrand verursacht.«

Durs konnte sich ein Schmunzeln nicht verkneifen.

Ich hinkte wie üblich hinterher und verstand nichts. »Was hat das Buch denn aber hier im Laden zu suchen gehabt?«

Richard blickte mich über die Brille hinweg an.

»Ich meine, Flugblätter heißen Flugblätter, weil sie überall umherfliegen. Und die Flugblätter der Kommune 1, die brauchte man doch nicht in einem Buch aus dem Vormärz zu verstecken und dann hier zu deponieren.«

»Wenn Sie politisch naive Studenten wie mich erreichen sollten, dann schon.«

Ich musste lachen. »Und weil Thalheim dein rationales Immunsystem geschwächt hat, konnten die Kommunardentexte dich ebenfalls infizieren. Völker, hört die Signale, auf zum letzten Gefecht!«

»Bis dahin fließt noch viel Wasser den Nesenbach runter«, bemerkte der Mann mit dem Knebelbart.

Durs Ursprung schlitzte die blauen Augen. »Herr ... äh ...«

»Weber, Richard Weber.«

»Herr Weber. Kann es sein, dass ich Sie kenne?«

Richard hielt dem Blick des Alten stand. »Das glaube ich kaum.«

»Warum haben Sie das Buch nun zurückgebracht?«

»Ich wollte für unbestimmte Zeit nach Argentinien gehen.[3] Ein neuer Lebensabschnitt begann, und«, Richard lächelte schief, »über Thalheim war ich hinweg. Doch wegwerfen kann ich Bücher bis heute nicht. Ich finde, sie passen nicht in die Mülltonne zwischen Kartoffelschalen und Milchtüten. Das kann man dem schäbigsten Buch nicht antun. Und Papiertonnen gab es damals noch nicht ...«

»Und das war ...«

»Kurz vor Weihnachten 1978.«

»Im Deutschen Herbst«, bemerkte Durs. »Schleyer, die Landshut ...«

»Nicht zu vergessen der Mord an Baader, Raspe und Ensslin in Stammheim«, ergänzte sein Sohn hinter der Theke.

3 Siehe Lehmann: *Gaisburger Schlachthof*. Ariadne 2006

»Für Fremdeinwirkung gab es nie Beweise«, erwiderte Richard.

Der Knebelbart lachte meckernd. »Das kennt man ja!« Dabei war er eigentlich zu jung für die RAF.

»Ich weiß nicht, was genau Sie kennen«, sagte Richard mit Untergrundschärfe. »Aber die Toten sind zweimal obduziert und die Todesumstände von einem halben Dutzend Gutachtern der Europäischen Kommission untersucht worden. Hinweise für Fremdeinwirkung haben sich nie gefunden. Baader kann sich den Genickschuss selbst beigebracht haben. Das Einzige, was man uns, also dem Staat, vorwerfen kann, ist, dass man womöglich von den Waffen und Selbstmordabsichten der Gefangenen wusste und sie gewähren ließ, um sie loszuwerden.«

Ursprung juniors Blick hatte etwas Unbelehrbares.

»Ich sehe, Sie wissen da was«, bemerkte der Senior. »Sind Sie Richter?«

Richard senkte den Blick. »Nein.«

Erwartungsvoll schauten wir den kleinen eleganten Mann mit der Statur eines Ringers an, der ein Buch in den Händen hielt und reglos den inneren Kämpfen seiner Jugend nachspürte. Aber er sagte nichts mehr.

»Und dann hat es wieder dreißig Jahre hier gelegen, das Buch«, bemerkte ich. »Und niemand, überhaupt niemand hat sich jemals dafür interessiert.«

»Man hätte den Saustall schon lange ausmisten müssen!«, meckerte der Knebelbart.

Der Alte warf ihm einen tadelnden Blick zu. »Dann hätte Herr Weber uns aber niemals diese Geschichte erzählen können.«

Plötzlich erkannte ich das Geheimnis von Durs Ursprungs Laden. Hier begegnete man sich selbst und offenbarte die intimsten Geheimnisse seines Lebens. Es war sein Lächeln, das einen dazu zwang. Als ob man den Tausenden hinter Buchrücken schweigenden Geschichten seine eigene hinzufügen müsste, eine möglichst merkwürdige, eine kuriose Geschichte, mit der man sich zum Teil der Legende dieses Ladens machte.

»Übrigens«, sagte Richard mit untergründigem Lächeln, »ist das Buch so selten, dass ich mich gefragt habe …«

Das Bimmeln der Türglocke unterbrach ihn.

3

Mit Lärm und Wichtigkeit brachen drei Menschen in die Buchhandlung ein, zwei Männer und ein Mädchen. Am dicken schwarzen Haar erkannte ich die Autorin vom Plakat. Lola Schrader war groß und büffelhüftig und sah niemanden, schon deshalb nicht, weil schwarze kinnkurze Haare ihr von beiden Seiten über die Schläfen und Wangen fielen. Sie folgte einem Mann von filigraner Statur, der mit lauter Lehrerstimme »Guten Abend!« rief und auf Durs Ursprung zusteuerte, der das Lächeln auf sein Gesicht zurückzurrte. Die Tür machte ein junger Mann im hellgrauen Anzug mit Schlips zu, der beseligt lächelte.

»Michel Schrader ist mein Name«, erklärte der Filigrane und wandte sich nach seinem Gefolge um. »Und das ist Julius Hezel vom Verlag Yggdrasil …«

»Wir haben telefoniert«, sagte Julius strahlend und reichte seine Hand an der Autorin vorbei zu einem kräftigen Händedruck zuerst dem Alten, dann dem Jungen mit dem Knebelbart hinter der Kassentheke, auf der inzwischen zwanzig Exemplare des callgirlroten Taschenbuchs lagen.

»Ruben Ursprung.« Er streckte die Hand über den Tisch. »Wie Jakobs Erstgeborener. Woran man erkennt, dass mein Vater ursprünglich zwölf Söhne haben wollte. Hat aber nur zu einem gereicht.« Er lachte. Sonst niemand.

»Und«, nahm Michel Schrader wieder das Wort, »das ist Lola, meine Tochter, Lola Schrader. Aber das haben Sie sich vermutlich schon gedacht.« Es fehlte nicht viel, und er hätte seine Tochter aufgefordert, den Buchhändlern die Hand zu geben. Doch sie erinnerte sich von selbst.

»Guten Abend«, sagte sie mit überraschend reifer Stimme.

Ein kleiner Schauer kringelte sich zwischen meinen Schulterblättern.

Durs Ursprungs Blick lagerte sich auf dem jungen Mädchen ab. Sein Lächeln wurde genießerisch. Sein Sohn starrte ihm hasserfüllt in den Nacken.

»Und wo … äh … findet das statt?«, fragte Michel Schrader, sich umschauend. Auch einer, der noch nie hier gewesen war.

Ruben kam hinter der Theke hervor. Der Blick der Autorin taxierte mich blitzkurz, bevor sie die Treppe betrat. Ich kam mir plötzlich durchschaut vor in meiner Montur. Du also auch! Nein, ich nicht! Lola und ich hatten eines nicht gemeinsam: den postpubertären Protest gegen die bürgerliche Bildungskultur. Sie verkörperte alles, was wir immer abgelehnt hatten. Fragen Sie mich nicht, wer *wir* sind. Unterschichtkinder sagen nicht *wir* und wollen nicht sein wie *die*, auch wenn sie *die* glühend um das beneiden, was sie haben: weiße Kniestrümpfe, Mofas, spendable Verwandte.

Ich hatte das dringende Bedürfnis zu gehen. Hätte ich es mal getan. So griff ich nur nach meinen Zigaretten. Im Augenwinkel sah ich, wie Richard bedächtig die zwei obersten Bücher eines Stapels anhob und *Schloss und Fabrik* samt Flugblättern der Kommune 1 darunterschob.

Es nieselte. Die Geräusche einer milden Geschäftigkeit hallten in den Gassen des Gerberviertels, Autoreifen auf Kopfsteinpflaster, Stimmen von Frauen, die aus einem Laden traten, Gelächter. Ein Autofahrer versuchte krachend einzuparken.

Richard kam ebenfalls heraus.

»Gut, dass wir so viel zu früh da waren«, bemerkte ich. »Hattest du das geplant?«

Er zündete sich eine Zigarette an und blies den Rauch in den Wolkenhimmel, der schmal zwischen den Hausdächern stand.

»Was wolltest du vorhin noch sagen?«, fragte ich. »Das Buch sei so selten, dass du dich gefragt hast …«

»Ja das …« Richard zog sich Teer und Nikotin mit gequälter

Miene tief in die Bronchien. Rauchen tut weh, und so sah er auch aus. »Ich wollte mir ein unverfänglicheres Exemplar von *Schloss und Fabrik* besorgen …«

»Thalheim in Reinform!«

»Dabei musste ich feststellen, dass es sehr selten ist. Es ist mir nicht gelungen, es über Fernleihe zu kriegen. Nicht einmal die Volksausgabe von 1869.«

»Fernleihe?« Ich zog ungebildet die Brauen hoch. Ich hatte nie studiert.

»In den Landes- und Unibibliotheken gibt es viel, aber nicht alles.« Für mich zog Richard nur zu gern alle Schubladen und Karteikästen unnötig gewordener Weltkenntnis auf. »Wenn man ein Buch trotzdem haben wollte, füllte man einen Fernleihschein aus, mit Schreibmaschine: Autor, Titel, Erscheinungsort, Erscheinungsjahr. Den gab man ab, zusammen mit einer Mark fünfzig und einer Postkarte mit der eigenen Adresse, die einem zugeschickt wurde, wenn das Buch eingetroffen war.«

»Eine feine Sache!«

»Ja. Die Bibliothekarin suchte in ihren Katalogen nach der nächstgelegenen Bibliothek, die das Buch im Bestand hatte, und schickte den Fernleihschein dorthin. In meinem Fall war das Frankfurt. Dort aber war das Exemplar von 1846 verschollen. Und auch von der Volksausgabe, die auf Wunsch der Arbeiter in den sechziger Jahren des neunzehnten Jahrhunderts gedruckt wurde, war kein Exemplar vorhanden. Ich schrieb einen Brief und erhielt eine höfliche Antwort, dass man mir keine Auskunft geben könne, wer wann welches Buch ausgeliehen habe. Fernleihscheine würden nach Abschluss der Ausleihe stets vernichtet. Außerdem seien große Teile des alten Bestandes beim Brand von 1943 zerstört worden.«

»Ich verstehe nicht …«

»Was verstehst du nicht?«

»Wieso fragst du die Bibliothek, an wen die das Buch ausgeliehen hatte?«

»Weil das Buch irgendwoher kommen musste, Lisa.«

»Fotokopieren?«, schlug ich vor.

»Damals hat man nicht fotokopiert! Kopierer wurden erst Mitte bis Ende der siebziger Jahre üblich. Nein, Lisa. Jemand hat 1967 das Original auseinandergenommen, Fremdtexte eingebunden und das Exemplar mit einem neuen Einband versehen. Und ich habe mich gefragt, wo das Original herkam. Und da es so selten war …«

»Ah, verstehe.« Aber so richtig immer noch nicht. »Warum haben die denn so ein seltenes Exemplar genommen? Gut, sie wollten Fraktur, weil das eh keiner lesen kann oder will. Aber dann hätten sie auch Courts-Mahler oder Karl May nehmen können. Davon hatten wir noch in Fraktur gedruckte Exemplare in meiner Schulbibliothek.«

»Eben! Warum ausgerechnet *Schloss und Fabrik*?«

»Ah!« Auf den kurzen Moment der Erleuchtung folgte Finsternis. »Äh, und warum?«

»Weil die Person, die das Buch verwendet hat, nicht wusste, wie selten es ist. Sie hat es für irgendeinen alten Schmacht-Schinken gehalten. Mir wurde auf einmal klar, dass sie es nicht ausgeliehen haben konnte. Es muss sich in der Privatbibliothek des Vaters ebendieser Person oder in der elterlichen Bibliothek einer befreundeten Person befunden haben. Womöglich beschädigt, weshalb es wertlos erschien. Außerdem musste die betreffende oder eine mit ihr befreundete Person Kenntnisse in Buchbinderei haben.« Richards Augen glitzerten heute noch jagdlustig.

»Und sie musste in Stuttgart studiert haben«, sagte ich.

»Eher in Tübingen. Niemand hat in Stuttgart studiert. Außerdem …« Ein winziges Lächeln kräuselte Richards Mundwinkel. Er versuchte es zu verbergen, indem er sich abwandte, um die Zigarette am Aschenbecher abzutippen.

»Also, wie hast du es rausgekriegt?«

»Ich habe ans Schwarze Brett in der Uni Tübingen einen Zettel gehängt. Auf dem stand: Liebhaberexemplar *Schloss und Fabrik*,

Leipzig, 1846 günstig abzugeben. Dazu meine Telefonnummer, vielmehr die meiner Zimmerwirtin.«

»Und?«

»Ich bin täglich vorbeigegangen, um nachzuschauen. Eines Tages stand an der Wand mit den Anschlägen eine … eine junge Frau.« Richard zog an der Zigarette.

Ich auch.

»Sie studierte die Angebote für Studentenbuden, Lehrbücher, Fahrräder und so weiter und kam zu meinem Zettel und … riss ihn ab. Sie steckte ihn in die Manteltasche und verließ hastig das Gebäude. Ich folgte ihr.«

»Hehe!«

»Damals fand ich es ziemlich kompliziert, junge Frauen anzusprechen. Ich hatte zwei Kilometer Zeit, alle Varianten durchzuspielen. Dann betrat sie in der Philosophenstraße am Nordring ein Studentenwohnheim. Ihr dort hinein zu folgen wagte ich nicht. In den sechziger Jahren, zumindest in denen, aus denen ich kam, siezten Studenten sich noch. Und man stellte sich förmlich vor.«

Ich lachte. »Du warst total verknallt! Wie hübsch!«

»Ich wartete auf ihren Anruf bei meiner Zimmerwirtin, aber er kam nicht. In den folgenden Tagen führte mich mein Weg immer wieder durch die Philosophenstraße. Einmal sah ich sie herauskommen, einmal kam sie gerade zurück, ohne dass ich fähig war, sie anzusprechen. Aber ich hörte, wie eine Freundin sie Marie rief!«

»Das ist ja Literatur, Richard.«

»Ja, sie war die Marie von Goethe bis Böll, die Marie, an die wir uns verlieren, die wir anbeten, die wir nicht kennen, nicht verstehen, von der wir meinen, dass sie uns gehören müsste, die uns verlässt. Meine Marie war schlank, brünett, sie trug Kostüme und Röcke, sie hatte mandelförmige Augen. Ich sah sie und fühlte mich ihr vertraut, als kennten wir uns schon seit der Kindheit. Natürlich war sie für mich unerreichbar. Dennoch folgte ich ihr in Seminare. Sie studierte Anglistik und Geschichte, und die Professoren kannten sie mit Namen: Marie Küfer.«

»Dann stammte *Schloss und Fabrik* aus ihrem Elternhaus.«

»Mag sein. Ich habe sie nicht gefragt.«

»Aber geredet habt ihr schon miteinander?«

Richard lächelte schief. »Eines Tages setzte sie sich in der Kantine zu mir an den Tisch. Rein zufällig, es waren zwei Plätze frei. Bei ihr war ihr Freund. Sie nannte ihn Wolfi. Ich kannte ihn bereits. Er verwickelte die Professoren gern in endlose Diskussionen über die herrschenden Verhältnisse und die Generation der Täter. Er gehörte dem SDS an, dem Sozialistischen Deutschen Studentenbund.«

»Dutschke und Konsorten?«

Richard nickte. »Es lag in der Natur der Sache, dass Wolfi mir nicht sonderlich gefiel. Und ich war absolut überzeugt, dass der nicht der Richtige für Marie sei. Ich hielt ihn für einen selbstverliebten, rücksichtslosen Egozentriker.«

»Darin stimme ich dir vollinhaltlich zu!«

Richard versuchte eine Grimasse ironischer Ergebenheit, aber sie misslang ihm. »Wolfi war ein Grobian, intelligent, aber ungehobelt, und sie hatte so eine Art vornehmer Zurückhaltung, nichts Kumpelhaftes jedenfalls. Und plötzlich saßen die beiden nun an meinem Tisch in der Mensa. Ich weiß nicht mehr, wie wir ins Gespräch kamen – sicherlich nicht mein Verdienst –, aber plötzlich diskutierte ich mit Wolfi über den Spruch ›*Sous les pavés, la plage*‹.«

»Unterm Pflaster der Strand. Gab es da nicht eine Zeitung?«

»Der *PflasterStrand*, ja, herausgegeben von Cohn-Bendit, aber das war ungefähr zehn Jahre später. Ich interpretierte den Spruch als Aufforderung zur Gewalt, die er war, und verstieg mich zu der Behauptung, auch Polizisten seien Menschen. Daraufhin meierte Wolf mich als unmündig gehaltenes Subjekt der Gesellschaft ab, blind für die Ökonomisierung der Bildung in Abhängigkeit von den Produktionsverhältnissen. Und so weiter.

Doch, prophezeite er, die Geschichte werde letztlich abgeschlossene Welt verändern. Ich fragte: ›Wie, mi ›Mit Mao-Cocktails‹, antwortete er.«

Richard sah mir an, dass ich entschlossen war, me losigkeit hinter dem Fluch der späten Geburt zu verstecken.

»Eine Anspielung auf den Aufreger des Jahres 1967. Der amerikanische Vizepräsident sollte nach Deutschland kommen. In der Kommune 1 heckte man geeignete Maßnahmen zum Empfang aus. Man dachte an Rauchbomben, aber es gab einige, die fürchteten, dass die US-Sicherheitskräfte dann ein Blutbad anrichten würden. Ein V-Mann unter den Kommunarden war vermutlich etwas zu früh gegangen. Jedenfalls wurden elf Studenten, unter ihnen Fritz Teufel, festgenommen, die *Bild*-Zeitung sprach von Bomben, hochexplosiven Chemikalien, mit Sprengstoff gefüllten Plastikbeuteln, die von den Terroristen Mao-Cocktails genannt würden. Aber es war dann halt nur Pudding.«

»Pudding?«

»Ja, das Zeug aus Milch und Maizena mit Vanille oder Schokolade. Die elf Puddingattentäter wurden unter öffentlichen Gelächter am anderen Tag wieder freigelassen und erlangten internationalen Ruhm. So kam es, dass Uwe Johnson … der Schriftsteller …«

Ich nickte. »Ist mir vage bekannt.«

»… der gerade in den USA lebte, in der *New York Times* las, dass diese ungezogenen jungen Leute sein Arbeitsatelier in Berlin-Friedenau als Basislager für den Anschlag missbraucht hatten. Johnson stand seit langem in regem freundschaftlichem Briefwechsel mit Günter Grass.«

»Kenne ich: Massenonanie auf einem Wrack.«

»Deshalb bat er ihn um Hilfe. Und Grass veranlasste, ausgestattet mit einer Vollmacht, die Räumung der Wohnung, die unter großer öffentlicher Aufmerksamkeit stattfand.«

»Hähä, Grass der Rausschmeißer der Puddingschmeißer!«

»Er befand, die Wohnung hätte nach Lager ausgesehen, aber

Johnsons Schriften fehle nichts, nur ein Chemiebuch habe die Polizei beschlagnahmt.«

»Oha! Wozu brauchte Uwe Johnson ein Chemiebuch? Sehr verdächtig.«

Richard zündete sich die zweite Zigarette an. »So war das damals. Man schloss aus dem Bücherschrank auf das Wissen der Besitzer. Heute muss man dazu das Internetprotokoll nachvollziehen. Es war tatsächlich nicht so ohne, dass ich dieses Hybridbüchlein mit den Kommunardentexten besaß. Und da saß ich nun auch noch mit Wolfi an einem Tisch. Es war eine Zeit, in der die Gesellschaft Angst vor ihrer Jugend hatte …«

»Hat sie das nicht immer?«

»Aber damals autorisierte sie die Polizei, mit Schlagstöcken auf die Jugend einzuprügeln. Und Männer mit Hut sagten in die Fernsehkameras: ›Auf der Flucht erschießen!‹ Leute wie Wolfi machten Studenten wie mir, die einfach nur irgendwie durchkommen und Abschlüsse machen wollten, Angst. Er verkündete: ›Das progressive Moment einer Warenhausbrandstiftung liegt nicht in der Vernichtung der Waren, es liegt in der Kriminalität der Tat, im Gesetzesbruch!‹ Ich widersprach vehement und nannte Wolfi einen selbstgerechten Egoisten! Daraufhin schlug er mir ohne weitere Umschweife die Faust ins Gesicht.«

»Hui!«

»Ich hagelte zwischen die Mensatische und blutete aus der Nase. Marie gab mir ihr Taschentuch, eines aus Stoff, wie man es damals hatte.« Richard drehte sich um und stippte die Zigarette im Aschenbecher aus.

Ich legte meine längst ausgekühlte Kippe dazu. »Und dann?«

»Immerhin nahm Marie mich jetzt wahr.« Er schaute auf die Uhr. »Ich glaube, wir sollten …«

»Und das Buch? Hast du sie gefragt …«

»Ehrlich gesagt, das Buch interessierte mich nur noch am Rande. Marie und meine vergeblichen Gefühle für sie nahmen mich voll in Anspruch.«

»Was ist aus ihr geworden?«

Richard zuckte mit den Achseln.

»Und aus Wolfi?«

Seine Antwort kam zögernd. »Ich habe mir später die RAF-Fahndungsplakate, die in Postämtern und öffentlichen Gebäuden hingen, stets angeschaut, ob ich Wolfi erkenne, aber … nein.«

»He! Willst du mich verarschen?« Ich gab ihm einen Stoß vor die Brust. Er stolperte rückwärts gegen den Tisch. Ich packte ihn vorsichtshalber am Revers seines maßgeschneiderten Anzugs, was unnötig war, mir aber gut gefiel.

Er umfasste mein Handgelenk. »Lisa, bitte!« Er hätte mir problemlos Sehnen und Knochen zerquetschen können, aber er war ein der Gewalt grundsätzlich abgeneigter Mann. »Nicht jetzt!«

Zwei Frauen hatten sich genähert, klappten die Schirme zusammen und schauten uns erschrocken an.

Ich ließ Richard los. »Aaaabend!«

»Guten Abend!«, kam es doppelt indigniert zurück.

Richard hielt ihnen die Tür auf.

Auf dem Weg durch den Laden zur Treppe zog ich hinter seinem Rücken das Büchlein aus dem Stapel, in das er es vorhin geschoben hatte. Mein Mittelfinger ertastete nebenbei auf der Rückseite ein Loch, aber jetzt war nicht die Zeit, es mir anzuschauen. Ich steckte das Unikat in die Innentasche meiner Bikerjacke. Daher der Name Taschenbuch.

4

Es waren nicht viele, die zwei Minuten vor acht aufrecht auf den Stühlen saßen. Fünfzehn Hanseln vielleicht, davon einer der Vater und der andere der Verleger. Die vordere Reihe war frei geblieben. Richard und ich hatten uns in die Mitte gesetzt. Ganz hinten saß ein Weißhaariger, der Bücher aus dem Regal holte und darin blätterte, bis seine Frau ihn anrunkste. Dann hätte Vater Schrader beinahe den Beginn verpasst. Mit der Hand am Hosenstall kam er die Treppe herabgefußelt. Schwache Blase. Der Vater war eindeutig uncooler als die Tochter.

Lola Schrader setzte sich hinter einen Tisch mit Lämpchen und Wasserglas. Den Haarvorhang hatte sie noch halb zugezogen. Ihr rot geschminkter Mund konnte nicht stillhalten und erzeugte Grübchen in den Backen. Sie schluckte. Auf einmal grinsten wir uns an. Es war nicht ihre erste Lesung, aber die erste, bei der sie selbst hinter dem Tisch mit dem Wasserglas saß. Bisher hatte sie Autoren, die dort saßen, für berühmte Persönlichkeiten gehalten. Nun erkannte sie, dass es eine Lüge war.

Für mich war es auch nicht die erste Lesung, bei der ich im Publikum gesessen hatte, immer im Auftrag einer Zeitung. An Christa Wolf noch vor der Wende bei Wittwer erinnerte ich mich, dem damals einzigen Buchkaufhaus von Stuttgart, eine Betonsünde am Schlossplatz, von der inzwischen ein gläserner Museumswürfel ablenkt. Die *Amazone* hatte mich geschickt, weil ich Wolfs *Selbstversuch* gelesen hatte. Marie – wir hatten auch eine schöne kluge Marie gehabt, die später ihren eigenen Krieg führte[4] – hatte mich mit dem germanistischen Vokabular gefüttert. Auf meinem Zettel stand: »Das Identitätsparadigma der klassischen Novelle, vom Scheitern her erzählt. Anspruch der Frauen, von Männern, die sie lieben, als Individuum erkannt zu werden. Männer sind unfähig zu dieser Art von Liebe.« Weshalb die weibliche Versuchsperson das Projekt des Geschlechtertauschs abbricht, entsetzt über den Verlust der Fähigkeit zu lieben. »Patriarchale Dichotomie, in Klammern Zweiteilung, die den Mann als eigentlichen Menschen sieht und die Frau als das andere Geschlecht«, hatte ich mir notiert. »Erst aus der Differenz der Geschlechter entsteht Individualität.«

Was 'n Schafscheiß!

Damals hatte ich erwogen, es für wahr zu halten und die Ab-

4 Siehe Lehmann: *Vergeltung am Degerloch*. Ariadne 2006

wesenheit meiner Individualität meiner unterentwickelten Geschlechtsidentität zuzuschreiben und für therapiebedürftig zu halten. Ich weiß nicht mehr, was ich die berühmte Autorin fragte, als wir endlich fragen durften. Aber ich erinnere mich, dass sie mich kaum anschaute und ins Publikum sagte: »Lesen Sie meine Bücher, da finden Sie die Antwort.«

Seitdem wusste ich: Autoren sind immer dümmer als ihre Bücher. Zumindest, wenn sie reden sollen, weshalb sie lieber schreiben. Da bläst ihnen keiner seinen Atem ins Gesicht und verwickelt sie in Gespräche. Das ist die Dichotomie von Autor und Leser. Autoren schreiben, Leser lesen, eine Begegnung ist sinnlos.

Das Publikum war damals von Studenten durchsetzt gewesen. Bei Ursprung saßen vermutlich dieselben Menschen, nur zwanzig Jahre älter geworden. Neue Leser wuchsen nicht mehr nach. Und in dreißig Jahren verschwanden sie auf einen Schlag wie die Bambuswälder in China. Dann starben auch die Pandas aus.

Der einzige Mensch unter dreißig in Ursprungs Keller war ein Junge mit Hüfthosen, schwarzweiß kariertem Blouson, einer großen Postman-Tasche am Riemen quer über dem Leib und einer Windstoßfrisur. Die Haare rutschten ihm beständig in die Augen, weshalb er mit schrägem Kopf darunter hervorlinsen musste. Vermutlich war er ein Klassenkamerad Lolas und in Liebesdingen hier, nicht in Sachen Literatur.

Zwei Minuten nach acht trat Durs neben den Tisch, an dem Lola Schrader mit inzwischen geöffnetem Haarvorhang saß und blicklos ins Publikum blickte wie eine große Schriftstellerin.

»Früher hat Durs nie mehr als ein Dutzend Worte gesagt«, informierte mich Richard wispernd. »Guten Abend, ich habe Interesse …«

»Guten Abend«, sagte der Buchhändler. Er redete übrigens nicht, er stammelte: »Ich habe Interesse an Dingen, von denen ich annehme, dass sie neu sind. Und Sie haben es auch, wie ich sehe. Ich begrüße Lola Schrader. In Zeiten des Bloggens ist es keineswegs selbstverständlich, dass eine junge Autorin das Buch als Veröffentlichungsweg wählt. Sie hat es getan, und jetzt wollen wir sehen, ob es wohlgetan war. Lola Schrader.«

»Ich sag's gleich«, sagte sie mit nun überraschend leiser Stimme, »die Schülerwettbewerbe schöner Vorlesen habe ich immer verloren.« Sie lachte anfreundelnd.

»Lauter!«, rief der Weißhaarige von hinten.

Setz dich doch nach vorn!, dachte ich und langweilte mich jetzt schon.

Lolas Problem war weniger ein Mangel an Stimme – sie setzte sie nur aus irgendeinem Grund nicht ein – oder ihre Lese-Rechtschreib-Schwäche, sondern der verfickte Text selbst, der sich im Mund einer Siebzehnjährigen querstellte. »Arkan und Bettie bürsteln im Elternbett. Petra krallt mir die Hose samt Slip vom Hintern. Ein Single-Jersey-Ärmel mischte sich drunter, eine Socke. Kinderzimmersex. Sie stopft mir einen Ärmel in die Möse! Arki platzt rein. Stör jetzt nicht, hau ab, kreischt sie. Knallt ihm ein Brett vor die Eier.«

Richard wechselte unbehaglich den Beinüberschlag. Er gehörte zu den Männern, die von jungen Frauen erwarteten, dass sie nett aussahen und öffentlich vom Weltfrieden sprachen. Dasselbe erwartete er natürlich nicht privat und auch nicht in Büchern. Da durfte sie gern auch mal ein geiles Luder sein. Allerdings sprach man nicht darüber. Es musste ihn irritieren, dass eine Gymnasiastin aus gutem Haus Worte im Mund herumdrehte, die direkt auf seinen Affen zielten.

Lola irritierte es auch, je länger, desto mehr verhaspelte sie sich. Das machte es für uns peinsam. Öffentlich in die Hosen der Zuhörer fassen will gelernt sein.

Der Roman handelte – soweit ich das abschätzen konnte – von einem halben Dutzend zivilisationsgelangweilten Schülerinnen und Schülern, die in den Ferien von Stuttgart nach Barcelona trampen, in besetzten Häusern umsonst Sex haben, hinter Supermärkten containern gehen und jede Menge Drogen und Perversionen ausprobieren. »Guppi hält Nasebohren und Ohrengrubeln im Schulunterricht für Gruppensex.« Schließlich klauen sie vor einem Supermarkt in La Grande Motte ein dreizehnjähriges Mädchen.

Ein Mann halb hinter mir ächzte. Es trug schwarze Hosen, schwarzes Hemd, schwarzen Gürtel, schwarze Schuhe und hatte schwarze Haare, in denen sich schon graue Fäden zeigten. An seinen Stuhlbeinen lehnte eine große schwarze Ledertasche. Ich schätzte ihn auf erfolglosen Lyriker und ambitionierten Blogger Mitte dreißig.

Was hatte er erwartet? Richard und er kannten doch den Geheimcode, mit dem die alten Herren des Feuilletons sich die Tipps zusteckten. Sprachmacht und Stilmix bedeutete: Wichsvorlage! Ungefähr so, wie man bei Nacktfotos nicht Porno sagte, sondern Ästhetik. Und wenn sonst nichts dagegensprach, warum nicht auf das Zucken im Gemächt hören? Aber die Freundin mitnehmen. Die ist auch nicht ganz sauber. Und nachher auf einen Kaffee noch mit hoch. Lola Schrader würde ihren Weg machen, senkrecht nach oben. Das stand schon mal fest.

Auch wenn der Anfang noch holperte.

Fragen wollten, als sie endete und Durs Ursprung mit ergründlichem Lächeln aufstand und uns zu Äußerungen aufforderte, nicht recht aufkommen. Wir mussten erst mal unsere virtuellen Hände aus den Hosen nehmen. Schließlich fragte die Frau des Weißhaarigen mit forscher Stimme voller Brüche: »Was bedeutet der Titel *Malefizkrott*?«

Lola fabrizierte das Grübchenlächeln, auf das Richard eine Stunde lang gewartet hatte. Ich spürte, wie er ausatmete.

Lola auch, denn sie schaute ihn direkt an. »Tja, ich bin halt selber so eine Malefizkrott!«

Richard atmete wieder ein. Die Krott verstand zu flirten wie eine österreichische Filmdiva.

»Malefiz … das Spiel, das kennen Sie? Ravensburger. Da konnte ich als Kind schon nicht genug von bekommen. Ich habe jedes Au-pair damit genervt. Das Spiel heißt übrigens so, das habe ich kürzlich gelesen, weil die Frau von dem, wo das Spiel erfunden hat, Maier hieß der, glaube ich, zu ihm gesagt hat ›Du bist ein Malefiz‹, als er alle ihre Figuren rausgeworfen hatte. Das ist Latein … aber fragen Sie mich nicht … In Latein habe ich null Peilung.«

Entzückend!

»Von *maleficus*«, besserwusste Richard prompt, »übel handelnd, gottlos.«

»Danke«, sagte Lola und schenkte Richard einen charmanten Blick. »Und Krott, das ist schwäbisch für Kröte. Sonst noch Fragen?«

Nein, keine. Doch! Der erfolglose Lyriker streckte die Hand. Die beiden Frauen, die bereits nach den Schirmen am Boden gegriffen hatten, richteten sich wieder auf.

»Ja, bitte«, sagte Durs Ursprung.

In der Stille, kurz bevor der Mann genug Luft geholt hatte, ertönte oben im Laden leise das Bimmeln der Türglocke. Ruben Ursprung, der neben dem Treppenaufgang saß, erhob sich und stieg knielahm hinauf.

»Was Sie uns vorgetragen haben, Frau Schrader …«, begann der schwarz gekleidete mutmaßliche Lyriker.

Lola verbiss sich ein Grinsen. Sie war es offenbar noch nicht gewöhnt, mit Frau Schrader angeredet zu werden.

»… klingt versiert, das ist gut geschrieben, Sie beherrschen die Grammatik …«

»Danke schon mal. Denn was jetzt kommt, wird schätzungsweise weniger erfreulich.«

Gelächter.

Der Mann holte noch mal tief Luft. »Was man nicht von allen Ergüssen sagen kann, die man von Jugendlichen vornehmlich im Internet findet …«

Du arroganter Leberkäs, dachte ich. Muss das sein? Das Mädel ist siebzehn!

»… und die ich übrigens auch von Ihnen schon im Hippenblog gelesen habe.«

Lola verzog peinlich berührt das Gesicht. »Jugendsünden!«
Richard schnaubte väterlich amüsiert.

Oben hörte man Ruben fluchen. Ein Bücherstapel flog um.

»Und so muss die Frage erlaubt sein«, der schwarze Lyriker schaute gegen die Decke, »wo Sie das alles herhaben, was Sie uns da verkaufen als Erlebnisse siebzehnjähriger Schüler …«

»Wie?« Lola sah aus, als hätte sie die Frage nicht verstanden.

»Sie beschreiben hier, wie …«, setzte der Schwarze neu an.

In diesem Moment ertönte oben ein Schrei. Die Türglocke bimmelte. Es rumpelte. Dann brüllte Ruben: »Feuer!« Es klang erstaunt. Dann panisch: »Feuer!«

Wir sprangen auf, Lola griff nach ihrem Wasserglas. Der Vater kämpfte sich durch Stühle nach vorn und packte sie. Das Wasserglas fiel ihr aus der Hand. Durs sagte mit Panik in den Augen: »Ruhe bewahren!« Eine der beiden Frauen stolperte. Michel Schrader zerrte seine Tochter zur Treppe und schubste mich beiseite. Richard kümmerte sich um den Weißhaarigen und seine Frau, die am Stock ging.

Bücher stürzten uns auf der Treppe entgegen. Hitze prallte auf uns herab. Der erfolglose Lyriker rutschte auf einem Buch aus und schlug der Länge nach hin. Ich hörte einen Knochen krachen. Da brannte die Wand hinter der Kassentheke bereits lichterloh und ungesunder Rauch sammelte sich unter der Decke.

Richard kam zurück, rannte die Treppe hinunter, kam mit Durs Ursprung wieder herauf und zerrte ihn hinaus.

»Stehen Sie auf!«, sagte ich zu dem Mann am Boden.

»Ich kann das Bein nicht bewegen!«, stöhnte er.

Jemand kam mir zu Hilfe. Gemeinsam zogen wir den Lyriker hoch, wobei er brüllte vor Schmerzen, und schleppten ihn mit baumelndem Bein zur Tür.

Schon fielen die Flammen in die Bücherregale der Seitenwand ein, der Teppich qualmte zum Treppenabgang hinüber, die Holzplatte der Theke knallte und bog sich nach oben. Die gesamte zum Verkauf vorgesehene Lieferung *Malefizkröten* sprang in Sternschnuppen vom Tisch und verteilte Funken, noch röter und bissiger als das Cover. Sie zündelten die Büchertürme hinauf, während in den brennenden Regalen Buchrücken schmatzend vom Deckel platzten und sich wie Schillerlocken kringelten. Das Feuer flüsterte Thomas Mann, wisperte Marx und Grimmelshausen, rezitierte ein letztes Mal »En un lugar de la mancha«, »Habe nun, ach, Philosphie«, »Wer baute das siebentorige«, »da reist ich nach Deutschland hinüber« und »Das Vergangene ist nicht tot« und knisterte ein letztes Mal »Judenbuche«, »drei Guineen«, »Winnetou« und »Mr Darcy«, bevor es zum bösen Rauschen anschwoll, sich auf die Zeitschriften warf und *konkret, Emma* und *Argument* vernichtete. Dann waren die Kochbücher dran. Am längsten hielten die Regionalkrimis stand. Aber als das Schaufenster barst, fegte es sie nach draußen, wo sie wie Partyfackeln auf dem Fußweg in der noch lichten Julinacht liegen blieben und jedes für sich niederflackerten.

Mein Helfer und ich zogen den Verletzten die Straße hinauf und legten ihn auf den regenfeuchten Fußweg. Die anderen hatten sich auf der gegenüberliegenden Straßenseite versammelt.

Als die Feuerwehr kam, war schon alles zu spät. Binnen Minuten war die Buchhandlung Durs Ursprung ein Raub der Flammen geworden.

5

Der Buchhändler stand klein und still im Nieselregen, der seine Hemdschultern dunkelgrün färbte. Das Lächeln schien ihm eingewachsen in die Mimik, in seinen Augen stand Galle.

»Da war einer im Laden! Es war Brandstiftung!«, erklärte Ruben Ursprung der Polizei. »Definitiv, es war jemand im Laden!«

Die Türbimmel hatten wir alle gehört.

Als er hinaufgekommen sei, habe er aber nur noch die Tür zuschwingen sehen, erzählte er immer wieder, auch als die Polizei schon lange nicht mehr zuhörte. Er habe auf die Straße geschaut und eine Gestalt gesehen, wie sie um die Ecke in die Christophstraße bog: Jeans, schwarze Lederjacke, Kapuze eines Hoodys überm Kopf. Er habe noch überlegt, ob er ihm nachlaufen solle. Ständig werde geklaut bei ihnen. Die Leute meinen, als linke Buchhändler müssten sie dafür Verständnis haben. In den Achtzigern habe es regelrechte Raubzüge bei ihnen gegeben. Studenten aus Tübingen und Frankfurt hätten mit den bei seinem Vater geklauten Büchern ihren Lebensunterhalt bestritten, er könne da Namen nennen, einige seien heute Politiker …

Ich schaute Richard an. Auch er konnte Namen nennen, würde es aber niemals tun. »Was ist mit dem Verletzten?«, erkundigte er sich stattdessen leise.

»Vermutlich Oberschenkelhalsbruch, nicht lebensbedrohlich.«

Ich hatte ihm meine Lederjacke unter den Kopf geschoben. Als ich hochblickte, war der Helfer verschwunden und es gelang mir nicht, ihn wiederzuentdecken, weder im Grüppchen der Verschreckten auf der anderen Straßenseite noch unter den Schaulustigen, die vom Café Eberhard und aus den umliegenden Geschäften und Wohnungen gekommen waren. Außerdem bat mich der Verletzte um mein Handy, um seine Freundin anzurufen, denn seines war ihm aus der Hemdtasche gefallen und verbrannte im Laden. »Du, Schatzi, mir ist da was Dummes passiert.«

Damit befand sich ihre Telefonnummer in meinem Besitz, und als die Sanitäter seinen Status abfragten – »Wann haben Sie zuletzt was gegessen?« –, erfuhr ich auch seinen Namen: Matthias Kern.

Als ich zu den anderen stieß, erzählte Ruben zum dritten oder vierten Mal seine Geschichte: »Wie ich so an der Tür stehe, hat es hinter der Kassentheke eine Verpuffung gegeben. Eine Explosion. Und wie ich mich umdrehe, sehe ich eine Stichflamme. Ich sofort hin, aber da hat es schon richtig gebrannt. Ich mit dem Feuerlöscher drauf, aber da hat das halbe Regal schon gebrannt, und ich musste an die Gäste im Keller denken und sie warnen.«

»Brandstiftung?«, fragte ich Richard, als wir gegen Mitternacht in seiner Limousine über die Stadtautobahn rollten. »Glauben wir das?«

»Ich halte einen Kurzschluss für wahrscheinlicher«, antwortete er. »Wer weiß, was für einen Kabelsalat der hinter der Theke hatte.«

»Außerdem zahlt die Versicherung bei Brandstiftung nicht.«

»Doch. Sie muss dann halt den Brandstifter in Regress nehmen. Nur wenn der Eigentümer der Brandstiftung überführt wird, dann zahlt sie nicht.«

»Dann sollte man also Ruben besser nicht überführen.«

In Richards Mundwinkel drückte sich das Desillusionshäkchen des Staatsanwalts, der Lügengebäude zur Verdeckung einer Straftat zur Genüge kannte. Ihr auffälligstes Merkmal war der Mangel an Varianz beim mehrmaligen Erzählen.

An der Staatsgalerie lachte er plötzlich verwundert auf. »Nicht zu fassen! Da halte ich nach über dreißig Jahren plötzlich wieder dieses Buch in den Händen, das mir so viel Kopfzerbrechen bereitet hat, und eine Stunde später ist es Asche. Als ob es nur auf mich gewartet hätte.«

»Irrtum, Richard!« Ich griff in meine Bikerjacke und hielt das Buch hoch.

»Oh.« Er langte danach. Aber ich war schneller. Das Auto schlingerte.

»Ich habe es gerettet. Es gehört mir. He! Stopp! Rot!«

Er trat in die Eisen. Die große Kreuzung am Neckartor breitete sich in die Nacht. Ein Raser querte.

»Warum hast du es zurückgelegt?«, fragte ich.

Richard ließ den Wagen in die Neckarstraße rollen. Drei Ampelanlagen Schweigen. Links Autohäuser, das Rote Kreuz, die Staatsanwaltschaft, rechts gelbe Backsteinfassaden mit kleinen Läden, Sparda Bank, Sparback und Bioladen und im dritten Stock meine Wohnung. Wenn ein Mann nicht antworten will, wird er zum Jäger. Richard sah die freie Parkbucht, ehe sie sichtbar wurde. Sie gehörte zu denen, die nur vortäuschten, fürs

Parken gemacht zu sein. Darüber drohte ein eingeschränktes Halteverbot, das allerdings in der Nacht nicht galt. Er parkte. Für Richard gehörte es zum Luxus einer beständigen Beziehung, dass er eine solche Entscheidung nicht mit mir abklärte.

»Warum hast du es mitgenommen?«, fragte er, als wir die knarzenden Treppen hochstiegen.

Ich lachte nur. Was hatte er denn gedacht? Ich drehte das Buch um und zeigte ihm die Rückseite. »Deshalb!« Der Pappdeckel hatte ein veritables Loch, nicht groß genug, um meinen Mittelfinger einzulassen, wohl aber meinen kleinen Finger, und zwar bis über den Fingernagel. »Sieht aus wie ein Einschussloch, findest du nicht?«

»Hm. Oder nach sonst irgendeinem sachfremden Gegenstand, mit dem es malträtiert wurde.«

»Hast du das nicht gemerkt, als du es in der Hand hattest?«

Richards Blick blitzte mich in dem Moment an, als die Treppenhausbeleuchtung ausging. Sie reichte nie drei Stockwerke. »Doch, ich habe es gemerkt«, antwortete er. »Wie es wohl zustande gekommen ist?«

Du Schlawiner!, dachte ich.

Cipión veranstaltete Begrüßungstheater. Seine Freude war um ein Vielfaches größer, wenn er sich Richard zu Füßen werfen konnte. Das Freudenprogramm provozierte auf Richards Gesicht zuverlässig ein aus der strengen Seele sich befreiendes Lächeln. Endlich richtete er sich auf, zog sich den Schlips aus dem Kragen, öffnete den obersten Hemdknopf, legte das Jackett ab und wandte sich in die Küche, um den Kaffeeautomaten anzustellen. Ich startete derweil meinen Klappcomputer. Meistens waren beide Maschinen gleich schnell betriebsbereit. In der Küche kreischte das Mahlwerk, und ich schickte Google auf die Suche nach Marie Küfer. Erstaunlich: Es gab kaum hundert Einträge und keiner, der exakt traf. Eine Marie Kuefer war vor 1860 in die USA ausgewandert.

Richard kam mit dem Kaffeebecher aus der Küche, spitzte die

Lippen und blies sich zu einem ersten knappen Schluck durch den Schaum. Ich tippte »geb. Küfer« in die Googlezeile. Zehn Ergebnisse. Aber keine Marie darunter.

»Tja, das Internet hat seine Schwächen«, bemerkte Richard, stellte den unnütz heißen Kaffee auf dem Kneipentisch ab, trat an meine Computereinheit am Fenster zum Hinterhof heran und fingierte einen Blick auf meinen Bildschirm. Ein Mann auf Schmusekurs. Selbst am Ende eines Tages war der Geruch seines Pflegemittels nach Zeder und Zibet noch zu spüren. Besonders der von Zibet.

Ich tippte mich in die Gegenwart: »Das Zibet (aus dem arab. *Zabad* = Moschus) ist ein stark und im natürlichen Zustand äußerst unangenehm riechendes Sekret aus den Analdrüsen der Zibetkatze«, informierte mich Wikipedia. »Es dient ihr zur Markierung ihres Reviers. Nach entsprechender Verdünnung entfaltet dieser Stoff einen angenehm moschusartig, ledrig wohlriechenden Duft, welcher zur Parfümherstellung verwendet wird. Heute werden zur Gewinnung dieses Rohstoffs fast nur noch künstlich hergestellte Ersatzduftstoffe verwendet.« Richard konnte es vermutlich selbst herstellen. Ich hakte meinen Finger in seinen Hosenbund. Er hatte abgenommen und sah besser aus denn je. Aber das war nur seinem Alltagswahnsinn von Arbeit, Sport und Nikotinkonsum zu verdanken. Vermutlich befand er sich nur noch einen Tacken vom Totalabsturz entfernt.

»Und wie hat dir das Fräulein Schrader gefallen?«

»Ach, Gott.«

Ich zupfte ihn am Bund zu mir. »Die macht ihren Weg! Hat sie dir nicht gefallen?«

Er zog die Brauen hoch. »Der Text oder die Person?«

»Na, geflirtet hat sie ja ordentlich mit dir.«

»Geh mir fort.« Er pflückte meinen Handhaken aus seinem Hosenbund und strebte dem Kaffee zu. Ich stand auf und folgte ihm auf Tuchfühlung.

»Magst du keine Grübchen?«

»Lisa! Ich könnte ihr Va...« Er biss das vertrackte Wort von der Zunge und schluckte Bitterkeit. »Ich könnte ihr Großvater sein.«

»Sei froh, dass du es nicht bist. Sahneschnittchen wie sie sind ein Fluch für die Väter.«

»Lisa! Du bist ungerecht. Du kennst sie doch überhaupt nicht!«

»Immerhin kenne ich ihre schmutzige Fantasie.«

»Was nicht gleichbedeutend ist mit ihren Wunschvorstellungen, Lisa. Der Text ist eine Überspitzung. Daraus spricht keine Zustimmung, sondern eher Entsetzen und Verachtung.«

»Na ja, aber ausgedacht muss sie es sich schon haben. Also mindestens einmal durch ihren Kopf musste es durch. Nicht wahr?«

»Vielleicht dient es als ... als Therapie. Sie ist siebzehn. Sicher hat sie erste sexuelle Erfahrungen, und vielleicht haben sie ihr Angst gemacht, vielleicht beunruhigt sie das Paarungsspiel. Mit Sicherheit hat ihr Vater sie nicht auf eine solche Reise nach Barcelona gelassen. Aber sie ... nun, sie hat Fantasie. Man kann das Schreckliche auch benennen, um mit der Furcht davor fertigzuwerden. Es sind Bilder für etwas, was jeden halbwegs sensiblen jungen Menschen erschrecken muss. Der Egoismus der eigenen Altersgruppe, der unvermutet in Brutalität umschlägt und jeden jederzeit zum Opfer macht.«

Wir starrten uns in die Augen. Beide hatten wir es erst unlängst erlebt. Meine Wohnung roch noch nach Ruß und frischer Farbe. Und Richard hatte den letzten Rest seines fragilen Glaubens verloren, dass irgendetwas auf der Welt den richtigen Kurs nahm.

»Hast du das Buch gelesen?«

»Nein. Werde ich auch nicht.« Er nahm den Kaffee wieder hoch. »Es sind mir dann doch zu viel Feuchtgebiete. Ich will auch gar nicht wissen, was diese Ungeheuer mit dem 13-jährigen Mädchen anstellen, das sie in La Grande Motte entführt haben, auch wenn es nur Fiktion ist. Ich wollte nur zu bedenken geben, dass Lola Schrader nicht notwendigerweise irgendetwas gemein haben muss mit diesen auf Sex und Drogen versessenen Luxusjugendlichen, die sie beschreibt.«

»Aber sie gefällt dir!«

»Lass gut sein, Lisa. Und wenn schon.« Seine Augen blitzten schräg. »Für einen Mann in meinem Alter sind alle Mädchen unter zwanzig entzückend.«

Ich lachte.

Ein winziges Lächeln huschte ihm durch die Mundwinkel.

»Und im Grunde fasziniert uns Sex und Gewalt immer!«, behauptete ich und zupfte die Knöpfe seiner Weste auf. »Wenn der Gorilla die Gorilline packt und sich ihr Hinterteil vornimmt.«

»Hm«, grunzte Richard diskussionsmüde und nahm einen Schluck Kaffee.

Ich knöpfte weiter. Es ist alles ein Spiel. Man muss sich nur auf die Regeln einigen. Richard ergriff niemals die Initiative. Er wusste, ich konnte es nicht ausstehen, wenn Männer an mir herumfingerten, um meine Paarungsbereitschaft zu testen. Deshalb klappte es bei mir auch so schlecht mit den Männern. Sie fingerten immer, meist verbal, manchmal auch digital, immer suchten sie das Löchlein. Und allein mit einer Frau im Fahrstuhl bedauerten sie, dass die Zivilisation zwar Fahrstühle hervorgebracht hat, nicht aber zugleich die Erlaubnis, den Moment der Zweisamkeit mit einer Möse auszunutzen.

Ich löste Richards Gürtelschnalle. Er erwartete, dass frau seine Barrieren überwand, beispielsweise die Knöpfe von Weste und Hemd. Nicht, weil er sich nicht für attraktiv hielt – dazu tat er zu viel, um gut auszusehen –, sondern weil er Machtmensch war. Mit dem Zucken einer Augenbraue entschied er, ob bei einer internen Besprechung gelacht wurde oder nicht. Seine Berufswelt hatte er im Griff, privat war er gern passiv bis zur Handlungsunfähigkeit. Deshalb klappte es bei ihm auch nicht mit den Sahneschnittchen, die ihm ihren Hintern hindrehten.

Die einzige für eine Partnerschaft geeignete Qualität, die er besaß, war unwandelbare Treue. Ansonsten konnte er nichts bieten, weder Interesse noch Aufmerksamkeit. Er hörte nicht zu, er wollte nicht wissen, was ich dachte oder fühlte. Er vertraute mir, aber er vertraute mir nichts an. Er redete nicht gern, schon gar nicht über sich und seine Gefühle. Das unterschied ihn nicht von anderen Männern, aber im Unterschied zu ihnen wusste er es, und er wusste sogar, dass Frauen das hassten. Nur ich nicht.

Ich langte ihm in den Schritt an den Knüppel. Richard zuckte zusammen und knurrte. Der Kaffee schwappte ihm über die Hand. Ich nahm ihm den Becher weg und stellte ihn auf den Kneipentisch ab, dem Flecken nichts mehr ausmachten.

Richards Affe frohlockte.

6

Am Freitag stand im *Stuttgarter Anzeiger*, den Richard sich mit Brötchen zum Frühstück geholt hatte, während ich noch schlief, ein Fünfzeiler über den Brand, den der Spätredakteur kurz vor Andruck noch in die Lokalausgabe hineinbekommen hatte. Bilanz: ein Schwerverletzter, Sachschaden von über 200 000 Euro, der Laden völlig ausgebrannt, das Haus unbewohnbar. Die Brandsachverständigen ermittelten. Keine Erwähnung fand, dass es die Veranstaltung einer gewissen Lola Schrader gewesen war, die Feuer gefangen hatte.

Bereits am Samstag quollen die Zeitungen, auch die überregionalen, die mein Tabakladen verkaufte, über von Nachrufen auf die Buchhandlung Ursprung. Eine Institution sei verschwunden, eine Instanz vernichtet. Wo der Geist der Dichter und Denker wehte, wo die Avantgarde, wo Max Bense, Reinhard Döhl und Helmut Heißenbüttel ihre Heimat gehabt hätten, klaffe jetzt ein rußiges Loch. Die *taz* titelte auf der ersten Seite »Gebrandschatzt« und bildete einen qualmenden Bücherberg aus Nazizeiten ab. Daneben ein Foto von Durs Ursprung mit dem unergründlichen Lächeln. Im Artikel kam ein Zeuge zu Wort, ein Verleger, der über Durs Ursprung sagte: »Einer, der nicht liest, was er einkauft, es anschließend hortet und ungern verkauft, ein solches Trüffelschwein ist und dabei seiner Buchhandlung die Aura verschafft hat, eine der besten der Republik zu sein. Denn das ist sie! Eine wunderbare Figur der Literaturvermittlung, ein aktiver Döblin'scher Schornsteinfeger, ein Katalysator sui generis.«[5]

Soso, dachte ich, Durs Ursprung liest gar keine Bücher. Folglich hätte er niemals entdecken können, was in *Schloss und Fabrik* noch steckte.

Mein Tabakhändler, bei dem ich die Zeitungen durchblätterte, schüttelte den Kopf. »Hätte man den kennen müssen? Na ja, Kultur!« Der Händler lachte hinter seinem Bollwerk aus *Bild*, *Spiegel*, *Focus*, *Neue Frau*, *Petra*, *Brigitte*, *Bild der Frau*, Auto-, Eisen- und Heimwerkermagazinen und Lotto-Spielscheinen. Ich nahm nur den *Stuttgarter Anzeiger* mit.

»Wir werden neu anfangen«, behauptete der Sohn Ruben Ursprung. Ohnehin sei es dem Laden in letzter Zeit nicht gut gegangen. »Ein überlebtes Konzept.«

Hinterm Hauseingang feudelte Oma Scheible Ecken und Treppen.

»So, hen sie dem jetz' endlich de Lade abfackelt!« Mit krachenden Wirbeln richtete sie sich auf, soweit sie das noch konnte.

»Wer sie?«, fragte ich.

»Des tätet Sie gern wisse, gell?«

»Schon!«

»Ich kenn den Durs, da war er noch so!« Die Alte hielt die knorrige Hand in Hüfthöhe, was etwa meiner Kniehöhe entsprach. »Der kommt aus Gablenberg, wo ich auch herkomm. 's war'en rechter Lausbub. Die Buchbinderlehre hat er abbroche! Lange Haar hot er g'het, zu dene Linke isch er gange. Die arme Eltere! Der Vadder hot ja dann mit seiner Fabrik für Hoseknöpf ein Vermöge g'macht.«

»Und wer hat ihm den Laden abgefackelt?«

5 Jörg Schröder: *Schröder & Kalender*, http://blogs.taz.de/schroederkalender/2008/01/

»Des war sicher der Horscht und seine Blase. Dem hot er nämlich d'Freindin ausg'schpannt, und dere hot er na an Kind andreht, den Ruben.«

»Das dürfte lang her sein. Ruben ist jetzt sicher vierzig Jahre alt.«

Oma Scheibles graue Augen eierten etwas verunsichert. »So? Na, der Durs. Mit dem hot's koine lang ausg'halte. Der hot's nur mit dene Büecher g'het. Schaffe, schaffe. Ja, fleißig isch er g'wähe. Wie dere ... wie hoißt der gleich, der Kerle aus'em Fernsehe, wo se verhaftet hen. Emmer in der Weltg'schicht drommenom und Weiber wie Finger an der Hand.«

»Sie haben ja so was von recht, Frau Scheible.«

Mit der Zeitung stieg ich aus dementer Vergangenheitsbewältigung hinauf in die Gegenwart, schlürfte Kaffee und schaute dem Regen zu, der jenseits der Fenster stetig von oben nach unten fiel.

Warum hätte ein Brandstifter, der in den Laden huschte und dabei die Türglocke bimmeln ließ, bis nach hinten durchgehen sollen, um hinter der Kassentheke ein Feuer zu entfachen? Schneller hätte er die Bücher im vorderen Bereich angezündet. Dazu hätte er am besten eine Brandflasche – auch Molotowcocktail genannt – benutzt. Tuch im Flaschenhals anzünden, reinwerfen, wegrennen. So schnell hätte Ruben gar nicht die Treppe hinaufspringen können, um von ihm noch einen Zipfel der Kapuze zu sehen. Die Kapuze, die er gesehen zu haben vorgab, existierte nicht, jede Wette. Ruben Ursprung hatte das Feuer selbst gelegt. Nur so konnte man diesen Vater dazu bringen, sein Ladenkonzept endlich zu überdenken.

Und hinter der Theke hatte er es entfacht, damit wir noch eine Chance hatten, den Laden zu verlassen. Gegen ein Feuer im vorderen Bereich hätten wir nicht anrennen können. Es hätte Tote gegeben. Doch warum zum Teufel hatte Ruben sich überhaupt einen Abend ausgesucht, an dem im Keller Leute hockten? Weil er hoffte, damit den Verdacht von sich ablenken zu können.

Andererseits war Lola Schraders Vater als Letzter vor Beginn der Lesung die Treppe herabgekommen. Und dann war da auch noch dieser gesichtslose Helfer gewesen, der mit mir zusammen den verletzten Matthias Kern aus dem Laden geschleppt hatte.

Hm.

Ich suchte in meinem Handy die Nummer, die Matthias Kern angerufen hatte. Es meldete sich eine nörgelige Frauenstimme. Ich stellte mich als diejenige vor, die ihren Freund nach dem Brand betreut hatte, und erkundigte mich gesittet, wie es ihm gehe und ob ich ihn besuchen könne. Er lag mit zusammengeschraubtem Oberschenkelhals im Katharinenhospital. Da würde er vermutlich noch länger liegen. Ein guter Grund, den Krankenhausbesuch zu verschieben. Andererseits bohrte die Leerstelle, die der Helfer hinterlassen hatte. Ich hatte ihn gesehen, vermutlich mit ihm geredet und dennoch kein Bild von ihm. Ich hätte nicht einmal beschwören können, dass es ein Mann gewesen war, wenn ich daran auch eigentlich keinen Zweifel hatte.

Ich zwang mich. Das Katharinenhospital war nach all den Umbauten nicht mehr dasselbe, in dem ich vor einem guten Dutzend Jahren mit zertrümmertem Knie und Scherben im Gesicht gelegen hatte. Vor der Tür standen mit Infusionsbäumen, Verbänden und Krücken die Raucher. Der Weg zur Orthopädie war ganglang und fahrstuhlweit. Wagen mit Kaffeekannen standen in den Gängen, Schwestern raschelten in Gummipuschen übers Linoleum. Erinnerungen huschten unter den Türritzen hervor. Die mit Adrenalin und Schmerzopiaten gemischte Sorge überfiel mich wieder, ob es mir gelingen würde, in die Welt zurückzukehren, und zwar auf zwei Beinen, die mich trugen.

Ich betrat ein Vierbettzimmer mit einer halben Wand in der Mitte. Rechts lag unter weißen Decken ein Halbtoter mit offenem Mund. Zu alt. Ein Dicker starrte mit Kopfhörern auf den Ohren auf ein Fernsehdisplay am Schwenkarm seines Nachttischs. Der auch nicht. Aber links am Fenster schlief einer mit einem Laptop auf den Knien. Die blutgefüllten Flaschen der

Drainage hingen unter dem Bett, Krücken klemmten in den Halterungen. Das musste er sein.

Matthias Kerns Schlafgesicht war weich wie das eines Kindes. Sein Lächeln war nach dem ersten Schrecken freundlich und offen.

»Wir sind uns bei Ursprung begegnet«, stellte ich mich vor. »Ich habe Sie aus dem Laden geschleift.«

»Ach ja«, sagte er. »Das ist aber nett, dass Sie mich besuchen. Ich habe immer wieder an Sie gedacht. Vermutlich verdanke ich Ihnen mein Leben.«

»Nur zufällig und keiner bewussten Entscheidung.«

»Leider habe ich Sie vor lauter Aufregung nicht nach dem Namen gefragt.«

»Lisa Nerz.«

»Ah! Die Lisa Nerz?«

»Welche?«, fragte ich blöde.

»Schwabenreporterin Lisa Nerz! Ich lese sonntags immer Ihre Rubrik ›Käse und Spatzen‹. Sie schreiben zwar, dass es der Sau graust, wirklich! Sie haben nie Journalismus gelernt, nicht wahr? Aber es hat was. Und wenn sich mir wieder mal die Zehennägel aufstellen, sage ich mir, dass Sie sich vermutlich nur über uns lustig machen.«

Richard interpretierte das nie so nett.

»Und Sie sind auch vom Fach?«, erkundigte ich mich. »Nein, Verzeihung! Sie sind Journalist, ich ja nicht.«

Er lachte fröhlich. »Von irgendwas muss man leben. Eigentlich bin ich Blogger, Internetverleger und … Autor. Aber fragen Sie jetzt bitte nicht, was ich so schreibe. Sie haben es bestimmt nicht gelesen. Sonst …«, sein Gesicht wurde zwanzig Jahre älter, »sonst wären Sie nicht zu dieser unsäglichen Veranstaltung gegangen. Warum ich mir das angetan habe, weiß ich auch nicht. Ich hätte auf meine Freundin hören sollen. Du regst dich nur wieder unnötig auf. Und das hier hätte ich mir auch erspart. Aber ich wollte einfach wissen, was sie für eine ist.«

»Lola Schrader?«

»Wie viel hat der Vater dem Verlag wohl bezahlt, damit die das Buch drucken? Und was kann sich ein kleiner, im Grunde bürgerlicher Verlag wie Yggdrasil davon versprechen?«

»Was ist denn so katastrophal an dem Buch, wenn ich mal fragen darf?«

Matthias seufzte. »Man kann Lola Schrader nicht nachsagen, dass sie nicht schreiben könnte. Es klingt alles ganz gut, ganz professionell. Und viel besser als ihre ersten Versuche in diesem Blog für pubertierende Mädchen. Das mag allerdings daran liegen, dass alles, was im Buch steht, auch schon woanders steht.«

»Sie meinen …«

»Es ist alles zusammengeklaut! Das meine ich.«

»Abgeschrieben?«

»Eine Siebzehnjährige und all die Kokainlines, können Sie sich das vorstellen? Dass sie Tilidin säuft wie ein türkischer Diskoschläger und mit einer Horde Vergewaltiger durch die besetzten Häuser von Freiburg tourt?«

»Vorstellen kann ich mir alles! Man muss ja nicht alles erlebt haben, was man beschreibt.«

Matthias ließ sich ins Kissen sinken. »Weiß Gott nicht. Man kann es auch einfach irgendwo abschreiben. Generation *copy and paste*, verstehen Sie? Jetzt sagen Sie, Döblin hat auch Fremdtexte verwendet. Collage und Simultaneität. Ja. Aber da erkennt man, dass es Schlagerzitate sind, zum Beispiel. Und es dient einer Aussage. Welt stürmt auf den Protagonisten in Form solcher Worte, Sätze, Phrasen ein, droht ihn zu überwältigen. Und das Cento …«

Ich grummelte.

»Das Flickengedicht, Cento von altgriechisch *Kentron* – mit Omega –, was Flickwerk, elender Mensch, Spitzbube bedeutet, das war ein Spottgedicht, das man aus zerstückelten Zitaten neu zusammengesetzt hat, damit sich ein neuer Sinn ergibt. Die Zuhörer kannten die Zitate. Ja, man kann immer Fremdtexte benutzen –

Zeitungsartikel, Werbung, Gedichte, Lexikonartikel –, auch ohne Anführungszeichen zu setzen und eine Quelle anzugeben. Aber dann muss es der Leser erkennen können, beispielsweise, weil sich aus der Konfrontation eines Gefühls, das der Protagonist hat, mit einem Schlagertext, den alle kennen, ein Verfremdungseffekt ergibt, eine Überraschung, eine neue Erkenntnis, verstehen Sie.«

»Ich kann folgen.«

»Jetzt könnten Sie einwenden, Thomas Mann, *Die Buddenbrooks*, kennen Sie, ja?«

Ich nickte und schüttelte den Kopf. »Ich werde nichts einwenden.«

Matthias lächelte. »Der hat alles Mögliche in seinen Roman geflickt, seitenweise aus Lexika abgeschrieben, und niemand regt sich darüber auf, obgleich man es nicht merkt, zumindest heute nicht mehr nach über hundert Jahren.«

»Die Zeit heilt alle Wunden!«

»Ungefähr so, jede Blütezeit der Literatur basiert auf der Kraft und Unschuld ihrer Plagiate! … Leider nicht von mir. Wir zwei, Frau Nerz, wir sprechen uns in vierzig Jahren wieder. Und wenn diese Schrader dann mit zehn ordentlichen Romanen ihr herausragendes literarisches Talent bewiesen hat, dann … dann nehme ich alles zurück. Dann war's Kunst, nicht Raub!«

Ich ahnte, dass es das gewesen war, was er hatte anmerken wollen, als das Feuer ausbrach. »Und von wem hat sie nun abgeschrieben?«

Matthias deutete auf den Laptop, bei dessen warmem Rauschen er eingeschlafen war. »Ich bin gerade dabei, die wichtigsten Belege zusammenzustellen. Leider fehlt mir hier ein Zugang zum Internet. Aber über kurz oder lange werden Sie von mir hören, oder besser: lesen.«

»Da bin ich mal gespannt. Was anderes, Herr Kern. Dieser Typ, der mir und Ihnen geholfen hat, aus der Buchhandlung rauszukommen …«

Er schaute mich an. »Ja?«

»Wissen Sie, wer das war?«

»Ich dachte, das sei Ihr Freund oder so. Er war dann plötzlich weg.«

»Erinnern Sie sich, was das für einer war? Jung, alt, Spiderman?«

Matthias lachte. »Sie stellen Fragen! Ich habe echt nicht viel mitgekriegt. Er war besorgt. Freundlich. An die Haarfarbe erinnere ich mich nicht, vermutlich irgendwas zwischen blond und schwarz, eher schwarz. Ich weiß es wirklich nicht. Was ist mit ihm?«

»Er hat Ihnen das Leben gerettet. Mit mehr bewusster Absicht als ich. Er kam nämlich von draußen rein und hat mir geholfen.«

»Hm. Vielleicht möchte er unerkannt bleiben.«

Ich gab Matthias Kern meine Karte, auf der nur meine Handynummer stand. »Vielleicht wollen Sie ja mal ein Bier trinken gehen, wenn Sie wieder raus sind.«

7

Am Wochenende hatte ich was anderes zu tun. Montag früh rief ich Rudolf Wagenburg an, einen meiner Ex-Kollegen beim *Stuttgarter Anzeiger*, und erkundigte mich, was die Brandsachverständigen der Feuerwehr herausgefunden hatten. Der routinemäßigen Pressemitteilung der Polizei zufolge hatte man eine Chemikalie an der Stelle gefunden, wo das Feuer seinen Ausgang genommen hatte.

»Was für eine Chemikalie?«

»Wozu willst du das wissen?«, fragte Rudolf.

»Ich saß unten im Keller bei der Lesung, als es passierte.«

Der alte Reporter lachte tief aus seinem Trollingerbauch heraus. »Wie schaffst du das nur immer? Unsereiner muss erst hinfahren, und du bist immer schon da, wenn was passiert.«

»Wer nicht rausgeht, den bestraft das Leben, Rudolf! Musst halt dein Pressehaus mal verlassen.«

»Wenn ich es verlasse, stehe ich im Stau.«

»Übrigens, Durs Ursprungs Sohn Ruben hatte ein vitales Interesse daran, dass der Vater den Saustall dichtmacht und er woanders einen überlebensfähigen Buchladen aufziehen kann. Aber ich weiß nicht, wie er es gemacht hat.«

»Hm«, machte Rudolf. Als erfahrener Journalist wusste er, wo eine Geschichte steckte, aber auch, wie schwierig es war, sie pressereif zu machen. Die meisten guten Geschichten fanden nie den Weg in die Öffentlichkeit, weil sie ohne Beweise reiner Rufmord gewesen wären oder den Tod des Journalisten bedeutet hätten, zumindest beruflich. In so einer Situation war ein Freelancer wie ich einem Journalisten wie Rudolf mit festem Stuhl und Tisch im Pressehaus nützlich. Ich trug das Risiko, er erntete die Lorbeeren, falls meine Recherchen zu einer druckreifen Geschichte führten.

»Und deshalb«, lockte ich, »wäre es interessant zu wissen, um welche Chemikalie es sich handelt. Es müsste eine sein, die sich nach einer gewissen Zeit, etwa nach einer Stunde, selbst entzündet.«

»Ich ruf mal bei der Polizei an«, beschied Rudolf. »Ich melde mich dann wieder.«

Hatte, fragte ich mich, Ruben eigentlich ebenso wie ich beobachtet, wie Richard das wiederentdeckte Buch in einen der Stapel zurückschob, während die Schraders und der Verleger einliefen? Und wer war zu diesem Zeitpunkt noch im Laden gewesen? Ich hatte zwar niemanden wahrgenommen, aber das musste nichts heißen. Ich hatte auf sehr wenig geachtet an diesem Abend.

Ich nahm das Hybridbuch vom Kneipentisch, wo es seit Donnerstagnacht lag. Als ich es aufschlug, hörte ich mit leisem Knistern die Blätter sich voneinander lösen. Oft war es seit dem Einschuss noch nicht aufgeschlagen worden. Die Kugel hatte das hintere Drittel des Bandes durchschlagen und war als Knubbel noch bis zur Mitte auf den Seiten zu fühlen.

Nur mal angenommen, das Buch wäre der eigentliche Grund für den Brandanschlag gewesen. Womöglich konnte es heute noch jemandem gefährlich werden, einer Marie Küfer, die jetzt Ehefrau einer bekannten Persönlichkeit war, oder Wolfi, der gerade irgendwo eine Wahl gewinnen wollte.

Die Seiten mit dem altertümlichen Textmuster waren gelblich und glatt. Wenn man mit den Fingerspitzen darüberfuhr, spürte man die Eindrücke der Buchstaben vom Druckstock à la Gutenberg. Manche Bücher in meiner Schulbibliothek hatten sich auch noch so mechanisch angefühlt. Die Fremdtexte befanden sich in zwei Lagen ziemlich genau in der Mitte. Ihr Papier war rauer und eng betippt. Bei geschlossenem Buch waren die fremden Lagen übrigens kaum zu erkennen, denn es gab … wie nannte man das? Meine Mutter hatte eine Bibel mit dem besessen, was sie Goldschnitt genannt hatte. Gemeint war damit, dass die Schnittkanten des Buchblocks vergoldet gewesen waren. Gold war es hier nicht, aber ockergelbe Farbe. Ich brauchte dringend einen Buchbinder, der mir die wahren Geheimnisse dieses Buchs erklärte. Durch Blättern kam ich nicht darauf.

Wenn auch – das stand fest – das Buch nicht der Grund für die Brandstiftung gewesen sein konnte. Falls Ruben oder irgendwer anders beobachtet hatte, wie Richard *Schloss und Fabrik* zurück in den Stapel steckte, hätte er es genauso wie ich herausnehmen und anderweitig entsorgen können.

Verworfen! Aber gut, dass wir darüber nachgedacht haben.

Und dennoch … Nehmen wir an, der Beobachter von Richards Aktion hätte nicht bemerkt, wie ich das Buch hinter Richards Rücken an mich nahm. Er konnte später, als wir alle unten im Keller saßen, danach gesucht, es aber nicht gefunden haben. Zum Beispiel Michel Schrader, der sehr spät in den Keller herabgefußelt gekommen war. Allerdings war er ein bisschen zu jung für eine autobiografische Beziehung zu den 68ern. Genauso wie Ruben Ursprung.

Wäre es mir aufgefallen, wenn der unbekannte Helfer älter als fünfzig gewesen wäre? Hätte Matthias Kern ihn dann für meinen Freund gehalten? Na gut, warum nicht. Richard war auch über fünfzig.

Richard! Er hatte eine Beziehung zu dem Buch. Aber er hätte kein Feuer gelegt. Immerhin kannte er die damaligen Personen höchstwahrscheinlich in ihrer heutigen Gestalt. Die rätselhafte Marie Küfer war seine erste große romantische Liebe gewesen. Nur dass sie in ihm natürlich nicht den Mann gesehen hatte, der er in seiner eigenen Vorstellung gewesen war, ein Thalheim, ein Ehrenmann in verzweifelter Lage, der Einzige, der sie selbstlos liebte, sondern vermutlich ein geschlechtsloses Ding zwischen Mädchen und Pickelbub. Heute allerdings konnte er ihr beweisen, dass er immer Thalheim gewesen war, indem er ihr den Dienst erwies, das verräterische Buch zu vernichten. Was auch immer es verriet.

Und ein Buch vernichten heißt: es verbrennen. Das ist nicht nur ein symbolischer Akt. Es mindert auch das Risiko, dass es ein anderer für sich entdeckt, beispielsweise im Hausmüll auf dem Weg zur Müllverbrennung. Wie schwierig andererseits die individuelle Buchverbrennung ist, hatte Richard uns in Ursprungs Laden geschildert. Es wäre für ihn heute nicht leichter gewesen als damals, denn er gehörte nicht zu den Menschen, die sich das eigene Heim mit einem Kamin gemütlich gemacht hatten.

Also hatte er das Buch in den Stapel zurückgesteckt und … Alles Käse mit Spatzen! Und dennoch waren wir extra eine Dreiviertelstunde zu früh dort gewesen, damit er in aller Ruhe – den Bücherfreund vorgebend – nach diesem Buch suchen konnte, das sich dann sehr schnell eingefunden hatte. Und womöglich enthielt dieses Buch etwas, von dem er uns nichts erzählt hatte, etwas ungeheuerlich Entlarvendes, etwas Brandaktuelles, das jemandem das Genick brach, einem Wolfgang oder Wolfram Soundso, Ehemann von Marie Küfer, der heute Bundespräsident war …

Der hieß allerdings derzeit Horst.

Also alles Unsinn!

Richard hätte das Buch ja wirklich auch nur stillschweigend einstecken müssen, um es später woanders zu verbrennen. Oder zu schreddern! In Schnipsel zerreißen, dem Wind übergeben. Es war definitiv möglich, ein Buch zu vernichten, ohne einen Buchladen abzufackeln.

Ich atmete aus. Lisa Nerz, du musst nicht allen Menschen alles zutrauen. Irgendwo liegt die Grenze zwischen Lebenserfahrung und Misstrauen.

Nur wo? Bitte!

8

Ich suchte im weltweiten Netz gerade nach Buchbindern im Gäu, da klingelte mein Handy. Unbekannte Nummer.

»Ja?«

»Spreche ich mit Herrn Nerz?«

»Wie man's nimmt.«

»Michel Schrader hier! Ich brauche Ihre Dienste. Am besten wird sein, Sie kommen gleich bei uns vorbei. Dann können wir alles in Ruhe besprechen und den Vertrag fertig machen.«

»Einen Vertrag?«

»Oder wie ist das bei Ihnen in der Branche üblich?«

Eine Stimme, die es gewohnt war zu schicken. Das Bild des filigranen Herrn aus Ursprungs Laden gesellte sich dazu. Der aufgeregte Vater, der selig lächelnde Verleger, die kindliche Autorin. Über den schweren Verlust, den die Buchhandlung Ursprung für das Stuttgarter Kulturleben bedeutete, hatte man die arme Krott und ihr ambitioniertes Büchlein ganz vergessen.

»Ich bin der Vater von Lola Schrader.«

»Schön für Sie. Ob es allerdings für Lola auch schön ist …«

»Sie lesen vermutlich keine Zeitung!«, unterbrach er mich. Er klang wie mein letzter Deutschlehrer: *Ulysses* in den Augen, Grundgesetz in der Tasche, Goethe in den Nasenfalten. »Und Sie haben sicher auch noch nie von Lola Schrader gehört. Nun ja, in Ihrer Branche kommt man wohl nicht zum Lesen.«

Von welcher Branche redete er eigentlich? »Meinen Sie Bücher?«

»Jaha!« Mein Telefon nickte.

»Tut mir leid, ich bin Internetanalphabet.«

»Das spielt eigentlich keine Rolle. Sie sollen das Buch ja nicht lesen. Und wie gesagt, am besten wird sein, Sie kommen gleich einmal bei uns vorbei. Am Telefon möchte ich das nicht besprechen. Und wir können auch gleich einen Vertrag machen. Falls das in Ihrer Branche üblich ist.«

Zum Teufel mit meiner Branche! Was textete der eigentlich? Ich versuchte zu peilen. »Herr Schrader, wie sind Sie auf mich gekommen? A: über eine Zeitungsanzeige, B: übers Internet, C: zufällig, D: Ich bin Ihnen empfohlen worden. Bitte ankreuzen.«

Der Lehrer trudelte einen Moment. »Na, wenigstens haben Sie Humor.«

Ich habe keinen Humor!

»Man hat Sie mir empfohlen. Sie sind in der Branche ja nicht sonderlich bekannt. Eine Website haben Sie auch nicht.«

Es gab eigentlich nur eine Branche, in der meine Telefonnummer derzeit gehandelt wurde – allerdings nicht mit männlichem Präfix –, nämlich unter polnischen, ukrainischen, ungarischen und tschechischen Ex- und Noch-Nutten auf der Suche nach in der Sexindustrie verschollenen Schwestern. Ein Link zum letzten Fall, der mich meine Tapeten und Richard seinen Glauben an den Sinn der Nächstenliebe gekostet hatte. Ich ging im Geist die Clubs und Studios durch, in denen ich mich am Wochenende herumgetrieben hatte, um eine Jana aufzutreiben, die es als verdorbener tschechischer Engel irgendwohin verschlagen hatte.

In dem Etablissement, in dem sie sich laut Website hätte befinden müssen, war sie nicht gewesen. Ich hatte eine nette Unterhaltung mit dem Chef der *Four Roses* über den Generationenwechsel gehabt, sein Sohn wollte das Table-Dance-Lokal übernehmen. In anderen Clubs stellte man besser keine Fragen. Mit den Arachnes hatte ich später über Grenzgebiete geflachst und darüber, dass sich ihr SM-Club in der Grenzstraße am äußersten Rand eines Industriegebiets befand. Im Büro hatte das Buch mit dem callgirlroten Cover gelegen. Über Kunden äußerte sich die Domina nicht, aber es war unzweifelhaft ein Kunde gewesen, der ihr das Buch dagelassen hatte. »In den Shop kann ich es aber nicht stellen«, hatte sie erklärt. »Was die Kids tun, ist voll bizarr. Aber Fisting an einer 13-Jährigen, das kannst du als Literatur verkaufen, nicht aber als Pornografie in einem Shop für BDSM[6].« Jana hatte ich dann in einem Schuppen in Ludwigsburg aufgetrieben.

»Und was für Dienste haben Sie sich vorgestellt, Herr Schrader?«, fragte ich den Kunden. »Französisch?«

»Was … äh … Nein. Ich unterrichte Rhetorik.«

»Ah so.«

»Und wie gesagt, lieber nicht am Telefon. Wann können Sie kommen?«

»Das kommt drauf an, wohin.«

»Dann nehmen Sie den Auftrag an?«

»Welchen Auftrag?«

»Sie müssen verstehen, aus bestimmten Gründen kann ich unsere Adresse nicht ohne Weiteres an Fremde weitergeben.«

Ich musste lachen. »Herr Schrader, Sie glauben doch nicht im Ernst, dass ich nicht in spätestens einer Stunde weiß, wo Sie wohnen.«

»Gut, dann in einer Stunde. Dann sehe ich auch gleich, was Sie können!« Damit legte er auf.

Wer sich provozieren lässt, hat schon verloren. Wahrscheinlich wäre ich jetzt noch am Leben, wenn ich mich gezwungen hätte, Michel Schrader nicht zu beweisen, was ich konnte. Aber Lehrer-

6 *Bondage & Discipline, Dominance & Submission, Sadism & Masochism*

stimmen packten mich immer noch an Häkchen meiner Kindheit. Mein Vater war zu früh gestorben, als dass ich ihm hätte beweisen können, dass ich mehr war als nur ein Mädchen. Das ist meine Ausrede, warum ich habe handeln müssen.

Ich orientierte mich schnell im Netz. Lola Schrader – *Malefizkrott*, Amazon-Verkaufsrang 35245, kartoniert, 9,90 Euro. Das Buch war vor Weihnachten bei Yggdrasil in Tübingen erschienen. Der Verlag verriet auf seiner eigenen Seite, dass Lola Schrader die Tochter der Schauspielerin Marlies Schrader war. Bei Google Bilder erschien eine schmale Brünette. Ich erinnerte mich. Sie pilcherte meist eine Exfreundin, die noch ein bisschen intrigierte, ehe sie verlor. Sie gehörte einer Filmagentur in München. Tochter Lola Schrader war ihrem Facebookprofil zufolge Fan von Tokio Hotel. Von ihrem Gesicht sah man vor lauter Haaren nichts. Sie hatte 156 FreundInnen. Unter ihnen erkannte ich auch den Jungen wieder, der bei der Lesung gewesen war: Nino Villar. Lola wohnte in Stuttgart-Vaihingen. Schule: Fanny-Leicht-Gymnasium.

Michel Schrader zeigte sein gelehrtes Gesicht auf der Seite der Musikhochschule im Bereich Figurentheater. Dort prangte auch seine Privatadresse. Er wohnte ihm Österfeldgewann, Stuttgart-Vaihingen. Spaßeshalber schaute ich noch nach, ob er in einem Online-Telefonbuch verzeichnet war. Er war es nicht. Das Ganze hatte mich neun Minuten gekostet.

Umso mehr Zeit hatte ich für den Kleiderschrank.

Schrader hatte mich mit Herr Nerz angeredet, also sollte er auch einen bekommen. Aus rational nicht nachvollziehbaren Gründen kam es mir außerdem darauf an, dass er mich nicht gleich als Gast von Lolas Lesung wiederkannte. Ich wählte den dunkelgrauen Anzug, ein weißes Hemd, eine Durchschnittsvertreterkrawatte, schwarze Schuhe und den Trenchcoat. Ans Handgelenk schnallte ich eine von den klobigen Tiefseetaucheruhren, die Männer so lieben. Das Haar ölte ich nach hinten.

»So, ziehet Sie wieder amol in den Krieg?«, fragte Oma Scheible im Treppenhaus. »Passetse uf, gell!«

In Büchern nannte man eine Wiederholung Leitmotiv. Alte Leute schufen ständig Leitmotive. Ein Wort, das es, wie ich sicher wusste, auch im Englischen gab.

Es regnete noch. Die sonnigen Tage kamen erst später. Aber die ersten Deutschlandwimpel flatterten schon an den Autos an mir vorüber. An der Ecke Neckarstraße, Hackstraße erneuerten Maschinen das Gleisbett der Stadtbahn, die zum Gaskessel abbog. Ich holte Brontë aus der Garage. Die alte Dame aus der Familie Porsche, hochzeitsweiß mit nuttenroten Ledersitzen, muckte, als Regen ihre Windschutzscheibe nässte. Der Scheibenwischer knarzte.

»Es muss sein«, erklärte ich ihr. »Wegen der Performance!«

Das Autoradio teilte mir mit, dass unser Bundespräsident soeben zurückgetreten war, der Horst. Das habe es in Deutschland noch nie gegeben. Schlechte Performance. Dabei hatten wir doch erst am Samstag mit Lena den Grand Prix gewonnen. Gute Performance. Nettes junges Mädchen erklärt uns, wie das für schlanke Teenies ist, wenn sie sich verliebt haben. Die reine Physik, da gibt es kein Entkommen in die Vernunft. Sie glaubt sogar, der Kerl interessiere sich für die Lackfarbe der Zehennägel. Zwischen Opernkleidern und alten Melodien hopst im schwarzen Hängerchen die entzückende Jugend, die wir ja ansonsten gar nicht mehr kennen. Wir kennen nur die Schläger.

Stuttgart verstand übrigens von Performance auch nichts. Nicht einmal mehr Autostadt mochte sie sein. Alle Straßen, die Brontë gefallen hatten, weil raserisch und mehrspurig, waren ökolustfeindlich auf Tempo fünfzig zurückgestutzt und von Fußgängerampeln zerhäckselt.

Und in diesem Sommer herrschte eh Krieg. Nein, nicht Fußball. Es ging um den Hauptbahnhof mit seinem kreiselnden Mercedesstern und der Turmuhr aus den Fünfzigern, mit seinen Bossenwerkfassaden und den endlosen Seitenflügeln, an denen Passanten verhungerten und Ratten fett wurden.

Ich gehörte nicht zur Kulturelite der Stadt, aber ich sah es mit Wohlgefallen. Es schmeichelte mir. Denn beim Kampf um den Retrocharme des Hässlichen ging es im Grunde auch oder eigentlich um mich. Er war wie ich, dieser Hauptbahnhof: ungefällig, von altertümlicher Ästhetik, schroff, rau und verschlossen. Er war eine sperrige Demonstration gegen den bürgerlichen Schnörkelklassizismus anderer Metropolenbahnhöfe, zugleich jeglicher Modernisierung abhold, geistig tief im vorigen Jahrhundert verwurzelt und entschlossen, nichts dazuzulernen. Deshalb durften, wenn es nach mir ging, auch die Seitenflügel nicht abgerissen werden. Und wenn sich die Stuttgart-21-Gegner zu ihren Montagsdemonstrationen und Mahnwachen versammelten, dann taten sie es insgeheim für mich, für mein Narbengesicht, an das man sich gewöhnt hatte, und für meine Anstrengungen, nicht zu gefallen und mich dem zeitgemäßen CO_2-neutralen Glasbaudenken nicht zu unterwerfen.

Ich schickte Brontë durch die Tunnel nach Vaihingen hinauf und überließ den Rest des Wegs dem Navi. Er führte uns über die Bahnlinie ins Österfeldgewann, wo die Straßen Othello, Don Carlos oder Hamlet hießen. Brontë schnurrte zufrieden. In der Sackgasse zum Wald standen immerhin ein Porsche Cayenne und ein Z3. Wahrscheinlich würde sie den jungen Boliden Märchen aus Zeiten erzählen, als sich noch niemand um Auspuffemissionen kümmerte.

Das Haus mit dem Klingelschild Schrader war Teil eines dreihäusigen Neubaus mit großen Fenstern.

»Nerz«, sagte ich in die Gegensprechanlage.

»Pappo«, hörte ich aus dem Lautsprecher ein Mädchen rufen. »Da ist ein Nerz.«

Eine Antwort hörte ich nicht. Aber es knackte der Türöffner.

»Pünktlich sind Sie ja!«, empfing mich der filigrane Akademiker mit wachen grauen Augen und der Lehrerpersönlichkeitstonlage. »Angenehm, Herr Nerz!«

Mir gar nicht. Die Wohnung roch nach musischer Erziehung und Globuli.

»Schön, dass es geklappt hat«, konversierte Schrader weiter. »Möchten Sie ablegen?«

»Danke.« Ich legte den Trenchcoat über meinen Arm.

Lolas Blick war nadelscharf, er trennte alle Nähte meines spießigen Anzugs auf, freilich ohne sich schlüssig zu werden.

»Das ist meine Tochter Lola«, sagte Michel Schrader.

Ihr Händedruck war gewollt lasch. Ich schaute ihr ungeniert auf die Titten. Sie zog die Jacke zusammen. Unser geheimes Spiel begann.

»Darf ich bitten«, sagte der Vater. Im Wohnzimmer standen ein Klavier, Möbel, Unterhaltungstechnik und Leuchtmittel, die den unbedingten Willen zur Gestaltung verrieten. In die weißen Ledersofas würde niemand zu furzen wagen. Die Glasfront erlaubte direkten Einblick auch unterhalb der Gürtellinie. Nach dem, was ich über Feng-Shui wusste, ging es kaum unheimeliger.

Auf dem Rauchglascouchtisch lagen die *Süddeutsche*, die *Welt*, der *Stuttgarter Anzeiger* und das Buch mit dem callgirlroten Cover.

»Ja, das ist es, das Corpus Delicti.« Michel Schrader nahm es hoch, wechselte es von einer Hand in die andere, bevor er es mir überreichte.

Lola lächelte Grübchen in ihre Backen. »Nur so eine Spielerei von mir.«

Ich hielt mir das Buch verkehrt herum unter die Augen und ließ die Blätter unterm Daumen durchratschen.

Michel Schrader runzelte die Stirn. Lola lächelte sich aufs Kinn. Der Unterschied zwischen ihr und mir war nur, dass meine Spielereien nicht gedruckt und unter die Leute gebracht wurden.

Ich kann allerdings seit der Grundschule Texte lesen, die auf dem Kopf stehen, denn nur so hatte ich von meiner ersten Bank aus entziffern können, was die Lehrerin las, wenn sie uns eine Klassenarbeit schreiben ließ. Deshalb hatte mich schon in früher Jugend die Erkenntnis angesprungen: »Die Frau leidet als soziales und als Geschlechtswesen. Es ist schwer zu sagen, in welcher von beiden Beziehungen sie am meisten leidet. Daher ist der Wunsch vieler Frauen begreiflich, dass sie möchten als Mann und nicht als Weib geboren worden sein.«

In den Zeiten meiner Tätigkeit für die Frauenzeitschrift *Amazone* pflegte ich zu behaupten, dieser Satz sei von Simone de Beauvoir und habe mir schon in der Grundschule die Erleuchtung verschafft, dass es sich für mich nicht lohnte, das Ego-Projekt Frau weiterzuverfolgen. Keine hatte mir jemals widersprochen. Da hatte erst Richard kommen und August Bebels *Die Frau und der Sozialismus* ins Spiel bringen müssen. Gerne hätte ich diese Lehrerin heute gefragt, was sie damals bewogen hatte, Bebel zu lesen. Ich vermute, sie ist nicht im Schuldienst geblieben. Vielleicht ist sie damals verzweifelt an Ungerechtigkeit und Vietnamgemetzel und wurde – Anfang der siebziger Jahre – aus dem Dorf in die antiimperialistische Stadtguerilla gespült, kaufte einen Wecker, der für einen Kaufhausanschlag benutzt wurde, gewährte einer gesuchten Rote-Armee-Fraktionistin Unterschlupf und ging später in der Lesben- und Emanzenbewegung auf. Damals kannte man ja das iPad noch nicht und hielt deshalb die Weigerung, BH zu tragen, für eine Revolution.

Und jetzt sprang mir aus dem falsch herum gehaltenen Buch der Satz in die Augen: »Hakim lässt Oliva nackt tanzen, während eine Katze sie kratzt und beißt. Immer weiter und weiter, bis er sich entladen hat.«

Ich schaute hoch. Michel Schrader blickte weg. Lola kratzte sich mit kontaktlosem Blick die Hand unter dem langen Ärmel. Für einen Hausaufgabennachmittag war sie arg aufwändig geschminkt. Kajal um die Augen, Lidstrich, Mascara, ein kräftiges Violett auf den Lidern. Emo nannte man diese Farbrichtung. Das kam von Emotional. Emo sein lohnte sich eigentlich eher für Jungs, die sich schminkten und riesige Mützen auf toupierten Haaren tragen wollten, ohne als weibisch zu gelten, was die Lans nicht hinderte, sie zu mobben. Emo-Weibchen weinten nur ständig und ritzten sich die Unterarme.

»Es verkauft sich ganz gut«, behauptete Michel. »Offenbar hat Lola den Nerv der Zeit getroffen.«

Ihr Blick kam hoch und prallte gegen mein Gesicht. Ein kleines Lächeln befeuchtete ihre Lippen.

Na, du Malefizkrott, wer hat dir denn gesteckt, dass Schweinkram mit Gewalt immer den Nerv trifft?

Mit einem Ruck zog sie den Haarvorhang vor ihr Gesicht.

Empfindlich! Sensibel? Ich hätte gerne diese Stimme wieder gehört, mit der sie beim Eintritt in Ursprungs Laden »Guten Abend« gesagt hatte. Aber im Moment spielte sie was anderes. Ich kam nur nicht drauf, was.

»Bitte nehmen Sie doch Platz!«, sagte der Vater.

Ich steckte das Buch in die Innentasche meines Jacketts, legte den Trenchcoat über die Sofalehne und schlug die Beine übereinander. Dabei knallte ich mit der Schuhspitze unter den Couchtisch. Die Platte hob sich. Die Zeitungen rutschten.

»Verzeihung.« Ich rückte die Platte wieder gerade.

»Nichts passiert«, sagte Michel.

Lola kicherte. »Passiert mir auch ständig.« Sie ließ sich schwerhüftig in einen Sessel plumpsen.

»Darf ich Ihnen was anbieten?«, erkundigte sich der Hausherr. »Kaffee? Tee? Wasser?«

»Einen Kukicha«, antwortete ich. »Wenn Sie haben.«

»Ich fürchte, ich weiß nicht einmal, was das ist.«

»Japanischer Grüntee. Aber ein vietnamesischer Soui Bu Mu Tan tut's auch.«

Michel lachte ratlos.

»Dann nichts, danke.«

»Ein Wasser?«

»Pappo, chill out! Hock di na!«, befahl Lola. Und an mich gewandt: »Sie sollen also auf mich aufpassen. Wie läuft das? Stehen Sie hinter mir mit Sonnenbrille, damit man Ihre Augen nicht sehen kann?«

»Warum sollte ich?«

»Meine Tochter hat Drohungen erhalten.«

Aus einer Schrankschublade zog Michel einen Ordner und setzte sich mir gegenüber. Der Ordner enthielt einen Vorrat Klarsichthüllen. In einigen steckten bereits Zeitungsausschnitte und Internetausdrucke. Offensichtlich war Pappo entschlossen zu dokumentieren, woran seine Tochter sich später einmal erinnern sollte. Er zog drei Blätter aus einer Hülle und breitete sie auf dem Glastisch aus.

Ich löste den Beinüberschlag, um mich vorbeugen zu können, und donnerte erneut mit dem Schuh gegen die Tischplatte.

Es waren fünf E-Mail-Ausdrucke mit Absendernamen wie Ann Onym, Kurt Zeller und Colly A. House. Im Textfeld stand je ein Satz ohne Komma. »Der Tot wird dich bekleiden Schlampe«, lautete der erste.

»Vermutlich meint er ›begleiten‹, typischer Fehler unserer bildungsfernen Jugend«, bemerkte Michel. »Und Tod ist auch falsch geschrieben.«

»Bücher brennen hell Luder« lautete der nächste, und der dritte: »Der Tot wartet auf dich Buchhasser.«

Diese beiden gab es in doppelter Ausfertigung, nur von jeweils anderen Absendern: Nemo Celsior und Fritz Wuehlmaus.

»Natürlich Tarnadressen!«, erklärte Michel Schrader.

»Wahrscheins nur ein Scherz«, sagte Lola. Ich entdeckte keinerlei Angst in ihrem Blick.

»Klingt auch eher nach Penisknochenbruch«, bemerkte ich.

»Wie bitte?«, fragte Michel.

»Nach einem Dauererektor, der sich an Mädchen in Angst aufgeilt«, erklärte ich. Die Sache mit den brennenden Büchern gefiel mir allerdings gar nicht. »Hat er schon angerufen?«

Vater und Tochter schüttelten die Köpfe.

»Sollte er dazu übergehen, dann legen Sie sich eine Trillerpfeife neben's Telefon. Das bläst ihm das Trommelfell raus. Aber trillern Sie erst, wenn Sie sicher sind, dass es nicht Tante Erna ist, die erst mal zu Atem kommen muss, bevor sie sich meldet.«

Lola gluckste.

»Grammatisch und semantisch sind es eindeutig Drohungen«, bemerkte Michel Schrader streng.

Wir starrten uns an. Wenn sich zwei Männer gegenübersitzen, ist Kommunikation kinderleicht. Man macht eine breite Brust, zeigt die Waffen, man kreuzt sie, einer gewinnt, dann ist alles klar und flutscht, bis zum nächsten Gefecht. Das gewinnt dann auch mal der andere. Michel besaß eindeutig die Bildung.

»Warum sollte jemand Ihrer Tochter drohen?«, fragte ich.

»Neider gibt es überall.«

»Und worauf sind sie neidisch? Auf das Buch?«

»Kann ich mir auch nicht vorstellen!«, sagte Lola, schnell bereit, sich zu unterwerfen. »In meiner Klasse interessiert das null.«

»Bei Wittwer liegt es inzwischen in Stapeln herum!«, trumpfte Michel auf.

»Ach, kontrollieren Sie das?«

»Kontrolle wäre das falsche Wort. Es interessiert mich.«

Ich stellte mir vor, wie der filigrane Mann mit gegen den Wind gestelltem Haar Buchhandlungen stürmte. Wenn er sein Töchterchen nicht fand, nahm er sich die Buchhändlerin zur Brust. Haben Sie die Schrader? Ganz neu auf dem Markt. *Malefizkrott*. Nicht? Lesen Sie keine Zeitung? Was für ein unternehmerisches Konzept haben Sie eigentlich? Die Buchhändlerlizenz im Lotto gewonnen? Da kann ich mir künftig den Weg zu Ihnen ja sparen und gleich bei Amazon bestellen. Und die Buchhändlerin fing an zu schwitzen. Ich kann es Ihnen bis morgen bestellen. Das aber konnte Schrader nicht akzeptieren, dann hätte er seinen Namen nennen müssen. Schrader. Ach, sind Sie der Ehemann? Nein, der Vater. Was 'n Stress! Erst mit dem Schreiben, dann mit dem Bibbern und Beten, dass es ein Erfolg wird und die Charts stürmt. Und wenn nicht? Kann man dann noch in den Spiegel gucken? Schämt man sich?

»Und bei Amazon«, setzte der Vater hinzu, »steht es auf dem Verkaufsrang dreißigtausend! Falls Ihnen das was sagt!«

Ich kannte einen, der versucht hatte, den Verkaufsrang-Algorithmus von Amazon zu hacken. Immerhin wusste ich, dass sich bei dem Rang, wenn er so blieb, insgesamt vielleicht zweitausend Bücher im Jahr verkaufen würden. Nicht eben viele für das gierige Glitzern in den Augen des Vaters.

»Wie hoch ist denn die gedruckte Auflage?«

Michel Schrader lächelte verkniffen. »Yggdrasil ist ein kleiner Verlag. Und ein Debütroman ist immer ein Risiko.«

Ich lachte. »Hunderttausend?«

»Um Gottes willen! Zehntausend«, antwortete er mit entschlossener Lügenmiene. »Das kommt Ihnen vielleicht wenig vor. Die meisten Leute denken immer gleich an Bestseller, wenn sie hören, dass man ein Buch geschrieben hat. Und sie meinen, Gott was man damit verdient.«

Also dreitausend, dachte ich.

»Aber was nicht ist, kann ja noch werden.«

»Pappo!«, seufzte Lola. »Du weißt doch, ich denke nicht an Cash.« Sie machte ein Ehrlichkeitsgesicht. »Das geht mir voll am Fiedel vorbei.«

Super Stilmix: Schwäbisch – Fiedel heißt Arsch – gemischt mit Anglizismen. In diesem Punkt war das Buch zumindest authentisch, nach dem, was ich am Donnerstag gehört hatte.

»Gut«, sagte ich. »Gehen wir also vom maßlosen Neid eines grenzenlos Unwissenden aus. Fällt Ihnen da jemand ein?«

Pappo und Tochter schüttelten so wild die Köpfe, als glaubten sie grundsätzlich an das Gute im Menschen.

»So unbekannt wie Sie als Autorin sind«, bemerkte ich roh, aber höflich, »muss man wohl von einem Täter im direkten Umfeld ausgehen. Ein Schulkamerad, der Nachbar, der Sie eh schon ständig stalkt.«

Lola machte schmale Schultern und warf einen Blick zum Fenster hinaus auf die Straße. Gegenüber eine Hecke, ein Rasen, ein Mehrfamilienhaus mit Fenstern.

Michel Schrader schüttelte den Kopf. »So einfach ist das, fürchte ich, nicht. Wir hatten … vielmehr meine Tochter hatte eine Lesung letzte Woche bei Ursprung, falls Ihnen das was sagt.«

»Die Buchhandlung, die abgebrannt ist. Es stand in der Zeitung.«

Lolas Blick schaukelte sich in Zufriedenheit ein. Jetzt hatte sie mich erkannt. Jetzt war sie sich sicher.

»Und zwar an dem Abend«, fuhr Michel blind fort, »als wir dort waren. Wir sind mit nur knapper Not hinausgekommen. Und bei der Lesung war niemand, den wir kannten, außer Nino. Das ist ein Schulfreund von Lola, und den kennen wir seit Jahren.«

»Einen Nino kennt man nie, Herr Schrader. Heute der nette Bub, morgen ein Amokläufer!«

»Dazu fehlt dem Jungen die Courage«, stellte Michel Schrader fest. Einfach so. Lola duckte sich kaum merklich.

»Außerdem«, bekräftigte Michel, »saß Nino die ganze Zeit unten bei uns, während das Feuer oben im Laden ausbrach. Später hat es geheißen, jemand sei von außen in den Laden gekommen und habe das Feuer gelegt.«

»Und Sie meinen, es habe Ihrer Tochter gegolten?«

»Ich weiß es nicht. Die Zeitungen haben natürlich nur über Durs Ursprung und über den Laden berichtet. Kein Wort über Lola und uns. Immerhin waren wir auch beeinträchtigt, hatten einen Schaden. Ich habe dem *Stuttgarter Anzeiger* schon eine Mail geschrieben deswegen.«

Lola hörte kaum noch mit. Ihr Blick klebte an mir wie eine Schnecke auf Salat und kroch langsam auf seiner Schleimpur über meine Wange, die Nasenfurche entlang, über meine Stirn. Ihr Mund lächelte versonnen zwischen den Grübchen.

»Jedenfalls«, fuhr Michel Schrader unterdessen fort, »hat Lola nächste Woche Donnerstag wieder eine Lesung. Und ich würde mich einfach wohler fühlen, wenn jemand dabei wäre, jemand wie Sie.«

Ich lehnte mich zurück. »Klingt, als wollten Sie mich als Bodyguard engagieren.«

»Je nun …«

»Wie kommen Sie auf die Idee, dass ich so was mache?«

»Wie gesagt, Sie sind mir empfohlen worden … Von einem Bekannten.«

»Den ich ja auch kennen müsste.«

»Ich muss gestehen, ich weiß seinen Namen nicht mehr. Ich habe ihn in einem … äh … Restaurant getroffen. Wir kennen uns von früher. Da kann man schlecht nach dem Namen fragen.«

Ich skizzierte kurz mit meinem Fettfinger ein  auf die Glasplatte. Der ausgemergelte Hochschullehrer guckte schneller weg, als er hinschaute. Wenn so einer das Emblem für SM kannte, das auf die *Geschichte der O*[7] zurückgeht, deutete das nicht unbedingt auf eine gute Schulbildung hin.

»Jedenfalls, man sagte mir, Sie machen so was.«

Philip Marlowe hätte jetzt die Rede knallhart aufs Geld gebracht. »Sie erwarten aber nicht, dass ich Ihnen garantiere, dass Ihrer Tochter nichts zustößt«, sagte Lisa Nerz stattdessen.

Und Michel Schrader witterte sofort Chefluft: »Trauen Sie sich die Aufgabe nicht zu?«

Ich lachte ihn als Herr Nerz an. »Ich übernehme keine Aufgaben. Ich spiele nur.«

Sein Blick verengte sich. »Was verlangen Sie?«

Ich erinnerte mich, dass Philip Marlowes Honorarforderungen mir stets horrend vorgekommen waren. »Fünfhundert Euro pro Stunde plus Mehrwertsteuer und Spesen.«

Jetzt lachte Michel Schrader. »Was glauben Sie, was ich als Lehrer verdiene?«

»Sie sind Hochschulprofessor.«

»Das macht keinen nennenswerten Unterschied.«

Ich ließ meinen Blick wortlos durchs Zimmer schweifen. Lola blickte sich ebenfalls um und machte ein Gesicht, als wollte sie sagen: Du bist so was von peinlich, Pappo.

7 Dominique Aury, 1954

»Haben Sie denn so was überhaupt schon mal gemacht, Herr Nerz.«

Ich nahm meinen Trenchcoat und erhob mich, diesmal ohne gegen die Tischplatte zu treten. »Überlegen Sie es sich, Herr Schrader. Ich muss jetzt los. Wenn Ihnen die Drohbriefe ernsthaft Sorgen machen, dann gehen Sie zur Polizei. Die Internetfreaks vom LKA können ganz schnell rausfinden, wo sie herkommen.«

»Und wenn es nur ein Scherz ist?«

»Auch Scherze dieser Art haben strafrechtliche Konsequenzen. Falls Sie sich von der Polizei nicht ernstgenommen fühlen, dann empfehle ich Ihnen einen professionellen Personenschutz.«

Michels verhärmtes Gesicht bekam Geizpickel. »Bitte, Herr Nerz. Vielleicht sind das alles nur Hirngespinste eines Vaters, der Schwierigkeiten hat, seine Tochter in die Welt zu entlassen. Man macht sich halt Sorgen. Meine Frau ist Schauspielerin ... Marlies Schrader ... Haben Sie sicher schon im Fernsehen gesehen. Je nun ... In ihrer Branche geht man davon aus, dass Menschen, die in der Öffentlichkeit stehen, ein siebzigprozentiges Risiko haben, einmal im Leben Opfer eines Stalkers zu werden. Ich werde nicht bei allen Lesungen dabei sein können. Abgesehen davon, das Lola ihren Papa nicht ständig dabeihaben will. Und ich bin auch nicht gerade ...« Er lächelte schief. Und dann kam die komplette Unterwerfung. »Ich bin kein Karatekämpfer. Ich war schon immer ein Stubenhocker. Ich lese lieber. Ich wäre meiner Tochter wahrlich kein guter Schutz. Ich möchte, dass jemand dabei ist, der ... der ... nun ja ...«

»Ein Samurai?«

Der Vater lächelte. »Wenn Sie das so nennen wollen.«

»Aber das kostet halt.«

»Dann mache ich Ihnen einen Vorschlag. Für diese Lesungen bekommen wir ja auch was. Viel ist es zwar nicht ... Ursprung wollte 200 bezahlen. Allerdings gesehen haben wir das Geld noch nicht.«

»Okay«, sagte ich. »Dann kriege ich jeweils achtzig Prozent des Honorars für die Lesung. Plus Fahrtkosten.«

»Ohaaa!«, entfuhr es Lola. Sie dehnte den Vokal schmerzvoll.

»Tja«, sagte ich mit altersweisem Augenaufschlag, »Sie haben die Geschäftswelt betreten. Da gibt es nichts mehr umsonst.«

»Geld, Geld, Geld! Alle wollen abfassen. Will ich die Hausis abschreiben, fragt der, was krieg ich dafür? Ich finde das voll trist.«

Siebzehnjährige und Geld. Das ganz große Geld mochte Lola noch am Fiedel vorbeigehen, aber 200 Euro konnte sie umrechnen in Jeans, Shirts, Schuhe und Motorroller.

»Sie sind sowieso noch nicht geschäftsfähig«, bemerkte ich.

Lola ließ sich in den Sessel zurückfallen und zog sich in sich zurück.

»Einverstanden«, sagte Michel Schrader. »Dann machen wir das so.« Er zog ein Blatt aus den Klarsichthüllen in seinem Ordner. »Ich habe da schon mal einen Vertrag vorbereitet. Sie verpflichten sich …«

Ich lachte nur. »Kommen Sie mal runter!«

»Ich dachte, damit Sie was in der Hand haben.« Seine Mimik wurde pfiffig. »Falls ich nicht zahle.«

»Sie zahlen!« Ich griff mir ins Jackett und zog einen USB-Speicher hervor. »Und hier möchte ich jetzt die Drohbriefe draufhaben.«

»Wozu?«

»Um was in der Hand zu haben, Herr Schrader.«

»Ich weiß nicht …«

»Ich kann mich auch in Ihr Wireless-Netzwerk einloggen und Ihren Computer und den Ihrer Tochter absaugen.«

»Unser System ist selbstverständlich passwortgeschützt.«

Ich schnalzte mit der Zunge und lächelte. »Wo hat der Drohbriefschreiber Lolas E-Mail-Adresse her?«

Eine winzigen Moment nur war er verunsichert. »Jugendliche hinterlassen doch überall Spuren im Netz. Lola ist natürlich in Facebook …«

»Da ist meine E-Mail-Adresse verborgen, Pappo. Das habe ich dir schon ixig Mal erklärt. Da klickt man den Namen an. Und dann stünde hier Facebook als Absender. Ist aber nicht. Additional muss der bei Facebook angemeldet sein.«

Ich kannte zwar einen, der sich ohne eigenes Profil in Facebook bewegte, auch in den verborgenen Profildaten, aber das erwähnte ich nicht.

»Dann gibt es nur zwei Möglichkeiten«, sagte ich. »Bei dem Autor dieser Zeilen handelt es sich um eine Person aus Lolas Bekanntenkreis, was wir ja ohnehin annehmen, oder aber die Person ist in Ihr Netzwerk eingedrungen und hat Ihre Adressdateien kopiert.«

»Je nun …«, seufzte Michel Schrader und erhob sich endlich.

In Karawane zogen wir in ein mit Büchern vollgestopftes Arbeitszimmer, in dessen Mitte sich zwei Schreibtische gegenüberstanden, der eine mit einem Laptop, der andere mit einem Computer ausgestattet. Auf der Computerseite rutschten Hefte und Schulbücher durcheinander, auf der Laptopseite herrschte eine Parallelordnung von Stiften, Heftern und Büchern.

»Sie sitzen hier gemeinsam?«, fragte ich entgeistert. Vater und Tochter einander gegenüber. Ich war fassungslos.

Lola grinste hinter ihren Haaren. Ihr Blick hatte sich vorübergehend an meinem Kehlkopf festgezurrt. Auch sie wusste wohl, dass der Adamsapfel das einzige fast sichere Erkennungsmerkmal eines Adams war. Nun suchte sie unter meinem Jackett nach Brüsten.

9

Brontë wackelte unwirsch, als ich mich hinters Lenkrad fallen ließ. Die jungen Boliden hatten wohl nichts wissen wollen von ihrem letzten Auftritt beim Oldtimer-Grand-Prix auf dem Nürburgring. Typisch Jugend: weiß schon alles und viel besser und stellt Fragen, falls welche auftauchen, im Netz.

Ich zog mein Handy aus der Jackentasche, aktivierte die Favoriten und tippte Richards Büronummer.

»Herr Dr. Weber ist in der Sitzung«, teilte mir seine Sekretärin mit.

»Das sagen Sie immer. So was nennt man Leitmotiv«, sagte ich.

»Bitte?«

»Lesen Sie manchmal Bücher, Frau Kallweit?«

»Ich habe immer viel gelesen! Aber jetzt bin ich abends oft zu müde dazu.«

»Was lesen Sie denn so?«

»Och, ja … also …«

»Was haben Sie denn zuletzt gelesen?«

»Ach, das war bloß zur Unterhaltung.« Sie kicherte. »Jetzt fällt mir auch der Titel nicht mehr ein.«

»Worum ging es denn?«

»Um das, worum es immer geht in Büchern, um die Liebe. Im Krieg verliebt sich ein junges Mädchen in einen Baron. Der soll aber eine andere heiraten. Dann werden sie durch die Flucht getrennt. Und sie wird beinahe vergewaltigt. Ich interessiere mich sehr für geschichtliche Themen. Und die Russen, die waren ja auch keine Engel.«

Roswita Kallweits Welt.

»Herr Dr. Weber ist in Mannheim«, gestand sie mir nun immerhin zu. Wo man liest, da lass dich ruhig nieder – böse Menschen haben keine Bücher. »Da gibt es irgendein Problem bei der Staatsanwaltschaft. Hat er Ihnen denn nichts gesagt?« Der Triumph der Sekretärin über die Gespielin des Chefs flatterte.

»Was geht's mich an, wo er vögelt«, antwortete ich.

Roswita Kallweit lachte unverhofft ungestüm.

Ein halbwüchsiger Junge mit Umhängetasche auf dem Arsch und Hosen auf den Hüften bog um die Ecke. Er schleuderte sein Haar mit halswirbelknackendem Ruck aus den Augen und bummelte den Gehweg entlang. Auch wenn junge Kerle für mich inzwischen alle gleich aussahen, erkannte ich den Schüler wieder, der bei Lolas Lesung gewesen war: Nino Villar. Er blieb nicht am Tor zu Schraders Haus stehen, er zögerte kurz, dann ging er vorbei.

Kallweit lachte immer noch. Vermutlich sprang ihr Busen und warf auf ihrem Tisch die Porzellankätzchen um. »Wann er wiederkommt«, japste sie, »kann ich Ihnen leider nicht sagen.«

»Sie haben mehr gesagt, als ich zu hoffen wagte, Frau Kallweit. Sie sind ein Schatz.«

Ich ließ Richards Handy klingeln, aber er ging nicht ran. Es gehörte zur Fiktion unserer Daueraffäre, dass sie keine war, sondern sich immer wieder ad hoc ergab. Nur einmal und dann nie wieder hatte Richard es gewagt, eine eheähnliche Verabredung des Stils zu treffen: »Ich muss nächste Woche nach München.« – »Wenn du zurückkommst, bin ich nicht mehr da«, hatte ich geantwortet. Seine Entgeisterung tat mir damals nicht leid. »Man kann sich doch gegenseitig informieren.« – »Du meinst belügen!« – »Wieso belügen?« – »Ist mir doch schnurz, mit wem du vögelst, Richard!« – »Aber, Lisa! Ich wollt doch nur ...« – »Und ich will das nicht! Schluss, aus, vorbei!« Ich hatte mich auf Kneipentour begeben an dem Freitagabend, an dem er, wie ich angestrengt vermied, mir gemerkt zu haben, hatte zurückkommen wollen. Als ich nachts um drei mit alkoholschweren Gliedern in meine Wohnung lärmte – damals noch ohne Dackel –, saß er auf meinem Sofa mit der Fernbedienung in der Hand vor dem jedoch dunklen Fernseher. Es war, glaube ich, das erste Mal, dass er Oma Scheible überredet hatte, ihn mit ihren Schlüsseln bei mir reinzulassen. Da hatte er dann gesessen und gewartet und sich vor der Szene gefürchtet, die ich ihm machen würde. Ich war ihm allerdings nur vor die Füße gefallen, er hatte mich ins Bett tragen müssen. Sex dann erst mit knurrendem Kater nach Sonnenaufgang.

Ich fuhr nach Hause, setzte mich an meinen Klappcomputer und schickte Wagner eine verschlüsselte Mail mit den Drohbriefen von meinem USB-Speicher und den Grunddaten der Familie Schrader. Wagner würde wissen, was ich brauchte, besser als ich selbst. Bei ihm machte man so wenige Wort wie möglich, denn es bestand stets Gefahr, dass sie illegal waren. Ich hatte Wagner nur einmal in Fleisch und Blut getroffen. Das war auch schon eine Weile her[8]. Damals hatte ich geglaubt, er führe eine Firma, die für große Unternehmen die Sicherheitslücken fand. Den Amazon-Algorithmus hatte er halbwegs entschlüsseln können, und auf Facebook bewegte er sich unerkannt. Inzwischen ahnte ich, dass er weder eine solche Firma führte, noch Wagner hieß. Welchen großen Geheimmissionen im weltweiten Netz er auch verpflichtet war, mir gestattete er immer, mich gegen Rechnung mit kleinen Rechercheaufträgen an ihn zu wenden.

Dann rief Rudolf Wagenburg an. »Ich habe die Polizei nach der Chemikalie gefragt. Aber die sagt nichts. Täterwissen.«

»Und einen konkreten Verdacht? Gibt es den?«

»Scheint's nicht. Übrigens habe ich eine Mail bekommen, von einem gewissen Michel Schrader, der behauptet, der Brandanschlag habe seiner Tochter gegolten, und es sei eine Schande für unseren Berufsstand, dass wir ihre Lesung nicht erwähnt hätten. Oder ob uns das verboten worden sei. Warum glauben die Leute eigentlich immer, dass wir nicht berichten dürften, wenn wir es nicht tun? Kannst du mir das mal erklären?«

»Weil jeder die Weltverschwörung gegen sich hat, Rudi.«

»Wie dem auch sei. Die Kleine hat scheint's ein Buch geschrieben, von dem der Papa glaubt, dass es mal den Nobelpreis bekommt. Schrader … gibt es da nicht eine Schauspielerin?«

»Lola ist deren Tochter. Und sie hat schon Drohbriefe bekommen. Aber das schreibst du nicht, falls du darüber was schreiben willst!«

»Was glaubst du? Ist das ernst?«

»Ich halte es eher für eine handgestrickte Marketingstrategie.«

Rudolf lachte trollingerdunkel. »Wenn einer ein Buch schreibt, meint er immer, es wird ein Bestseller. Es soll sogar Leute geben,

8 Siehe Lehmann: *Höhlenangst*. Ariadne 2005

die vertrauen dem Verlag ihr Manuskript gar nicht an, vor lauter Angst, der künftige Bestseller würde ihnen geklaut.«

Ich lachte. »Wie das denn?«

»Die denken scheint's, so ein Verlag würde das Ding unter einem andern Namen veröffentlichen, um Millionen zu scheffeln und sich das mickrige Autorenhonorar zu sparen.«

»Was kriegt denn ein Autor so?«

»Eine Debütantin wie Lola höchstens fünf oder sechs Prozent vom Ladenpreis.«

»Ach Gott!«

»Aber entscheidend ist der Vorschuss. Man nennt das Garantiehonorar, weil man es nicht zurückzahlen muss, wenn der Verlag weniger Bücher verkauft als gedacht.«

»Und wie hoch ist das so?«

»20 bis 30000 Euro vielleicht, je nachdem. Was für einen Verlag hat die Kleine denn?«

»Yggdrasil.«

»Ach herrje! Der kann nicht groß Vorschüsse bezahlen, höchstens einen Tausender. Und das ist realistisch. Mehr wird die Kleine nicht verdienen damit.« Er lachte gurgelig. »Oder soll ich sie hochschreiben?«

Ich lachte mit. »Wenn du Lola einen Gefallen tun willst, dann tu es nicht.«

»Man überschätzt eh die Macht der Presse. Das Werbebudget des Verlags ist entscheidend. Ob er sich bei Walfisch einkaufen kann oder nicht.«

»Wie bitte?«

»Walfisch, die Buchkette, ja? Die haben vor einem Jahr auf der Königstraße eine Filiale aufgemacht.«

»Ich hasse Buchläden!«

»Haha! Wie dem auch sei, bei Walfisch gibt's nur Verkaufsschlager. Und sie sind richtig auf Eroberungszug durch Deutschland. Die Strategie lautet: Verdrängung der ortsansässigen Traditionsbuchhandlungen und kleinen Sortimenter.«

»Bitte was?«

»Kommt von sortieren. Der Buchhändler sortiert für den Kunden vor und in Regale ein. Walfisch macht es sich da leicht. Er stellt nur hin, was sich gut verkauft. Und dafür müssen die Verlage zahlen. Soll das Buch auf einem Tisch im Eingangsbereich im Stapel ausliegen, fallen ungefähr 50 000 Euro an. Ein kleiner Verlag kann sich das nicht leisten. Nicht einmal den Zentimeter, den das Buch mit seinem Rücken im Regal einnehmen würde.«

»Du machst Witze!«

»Nein, Lisa! Ich weiß gar nicht, was das ist. Der Buchhandel redet da nur nicht gern drüber. Man täte gern die Fiktion aufrechterhalten, das Buch sei die letzte Bastion geistiger Freiheit in einer kommerzialisierten Welt. Der Dichter schreibt ohne Berechnung und hungert, der Verleger entdeckt und publiziert leidenschaftlich, der Buchhändler stapelt und flüstert Tipps, der Leser kauft wissbegierig, der Kritiker lobt oder verreißt kenntnisreich, der Autor ist entweder genial, aber verkannt, oder plötzlich reich und gefeiert. Aber eigentlich ist alles ganz anders.«

10

Ich musste zweimal hinschauen: Blicklos und mit leichter Schlagseite nach links überquerte ein weißhaariger Mann in beigefarbenem Hemd und Jeans den Schlossplatz Richtung Königsbau. Kein Zweifel, es war Durs Ursprung. Die Sonne schien. Am Morgen war plötzlich Sommer ausgebrochen. Die Stadt war voll. Durs blinzelte, als hätte er den Schlossplatz seit Jahrzehnten nicht mehr bei Tageslicht gesehen und noch nie den Glaswürfel des Museums, das Straßencafé davor, das neue Pflaster. Er eilte wie gescheucht durch eine Stadt, die er nicht mehr kannte.

Gegen irgendwas wurde gerade demonstriert auf dem Schlossplatz. Es standen weiße Zeltlinge herum. Durs steuerte hindurch, als habe er keine Zeit mehr für Politik, und bog unter die Säulen des

Königsbaus ab. Der Kiosk an der Ecke verkaufte Bücher, Wimpel und Vuvuzelas. Durs Ursprungs Füße stockten einen Moment an der Schütte mit den antiquarischen Taschenbüchern, seinen Kopf aber hatte er kaum hingewandt. Zügig, wenn auch mit Schlagseite nach links ging er die Kolonnaden entlang. Den Konsum in den Schaufenstern, die Trichter zur Einkaufsgalerie nahm er nicht wahr. Keine Taschen, keine Kleider, keine Blumen, kein Eis. An den Treppen zur Bolzstraße hinab stockte er und schaute sich um, links und rechts. Nichts sah hier noch so aus wie vor dreißig Jahren. Allein in den letzten zehn Jahren hatten die Kaufhäuser ihre Inhalte und Namen dreimal ausgetauscht. Nur Magnus Villing *Stahlwaren, Waffen* war immer noch da. Auch ein Buchkaufhaus mit Namen Gemini hatte vorübergehend schon einmal dem Traditionshaus Wittwer mit Konkurrenz gewinkt. Doch es hatte sich selbst aus dem Rennen geworfen, als es schwarze Zahlen schrieb, denn es war nur ein Abschreibungsprojekt gewesen.

Durs atmete tief ein und setzte seinen Weg fort. Ich folgte ihm. Walfisch hatte seine Türen weit offen. Kochbücher führten hinein. Alles so schön bunt hier. Tische hielten auf: Warum fallen Frauen immer wieder auf denselben Scheißkerl rein? Ein Höllenengel packt aus! Hilft Akupunktur beim Auto? Was damals gewesen ist, lässt Charles nicht mehr los. 50 und definitiv zu alt für faule Kompromisse …

Durs schüttelte den Kopf. Sein Blick glitt weiter: Bisse zu jeder Tages- und Nachtzeit. Der Zauberlehrling und seine Narbe. Hätte es in meiner Kindheit schon Harry Potter gegeben, ich hätte mir erklären können, warum es mir bei meinen Eltern nicht gefiel. Weil ich unter Muggles lebte. Bevor Lord Voldemort Harry mit einer Narbe zeichnete, war ich gezeichnet worden. Mein Voldemort hatte Porsche am Birnbaum geheißen. Hätte ich damals die Zusammenhänge bereits erkannt, würde ich heute vermutlich als Magier oder Trickbetrüger umherziehen. Aber statt in Hogwarts war ich auf Lummerland gewesen und mit Emma nach China, das in den heutigen Ausgaben Mandala heißt, geschippert – für alle Kinder, die das nicht mehr wissen: Emma ist eine Lokomotive, die zum Schiff kalfatert wird. In China war ich dem Scheinriesen Tur Tur begegnet, der in der Ferne größer wird statt kleiner. Verdirb dir nicht die Augen, hatte meine Mutter gemurrt. Das einzige Buch, wofür sich das lohnte, war die Bibel.

Durs schaute sich suchend um. Verkäuferinnen waren nicht gerade häufig, aber sie waren da. Eine stand bei Sudoku, Bachblüten und Heilsteinen.

»Kann ich Ihnen helfen?«, fragte sie optimistisch.

Ich konnte das Gesicht des Alten nicht sehen, nur ihres. Ich vermute, er lächelte, so wie er junge Frauen, die für ihn – wie für Richard – allesamt entzückend waren, anlächelte, mit der einen Hälfte seines Verstands unterhalb seines Gürtels und mit der noch immer ausreichend großen anderen Hälfte in der Literatur stöbernd. »Ich habe was zu sinnen, ich habe, was mich beglückt; in allen meinen Sinnen bin ich von ihr entzückt.«

Die Verkäuferin lächelte.

»Wo gibt's denn hier Socken?«, knarzte Durs.

»Das ist ein Buchladen.«

»Einfache Baumwollsocken, schwarz, Größe 43.«

»Wir verkaufen hier keine Socken!«

»Sie verkaufen doch auch Steine und Spielzeug.«

»Das sind Knobelspiele zu den Büchern. Wir sind eine Buchhandlung.«

»Es genügt, wenn Sie mir sagen, wo sie sind. Ich finde meine Größe dann schon.«

Die Ersten schauten hoch und drehten sich um.

»Wenn Sie Socken suchen«, sagte die Angestellte geduldig, »gehen Sie am besten zum Kaufhof. Das ist nicht weit von hier.«

»Das müssen Sie mir erklären, junge Frau!« Die Stimme des Alten war metallisch geworden. »Eine Buchhandlung ist das, sagen Sie? Aber ich sehe keine Bücher!« Er schaute sich um und griff nach einer Kassette mit Orakelkarten. »Ist das ein Buch? Ich dachte immer, ein Buch ist ein Bündel beschriebenes Papier mit Deckeln, Buchenholzdeckeln ursprünglich einmal. Aber was ist das?« Er riss die Kassette auf und schnippte die Orakelkarten in die Gegend.

»Bitte! Was tun Sie denn da?«, rief die Verkäuferin.

»Und das hier?« Durs hatte einen Bildband mit Löwen auf dem Einband ergriffen. »Schöne Fotos, Sonnenuntergänge, Nashörner. So ist Südafrika? Elefanten, Landschaft und Fußballstadien? Nein, so ist Südafrika nicht! Ich will Ihnen sagen, was das ist!« Er riss die Seiten raus. »Das ist eine Schande für den menschlichen Verstand.« Ratsch! »Eine bewusste Täuschung ist das. Verdummung! Desinformation!« Ratsch! Ratsch! »Eine Beleidigung der Afrikaner. Sie behaupten, das seien Bücher? Das sind keine Bücher, das sind Socken! Bunte Socken!«

Durs ließ Südafrika fallen und wischte mit einer Armbewegung von ungeahnter Kraft einen halben Tisch leer. Die Schwarten rumpelten, schlugen sich Ecken ab, knickten sich Eselsohren in die Seiten.

Ein halbjunger Mensch in Ringelshirt entschloss sich, dem Mädchen zu Hilfe zu eilen. »Das können Sie doch nicht machen! Lassen Sie das!«

Ich stellte mich ihm mit Schlägermiene in den Weg.

Der Ringelshirtler stockte, schaute sich nach Hilfe um. Auch andere waren herangerückt, aber noch unentschlossen. Zwei Mädchen kicherten hinter vorgehaltenen Händen.

Durs Ursprung ging weiter und warf Lebenshilfe umher. Wünsch dich gesund, Krisen meistern, Glücklich sein, Erfolgreich lieben ... Die Bücher prasselten von Tischen und Regalen.

Ein weiterer Kunde schickte sich an, dem Berserker in den Arm zu fallen. Ich baute mich erneut auf. Die Ersten begannen sich nach der versteckten Kamera umzuschauen.

Mit schiefgelegtem Kopf hielt Durs auf den Drehständer mit Krimis von A bis L zu. Ich tippte ihm auf den Arm.

Er fuhr zusammen, blinzelte mich an.

»Ich verspreche Ihnen«, sagte ich, »ich werde das Management, das diese hohle Nuss erfunden hat, entlassen. Dann verkaufen wir hier künftig Socken.«

Ein Lächeln zwinkerte in seinen Mundwinkeln. »Ich kenne dich. Du bist Lisa Nerz, nicht wahr? Du warst dabei, als mein Laden ausgebrannt ist. Habt ihr das Buch noch, *Schloss und Fabrik*?«

Ich nickte.

»Ihr solltet es mal der Manu … Manuela Kantor in Tübingen zeigen. Sie hat einen sechsten Sinn für das Materielle von Büchern. Sie ist …«

»Was ist hier los?«, trompetete ein junger Mann im Anzug des Filialleiters, aus den Tiefen des Ladens herbeieilend.

»Der Herr will Socken«, klagte die Verkäuferin. »Ich habe ihm gesagt, dass wir das nicht führen. Da ist er plötzlich ausgerastet.«

Der Filialleiter fuhr sich über die grüne Krawatte. »Hören Sie, Herr … oh! Sind Sie nicht …?«

Der Alte blinzelte.

»Durs Ursprung.« Der Filialleiter lächelte plötzlich blutjung. »Es tut mir leid, das mit Ihrem Geschäft. Ich habe es in der Zeitung gelesen. Ich bin selbst oft bei Ihnen in der Buchhandlung gewesen. Sie war eine Institution!«

»Das Wort Institution ist eine Müdigkeit für Leute, die nicht mehr kommen. Es ist ein Gähnen, ein belangloses Gähnen! Sonst würden Sie hier doch keine Socken verkaufen!«

In meinem Augenwinkel geschah etwas, das mich in seiner Phantomhaftigkeit an den unbekannten Helfer während des Feuers in der Buchhandlung Ursprung erinnerte, doch was vor meinen Augen passierte, lenkte mich ab und erforderte meine volle Aufmerksamkeit.

»Ich habe Familie. Und man kann gegen Walfisch sagen, was man will, vielleicht mit Recht, aber wir bezahlen hier nach Tarif!«

Der Alte äugte ihn an. »Ja, ich habe gearbeitet und keinen Erfolg gehabt. Also Steine von einer Ecke in die andere getragen. Und nun ist alles Asche. Aber ich würde es genauso noch einmal machen! Es ist ein Muss. Ich will zugrunde gehen mit der Idee, eine gute Buchhandlung zu haben – mit der Idee. Ich bin kein Denker, kein Dichter, ich will nur eine gute Bu…«

Durs Ursprungs Augen rundeten sich plötzlich erstaunt.

Sein Staunen übertrug sich auf mich. Irgendetwas hatte sich verändert, grundlegend. Der Alte fasste sich auf die Brusttasche seines Hemds und wankte. Kreislauf, dachte ich, die Erregung. Und schon fiel er wie ein Brett nach hinten um. Ich erwischte ihn gerade noch am Ärmel und konnte verhindern, dass er mit dem Hinterkopf auf den Boden schlug.

Die Verkäuferin wich zurück. Eine ältere Dame schrie leise, eher reflexhaft.

Ich rief: »Einen Notarzt, schnell!«, kniete mich nieder, klapste dem Alten auf die Backe. Sie war gipsweiß geworden. Der Hemdkragen stand ihm schon offen, graues Brusthaar lockte sich über den obersten Hemdknopf.

Dann fiel mir das kleine Loch in seinem Hemd auf. Es war kaum Blut herausgetreten, und es kam auch keines mehr.

11

Die Beine der Umstehenden und Büchertische verstellten mir den Blick auf den Ausgang zur Königstraße. »Rufen Sie die Polizei!«, rief ich im Aufspringen. Ich rempelte mich zwischen der Verkäuferin und dem Ringelshirt hindurch, rammte mir die Ecke eines Büchertischs in den Oberschenkel und sprintete hinaus auf die Königstraße.

An dem sommerträgen Nachmittag zogen Mädchen in Dreier- bis Viererformationen an den Schaufenstern entlang, Bürohengste leisteten sich eine Eistüte und wunderten sich über das Freizeitleben, alte Damen in weißen Hosen mit Söckchen in Sandalen schlenderten mit sperrigen Tüten hinauf und hinunter, eine Frau schloss ihr Fahrrad an einem Laternenmast an – schlank, Turnschuhe, Jeans, blauer hüftkurzer Blazer, kurze Haare, hellwacher Blick, ewig schade, dass ich keine Zeit zum Flirten hatte –, zwei Kinder jagten sich um einen Brezel-Kiosk herum. Nichts und niemand störte den ruhigen Fluss der Einkaufsbummelei, nirgends löste ein Flüchtender Wirbel aus, geschweige denn, dass er selbst durch seine Hast meine Aufmerksamkeit erregt hätte.

»Haben Sie was gesehen?«, fragte ich die Dicke hinter ihrem Brezelkorb. »Bei Walfisch ist einer erschossen worden.«

»Was?«

Alle, die anstanden oder auch nur vorbeigingen, drehten sich um zu den offenen Türen, in denen sich die Leute schon stauten wie Ameisen an einer Zuckerschale.

»Schnell! Haben Sie was gesehen? Einen, der fortgelaufen ist.«

Die Dicke schüttelte den Kopf. »Erschossen?«

Wir hatten den Schuss nicht gehört. Der Schütze musste einen Schalldämpfer benutzt haben. War er so gut, oder hatte er mit Glück Durs' Herz getroffen? Er musste mit einer Pistole geschossen haben. Denn dass einer mitten auf der Königstraße ein Gewehr anlegte, konnte ich mir nicht vorstellen. Für einen Gewehrschuss von der gegenüberliegenden Ladenzeile – beispielsweise unter einem Kleiderständer hervor – stand in der Fußgängerzone zu viel Möblierung herum, der Brezelkiosk, die Laternen, Bäume mit Stahlpollern. Zudem hatte sich Durs ziemlich tief im Laden befunden. Demnach war es auch ausgeschlossen, dass er aus einem oberen Stockwerk des Kaufhauses auf der gegenüberliegenden Seite erschossen worden war.

Ein paar Meter weiter drüben befand sich der Stahlwarenladen Magnus Villing, vor dem zwei Männer standen und sehnsüchtig Messer, Schlagringe und Handfeuerwaffen anschauten, die allesamt verboten waren.

»Haben Sie was gesehen? Einen Mann mit Waffe, da drüben.«

Sie schauten mich entgeistert an. Vielleicht konnten sie kein Deutsch.

Ich stolperte sogar in den Laden hinein. Es schien eine Treppe hinunterzugehen, die ich übersehen hatte. Hinter der Theke stand ein junger Mann in grauem Bankangestelltenanzug und erschrak. Seine Hand zuckte unter die Theke. Dass hier jemand atemlos und mit Alarm in den Augen hereinplatzte, kam vermutlich niemals vor.

»Hat hier eben jemand eine Handfeuerwaffe gekauft?«, fragte ich. »Mit Schalldämpfer.«

»Nein«, antwortete der Verkäufer starr.

»Bei Walfisch ist einer erschossen worden«, erklärte ich und stürzte wieder raus.

Hätte ich mich doch nur einmal umgedreht, als ich dem alten Durs Ursprung über den Schlossplatz, durch den Königsbau, über die Bolzstraße und die halbe untere Königstraße hinunter folgte, dann hätte ich den Mann, der später auf ihn schießen würde, vielleicht gesehen! Wenn auch nur als einen unter vielen, die ihre Wege mehr oder minder planlos verfolgten. Und vielleicht hätte er in meinem Hirn die Spur neu aktiviert und vertieft, die der Helfer ohne Gesicht vor einer Woche angelegt hatte. Womöglich hätte ich ihn an irgendeiner Kleinigkeit wiedererkannt, die mein Hippocampus ohne Zutun meines Bewusstseins in einer nächtlichen Traumsequenz, an die ich mich nicht erinnerte, gespeichert hatte. Irgendeine Eigenheit musste er haben, denn ich hatte vorhin schon an ihn gedacht, als sich in meinem Augenwinkel etwas ereignete, was ich erst später einordnen konnte.

Was nun? Eigentlich war ich auf dem Weg zu Böhm gewesen, Stuttgarts Traditions-Feinkostgeschäft, um für Sally zum Geburtstag Schokolade zu kaufen. Dazu gab es keine Alternative, denn Sallys Geburtstag war heute, und mit Cipión musste ich vorher auch noch raus. Ich rannte über den Schlossplatz.

Es hatte auch sonst niemand etwas gesehen, wie ich den Abendnachrichten Viertel vor acht in unserem Dritten entnahm, während ich Sallys Schokoladetafeln in Geschenkpapier wickelte. Die Polizei suchte Zeugen, vor allem mich. »Eine Person Anfang dreißig …« Das Alter war geschmeichelt. Auch hatten sie sich nicht schlüssig werden können, ob ich nun Mann oder Frau war.

Aber spätestens wenn man die Überwachungskameras von Walfisch auswertete, würde KHK Christoph Weininger, der in jeder Soko mitwurstelte, die Kollegen ins Bild setzen.

Verwunderlicher war, dass die Polizei bis zu der Minute, in der *BW-Aktuell* begann, nicht zu wissen schien, wer der Tote war. Entweder Durs Ursprung hatte keine Papiere dabeigehabt oder den Beamten des ersten Angriffs und dem Pressesprecher war nicht klar geworden, dass der Buchhändler überregionales Ansehen genoss, und man hatte den Namen nicht in die Pressemitteilung gesetzt. Jedenfalls fiel er im Fernsehbericht nicht. Da war nur die Rede von einem Mann, der zuvor bei Walfisch eine Diskussion mit einer Verkäuferin begonnen habe. Man sah Polizeiautos und rotweiße Trassierbänder, den blauen Schriftzug Walfisch und den Brezelkiosk mit der Dicken hinter dem Korb. Von den Schaulustigen zeigte man aus rechtlichen Gründen nur die Rücken und Hinterköpfe. Aber die Polizei hatte sie sicherlich aus dem Laden heraus fotografiert. Öfter als man dachte, reihten sich Täter unter die Gaffer, um zu schauen, ob ihre Operation gelungen war. Vor allem Brandstifter.

Kurz kam mir der Verdacht, dass die Redaktion nicht begriffen haben mochte, wer Ursprung war, aber ich verwarf ihn. Zwar überschätzte man das Interesse von Bildmedien an Buchhändlern, und ich selbst hatte bis vor einer Woche nicht gewusst, dass es eine solche Berühmtheit wie Durs Ursprung bei uns in der Stadt gab, aber erst am Samstag waren die Zeitungen voller Nachrufe auf seinen Laden gewesen. Nicht das Schicksal des Buchhändlers Durs Ursprung war jedenfalls an diesem Abend der Aufreger, sondern der Umstand, dass an einem sonnigen Nachmittag ein unbekannter Killer auf der belebten Königstraße aus den Passanten heraus in einem Ladengeschäft einen Mann erschoss. So was kam in Stuttgart selten bis nie vor.

Ich rief Rudolf Wagenburg an, der zum Glück für ihn persönlich Spätdienst hatte, und informierte ihn über die Identität des Opfers. Außerdem schickte ich Christoph Weininger per Mail ein kurzes Gedächtnisprotokoll der Ereignisse – was der Soko den Druck nehmen würde, mich zu nachtschlafender Zeit zur Vernehmung abzuholen – und begab mich auf Sallys Geburtstagsparty, die im trauten Kreis in ihrer Wohnung in der Urbanstraße stattfand, zu Fuß keine zehn Minuten von mir, wenn auch zum Schluss achtzig Stufen bis unters Dach zu bewältigen waren.

Während Cipión sich mit den drei Katzen und Sallys altersschwacher Schäferhündin amüsierte, kreiste die Unterhaltung um Diäten. Fast alle hatten Sally Dinge mitgebracht, die nicht dick machten, ein Buch über Akupunktur, einen Satz Tarotkarten, Badeseife in Form von Törtchen, eine Schale mit Gummibärchenmuster, eine antiquarische Ausgabe von *Hanni und Nanni*, über die Sally nostalgisch wurde, und so weiter. Nur mir war wieder mal entgangen, dass man einer Frau, die vierzig geworden war und immer noch über ihren Rundungen verzweifelte, keinen Stapel noch so feinköstlerischer Schokolade überreichte. Ich tickte einfach falsch. Anders als Melanie hatte ich meine ersten feuchten Träume auch nicht mit *Vom Winde verweht* gehabt; statt mit *Struwwelpeter* und Suppenkasper hatte meine Mutter mich mit der Bibel und Höllenstrafen zur Akzeptanz von Tischmanieren erzogen. Und anders als Ben hatten wir Mädchen im Realgymnasium auch keinen Englischlehrer gehabt, der uns mit *The Guardians*[9] zu der Erkenntnis erzog, dass nicht das Leben und seine Ereignisse, sondern die Haltung dazu unser Glück entschied. Die guten Sachen machen immer nur die Männer, auch in der Literatur. Und ich. Aber mit einem erschossenen Buchhändler mochte ich Sallys Nudelsalat und Sekt auch nicht aufmischen.

Gegen elf Uhr hatte sich meine Unruhe zur Panik ausgewachsen. Morgen Abend hatte ich meine erste Lesung mit Lola Schrader in meiner Rolle als Bodyguard, und ich war in keiner Weise darauf vorbereitet. Weder darauf, dass jemand Feuer legte, noch darauf, dass sie erschossen wurde. An meinen Fingern klebte

9 John Christopher, 1970. Deutsch: *Die Wächter*. Ravensburger 1975, Neuauflage 2006

noch die Berührung von Durs Ursprungs gut rasierten weichen Wangen. Mit Klapsen hatte ich einen Toten wecken wollen, voll sinnloser Ungeduld. Viel zu nah war ich ihm dabei gekommen, dem alten Trüffelschwein. Indiskret kam ich mir auf einmal vor. Wieder mal hatte ich zu viel gesehen: Brusthaar, das sich viril über Ursprungs obersten Hemdknopf kringelte, das Altherrenlächeln beim Anblick der überaus entzückenden, weil jungen Verkäuferin, das kindliche Staunen in seinen Augen, als die Kugel sein Herz durchbohrte. Hatte er's begriffen und sich gewundert? Das ist jetzt das Ende, und ich denke an das Loch in meiner linken Socke, das mich seit heute früh stört, das ist mein letzter Gedanke. Ein Gedanke, den zu erinnern er keine Gelegenheit mehr haben würde, weil er nicht mehr aufwachte, um ihn ins Bewusstsein zurückzuholen. Wohin entschwindet das Ich mitsamt seinem letzten Gedanken, wenn das Bewusstsein für immer zusammenbricht?

Ich war davongelaufen, um Schokolade zu kaufen, weil Sallys Geburtstag wichtiger war als eine Zeugenaussage. Freundinnenstress! Und ich hatte bisher keinen ernsthaften Gedanken daran verschwendet, wie ich Lola Schrader schützen wollte, falls der Helfer und Durs Ursprungs Mörder ein und dieselbe Person waren und falls folglich zwischen den Drohbriefen an Lola, dem Brand in der Buchhandlung und Durs Ursprungs Tod ein Zusammenhang bestand. Falls!

Mit einer fadenscheinigen Ausrede, die ich Sally morgen würde erklären müssen, machte ich mich davon. Es war eine tropische Sommernacht. Der Weg an der Friedenskirche vorbei und hinunter in die Neckarstraße ernüchterte mich. Ich verwarf die Idee, Schraders Auftrag gleich morgen an irgendeinen Sicherheitsdienst abzutreten. Auch wenn Ursprungs Tod alle Fragen offen ließ, so hatte er sicher nichts mit den ersten literarischen Versuchen einer Siebzehnjährigen zu tun, deren Vater sie für eine Lena des Literaturbetriebs hielt und Stalker abwehren zu müssen meinte, bevor sie auftauchten.

Ich setzte mich ans Netz. Eine Nachricht von Wagner wartete auf mich. Demnach stammten die Drohbriefe von einem Postkasten, von dem man Mails versenden konnte, ohne irgendwelche privaten Daten anzugeben. »Jeder Schmalspur-User«, schrieb Wagner, »kann das. Er muss nur ein bisschen googeln.« Der Postkasten gehörte der German Privacy Foundation, einem Verein, der selbst keine Nutzerdaten speicherte und anonyme Bewegungen im Netz förderte. Sein Webinterface bot die Möglichkeit, eine E-Mail über das Mixmaster Remailer-Netzwerk zu versenden. Das bedeutete, die Kopf- und Absenderzeilen des Senders wurden gelöscht, die Nachricht wurde zerstückelt, in Teilen über ein halbes Dutzend zufällig ausgewählter Rechner rund um die Welt verschickt und schließlich wieder zusammengemixt und unter irgendwelchen Fantasienamen zugestellt. Das konnte ein paar Stunden dauern und manchmal kamen die Nachrichten mehrfach an. Das war bei den beiden Drohbriefen »Bücher brennen hell Luder« und »Der Tot wartet auf dich Buchhasser« der Fall gewesen. Die IP-Adresse des Computers, an dem die Mails ins Formular der GPF getippt worden waren, war praktisch nicht mehr zu ermitteln.

Wagner hatte außerdem einen Link auf das Wort »Buchhasser« gesetzt, der mich zu einem Server weiterleitete, der ein Passwort forderte. Wir hatten es nie verabredet, aber es war ausgemacht, dass ich auf Daten, die Wagner für mich irgendwo ablegte, mit einem meiner drei Passwörter, die Wagner auf meinem Computer ausspioniert hatte, zugreifen konnte. Offenbar hatte der Schlawiner die Festplatten beider Schraders abgesaugt und mir zur umfangreichen Recherche hinterlegt.

Es öffnete sich mir eine Worddatei, die Wagner für bemerkenswert gehalten hatte. Ich las: »Der Mensch leidet unter Aufschreibsucht. Es ist eine Sucht alles aufzuschreiben. Der Mensch ist vergesslich. Deshalb schreibt er alles auf. Was er hätte vergessen sollen. Die Natur hat uns mit Vergessen gesegnet. Dagegen schreiben wir alles auf. Das ist ein Irrweg. Er ist tödlich. Im Namen der Bibel und des Korans werden Kriege geführt und sterben Millionen Menschen. Der Koran war mündlich überliefert, dann wurde er aufgeschrieben. Weil der Mensch süchtig danach ist alles aufzuschreiben damit es überliefert wird damit man es nicht vergisst den alten Käse. Man hätte die alten Sprüche längst vergessen und niemand müsste sterben weil Gott soundso gesagt hat oder weil Marx oder Mao dies und das gesagt haben. Aus den Büchern entsteht Mord und Todschlag. Bücher müssen brennen. Ich bin Buchhasser.«

Totschlag schreibt sich mit t. Oder? Jaja, die bildungsferne Jugend. Ich war zu müde und nervös, um genauer darüber nachzudenken. Gegen ein Uhr hatte ich im Netz gefunden, was ich brauchte, um halbwegs ruhig ins Bett zu sinken: einen Laden namens Spyworld.

Um drei schrillte mein Telefon.

Meine Festnetznummer kannten nicht viele, unter ihnen meine alternde Mutter, deshalb sprintete ich ins Wohnzimmer, ehe ich überhaupt aufgewacht und aufgestanden war. »Ja?« Vor lauter Herzpumpen hörte ich kaum was.

»Bei mir sind Viecher im Bett!«, schrie da jemand total in Panik.

»Was für Viecher?« Waren die Bullen ins Schlafzimmer meiner Mutter eingebrochen? Aber sie schlief doch im oberen Stockwerk.

»So kleine Viecher!«

»Ach du bist's, Sally!« Ich war erleichtert. Dass meine Mutter nun übergeschnappt war und die Apokalypse im eigenen Bett erlebte, hätte die wenigen sicheren Koordinaten meines Lebens doch sehr verschoben.

»Sally, du hast drei Katzen und einen Hund.«

»Nein, nicht solche Viecher! So kleine schwarze Punkte. Sie sind überall im Bett! Was mache ich jetzt nur?«

»Ganz ruhig, Sally. Setz dich in die Küche. Ich komme!«

Ich schüttelte mir den Schlaf aus dem Grind, schlüpfte in Jeans, T-Shirt und meine Anglerweste mit der Überlebensausrüstung in den Taschen: Lampe, Messer, Pfefferspray, Pick-Set zum Schlossöffnen und Kaugummi. Cipión stand zerknautscht auf den Dielen und gähnte quietschend. Die Pflicht hatte ihn auf seine vier Kurzbeine gestellt, aber nachts fühlte er sich klein. Mit gesenkter Rute trabte er vor mir her an den Hauswänden entlang. Die Schaufenster waren schwarz, auf dem Hochbahnsteig am Stöckach befand sich keine Seele, auf der gegenüberliegenden Seite hielten Staatsanwaltschaft und Rotes Kreuz hell erleuchtet Wache. Die Garagenausfahrt für die Rettungswagen blähte die Backen. Aber nichts kam heraus. Um diese Zeit fuhr keine Stadtbahn, die Ampelanlage veranstaltete ihr Lichttheater für nichts und niemanden, und nicht einmal die Amsel von den Satellitenschüsseln auf der Staatsanwaltschaft hatte angefangen zu pfeifen und zu schnalzen. Es war der Augenblick, in dem die Stadt anhielt, den Motor ausstellte und Pause machte, vielleicht ein Zigarettchen rauchte oder sich die Beine vertrat und in den Sternenhimmel hinaufblickte und über die Endlichkeit des Lebens nachdachte, bevor es wieder losging mit dem Tagesgebrumm. Der Partyheimkehrer, dem es gelang, genau diesen Moment zu erwischen, nahm ein unerklärliches Glücksgefühl in seine nächsten Tage und Wochen mit.

In seltener Einigkeit mit mir selbst eilte ich an der Friedenskirche vorbei die Urbanstraße empor. Sally zitterte im Nachthemd im Treppenhaus vor ihrer Wohnungstür. Sie hatte die alte Schäferhündin Senta an sich gedrückt. Zwei ihrer drei Katzen hatte sie retten können.

»Und nicht dass du mich für total bescheuert hältst!«, bibberte sie. »Es sind keine Hundeflöhe! Senta hat ein Flohhalsband, und Katzen haben keine Flöhe.«

»Alles klar! Die Viecher sind im Schlafzimmer, ja?«

Sally nickte. »Willst du da wirklich rein?«

»Wenn du mir den Schlüssel gibst.«

Panik stand in ihren Augen. »Den Schlüssel? Den habe ich, glaube ich, irgendwo … ich weiß nicht. Tut mir leid, dass ich dich da mit reinziehe, aber wenn du das gesehen hättest …«

»Ganz ruhig, Sally. Punktförmige Viecher töten meistens nicht sofort. Was hast'n da in der Hand?«

Sally war sich nicht einmal mehr sicher, ob sie überhaupt noch eine Hand besaß. Vorsichtig zog ich ihre verkrampften Finger auf und nahm einen warmen Schlüssel heraus.

Cipión trabte mutig voraus. In der ganzen Wohnung brannte Licht. Die Küche war noch partyverwüstet. Das kleine Wohnzimmer hatten Sally und ihre Gäste notdürftig aufgeräumt. Ich drückte die Klinke zu ihrem Schlafzimmer hinunter. Alles hatte ich erwartet, nur das nicht: Die Nachttischlampe beleuchtete ein rosafarbenes Laken, eine zurückgeworfene Bettdecke mit Katzenmotiven, den flauschigen weißen Teppich, den Schrank, die Tapete mit den Katzen- und Hundefotos an der Dachschräge und die Nachttischfläche mit Nagelschere, Nagellack, einer Kleenex-Schachtel, Haargummis, einer Bürste und einem Buch, aber keine Viecher.

Cipións Schnüffelnase blieb auch vollständig desinteressiert. Ich beugte mich übers Bett, konnte aber keine schwarzen Punkte entdecken. Hm. Wie viel hatte Sally eigentlich getrunken? Ich kehrte zurück vor die Tür.

»Und?«, fragte Sally angstvoll.

»Also, ehrlich gesagt … aber vielleicht habe ich Tomaten auf den Augen.«

»Aber sie waren da! Ich schwör's. So viel habe ich nicht getrunken, nur vier Gläser Sekt und … ach was! Hast du auch wirklich genau hingeguckt?«

Wenn man genau hingucken musste, konnte es zumindest keine Invasion gewesen sein. »Vielleicht könntest du mir mal zeigen, wo genau sie waren, Sally. Keine Angst. Ich bin bei dir.«

Sally erhob sich vom Treppenabsatz, schüttelte ihre langen blonden Locken zurecht und straffte die Schultern. Senta maulte. Gemeinsam zogen wir in die Wohnung ein. Sally hielt sich hinter mir. Über meine Schulter hinweg schaute sie in ihr Schlafzimmer. Was sie sah, beruhigte sie keineswegs. »Wo sind die jetzt hin? Glaub mir, sie waren da. Da kann ich nie wieder schlafen!«

Ich hob das Kopfkissen an. Eine schwarze Versammlung darunter hätte mich durchaus beruhigt. Dann hätte man den

Staubsauger holen können. Aber: »Hier ist nichts, Sally. Gar nichts. Wo sind sie denn hergekommen?«

»Da!« Sally streckte Finger und Arm Richtung Nachttisch.

»Wo genau?«

»Da, da!«

Ich ging in die Hocke und besichtigte das Ensemble im Licht der kleinen Lampe. »Ha! Da ist was!«

An der Tür hinter mir hörte ich Sally schlottern.

In der Tat, übers Furnier krabbelten langsam zwei schwarze Punkte, und noch einer. Ich nahm meine Lupe und besichtigte sie. »Flügel haben sie schon mal keine. Sehen aus wie Läuse.« Und dann entdeckte ich es: »Sie kommen aus dem Buch! Da ist noch eine.«

»Brr!« Sally schüttelte sich vor Ekel. »Niiiicht!«, schrie sie, als ich meine Hand nach dem Buch ausstreckte. »Nicht anfassen! Wer weiß, was das ist? Sie können Krankheiten übertragen!«

Ich zog unwillkürlich meine Finger wieder zurück. Panik steckt an. Schon juckte es mich überall.

Das Buch lag auf dem Gesicht, deshalb konnte ich den Titel nicht sehen. Aber seiner munteren Farbigkeit nach stammte es aus den fünfziger oder sechziger Jahren. »Was ist das?«

»Melanie hat es mir doch zum Geburtstag geschenkt. *Hanni und Nanni*. Sie hat es bei ebay gebraucht ersteigert.« Sally schluckte krampfhaft. »Lisa, bitte! Was soll ich jetzt machen? Wo soll ich denn hin? Nein, nicht anfassen, Lisa! Tu das nicht! Wer weiß, wo das vorher herumgelegen hat!«

Sally arbeitete nicht nur im SWR als Assistentin in einer aktuellen Redaktion und als Kellnerin im *Tauben Spitz*, an einem Tag der Woche war sie zudem als Sprechstundenhilfe tätig, beteiligte sich alle Vierteljahr am Abrechnungsbetrug ihres Chefs und kannte Infektionsquellen und Krankheitsverläufe, bei denen ich das kalte Grausen bekam.

»Aber irgendwie muss das Buch von hier weg«, erklärte ich. »Oder willst du die Wohnung aufgeben?«

Sally schüttelte den Kopf. »Dann nimm wenigstens Handschuhe, ja? Ich habe welche in der Küche.«

Gute Idee. Es gelang mir, Sally in ihre Küche zu schleusen, wo sie sich am Fenster eine Zigarette anzündete. Ich kehrte mit Chirurgenhandschuhen in ihr Schlafzimmer zurück, nahm das Buch und begab mich ins Badezimmer, um es bei hellstem Licht über der Badewanne zu untersuchen. Cipión verfolgte meine Umtriebe mit nussbraunem Staunen in den Augen, die Haarbüschel in seiner Stirn zitterten, seine Ohren gingen vor und zurück. Dass man Bücher totschütteln musste, bevor man sie verzehrte, war ihm neu. Zumal Bücher ja bereits tot waren. Erklär ihm das mal einer!

Über der Badewanne entfaltete ich das Buch und schüttelte es ein bisschen. Papierstaub rieselte und verkrümelte sich in der Luft. Das Papier war rau und roch säuerlich, hier und da war es leicht angewellt, als wäre es einmal feucht geworden. Schwarze Punkte rieselten nicht heraus, aber ich fand beim Durchblättern drei oder vier weitere Krabbeltiere von Millimetergröße. Gab es Buchläuse?

Das war jetzt nicht zu klären.

Ich ließ mir von Sally einen Gefrierbeutel geben, tütete und knotete das Buch darin ein und legte es vor die Wohnungstür. Eine halbe Stunde verbrachte ich anschließend mit der Jagd nach schwarzen Punkten in Sallys Schlafzimmer. Die wenigen, die ich fand, stippte ich mit einem eingespeichelten Kaugummi auf, drei auf dem Nachttisch, einen an der Nachttischseitenwand und einen auf dem Bettlaken. Ich zog sogar das Laken ab und hob die Matratze an, aber ich fand keinen weiteren. Die Apokalypse war glimpflich verlaufen.

Diese Einschätzung teilte Sally allerdings nicht. Ich konnte sie nicht überzeugen, wieder in ihr Bett zurückzukehren. Nicht, bevor sie es desinfiziert hatte. Aber immerhin streckte sie sich auf dem Sofa im Wohnzimmer aus.

12

Den Vormittag verbrachte ich in der SPYW🌍RLD in Plieningen[10]. Der Laden war ein Unikat in Deutschland, diskret in der Filderstille eines Stuttgarter Vororts nahe der Messe gelegen. Unter dem spöttischen Augenaufschlag von Sean Connery in seiner besten Rolle schilderte ich dem jungen Mann in Jeans und Sakko mein Anliegen. »Ich möchte alles, was um mich herum passiert, filmen.«

Er legte mir eine Auswahl an Kameras vor, in Armbanduhren, in Kugelschreibern, im Gestell einer Sonnenbrille, in einem Buch, einem Lippenstift. »Zwei Megapixel. Für die Größe gut, viele Handys haben allerdings heute schon mehr. Das reicht zur Personenerkennung, aber ein Autokennzeichen in dämmriger Seitenstraße kriegen Sie damit nicht scharf. Per integriertem USB-Stecker können Sie die Daten hinterher auf Ihren Computer übertragen und auswerten. Funkkameras sind leider verboten, aber Sie sagen ja, Sie arbeiten ohnehin alleine.«

Das war in Ordnung. »Und was gibt es für hinten? Ich möchte auch wissen, was hinter meinem Rücken vor sich gegangen ist. Vor allem das.«

»So eine Kamera kann man in fast jeden Alltagsgegenstand einbauen.«

»Nur, was trägt man auf dem Rücken?«

»Für eine Haarspange ist Ihr Haar leider zu kurz.« Er schien es zu bedauern.

Ich bedauerte es ausnahmsweise auch. »Kurzes Haar ist viel praktischer. Trocknet auch schneller. Da müssen Sie mir doch recht geben.«

Er gab mir recht, deutete allerdings an, dass er zwar die Annehmlichkeiten schnell trocknenden Haars genoss, sich dafür aber jeden Morgen rasieren müsse. In derselben Zeit könne man

10 *Stuttgarter Zeitung*, 23. Juli 2010, Reportage

sich am Morgen doch ein bisschen frisieren. Er sagte nicht »nett machen«. Die Kundin ist Königin. Ich schätze, seine Kunden waren mehrheitlich Männer, die nach Überwachungstechnik für herumscharwenzelnde Ehefrauen suchten.

»Aber Sie tragen doch sicher eine Tasche«, überlegte er und ging an einen Schrank. »Zum Beispiel so eine.«

Es war eine von denen, die man mit breitem Band quer über dem Körper trug. Sie enthielt das Rundumsorglospaket in Gestalt eines Ohrstöpselfunksystems für drei Leute, eines Raummikros samt Aufnahmegerät, eines GPS-Verfolgungsgeräts für unterm Auto und eines kleinen Klappcomputers fürs schnelle Auslesen der Daten aus allen möglichen Datenspeichern von Chipkarte über USB-Stick bis Mini-USB von Handys und natürlich dem GPS-Verfolgungsgerät unterm Auto. Im Schultergurt besaß sie eine Reihe von schmückenden Gürtelschnallenlöchern, in denen man leicht eine Minikamera platzieren konnte. »Das Auge auf Ihrem Rücken.«

Als Dreingabe bekam ich noch Detektoren für elektronische Wanzen und Kameras. Ich ließ ein Vermögen in dem Spionladen und überlegte, ob ich es Michel Schrader in Rechnung stellen sollte, falls es sich als wahr erwies, dass jemand seine Tochter töten wollte, und natürlich vorausgesetzt, es gelang mir, sie vor dem Tod zu bewahren.

Über Mittag hakte ich *to dos* ab: Cipión rausschaffen, mit der Spionagetechnik üben und im Internet nach Buchläusen suchen. Es gab sie wirklich, sie hießen eigentlich Staubläuse, eroberten gern frische Tapeten in feuchten Räumen und lebten von Stärke, die sich in Tapetenkleister und wohl auch Druckerschwärze befand. Trockenheit, Hitze oder Kälte machte ihnen den Garaus. Gut, dass ich gestern Nacht noch Sallys *Hanni und Nanni* im Gefrierbeutel in mein Eisfach gelegt hatte, weil man das mit Kuscheltieren, die von Kopfläusen befallen waren, auch so machte. Buchläuse waren entschieden harmloser.

Große Entwarnung für Sally. Allerdings war sie telefonisch nicht erreichbar. Ich schickte ihr eine SMS aufs Handy und blätterte in *Schloss und Fabrik*. Es war nicht befallen, jedenfalls nicht von Buchläusen, allerdings von diesem Einschussloch und den eigentlich sehr auffälligen Fremdtexten.

»Keiner von uns braucht mehr Tränen über das arme vietnamesische Volk bei der Frühstückszeitung zu vergießen. Ab heute geht er in die Konfektionsabteilung von KaDeWe, Hertie, Woolworth, Bilka oder Neckermann und zündet sich diskret eine Zigarette in der Umkleidekabine an. Wenn es irgendwo brennt in der nächsten Zeit, wenn irgendwo eine Kaserne in die Luft geht, wenn irgendwo in einem Stadion die Tribüne einstürzt, seid bitte nicht überrascht. Genauso wenig wie beim Überschreiten der Demarkationslinie durch die Amis, der Bombardierung des Stadtzentrums von Hanoi, dem Einmarsch der Marines nach China. Brüssel hat uns die einzige Antwort darauf gegeben: Burn, warehouse, burn!«

Damals Vietnam, heute Irak und Afghanistan. Anlass gab es immer, was anzuzünden, die Amerikaner waren immer irgendwo. Nur waren die Texte damals geschliffener gewesen. Man hatte sie mit Schreibmaschine getippt, und in der Schule hatten wir noch bis weit in die Siebziger vom Lehrer seltsam gilbe Blätter mit bläulicher Schrift bekommen, die nach Spiritus rochen, Umdrucke, Matrizen oder Hektografien genannt. Die Flugblätter hatten ebenfalls einen Blaustich, aber das Papier war anders als unsere Hektografien damals. Waren sie irgendwie kopiert? Und wie? Und war das wichtig? Das Schriftbild war fremdartig, ganz anders als Computertexte, enger, löchriger. Und immer wieder gab es Buchstaben, denen etwas zugestoßen war, was sie breiig machte. Vermutlich konnte man anhand der Schrifttype die Schreibmaschine identifizieren, mit der dieser Text Ende der sechziger Jahre getippt worden war. Aber wer kannte sich heute noch mit so was aus?

Mein Hirn markierte Schrifttype. Ich grübelte. Ach ja, richtig: Durs Ursprung hatte mir einen Namen genannt, kurz bevor er erschossen wurde. »Zeigt das Buch mal Hm-hm-hm.« Es war der Name einer Frau gewesen, die einen sechsten Sinn für das Materielle von Büchern haben sollte. Ich kam nicht drauf. Fehler 404. Und ob das jetzt die drängendste Frage war, war auch die Frage.

Ich legte *Schloss und Fabrik* weg, tippte »Bücher« und »Feuer« in die Google-Suchmaschine und wurde zuverlässig fündig. Im vergangenen Herbst war eine Buchhandlung in Esslingen ausgebrannt, wenige Tage später hatte es in der Stadtbibliothek von Kirchheim/Teck ein Feuer gegeben, ohne großen Schaden anzurichten. Die Polizei hatte zu Dummheiten aufgelegte Jugendliche in Verdacht gehabt. Im November letzten Jahres war ein Brand in der Bücherei von Lonsee ausgebrochen. Das lag an der Geislinger Steige zur Ostalb hinauf. Als Brandherd hatte die Feuerwehr eine defekte Kaffeemaschine ausgemacht. Schaden gering. In der neuen Buchhandlung Balingen hatte es ein Feuer in der Ladentoilette gegeben und – sieh mal an – auch in Stuttgart hatte es in einem Buchladen geflackert, und zwar in der Ostend-Buchhandlung. Dort hatten die Feuerlöscher allerdings besser funktioniert als bei Ursprung, und der Brand war gelöscht gewesen, ehe die Feuerwehr eintraf. Und dann natürlich der Großbrand in der historischen Herzogin-Anna-Amalia-Bibliothek in Weimar im September 2004.

Ich rief meine Lieblingsarchivarin beim *Stuttgarter Anzeiger*, Karin Becker, an und schilderte ihr meinen Verdacht. Sie war sofort Feuer und Flamme. »Hähä, was für Worte in diesem Zusammenhang!«

Dann wurde es Zeit, mich fertig zu machen. Eine Stunde brauchte ich, um mich mit der frisch erworbenen Überwachungstechnik auszustatten. Als Träger für den Kugelschreiber mit Kamera kamen nur die Anglerweste und der graue Herrenanzug infrage, denn nur sie hatten Brusttaschen, abgesehen von der Motorradjacke, aber darin wäre ich bei der Hitze gestorben. Bodyguards waren, wie ich aus dem Fernsehen wusste, stets gut gekleidet. Also entschied ich mich für den Anzug mit Hemd und

Schlips. Darunter ein kleines Mikro, dazu die Armbanduhr mit Kamera. Nur die Tasche mit der Kamera im rückwärtigen Teil des Schulterbands passte nicht so recht dazu.

Um fünf Uhr fuhr ich im Österfeldgewann vor und stieg aus. Lola Schrader kam, bevor ich klingeln konnte, die fünf Stufen zum Gartentor herab. Sie trug Schwarz-Weiß und lange Ärmel trotz der andalusischen Hitze. Um den Hals hing ihr ein großer violetter Kopfhörer.

Sie küsste mich zur Begrüßung links, rechts, links und bedachte Brontë mit einem: »Ohaaa, fresh!«

Ich hielt ihr gentlemanlike die Beifahrertür auf. Sie kokettierte ein »Danke!« und ließ sich ins Auto plumpsen. Brontë knickte in die Achsen und ächzte.

»Wo müssen wir hin?«, fragte ich.

»Zu einem Buchladen in Tübingen.«

»Mein Navi hätte es gern etwas genauer.«

»Hat mein Vater Ihnen ... äh ... dir ...«, sie blinzelte mich ziemlich keck an, »... das nicht gesagt? Aber warte, irgendwo habe ich mir das notiert. Ich hab's noch nicht so im Griff. Moment!« Sie begann in ihrer Postman-Tasche zu kramen. »Na bitte, geht doch!« Sie kniff die Augen zusammen. »Was soll das heißen? Ich kann meine eigene Schrift wieder mal nicht lesen. Das passiert mir ständig. Ich habe eine Sauklaue.«

Teenies und ihre Selbstdefinitionen. Oder war es nur ein Spiel? Das Verpeilte und Verschlampte als Zugeständnis an mich, damit ich ihr Zählalter von siebzehn akzeptierte und sie schonte oder unterschätzte?

»Thal... Thalia ... Nein, kannst du das lesen ... ich meine, können Sie das lesen?« Sie reichte mir den Zettel.

»Thalestris!« Der kam direkt aus der Erinnerung an meine *Amazone*-Zeiten. Damals zählten wir die Frauenbuchläden in Baden-Württemberg und kamen auf zwei. Einer war inzwischen eingegangen. »Thalestris ist die letzte bekannte Amazonenkönigin.«

»Ohaaa! Du bist … äh … Sie sind ja noch übler als mein Vater! Der weiß auch alles.«

»Ich betrachte es als Beleidigung, mit einem Vater – egal welcher Art – verglichen zu werden.«

Lola lachte. »Gefällt mir, deine Perfo.«

»Was?«

»Performance.«

»Hm.« Ich war etwas abgelenkt, denn ich suchte in meinem Smartphone nach der Adresse von Thalestris, um sie dem Navi mitzuteilen.

»Ich habe eine Klassenkameradin, die ist auch so drauf wie du. Viele *haten* sie, aber ich find's gut, was sie macht. Sie hat sich voll viel überlegt.«

»Wie?« Burggasse gab es nicht in meinem Navi. Jedenfalls nicht in Tübingen. Rätsel!

»Über Gender und so.«

»Was bitte heißt *haten*?«

»Hassen, *to hate*, Sie können doch wohl Englisch!«

»Könntest du mal kurz deine Gosche halten, ja? Ich muss mich hier konzentrieren.«

»So? Nicht multitaskingfähig? Also, ich kann gleichzeitig zuhören, reden und was tippen. Frauen sind im Allgemeinen multitaskingfähig. Oh, sorry, wollte nicht ins Fettnäpfchen elefanten. Sie sind gar keine Frau, korrekt? Sie leben im falschen Körper. Bei meiner Klassenkameradin ist das auch …«

»Klappe, *coño*!«

Ich hatte inzwischen genauer gelesen und festgestellt, dass sich der Laden nicht in der Burggasse, sondern in der Bursagasse befand, was dem Navi gleich viel besser gefiel.

»Das war Spanisch?«

»Und heißt Fotze!«

»Ohaaa! Muss ich mir merken!«

Ich startete Brontë, ließ sie aus dem Viertel entspannten Reichtums rollen und versuchte mir die Tonlage von Lolas Ohaaa zu merken. Je nachdem, wie man das »aaa« quetschte, fallen oder ansteigen ließ, konnte es Zustimmung, Betroffenheit oder Begeisterung ausdrücken. Das würde ich niemals mehr lernen.

»Wir sind viel zu früh dran«, bemerkte Lola.

»Ich möchte mir den Laden vorher noch angucken«, antwortete ich. »Und eventuell ein paar Vorsichtsmaßnahmen ergreifen.«

»Gefällt mir.« Sie kuschelte sich in Brontës magere Rückenlehne. »Du nimmst alles total ernst.«

»Immerhin ist gestern Durs Ursprung erschossen worden.«

»Wer?«

»Der Buchhändler, wo du gelesen hast. Hast du keine Nachrichten gehört? Zeitung gelesen? Die liegen doch bei euch zuhauf herum.«

»Interessiert mich nicht. Nachrichten sind überflüssig. Sie ziehen einen nur runter. Katastrophen und Anschläge, Tote, Tote, Tote. Früher hat man auch keine Nachrichten gehabt, und niemand hat's vermisst.«

»Die Almöhis vielleicht nicht, aber alle andern schon. Sonst würde es heute nicht auf allen Kanälen Nachrichten geben, sondern Bibellesungen.«

Auf der Möhringer Landstraße gab es den ersten Stau. Fünf Uhr war eine schlechte Zeit, wenn man durch die Vororte wollte.

»*Heidi* war mal mein Lieblingsbuch«, erklärte Lola. »Ich finde es total wichtig, mit der Natur im Einklang zu leben.«

»Aber nicht ohne Bibellesungen!«

Sie taxierte mich von der Seite. »Halt dem Feind die rechte Wange hin, oder war's die linke. Meinen Sie das? Nächstenliebe und so? Moral ist allgemeingültig, dazu braucht man keine Bergpredigt. Was du nicht willst, dass man dir tut, das tu auch keinem andern an. Ich finde, das sagt alles. Der kategorische Imperativ!«

»Ist Malefizkrott auch ein kategorischer Imperativ?«

Sie lachte, verstummte und lachte dann noch mal, frei, offen und vergnügt. »Sorry, ich rede zu viel, ich weiß. Die reine Unsicherheit. Da sind Sie dran schuld. Sie verunsichern mich.«

»He, gib nicht so an!« Als Unterschichtkind lehnte ich es rundheraus ab, zu akzeptieren, dass Bürgertöchter sich unsicher fühlten. Mochte sein, dass sie ihre Selbstwertkrisen hatten, aber Grund dazu hatten sie nicht.

»Ich wollte gar nicht angeben. Wirklich nicht!«, antwortete sie ernsthaft, als sei ihr die Ironie meiner Entgegnung entgangen. »Im Grunde ist es völlig unwichtig, ob irgendein Philosoph für irgendeine Banalität irgendwelche Begriffe findet. Es schadet sogar mehr, als es nützt. Nimm nur ... äh nehmen Sie die Bibel oder den Koran oder *Das Kapital*. Wenn man sich überlegt, was solche Bücher bereits für Unheil angerichtet haben, wär's wirklich besser, die Menschheit hätte nie schreiben gelernt.«

»Na!«

»Doch! Ich frage mich oft, sehr oft, wie die Welt wohl aussähe, wenn es keinen Marx gäbe, keinen Engels, keinen Mao, keinen Jesus. Die Menschen hätte es gegeben, das ja, aber diese Bücher nicht. Wir müssten uns heute nicht mit Christentum, Kommunismus oder Islam herumschlagen, all die Millionen von Menschen wären nicht gestorben, die im Namen der Bibel oder des Koran oder des Kommunismus umgebracht worden sind.«

»Oder weil Männer gerne Kriege führen und töten und ihnen dafür jede Weltanschauung gerade recht kommt.«

»Ich habe da eine andere Theorie. Nehmen wir Marx und Engels. Die hatten vor hundert Jahren absolut recht, Kinderarbeit, Verelendung des Proletariats und so. Aber inzwischen ist das geregelt ...«

»Bei uns vielleicht, aber nicht in Bangladesch, wo deine Jeans genäht werden.«

»Mag sein. Ich kenne mich mit dem Marxismus nicht so aus. Meine Theorie ist folgende: Alles, was man aufschreibt, dient letztlich der Bewahrung. Nicht wahr? Alle künftigen Generationen sollen ebenfalls daran glauben. Wenn nicht, werden sie totgeschlagen oder ausgestoßen. An die Bibel glauben wir jetzt seit zweitausend Jahren. Das muss man sich mal vorstellen.

Die Regeln für Wüstennomaden sollen für uns gelten, bei den Juden und Moslems ist das ja noch viel extremer mit all den Essensregeln. Deshalb meine ich: Alles, was aufgeschrieben wird, bremst unsere geistige und kulturelle Weiterentwicklung. Auch die soziale – dass in der katholischen Kirche immer noch keine Frauen Priesterinnen werden können, zum Beispiel. Bücher verhindern neue Ideen, weil sie das Alte hochhalten. Mit Marx verhindern wir die Erderwärmung nicht und mit der Bibel nicht die Überbevölkerung. Das ist das Gefährliche an Büchern, und niemand merkt es.«

Ich war kurz sprachlos. »Wo hast du das her?«

»Bitte?« Lola zog die Brauen hoch.

Nein, das Mädchen plapperte nicht nach, es dachte selbst. Tschuldigung. Wo sie den Buchhasser herhatte, war auch gar nicht die Frage. Das wurde mir schlagartig klar, als mein Navi »Links halten!« sagte und sich die Schnellstraße in Richtung Tübingen bündelte.

»Ich will wissen, wo du diese Theorie herhast, Lola!«

»Wird das hier ein Verhör oder was?«

»Dein Vater hat mir erzählt, dass dir jemand ans Leder will. Demzufolge sollte ich herausfinden, wer es ist, bevor er es schafft. Kling das logisch für deine Ohren?«

Ein Flugzeug löste sich vom Flughafen und donnerte in die Höhe in irgendeinen Urlaub.

»Das klingt logisch.«

»Und jetzt erzählst du mir, dass Bücher mehr schaden als nützen. Sehr komisch angesichts dessen, dass du gerade selbst eines geschrieben hast, aber …«

»Das ist nur eine unbedeutende Eintagsfliege, um die sich niemand kümmert. Ich wollte damit gerade zeigen, dass …«

»Das ist jetzt nicht das Thema, Lola. Einer der Drohbriefe ist mit ›Buchhasser‹ unterschrieben.« Ich schaute zu ihr hinüber.

Sie schaute zurück. Sie hob das Kinn, machte schmale Augen, prüfte. »Okay«, sagte sie dann. »Die Drohbriefe sind von mir.

Ich gebe es zu. Das heißt, eigentlich sind sie von Nino. War ein Fehler. Ich hätte ihn daran hindern müssen. Aber ich fand es erst ganz lustig, wie Pappo sich echauffiert hat.«

Ich schluckte trocken. »Und wozu das Ganze?«

»Eigentlich hat Nino nur was ausprobieren wollen. Er hatte einen Weg entdeckt, wirklich anonyme Mails zu schreiben. Damit wollte er eine Amokdrohung fürs Fanny – also fürs Fanny-Leicht-Gymnasium – verschicken. Nur so zum Spaß. Ich weiß, das ist kein Spaß. Ich habe ihn überredet, dass er erst einmal mir was schickt, damit man sieht, wie diese Mails aussehen. Wir haben dann festgestellt, dass Outlook die Mails zum Beispiel rausspamt. Nino hat meinen Postkasten so eingestellt, dass sie angekommen sind. Und Pappo hat die Mails gesehen.«

»Sieht er alle deine Mails?«

»Nein, natürlich nicht. Nur die, die ich ihm zeige.« Lola lachte verlegen. »Gut, ja, ich hab ihm die anonymen Mails gezeigt.«

Ich bedachte den Tod/tot-Konflikt, den Michel Schrader der bildungsfernen Jugend zugeschrieben hatte. »Ihr habt euch ja auch durchaus um Echtheit bemüht. Ihr habt Rechtschreibfehler eingebaut und die Interpunktion weggelassen.«

»Das war Nino. Der hat ›bekleiden‹ statt ›begleiten‹ geschrieben, und ich habe gesagt, das lassen wir so.«

»Und der Buchhasser?«

Die Sonne, die vor uns überm blauen Schatten des Albtraufs stand, glitzerte in den Augen der jungen Frau, die nicht genau wusste, ob sie nun das zu Streichen aufgelegte Kind oder die Intellektuelle spielen wollte.

»Ich habe mal im Hippenblog meine Theorie entwickelt. Da war ich vierzehn oder so. Später habe ich gesehen, dass ein Blogger so was Ähnliches dann auch geschrieben hat. Sein Blog hieß Buchhasser. Den gibt es aber inzwischen nicht mehr.«

»Der Blogger war Nino, nicht wahr?«

Lola schaute mich erstaunt an. »Ist das jetzt eine Frage oder eine Feststellung?«

»Eine Feststellung. Ich kenne den Buchhasser-Blog-Text, Lola. Und er enthält ebenfalls den d/t-Irrtum beim Wort Tod. Und mit den Kommata hat er auch Schwierigkeiten.«

»Das haben viele.«

Zwischen den grünen Hügeln des Schönbuchs befahl mir mein innerer Navi: »Jetzt: Bitte wenden!« Die Dollar-Millionen für meine Spionagetechnik hätte ich mir wirklich sparen können. Ich würde sie Lolas Vater in Rechnung stellen. Eltern haften für ihre Kinder!

»Sagst du … äh … sagen Sie es jetzt meinem Vater?«

»Was denkst du denn? Er bezahlt mich als dein Bodyguard.«

»Eigentlich zahle doch ich. Du bekommst bei jeder Lesung achtzig Prozent von meinem Honorar.«

»Ich bin kein Chauffeur.«

»Und wenn ich jetzt sagen würde, dass ich es gern hätte, wenn Sie mich begleiten, Sie geben mir Sicherheit und so. Wir könnten uns unterhalten, Sie passen auf, dass mir keiner zu nahe kommt.«

»Wer soll dir denn zu nahe kommen?« Ich merkte, wie meine Laune rapide vereiste.

»Das weiß man nie«, redete Lola munter weiter. »Meine Mutter ist auch mal aus der Menge heraus angegriffen worden. Ein Stalker hat versucht, sie zu küssen, er hat sie an den Haaren festgehalten, und wenn ihr nicht jemand anders geholfen hätte …«

»Lola! Bitte … halt mal die Gosch, ja?«

Ich versuchte, einen klaren Gedanken zu fassen. Warum auch immer Durs Ursprung erschossen worden war, es hatte nichts, aber auch gar nichts mit Lola Schrader zu tun. Sie befand sich nicht in Gefahr. Als Bodyguard war ich nur die Lachnummer in einem Spiel, das sie mit ihrem Vater spielte, und ich hatte es nicht gemerkt.

Der erste der beiden Baggerseen von Kirchentellinsfurt tauchte blau links unterhalb der Schnellstraße auf. Nur die offene Stelle in den Mittelleitplanken zeugte noch von der Baustelle, die wochenlang in den Verkehrsnachrichten gewesen war.

»Aber eins hätte ich jetzt gern noch gewusst, Lola: Habt ihr auch das Feuer bei Ursprung gelegt, Nino und du?«

Sie kniff die Lippen zusammen und schaute geradeaus.

»Raus mit der Sprache!«

»Ich denke, ich soll die Gosch halten, so Ihr Ausdruck.«

Ach Gott, sie war beleidigt. Ja zum Teufel! »Okay, dann drehe ich jetzt um, und wir fahren zurück.«

Sie schaute mich an.

»Mich brauchst du ja nicht mehr.«

Ich ging vom Gas.

Ein BMW brauste an uns vorbei, dicht gefolgt von einem silberfarbenen Mercedes. Der zweite Baggersee von Kirchentellinsfurt kam ins Blickfeld.

Lola machte einen langen Hals und schaute sich um. »Warum werden wir langsamer?«

Ich setzte den Warnblinker. »Ich drehe um.«

»Hier kann man nicht wenden, wenn ich das mal anmerken darf.«

Ein Golf bremste sich mit den Scheinwerfern fast in unser Heck, setzte Blinker und hüpfte an uns vorbei. Der erste Laster schwenkte aus. Und der Blick, den Lola mir zuwarf, war keineswegs mehr alltagsbewandert. Die Philosophen hatten sie verlassen.

»Jetzt mal im Ernst …«

Ich brachte meinen buckligen alten Porsche auf dem Seitenstreifen zum Stehen. Wind zauste das Gras. Der Verkehr donnerte an uns vorbei.

Das Mädchen neben mir atmete schwer. Dann hob sie mit Ruck das Kinn, blickte mich unter halb gesenkten Lidern hervor an und lächelte lauernd. »Fresh, 'ne Geisterfahrt, die wollt ich immer schon mal machen.«

Sie hatte Nerven wie Büffeldärme, das gefiel mir. Aber die Änderung der Taktik würde ihr nichts nützen. Sie hatte die Kontrolle über mich schon verloren. Die Augen auf den Außenspiegel gerichtet, die Hand am Blinker lauerte ich auf eine Lücke im von hinten heranrollenden Verkehr.

Lola atmete.

Brontë tuckerte.

Endlich die Lücke, alles frei. Ich machte die Warnblinkanlage aus und setzte den Blinker – so viel Zeit muss sein – riss den Lenker bis zum Anschlag nach links und trat das Gaspedal durch. Lola schrie.

Brontë sprang vom Seitenstreifen, schleuderte quietschend 180 Grad und warf sich vorwärts. In der Flucht der Fahrbahn erschienen die ersten Fahrzeuge. Lola schlug die Hände vors Gesicht.

»Los, Brontë! Fahr!« Sie musste schneller sein als die, die uns entgegenkamen, nur dann würden wir es schaffen. Ich umklammerte den Lenker und flehte: »Bitte, Charlotte! Gib dir Mühe!« Als hätte ich die Zauberformel gefunden, beschleunigte sie noch einen Tick, mit welchen Reserven auch immer. Lichthupen flammten auf. Schon sah ich die entsetzten Gesichter hinter den Windschutzscheiben des gegen uns rollenden Verkehrs. Die Fahrzeuge auf ihrer linken – meiner – Spur schleuderten nach rechts.

Doch da hatten wir die Baulücke in den Mittelleitplanken erreicht, huschten hinüber und waren außer Sicht. Die Hupen dopplerten links an uns vorbei. Iuuuu!

Ich fing Brontë hinter einem Fiat ab und lenkte sie in die Abfahrt zu den Baggerseen. »Du kannst die Augen wieder aufmachen, Lola.«

Immerhin hatte Brontë mir bei der Gelegenheit ihren Vornamen offenbart. Ich hatte es, fiel mir ein, wie Kara Ben Nemsi gemacht – dem galoppierenden Hengst die Hand zwischen die Ohren legen und den Namen rufen: Charlotte! So hieß die älteste der drei schreibenden Brontë-Töchter. Und sie hatte das Letzte aus ihrem Motor herausgeholt. Ich streichelte das schmale hölzerne Lenkrad: Gut gemacht, Charlotte!

Friedlich schnurpelten wir eine sonnige Straße zum See hinunter. Aber nun musste ich auf dem nächstbesten Parkplatz halten, um meinen eigenen Schock sich entfalten zu lassen. Mein Herz pumpte.

Lola hatte die Hände sinken lassen und schaute sich um wie ein Neugeborenes. Die Abendsonne lag auf dem bewaldeten Hang zur Schnellstraße. Der Himmel stand blau. Sonnensatte Menschen mit Badesachen in kurzen Hosen und Schlappen zogen den Weg entlang zu ihren Autos. Das Leben konnte so einfach sein.

Ich stieg aus und zündete mir eine Zigarette an. Die Flamme wackelte, die Zigarette zitterte, meine Knie bebten.

Auch Lola kämpfte sich aus dem Auto und wankte herbei. Wir schauten uns in die Augen wie zweie, die nach einer Riesendummheit gerade noch mal so davon gekommen waren.

Eine Idee stahl sich in ihren Sinn. »Und wenn ich das meinem Vater erzähle?«

Ich zuckte mit den Achseln. »Dann beendet er das geschäftliche Verhältnis mit mir. Dir kann's nur recht sein. Sonst müsste ich ihm erzählen, was du und Nino angestellt habt. Also sag brav: Danke schön. Und dann verschwinde.«

»Wie?«

»Von hier schaffst du es ja alleine nach Tübingen.« Ich deutete auf den Parkplatz der Badegäste.

»Das können Sie nicht machen! Wie komme ich denn nach Stuttgart zurück. Mitten in der Nacht. Ich bin minderjährig. Mein Vater verlässt sich auf Sie.«

»Das Vertrauen deines Vaters geht mir soooo weit am Arsch vorbei, Lola.«

»Ich habe mich ebenfalls auf Sie verlassen. Ist Ihnen das auch egal?«

Ich schwieg.

»Was wollen Sie? … Okay, okay. Aber ich kann nun mal keinen Kumpel verpfeifen. So was mache ich grundsätzlich nicht.«

»Dann hat Nino also den Brand gelegt?«
»No comment!«
»So geht das Spiel nicht, Lola. Bei dem Brand ist ein Mensch schwer verletzt worden. So ein Oberschenkelhalsbruch ist nicht nichts. Der hat noch monatelang viel Freude damit, Krücken, Schmerzen, Physiotherapie, nach einem Jahr müssen die Schrauben und Platten raus, das ist noch mal eine Operation. Dafür muss der Brandstifter die Verantwortung übernehmen.«
»Aber ich war es nicht!«
»Und Nino?«
»Dazu kann ich nichts sagen. Aber … ich meine … wie soll er es denn gemacht haben? Er war doch die ganze Zeit bei uns unten.«
»Er hat eine Chemikalie benutzt.«
Lola senkte den Blick.
»Du kannst Nino ausrichten, dass er zwei Möglichkeiten hat: Entweder er stellt sich zügig der Polizei oder er wartet ab, bis ich herausgefunden habe, wie er es gemacht hat, und den Brandsachverständigen einen Hinweis geben kann. Die werden es ihm dann beweisen. Wenn er es war, ist er dran, so oder so.«
»Meine Idee war es nicht, echt nicht! Ich wäre auch nie mit so was einverstanden gewesen. Wir hätten alle draufgehen können dabei … So wie eben gerade auch!«
»Warum hat er es gemacht?«
»Ich glaube auch nicht, dass er es war. Wir haben nur vorher mal darüber geredet, Nino und ich, wie man es anstellen müsste, damit man populär wird. Wie man ins Fernsehen kommt.«
»Deutschland sucht die Super-Hexe. Welche brennt am schönsten?«
Lola lachte. »Gar nicht witzig, deine Witze!« Sie giggelte haltlos. »Voll übel. Gefällt mir.«
Ich zog den Rauch tief in die Lungen. Das Nikotin entfachte das Endorphinfeuer nach überstandener Tollkühnheit zum Großbrand. Gut gemacht, Lisa, dachte ich, total irre, aber un-

umgänglich. Das muss dir erst mal einer nachmachen: eine Siebzehnjährige aus der Umnachtung von Intelligenz ohne Lebenserfahrung holen und zur Kooperation zwingen. Lisa, du bist einfach die Größte! »Und da habt ihr gedacht ...«

Lola drückte mit dem Zeigefinger eine Lachträne unterhalb des Kajalstrichs vom Lid. »Nein, nein, wir haben gar nichts gedacht. Wir haben nur überlegt. Bücher gibt es Millionen, jeden Tag erscheinen neue. Da geht meines total unter. Hypen tun die immer nur die von Leuten, die sowieso schon im Fernsehen sind.«

Ja, das Geld war ihr egal, aber ein Star wollte sie schon werden: rote Teppiche, Scheinwerfer, kreischende Massen. Ich konnte es ihr nicht mal verdenken. Nur ob ein Buch da das Mittel der Wahl war?

»Deine Mutter ist im Fernsehen«, bemerkte ich. »Die werden dein Buch bald entdecken.«

»Ich will aber nicht, dass man mein Buch nur beachtet, weil ich die Tochter der Schauspielerin Marlies Schrader bin. Wenn, dann will ich es aus eigener Kraft schaffen, mit dem, was ich kann, was ich zu sagen habe, so wie ich bin.«

Träumen wir davon nicht alle?

Ich trat die Kippe ins Gras am Straßenrand. Oben auf der Schnellstraße blinkte eilig ein Blaulicht vorbei Richtung Tübingen. Brontë gehörte nicht zu den Autos, die man sich nicht merken konnte. Sie war auch nicht irgendein Porsche. Mit ihren über vierzig Jahren ähnelte sie eher einem Käfer denn einem Carrera. Ich beschloss, über Seitenwege und Landstraßen nach Tübingen zu schnurpeln. Genug Zeit hatten wir ja.

Während der Fahrt kam Lola die Idee, Nino anzurufen und sicherzustellen, dass er sich daheim am elterlichen Abendbrottisch befand. Sie nannte mir zwei Beweise: Zum einen hatte sie ihn auf dem Festnetz angerufen, zum andern krawallte im Hintergrund die *Soko Stuttgart*.

13

Dass sich so was halten konnte, und das schon seit dreißig Jahren. Wir stolperten die steile Bursagasse hinunter. »Frauenbauch-hihi-laden«, las Lola von den Schaufenstern eines kleinen Eckladens am Ende des Steilstücks ab.

»Frauen*buch*laden!«, korrigierte ich.

»Ach so, ja!«

Am fernen Ende der Kopfsteingasse leuchtete orangefarben verputzt die Burse, das erste Burschenschaftshaus von Tübingen. Gleich dort floss der Neckar. Einmal im Jahr tat er es für das Stocherkahnrennen der Burschen. Die Verlierer mussten jeder eine Maß Lebertran trinken und dann kotzen.

Dass sich eine allgemein unbekannte Amazonenkönigin hier so lange hatte halten können! Thalestris lag zwar nahe den Touristengassen der Altstadt, aber eben doch abseits des Konsumrummels. Wer hier stöbern und kaufen wollte, musste über glatte Kopfsteine, holprig gepflastert, die steilste Stelle der Gasse hinuntergehen wollen. Und auch ältere Lesben litten zuweilen an kaputten Knien.

Vor dem Eckladen standen ein Tisch mit Aschenbecher und Stühle. Eine Frau saß dort und las Zeitung. Sie blickte auf, als wir stehen blieben. Ein zweifelndes Erkennen erschien auf ihrem Gesicht. »Frau Schrader?«

Buchhändlerinnen sind alle um die fünfzig und färben sich niemals die Haare. Sie tragen helle Hosen, sportliches Schuhwerk und farbige Oberteile aus Welt- und Umweltläden, Brillen mit herausfordernd roten oder blauen Gestellen und Ketten aus Halbedelsteinen. Sie repräsentieren eine natürliche Weiblichkeit, die leicht ins Blaustrümpfige spielt, einige etwas verhuscht und homöopathiegläubig, andere mit dem Leuchten von Kenntnis und Kultur als Mission in den Augen. Sie beherrschen die Registrierkasse und gehen zugrunde mit der Idee, eine gute Buchhandlung zu haben – mit der Idee!

»Ich bin Manu«, stellte sich uns die Frau mit von Grau fast erobertem dickem Schwarzhaar vor und reichte zuerst Lola die Hand, dann mir. »Manuela Kantor.«

»Ach!« Da war er ja, der Name, den mir Durs Ursprung genannt hatte und der mir entfallen war, weil gleich darauf jemand auf ihn geschossen hatte. Aber das war jetzt wieder eine andere Baustelle. »Freut mich«, sagte ich.

Zwischen Manuela Kantors dunklen Augen standen dunkle Wolken, die sie offenbar nicht so schnell vertreiben konnte. Die Zeitung auf dem Rauchertisch offenbarte mir den Grund. Sie war auf der Seite aufgeschlagen, wo sich der Nachruf auf Durs Ursprung befand. »Das Buch als Waffe.« Auf dem Foto lächelte er unergründlich.

»Sie kannten ihn?«, fragte ich.

»Ich kann es noch gar nicht begreifen. Wer macht so was? Durs Ursprung war eine Instanz. Er hat Bücher nicht als Waren verkauft. Wenn Sie seinen Laden gesehen haben, dann wissen Sie, was ich meine. Ich habe fünf Jahre bei ihm gearbeitet. Eigentlich bin ich Buchbinderin. Aber man wollte was tun, was bewegen, und ich dachte damals, bei Ursprung könne man was bewirken. Aufklären! Das war ein Irrtum, aber ich habe arbeiten gelernt bei ihm. Er war ein elender Ausbeuter, das muss man schon so sagen. Unbezahlte Überstunden, das hielt er für selbstverständlich im Sinne der guten Sache. Aber er hat auch sich selbst ausgebeutet. Das weiß ich, seit ich meinen eigenen Laden habe. Das tun wir alle, wenn wir überleben wollen. Von dem Monatsgehalt, das die Verkäuferinnen bei Walfisch bekommen, kann ich nur träumen.«

Sie musterte kurz die junge Autorin, die ihre bürgerliche Scham hinter Haaren und Schminke zu verstecken versuchte.

»Aber wir sind immer befreundet gewesen. Ich weiß noch, wie ich mich mit Durs über Elfriede Jelinek gestritten habe. Und ich bin stolz darauf, dass der alte Knatterkopf schließlich eingesehen hat, dass ihr Roman *Lust* nicht vulgär ist und nichts mit Pornografie zu tun hat, sondern eben gerade aufzeigt, wie eine pornografisierte Gesellschaft Sex zur Gewaltangelegenheit macht. Dass sie den Nobelpreis bekommen hat, hat ihn natürlich misstrauisch gemacht. Aber ich habe nie wieder einen Mann kennengelernt, der wie Durs dem Fremden, das er nicht versteht, Respekt zollen kann. ›Ich habe eine Jelinek für dich‹, hat er gesagt, als er vor einigen Wochen bei mir anrief, um mir …«, sie blickte wieder zu Lola hinüber, »um mir Sie, Frau Schrader, für eine Lesung ans Herz zu legen.«

Lola machte das Gesicht einer Gymnasiastin, die befürchtete, dass es Punktabzug geben würde, wenn sie zugab, dass sie Elfriede Jelinek nicht kannte. Manuela Kantor wiederum schien sich nicht sicher, ob sie Durs Ursprungs Urteil wirklich teilte. Zwei inkompatible Frauen taxierten sich.

Lola legte rasch Trauerflor auf und sagte artig: »Ja, das ist furchtbar mit dem Ursprung. Ich fand ihn sympathisch. Er war der Erste, der mich eingeladen hat. Das werde ich ihm nie vergessen. Er … er hat sich voll nobel verhalten.«

Manu lächelte fein. »Da können Sie sich was drauf einbilden. Durs hat schon Morddrohungen bekommen, weil er einen Autor nicht als Gast behandelt hatte.«

»Von wem?«, schoss es aus mir heraus.

»Oh, das ist lange her.« Manu wischte sich eine graue Strähne aus der gefurchten Stirn und schaute mich von oben bis unten an. »Und ich hoffe sehr, Sie empfinden es nicht ebenfalls als ungastlich, was es natürlich ist, aber ich fürchte, Sie können heute Abend nicht an der Veranstaltung teilnehmen.«

»Was? Wieso?«, fuhr Lola an meiner Stelle auf. »Warum denn nicht.«

»In einen Frauenbuchladen dürfen nur Frauen rein«, erklärte ich ihr. »Alte Lila-Feminismus-Tradition.«

Lola reagierte wie alle. Da gab es keine Alternative. »Das ist doch bescheuert!«, rief sie. »Ich habe keine Angst vor Männern!«

»Wir auch nicht«, antwortete Manu geduldig. »Und es stimmt auch nicht, dass wir einem Burschenschaftler, der beim Stocherkahnrennen ins Wasser gefallen war, verboten haben, sich hier umzuziehen. Und wir haben auch nicht, wie immer wieder behauptet wird, einen Jungen rausgeschickt, der mit seiner Mutter einkaufen war. Es ist nur so, dass die Frauen auch Gesprächsräume möchten, in denen sie ungestört unter sich sein können. Ich hoffe, Sie haben kein Problem damit.«

»Nur Frauen?« Lola zog die Brauen unter den Pony.

»Haben Sie Angst vor Frauen?«, fragte Manu.

»Nee, natürlich nicht. Warum sollte ich Angst haben?«

Ja, warum? ☺ Warum haben wir alle miteinander vor dreißig fremden Frauen Angst, nicht aber vor dreißig Männern? Vor allem wir Frauen! Weil wir nicht richtig angezogen sind. Keinem Männerauge fällt jemals auf, dass der Rock zum Sechshundert-Euro-Jäckchen von H&M ist und der Saum mit dem falschen Garn vorhin noch angenäht werden musste oder das Bettelarmbändchen aus dem Otto-Katalog stammt. Oder dass Lolas schwarze Jeans fabrikneu ist, was das Drama des Nachmittags verrät: Was zieh ich an? Wohlfühlausgehjeans zu eng geworden, Panik, losradeln, im Shop von Vaihingen was Schwarzes kaufen, lange Jacke darüber, damit man nicht sieht, dass der Bund eigentlich zu weit ist. Doch alle Frauen sehen es und fühlen sich überlegen. Sexy kleidet eine Frau sich für Männer, aber gut, um bei den (Ehe-)Frauen zu bestehen.

»Übrigens«, ich lenkte Lolas Blick auf die Burse am Ende der Gasse, »die meisten Burschenschaften lassen bis heute keine Frau auf den Paukboden.«

»Auf den was bitte?«

»In den Saal, wo die Mensuren stattfinden.« Ich strich mir durchs Gesicht, lockerte den Krawattenknoten und machte den obersten Knopf auf. »Da wo die Anwälte und Gynäkologen ihre schicken Schmisse herkriegen.«

Lola riss die Augen auf. »Aber du bist doch gar kein Anwalt!«

Manu schlitzte die Augen. »Und Sie sind … auch kein …«

»Nerz ist mein Name, Schwabenreporterin Lisa Nerz.«

Der Laden war längs zweigeteilt durch freigelegte Fachwerkbalken, die frau weiß angestrichen hatte. Von der Ladentür schaute man direkt auf Tisch und Stuhl der Besitzerin. Der Bereich auf der anderen Seite der Balken war nicht einsehbar. Dort stand ein grüner Korbsessel neben einem Kaffeeautomaten für die Lesende bereit.

»Brauchen Sie sonst noch etwas?«, fragte Manu. »Eine Leselampe?«

Lola schüttelte den Kopf.

Acht Stühle in drei Reihen passten gerade so hinein. Wenn ich noch hätte annehmen müssen, dass Lola von einem Unbekannten bedroht wurde, schien mir der Raum kontrollierbar. Von der Tür aus konnte jedenfalls niemand auf Lola schießen.

»Ob ich wohl einen Kaffee bekommen könnte?«, erkundigte ich mich.

»Aber selbstverständlich.«

Lola lehnte ab und begann die Bücher in den Regalen zu besichtigen.

Ich ging raus, um zum Kaffee eine Zigarette zu rauchen. Manu folgte mir, und so konnte ich sie doch noch fragen, ob ich morgen oder übermorgen mit einem alten Buch wiederkommen dürfe, damit sie es sich mal anschaue. »Ursprung hat mir Ihren Namen genannt, übrigens kurz bevor er starb. Er meinte, Sie hätten einen sechsten Sinn für das Materielle von Büchern.«

Manuela Kantor lachte selbstentwertend. »Ich habe nur Buchbinderei gelernt, davon hat er nichts verstanden, er hatte seine Lehre abgebrochen.«

Ich überlegte, wie alt sie war. Schon Richards Generation oder noch meine? Eher dazwischen.

»Ich habe in einem ganz kleinen Betrieb gelernt. Noch richtig das alte Handwerk. Heute lernt man vermutlich hauptsächlich diese riesigen Buchstraßen bedienen und überwachen. Da geht alles in einem: Druck, Leimung und Einband, und hinten kommt das fertige Buch raus.«

»Ich habe erst vor ein paar Tagen nach Buchbindereien gesucht«, plauderte ich. »Nach so einem kleinen Meisterbetrieb, wo es vielleicht noch einen Großvater gibt, der mir was zu diesem Buch sagen könnte.«

»Den Laden, wo ich gelernt habe, gibt es jedenfalls nicht mehr. Schon lange nicht mehr, Buchbinderei Küfer in der Burgsteige.«

»Ohaaa!«, entfuhr es mir, und vielleicht traf ich sogar den richtigen Ton sprachloser Anerkennung. »Kennen Sie eine Marie Küfer?«

»Die Enkelin vom alten Meister Küfer? Nicht wirklich. Ich habe sie nur einige wenige Male gesehen, wenn sie ihren Großvater in der Buchbinderei besuchen kam. Ich erinnere mich noch, wie unglaublich elegant und erwachsen sie mir vorkam. Dabei war sie nur fünf Jahre älter als ich ... das heißt, sie ist es immer noch, nehme ich an ...«

»Dann wissen Sie nicht, was aus ihr geworden ist?«

»Sie hat ihr Studium in den USA fortgesetzt. Ich glaube aber, nicht freiwillig. Ich erinnere mich noch dunkel, dass es irgendein Gerede gab. Das war damals die Zeit der Studentenrevolten. Benno Ohnesorg war erschossen worden. Kaufhäuser brannten. Da haben die Küfers ihre Tochter wohl aus gewissen linken Kreisen herausnehmen wollen. Der Vater war irgendein hoher Beamter, ich glaube Oberpostdirektor, außerdem wohl im Stadtrat. Genau weiß ich das nicht mehr. Warum fragen Sie?«

»Es hängt mit dem Buch zusammen, das ich Ihnen zeigen möchte. Ich glaube, es stammt aus der Buchbinderei Küfer.«

»Ah so? Na, das wird sich leicht feststellen lassen.«

»Woran? Gibt es Buchbinderzeichen?«

Manu lachte. »Nein, aber man kann einige Kleinigkeiten so oder so machen, beispielsweise wie man das Papier um den Buchdeckel schlägt, wie weit und so weiter. Und Küfer pflegte eine besonders altmodische Art der Heftung. Ja, zeigen Sie mir das Buch mal. Ich bin gespannt.«

Es waren ganze sieben Frauen, die schließlich eintrudelten. Zwei Lesben in Ringelshirts und Cargohosen, eine mit Trekkingsandalen, die andere in Turnschuhen, eine Dicke mit Vielleserinnenbrille, zwei Frauen mit halblangen grauen Haaren in Naturtextilien, eine sehr hagere Lesbe mit breiten Gelenken und Männerhaarschnitt in Lederhosen und Lederweste, die in mir eine unstillbare Lust auf eine laue Nacht am Baggersee von Kirchentellinsfurt weckte, und eine Frau mit großer Umhängetasche und Straßenkleidung, die aus einem anderen sozialen Netzwerk kam.

»Männer müssen draußen bleiben!«, informierte mich die Frau mit Trekkingsandalen ruhig, aber unhöflich.

»Das ist schon okay!«, raunte ihr Manuela Kantor in den Kragen.

»Keine Sorge, ich bin stubenrein!«, fügte ich hinzu und riss meinen Hemdkragen noch weiter auf.

»Ich komme nicht zu Thalestris, um mich hier ebenfalls von euch dumm anquatschen zu lassen!«

»He!«, mischte sich Lola ein. »Die ist kein Mann! Ich dachte, Lesben hätten einen Blick für so was. Schwule Männer erkennen sich doch auch.«

»Wir zeigen uns immer die Muschis!«, erklärte ich Lola. »Wie vor einem Judowettkampf. Da müssen sich die Mädels auch bis auf den Schlüpfer ausziehen. Das Kampfgericht will sich vergewissern, dass es kein Bub ist, der sich als Kämpferin ausgibt.«

Die Trekkingsandale wandte sich schnaubend ab. Sie hatte nicht meinen Humor.

»Männer müssen sich natürlich nicht ausziehen«, setzte ich drauf. »Die Welt ist ungerecht.«

Lola lachte in sich hinein. Sie hatte meinen Humor. Und sie hatte den Blick. Sie nahm das geheime Spiel wieder auf. Das gefiel mir jetzt.

Im Gegensatz zu der hageren Lederlesbe mit ihrem männlichen Schmuck und einer aus weiblicher Identität stammenden

Anmut, die ihr eine atemberaubende Jugendlichkeit verlieh, sah ich im Anzug eher wie ein verklemmter junger Bankangestellter mit Aknenarben aus, der sein Verhältnis zu Frauen über Zoten definierte. Ich bin eben auch das nicht. Ich bin gar nichts. Jedenfalls nichts, wofür sich eine atemberaubend männliche Frau interessierte. Auch wenn sie das Identitätsgefecht zwischen der Trekkingsandale und mir amüsiert verfolgte, träumte sie bestimmt nicht von einer lauen Nacht mit mir am Kirchentellinsfurter Baggersee. Aber vielleicht ging mit Lola nachher ja ein bisschen was.

Sie las so schlecht wie bei Ursprung auch schon. Auf dem letzten Stück Fahrt nach Tübingen hatte ich ihr geraten, für eine Lesung in einem Frauenbuchladen was anderes auszusuchen, vor allem den männlich dominierten Sex wegzulassen. Da ich das Buch noch nicht gelesen hatte, konnte ich ihr allerdings nichts vorschlagen. Und nun stolperte Lola durch neue Textstellen, als läse sie sie selbst zum ersten Mal.

Was zwingt eine junge Frau preiszugeben, wie sie es in der Badewanne mit dem Duschkopf treibt?, fragte ich mich. Oder war es nicht preisgegeben, sondern nur fantasiert? Aber warum eine solche Fantasie preisgeben? Und die Schilderung war realistisch bis ins Detail. Das war erlebt. Wenn nicht von ihr selbst, dann hatte sie es von woanders. Und was heißt schon preisgeben? Das ist der falsche Ansatz. In Wahrheit kostet es uns ungeheure – wenn auch unbewusste – Anstrengung, nicht ständig über unsere Sexpraktiken zu reden.

Richard würde das bestreiten.

»Muss es immer um Sex gehen?«, fragte nach der Lesung die Frau in Trekkingsandalen. »Mich interessiert das nicht. Ich bin alt genug, mir muss man nicht mehr erklären, wie Selbstbefriedigung mit Colaflaschen geht. Nebenbei sehr gefährlich, denn sie saugen sich schneller fest, als man glaubt, dann muss frau damit ins Krankenhaus. Ich bin Krankenschwester, bei uns in der Gynäkologie steht die Kiste in der Ecke, und am Ende der

Woche ist sie voll. Ich kann nur jeder jungen Frau raten, es zunächst mit einem Dildo zu probieren.«

Reden tat sie jedenfalls auch gern darüber.

»Vielleicht habe ich das Buch ja nicht für Sie geschrieben«, antwortete Lola. »Es gibt total viele in meinem Alter, die null Peilung haben, auch wenn es immer anders heißt, Generation Youporn und so. Aber mal mit einem Jungen poppen ist noch kein Sex. Und im Übrigen geht es darum ja auch gar nicht in meinem Buch. Es ist mir ganz egal, was wer weiß. Ich will niemanden belehren.«

In diesem Moment tat es einen Schlag an der Schaufensterscheibe. Die Köpfe zuckten. Ich fuhr von meinem Stuhl hinter dem Tisch der Ladenbesitzerin hoch.

»Ein Vogel, der gegen die Fensterscheibe geflogen ist«, beruhigte uns Manu. »Gibt es noch weitere Anmerkungen?« Sie schaute sich um.

Schweigen.

Dann erbarmte sich eine: »Was bedeutet der Titel *Malefizkrott*?«

»Malefiz, das Spiel, kennen Sie …«, begann Lola.

Ich erhob mich und begab mich zur Ladentür.

»… Ravensburger. Als Kind war ich ganz wild drauf, es zu spielen«, hörte ich sie noch sagen, dann war ich draußen und zog die Tür hinter mir zu.

Es war noch ziemlich hell, aber das orangerote Leuchten der Burse war verloschen, im Laub der Bäume auf dem Platz an der Mauer zum Neckar begann die Nacht sich zu sammeln. Die Stadtmauer stand kühl mir gegenüber, der Himmel darüber war grau. Der Geruch nach Enten, Algen und fauligem Holz zog vom Neckar herüber.

Ich blickte die Gasse hinauf und hinab. Erst dann entdeckte ich, was hinter dem Rauchertisch auf dem Boden unterm Schaufenster lag.

Ich bückte mich. Federn raschelten leise, der kleine Körper war noch warm. Es war eine gewöhnliche Straßentaube mit rosigen

Füßen und knackig sauberem Gefieder, noch jung vermutlich. Der Kopf knickte über meinen Zeigefinger nach unten. Sie musste sich beim Flug gegen die Scheibe den Hals gebrochen haben.

14

Auf der Heimfahrt – inzwischen war es stockfinster – saß Lola in sich versunken neben mir. Ich hatte ihr den Umschlag mit dem Geld, den Manuela Kantor ihr gegeben hatte, sogleich abgenommen, von den 200 Euro meine 80 Prozent und 20 Euro Fahrtkosten kassiert und ihr lediglich 20 Euro überlassen.

Manu hatte nach Erklärungen für den geringen Publikumsbesuch gesucht. Die Wirtschaftskrise, Bücher würden derzeit kaum gekauft, der Buchhandel habe Einbußen von 12 Prozent im ersten Halbjahr erlitten, und ein kleiner Laden wie der ihre bekomme das noch deutlicher zu spüren, hier nehme man nicht mal schnell was mit, hier herab müsse man extra kommen, und das tue nur, wer schon vorhabe, etwas zu kaufen, und das verkneife man sich eben derzeit. Warum die Frauen dann nicht zu einer Lesung kämen, könne sie sich auch nicht erklären, vielleicht das schöne Wetter, man wolle draußen sitzen. Außerdem beobachte sie schon länger eine gewisse Diskussionsmüdigkeit bei den Frauen, sie wollten sich auch einmal einfach nur gut unterhalten.

Lola hatte zu allem genickt. Nur weg!

Auf dem Weg zum Auto hatte ich mein Handy konsultiert und festgestellt, dass Richard dreimal angerufen hatte. Die Mailbox spulte mir die Nachricht ab, er sei morgen, Freitag, am Abend wieder in Stuttgart. Ob wir uns im *Tauben Spitz* treffen könnten, sieben Uhr. Ich simste mein Okay zurück. Im Auto löschte ich alle Daten der Fahrt von Stuttgart in die Bursagasse vom Navi.

»Ich finde Lesungen scheiße«, sagte Lola in die Stille unserer Raserei durch die Nacht. »Was soll das überhaupt bringen?«

»Keine Ahnung.« Die Baggerseen von Kirchentellinsfurt blieben im Dunkeln hinter uns.

»Warum gehen Leute zu Lesungen? Was haben die davon, dass sie mich da herumstottern hören. Ich bin Legasthenikerin, ich kann nicht vorlesen. Außerdem schreibe ich nicht fürs Vorlesen, sondern dafür, dass es jemand liest. Das ist ein ganz anderer Stil, als wenn du ein Theaterstück oder ein Drehbuch schreibst, also gesprochene Sprache. Wenn Leute miteinander reden, dann ist das redundant ...« Sie warf mir einen skeptischen Blick zu. »Sie wiederholen die Wörter. Sie nehmen Begriffe auf, die du benutzt, und verwenden sie selber.«

»Stimmt, habe ich mir nie überlegt.«

»Ich habe mein erstes Drehbuch mit dreizehn geschrieben, das zweite mit vierzehn. Mein Vater und seine Studenten haben den Film gedreht und einen Preis damit gewonnen.«

»Und nun weißt du, dass du ein Wunderkind bist.«

»Scheiße! Hast du eine Ahnung, wie scheiße das ist.«

»Wenn dir kein eleganteres Wort einfällt als Scheiße, muss es sehr scheiße sein.«

Der Wind eines Gelächters säuselte durch ihre Nase. »Was kann ich dafür, dass ich schreiben kann? Soll ich mich verstecken? Ich mache eh schon genug Rechtschreibfehler. Und ich achte peinlichst darauf, dass ich nicht zu hochgestochen daherrede. Mein Deutschlehrer hat trotzdem Panik vor mir. Eigentlich müsste er mir für meine Erörterungen und ähnlichen Pipifax eine Eins geben. Aber weil er das nicht zugeben will, erklärt er kurzerhand, er vergebe grundsätzlich keine Einsen, weil in Deutsch niemand so gut sein könne wie Thomas Mann.«

»Bäh!«

Sie schnaubte. »T. M. *L'uomo homo.* J. W. v. G.?

»Goethe?«

»... der Wärter weint. Und F. K.? Ein infantiles Insekt.«

Ich musste lachen.

»Endlich lachst du mal!«

»Schön, dass du dich fürs Du entschieden hast. Ich heiße Lisa. Aber das weißt du ja schon.«

»LL, Lola und Lisa, Lisa und Lola. Gefällt mir.«

Leider lagen die Baggerseen nun weit hinter uns. Die Flughafenbefeuerung blinkte schon, und wie ein vieräugiges Insekt näherte sich im Nachthimmel eine Maschine zur Landung. Rot glühte der Schriftzug »Bosch« auf der Messeparkhausbrücke quer über der Autobahn, der Fernsehturm ließ seinen Scheinwerfer durch den Sommernachtdunst kreisen.

»Wer hat Durs Ursprung eigentlich erschossen?«, fragte Lola plötzlich.

»Weiß man noch nicht. Aber er muss ein sehr guter Schütze sein. Und das wird die Polizei letztlich auf seine Spur bringen.«

Lola lachte irgendwie scheppernd. »Na, hoffentlich verdächtigen sie meinen Vater nicht. Der ist nämlich im Schützenverein.«

15

Ich befreite mich von Mikro und Kameras, zog den Anzug aus, schlüpfte in Shorts und Shirt, nahm die tote Taube aus der Tasche, legte sie auf den Tisch und zog den kleinen Laptop heraus. Er glitschte an einer Stelle vom Blut der Taube. Ich wischte ihn mit dem Küchenlappen ab, nahm die Speicherkarte aus der Kugelschreiberkamera und steckte sie in den Slot des Laptops. Der Ladebalken begann klein und blieb klein. Das würde eine Weile dauern.

Cipión wedelte mit der Rute, schnüffelte mit gieriger Nase den Tisch herauf und wünschte sich Windhundbeine.

»Eine Taube«, erklärte ich ihm. »Schau!« Ich nahm das Tier und ging damit in die Hocke. Cipións Nase tropfte vor Eifer, die Augen glänzten, er öffnete die Schnauze und fasste zu, vorsichtig, fragend, fast zärtlich.

»Nachher«, sagte ich. »Jetzt gib erst mal wieder her!«

Cipións Kiefer schien zu klemmen, mit aller Macht zwang er sich, das Gebiss zu öffnen.

»Du kriegst sie nachher«, versprach ich ihm. »Wieso blutet die Taube, wenn sie gegen eine Schaufensterscheibe gedonnert ist und sich den Hals gebrochen hat? Wieso bricht sie sich überhaupt den Hals?«

Cipión leckte sich verlegen links und rechts den Bart und setzte sich.

Ich trug die Taube in die Küche, machte Licht und legte sie auf die Spüle. Der kleine Körper war anderthalb Stunden nach Auffindung bereits ziemlich steif geworden. Bei kleinen Tieren ging das mit der Leichenstarre offensichtlich ruck, zuck.

Die feinen graublauen Federn am Kopf waren zerzaust, ein Auge geschlossen, das andere offen. Das geschlossene war blutunterlaufen. Ich kraulte am Hals die Federn beiseite. Da war oben ein Loch in der Haut, ein Stück Halswirbelsäule spießte heraus, die Stränge des Rückenmarks lagen offen. Der Tod war mit großer Gewalt über die kleine Taube gekommen. Das konnte sie nicht selbst getan haben. Ihr hatte jemand den Hals umgedreht. Und dieser Jemand hatte sie dann gegen die Schaufensterscheibe von Thalestris geschleudert.

Es war also mitnichten alles mit Lolas Geständnis erledigt, dass sie und Nino das Drohszenario ausgeheckte hätten. Es ging weiter.

Ich fotografierte die zerstörte Taube mit meinem Handy von allen Seiten. Dann steckte ich sie in einen Gefrierbeutel und tat sie zu Sallys verlaustem *Hanni und Nanni* in mein Gefrierfach. Ich gab Cipión eine Extraportion Hundefutter, um mein Versprechen halbwegs einzulösen, setzte mich schließlich an meinen Computer und legte ganz gegen meine Gewohnheit einen Bericht an. Die Bilder, Filme und Audios dieses Abends mussten irgendwie kategorisiert werden, die Ereignisse verlangten nach einer Chronologie. Fragen Sie mich nicht, für wen. Für die Polizei, für den Fall, dass die Sache sich ausweitete, für den Fall, dass mir was zustieß.

Doch schon nach den ersten Zeilen verfluchte ich das Projekt. Was war noch mal das genaue Datum der Lesung bei Ursprung gewesen? Ich schaute nach. So was merkte man sich einfach nicht, auch wenn man eine Weile glaubt, man werde diese Tage oder Abende oder Nächte nie vergessen. Genau deshalb musste man es aufschreiben. So genau wie möglich. Jede noch so unbedeutend erscheinende Kleinigkeit konnte später wichtig werden.

Gehörten die Geschichten des mit Kommunardentexten verschnittenen Buchs, die Richard in Ursprungs Laden, und die seiner Beziehung zu Marie Küfer, die er mir danach vor dem Laden erzählte hatte, auch dazu?

Ich stöhnte innerlich. So viel Tipperei! »Richard erzählt, dass er das fragliche Buch nicht habe verbrennen wollen, weil er sich mit dem Protagonisten des Romans …«

Es ging doch eigentlich niemanden was an, dass Richard sich in seiner verzwickten Jugend mit einem gewissen Thalheim identifiziert hatte, um in sich selbst für alle Zukunft das Bild des verkannten Edelmanns zu erschaffen.

Mein Mailprogramm meldete, dass Lola Schrader auf Facebook mit mir befreundet sein wollte. Ich bestätigte die Freundschaftsanfrage und sah mich ein bisschen unter ihren FreundInnen um, inzwischen 193 an der Zahl, die Hälfte davon Schülerinnen des Fanny-Leicht-Gymnasiums, ein Onkel auf der Alb, ein paar Schauspielerinnen und Schauspieler, die Lola vermutlich über ihre Mutter kannte, keine Freunde in Freiburg oder Barcelona, aber ein Student des Figurentheaters an der Musikhochschule Stuttgart. Hmhm … Er sah nett aus, mit den Augen einer Siebzehnjährigen betrachtet: Lederband um den Hals, irgendeine Bärenkralle daran, unrasiertes Lächeln. Er hieß Adrian Weinrich.

Gut, ja, aber das war jetzt nicht wichtig. Es half nicht bei der Entscheidung, ob ich Richards Romanze mit Thalheim und Marie Küfer ausführen musste. Wenn es nach meiner gähnenden Unlust ging, dann nicht. Aber ging es danach? Das Lustprinzip war als Kriterium meines Handelns nicht immer hilfreich. Andererseits hing mir das neuronale Netz schon durch, wenn ich nur daran dachte, all diese Verwicklungen aufzudröseln und in Buchstaben und Worten hintereinanderzusetzen. Dabei musste es nicht einmal elegant formuliert sein, es musste einfach nur dastehen, der Reihe nach.

Das Lineare ist nicht mein Ding.

Diese Erkenntnis fiel mir immerhin zu. Mein Denken ging anders. Schon in meiner Zeit als Polizeireporterin für den *Stuttgarter Anzeiger* war ich gescheitert, wenn ich einen einfachen Unfall beschreiben sollte. Ein Unfall ist nie einfach. Er ist das Ergebnis eines Zusammentreffens von gleichzeitigen Ereignissen und deren Gründen. »Zu der schweren Verletzung kam es, weil der Fahrradfahrer geradeaus fuhr, während der Lenker des Pkws rechts abbog und dabei den Fahrradfahrer übersah, weil ihm die Zigarette in den Fußraum gefallen war, wobei er unwillkürlich bremste und deshalb den Fahrradfahrer nicht mit der Flanke abdrängte und zu Fall brachte, sondern auf den Kühler nahm, wobei der Fahrradfahrer mit dem Kopf auf die Windschutzscheibe schlug.« Was mir der abnehmende Redakteur regelmäßig mit dem Vermerk »Hä?« zurückgab.

Ich dachte irgendwie flächig, netzwerkartig. Das war eine Aussage, die ich also über mich machen konnte. Aber wozu?

Schreiben ist scheiße!

Ich zog eine Zigarette zu Rate.

Inzwischen waren die Daten der Kugelschreiberkamera aus meiner Brusttasche auf den kleinen Spionageklappcomputer überspielt. Ich zog die Speicherkarte raus, schob die der Uhrkamera in den Schlitz und startete die Übertragung neu. Wegen der Datenmengen machten die Kameras nur 10 Bilder pro Sekunde. Aber auch das war schon gigaviel. Ich würde mir die Augen wund schauen, das war klar. Vor allem auf die Kamera, die die Bewegungen in meinem Rücken aufgezeichnet hatte, war ich gespannt. Während der Ladebalken in Zeitlupe wuchs, rief ich den Kugelschreiberfilm schon mal auf und suchte den

Moment, wo die Taube gegen die Schaufensterscheibe geflogen war. Ich hatte hinterm Tisch von Thalestris gesessen und Tür und Schaufenster im Auge gehabt. Die aber waren drei Meter entfernt, und zwei Megapixel waren nicht sonderlich ergiebig. Außerdem spiegelte die Fensterscheibe die Beleuchtung im Laden, obgleich es draußen noch relativ hell gewesen war. Da! Etwas Graues tauchte auf und war schon wieder verschwunden. Es war alles ziemlich ruckelig und wuschig, aber der Körper der Taube war erkennbar. Ich hielt das Bild an. Hm! Sah das nicht aus, als sei die Taube mit dem Rücken gegen die Schaufensterscheibe geflogen, nicht mit dem Kopf, also geworfen worden? Aber von einem Werfer gab es nicht mal einen Schatten.

Ich holte mir einen Kaffee und atmete tief durch. Weiter im Text. »Richard …« Nein, löschen und neu: »Dr. Weber erzählt, dass er das fragliche Buch nicht habe verbrennen wollen, weil er sich mit dem Protagonisten des Romans …« Verdammt! Wie nun? »… angefreundet hatte.« So ein Quatsch! Er war der Romangestalt begegnet, die sein inneres Gerüst geschaffen hatte. Das aber ging wirklich niemanden was an.

Vielleicht sollte ich erst mal was essen. Kopfarbeiter brauchten Kohlehydrate. Ich wollte gerade aufstehen, da öffnete sich ein Kästchen auf meinem Bildschirm. Facebook war da rigoros. Lola Schrader wollte mit mir chatten.

»Hi! Schläfst du schon?«

Ich klickte auf Antwort. »Schnarch, schnurchel!«

»👍 Kann nicht schlafen.«

»Schlaf, Kindlein, schlaf, dein Vater ist ein Schaf …«

»i hate U ☺«

Mein Herz begann zu klopfen. Verstand ich sie richtig?

»i 2 ☹« Mann, Kind, ich bin zwanzig Jahre älter als du!

Ich ging schleunigst offline, holte mir den zweiten Kaffee, warf einen Blick auf das Ladebalken-Elend und meine Dokumentation, streckte mich auf dem neuen Sofa aus, süffelte Kaffee, starrte an die frisch gestrichene Decke und schwelgte.

Lola hatte alles, was ich nie haben würde: ein musisches Elternhaus mit weißer Ledergarnitur, Bildung, einen Vater, der sich für sie interessierte, Selbstsicherheit, Eloquenz und einen Bekanntenkreis, der auf roten Teppichen verkehrte. Sie hatte eine herausragende Begabung und große Aussichten. Mit vierzehn – einem Alter, in dem ich den Reiz der Vollbusigkeit der Madonna auf der Kommode im Kinderzimmer entdeckte – hatte sie ein Drehbuch verfasst, das verfilmt wurde und einen Preis bekam.

Dafür aber zahlte sie selbst auch einen Preis. Das konnte nicht anders sein. Viel auf der einen Seite der Waagschale, wenig auf der anderen. Was interessierte sie an mir? Dass ich nicht nur daran dachte, auf einer Autobahn zu wenden, sondern dass ich es tat? Und ihr den ultimativen Kick verschaffte. Aber ausgesucht hatte ich mir mein Grenzgängernaturell nicht. Es waren alles bloß Anfälle eines Menschen ohne Identität, um sich zu beweisen, dass er noch lebte.

Lola lebte schreibend. Sie hatte sich ihre Wohlstandssterilität auch nicht ausgesucht.

Wahrscheinlich war sie mal auf Studienfahrt in Barcelona gewesen und hatte an einem *botellón* teilgenommen, dem großen postmitternächtlichen Flaschenkreisen auf dem *Plaza Mayor*. Sie hatte die Knie zusammengepresst und die Jacke vor die Brust gezogen, sich vor den abgelutschten Flaschenhälsen geekelt und später ins Parkgebüsch gereihert.

Das alles hatte ihr mehr Angst als Vergnügen gemacht. Mächtig drohte der Vater in ihr: »Du kennst die Konsequenzen, Lola! Ich glaube nicht, dass du dich im Knast wohlfühlen wirst.« Auf dem kurzen Weg ins Aus findet das Leben statt, aber Lola traute sich nicht mitzumachen. Sie sammelte alles im Kopf, was sie nicht machte, weil es ihr schaden könnte. Die Scham über die eigene Feigheit trieb sie an einen Computer, wo sie sich ihre Angst von der Seele und das Kaputte in die Seele schrieb. So ist sie wenigstens dabei, irgendwie. Zornig und zugleich abgeklärt, urteilend, arrangierend, kontrollierend.

Genau, dachte ich, eigentlich geht es immer nur um das eine: die Kontrolle über das eigene Leben. Deshalb hatte ich einen schwarzen Gürtel im Judo und trainierte Escrima, den philippinischen Stockkampf. Deshalb begnügte sich Lola nicht mit der dichterischen Darstellung von altersgemäßen Wodkapartys und Poppen am Strand, sondern jonglierte mit Bondage in einer Freiburger Hausbesetzerkommune und profunden Kenntnissen über das beste Gleitmittel für die Faust im Anus.

Wenn sie aber doch einen Bruchteil der Erfahrung hatte, die sie beschrieb, dann … hm. Das Wasser lief in meiner Muschi zusammen.

Und die Wärme des Kaffees
schwemmte mich
allmählich in
den
Schlaf.

Das Telefon schrillte. Festnetz! Mama!

Ich torkelte hoch, dabei fiel der Kaffeebecher halb gefüllt von mir und entleerte sich auf das neue Sofa. Vorsicht, Lisa, nicht bürgerlich werden! Das Festnetztelefon flutschte mir aus den Fingern und schoss über die Dielen unter den Fernsehtisch, was Cipión, der dort ratzte, zu einem Notstart veranlasste.

Ich ging auf die Knie und fischte den Apparat unter dem Fernsehtisch hervor. »Ja?«

Es keuchte. »Lisa!« Keuch, keuch, röchel. Eindeutig, da starb gerade jemand.

»Mama?«

Röchel, keuch. »Bitte … komm! Ich …«

»Sally?«

»Hhhhh-ja.«

»Keine Panik, ich bin gleich da. Halte durch!«

Sally empfing mich untot, wenn auch mit geröteten Augen in der Tür am Ende der achtzig Stufen. Ich keuchte eindeutig mehr als sie.

»Habe ich dich erschreckt?«, fragte sie. »Wollte ich nicht. Tut mir leid. Ich hatte zum Glück noch Asthmaspray. Es ist schon viel besser.«

Asthma gehörte eigentlich nicht zu Sallys Beschäftigungen, aber als Teilzeitsprechstundenhilfe hatte sie einen immer wieder überraschenden Vorrat rezeptpflichtiger Drogen in ihren Badezimmerschränken.

»Was war denn los?«

»Scht, nicht so laut. Die Leute schlafen! Komm rein. Ich habe die Fenster aufgemacht.« Sie schloss die Tür. »Aber sobald du Atemnot kriegst …«

Cipión nieste angewidert. Die Katzen hockten kugelig und mit glühenden Augen auf dem Fensterbrett im offenen Küchenfenster. Senta hechelte gemütvoll gegen den Kühlschrank gelehnt und schaute uns leidend an.

»… oder Kopfschmerzen.«

»Sally! Bitte!«

»Ich habe irgendwie versucht, mich und die Tiere zu vergiften, nicht mit Fleiß natürlich! Aber der Gedanke an die Läuse in meinem Bett … ich habe die Matratze doch gerade erst neu gekauft.«

»Es sind harmlose Buchläuse, Sally! Zudem in überschaubarer Anzahl. Hast du meine SMS nicht gesehen?«

»Als ich die entdeckt habe, war's schon zu spät. Da hatte ich das Zeug schon versprüht.«

Nicht ohne einen gewissen Künstlerstolz gestand Sally, dass sie sich nach der Nacht auf ihrem Sofa als Erstes in die Stöckach-Apotheke begeben hatte, um diverse Chemikalien zu erwerben und zu einem effizienten Insektizid zusammenzumixen. Mit dem ebenfalls erworbenen Sprüher hatte sie die Matratze gründlich behandelt und mit Befriedigung und reichlich

Mordlust an niederem Getier beobachtet, wie schön das Zeug sich in die Matratze einbrutzelte. Abends hatte sie neue Bettwäsche aufgezogen und sich später schlafen gelegt. Mitten in der Nacht war sie aufgewacht mit stechenden Kopfschmerzen, zwickenden Augen und Atemnot.

»Bist du wahnsinnig?«

»Schimpf nicht, Lisa! Sag mir lieber, was wir jetzt machen.«

»Wir?« Ich bedachte meine Geisterfahrt an den Baggerseen von Kirchentellinsfurt und senkte mein Empörungsniveau. »Ich bringe dich wohl am besten ins Krankenhaus zur Behandlung deiner Vergiftung.«

»Dazu müsste man aber wissen, womit ich mich vergiftet habe.«

Für mich war das ganz einfach: »Mit einem Cocktail aus Insektiziden!«

Die Flasche stand, wie ich jetzt bemerkte, unübersehbar auf dem Küchentisch. Das Etikett war akkurat beschriftet.

»Die Insektizide sind für Menschen und Haustiere nicht schädlich. Höchstens auf Dauer. Wirklich, glaub mir, ich weiß, was ich tue!«

»Ja, klar.« Ich zog mein Handy und fragte das Programm mit SOS-Nummern ab. »Aber mir ist das zu unsicher. Ich rufe jetzt die Giftnotrufzentrale an. Oder willst du?«

Sally nahm schließlich selbst ihr Telefon zur Hand, wählte die Nummer des Giftnotrufs und stellte auf Zimmerlautsprecher. Ein freundlicher junger Mann meldete sich.

Ich kraulte Cipión mit der einen und Senta mit der anderen Hand und hörte zu, wie Sally dem jungen Mann das Missgeschick erläuterte. »Ich kann mir das nicht erklären.« Nachdem er abgeklärt hatte, dass akute Lebensgefahr nicht bestand und Sally medizinisch und chemisch bewandert war, erkundigte er sich mit bewunderungswürdiger Urteilsfreiheit in der Stimme nach den Stoffen, die Sally zusammengemixt hatte. Sie nahm die Flasche vom Küchentisch und las ihm die Inhaltsstoffe vor.

Sie alarmierten ihn auch nicht sonderlich. »Die sollten eigentlich nicht miteinander reagieren.«

Sally guckte mich triumphierend an.

»Aber … hm … schauen wir uns mal die Formeln an.«

Während ich einen Tee brühte, suchten Sally und er nach den Formeln der Chemikalien und schrieben sie auf.

»Und was haben Sie für eine Matratze?«

»Eine gute. Ich habe sie erst seit zwei Wochen und keine Rückenschmerzen mehr!«

»Schön, aber ich meinte: Woraus besteht sie?«

»Aus Latex.«

Ich setzte Sally einen Tee vor und stellte Zucker dazu. Auch der junge Mann benötigte Stärkung und meldete sich kurz ab, um sich einen Kaffee zu holen. Sally schaufelte Zucker in ihre Tasse, rührte, musterte die Formeln auf ihrem Blatt und begann, langsam herumzustreichen.

»Was machst du?«, fragte ich.

»Ich kürze. Da kann man sehen, was mit welchem Stoff reagiert.«

»So, bin wieder da«, meldete sich der Mann vom Giftnotruf zurück. »Dann wollen wir mal.«

Cipión war inzwischen zu Boden gesunken und schlief. Auch Senta hatte sich abgelegt. Die Katzen kniffen die Augen zusammen.

Sally murmelte vor sich hin, das Telefon, das auf dem Tisch lag, murmelte ebenfalls.

»Kürzen Sie auch?«, fragte der Mann.

»Ja«, antwortete Sally und raufte sich die langen Locken. Ihr Finger blieb mit dem Ring in der Mähne hängen, aber sie schien es nicht zu merken. Mit der anderen Hand malte sie ein O aufs Blatt und zog zwei senkrechte Striche.

Ich bewunderte sie hemmungslos. Dass Sally mehrstöckige chemische Formeln managen konnte, hatte ich bisher nicht gewusst.

Unterhalb vom C zog sie einen Strich zu einem H und noch

einen zu einem zweiten H. Währenddessen bekam sie den Finger mit dem Ring aus ihrem Haar frei, ohne sich Büschel auszureißen. Ich bewunderte auch Sallys souveräne Herrschaft über so viele und so lange Haare.

»Sehen Sie das auch?«, meldete sich der Mann wieder.

»Hmhm.«

»So wie ich das sehe, haben Ihre Chemikalien mit Latex reagiert. Wissen Sie, was Sie da hergestellt haben?«

»Formaldehyd.« Sally ließ sich gegen die Rückenlehne fallen. »Da hätte ich auch selber drauf kommen können. Die Symptome sind eindeutig: Atemnot, Kopfschmerzen, Augenreizung.«

»Keine Sorge, Lebensgefahr durch Lungenödem besteht erst ab einer Konzentration von 30 Milliliter pro Kubikmeter Luft. Aber Sie haben ja die Fenster offen.«

Sally lachte haltlos. »Und ich habe mich noch gefreut, wie schön das Zeug die Matratze geätzt hat!«

Der Mann irgendwo in Deutschland nachts um Viertel nach vier lachte auch. »Ich habe wirklich schon einiges gehört ... Die meisten Formaldehydvergiftungen gibt es durch Methanol in alkoholischen Getränken. Methanol wandelt sich im Körper in Alkoholdehydrogenase, dann in Formaldehyd und letztlich in Ameisensäure um, die nur langsam verstoffwechselt wird und zu Azidose führen kann.«

Sauerstoffmangel in Blut und Organen. So viel wusste ich als Freizeitkriminologin immerhin auch.

»Formaldehyd selbst zerstört Netzhautproteine, was zur Erblindung führen kann. Wenn Sie also nicht blind werden wollen ...«

Sally schüttelte die goldenen Locken. »Was muss ich tun? Gibt es ein Gegenmittel?«

»Ich rate Ihnen: Verbringen Sie den Rest der Nacht – viel ist es ja nicht mehr – auf der Couch im Wohnzimmer. Und gleich morgen besorgen Sie sich eine Folie, packen Ihre Matratze so luftdicht wie möglich darin ein, verfrachten sie in ein Auto und bringen sie zu einer Annahmestelle für Sperrmüll.«

»Aber ich habe sie gerade erst gekauft. Und sie war nicht billig.«

»Nun, letztlich müssen Sie das entscheiden. Aber Formaldehyd ist krebserregend.«

Sally bäumte sich noch einmal auf und schlug Ammoniak zur Neutralisation vor – Fluch über die Chemiker! –, aber auch davon riet der Mann am Gifttelefon ab. Sally sah es ein, und sie schieden als gute Freunde einer Nacht. Sie stellte das Telefon in den Halter zurück.

»Ich hasse Bücher!«

16

»›Ich habe gearbeitet und keinen Erfolg gehabt‹, das waren seine letzten Worte. ›Nun ist alles Asche. Aber ich würde es noch einmal so machen! Ich will zugrunde gehen mit der Idee, eine gute Buchhandlung zu haben.‹ Ungefähr so«, berichtete ich.

Richard fuhr sich durchs dichte braune Haar und blickte gequält die Gasse hinunter. Durs Ursprungs Tod ging ihm so nahe, dass er mir sogar verraten hatte, dass Kollegin Meisner im Dezernat für Gewaltdelikte von »keine Spuren, nicht mal eine Patronenhülse« und einem »Phantom« gesprochen hatte, das »wir in Stuttgart gar nicht brauchen können«. Niemand habe einen Schützen gesehen, auch wenn sich Dutzende von Leuten auf den Aufruf der Polizei hin gemeldet hätten, nur um zu sagen, dass sie zur fraglichen Zeit auch nichts gesehen hatten. Man gehe insgesamt 600 Spuren nach.

»Erinnerst du dich an den unbekannten Helfer?«, fragte ich. »Ein Mann, der mir geholfen hat, bei Ursprung den Verletzten aus dem Feuer zu schleppen? Du musst an ihm vorbeigelaufen sein, als du Ursprung aus dem Laden gezerrt hast.«

Richard schüttelte den Kopf. »Mir ist niemand aufgefallen.«

Wir saßen an einem von drei Bistrotischen auf dem Fußweg vor dem *Tauben Spitz*, dem Weinlokal im Bohnenviertel, in dem

Sally freitags kellnerte. Es war erträglich kühl in der Gasse, die vom Schellenturm zum Breuninger-Parkhaus hinunterführte, denn sie war zu schmal und ihre Häuser zu hoch, um tagsüber viel Sonnenglut aufzunehmen.

»Ich glaube, das war er«, sagte ich. »Wenn man seine Fähigkeit bedenkt, unsichtbar zu …«

Richard legte den Finger an die Lippen. Denn Sally trat eben aus dem Lokal und brachte Tauben Spitz nach draußen, eine Limonen-Limonade mit Kokosmilch und einem Schuss Cointreau, den sie für Richard wegließ, obgleich erst er dem Drink seine Note nostalgischer Tristesse verlieh. Meine Mutter hatte, wenn sie meinte, ein Recht auf Zorn zu haben und sich beruhigen zu müssen, dieses Zeug aufgeschraubt und mit zitternder Hand in ein Schnapsgläschen gegossen.

»Und Durs hat lauthals bei Walfisch Socken verlangt«, sagte ich, damit Sally nicht das Gefühl hatte, wir hätten ihretwegen das Gespräch unterbrochen. »Es war eine Demonstration.«

Sally lachte. »Socken in einem Buchladen?«

»Walfisch ist kein Buchladen«, erklärte Richard. »Das Unternehmen betreibt seine Geschäfte nach rein wirtschaftlichen Kriterien, so wie man Mode verkauft, Dinge, von denen man weiß, dass viele sie wollen.«

»Und was ist so schlecht daran?«, fragte Sally. »Wenn die Leute das nun mal wollen?«

Richard schaute sie verwundert an. Was macht den Unterschied zwischen Büchern und Socken? Ihm war es sonnenklar. Aber wie erklärte man das Sally, die soeben eine nagelneue Matratze an Buchläuse verloren und alle Bücher gleich mit entsorgt hatte?

»Geh mal zu Wittwer rein oder zu Lindemanns. Da findest du …«

»Den Teufel werd ich tun. Dieses Dreckszeug kommt mir nicht mehr ins Haus.«

»Zum Glück gibt es ja heutzutage elektronische Buchträger«,

bemerkte ich, »und E-Books, da brauchst du deinen Musil nur draufzuladen.«

»Was ich eigentlich sagen wollte, Sally«, beharrte Richard, »bei Wittwer steht auch einer wie Sloterdijk ...«

»O ja!«, jubelte Sally. »Schlotterteig! Davon habe ich immer geträumt.«

Richard kniff Indignation in die Mundwinkel. »Eben das meine ich, Sally. Dir würde im Traum nicht einfallen, nach einem solchen Autor zu fragen.«

Schon gar nicht nach dem! Aber ich war mir dann doch nicht so sicher, ob ich genau wusste, warum Sloterdijk bäh war, und sagte mal nichts.

»Aber dieser oder ein anderer Autor könnte dir beim Stöbern in die Hände fallen. Du würdest reinlesen, und vielleicht fändest du das Buch so interessant, dass du es mitnehmen würdest. Und schon hättest du deinen Horizont unerwartet erweitert.«

Sally zog die Brauen gaaaanz weit hoch. »Wenn du nicht Lisas Lebensabschittshengst wärst, dann dürftest du dich nicht so verächtlich über meinen Horizont verbreiten.«

»Entschuldige. So habe ich das nicht gemeint.«

Sally spielte die Gnädige. Die beiden verstanden sich eigentlich ganz gut, zuweilen besser als er und ich, denn sie wusste sowohl seine Bildung als auch seine Eleganz zu schätzen.

»Was ich sagen wollte, Sally.« Er beugte sich vor. Die Glut des Eiferers flackerte in seinen Augen. »Nimm eine Buchhandlung wie ... wie die von Durs Ursprung. Wenn ich dort vor über dreißig Jahren nicht ein ganz bestimmtes Buch entdeckt hätte, wäre ich vielleicht nicht Staatsanwalt geworden, sondern Verwaltungsjurist.«

Und ich hätte ihn niemals kennengelernt, hätte nicht die Lesung von Lola Schrader besucht, Durs Ursprung nicht auf der Straße erkannt, wäre ihm nicht gefolgt, hätte nicht zugeschaut, wie er erschossen wurde, ohne auch nur einen Zipfel des Täters zu erhaschen, blinder als der blindeste Zeuge, und wir würden jetzt nicht vor den Fenstern des *Tauben Spitz* diese Unterhaltung führen.

Ich beugte mich ebenfalls vor. »Und wenn ich nicht zufällig vor fünfzehn Jahren bei Wittwer *Ich bin Du, die androgyne Revolution* von Elisabeth Badinter geklaut hätte, wäre ich heute vielleicht Fremdsprachensekretärin und hätte eine Affäre mit meinem Chef.«

Sally lachte. »Mag sein, aber das muss nicht für alle gelten.«

»Auch du, Sally, hast in deiner Kindheit irgendwas gelesen. Zum Beispiel *Hanni und Nanni*.«

Sie verzog schmerzvoll das Gesicht. »Erinner mich nicht daran! Also, was wollt ihr essen?«

»Bücher sind für den Kopf die zwei Prozent Training«, erklärte Richard unbeugsam, »die den Unterschied ausmachen zwischen Unzufriedenheit mit dem eigenen Leben und dem Mut, einen eigenen Weg einzuschlagen!«

Sallys Braue zuckte wie die einer guten Kellnerin, die alle Äußerungen ihrer Gäste mit wohlwollendem Gleichmut hinzunehmen entschlossen war.

»Und deshalb muss eine Buchhandlung die Bücher im Regal stehen haben, die man entdecken kann, nach denen man aber nie verlangen würde. Das ist der Unterschied zwischen Wirtschaft und Kultur. Eigentlich müsste man Buchhandlungen subventionieren.«

»So weit kommt's noch! Also … jetzt, was darf's ein?««

»Maultaschen in der Brühe!«, antwortete ich. »Und das Buch, das dich in deiner Kindheit am meisten beeindruckt hat.«

»Rostbraten«, sagte Richard.

»Kommt sofort.« In der Tür drehte Sally sich dann doch noch mal um. Das Tablett gegen die Hüfte gestemmt, schaute sie uns sinnend an. »*Wir Austins*[11].«

»Was?«

11 Madeleine L'Engle: *Meet the Austins*, 1960. Deutsch: Erika Klopp Verlag 1963

»Das habe ich mindestens fünfmal gelesen.«

»Kenne ich nicht.«

»Das ist auch nichts Besonderes, einfach die Geschichte einer Familie, einer amerikanischen, glaube ich, und das Mädchen kriegt eine Blinddarmentzündung, was man erst gar nicht richtig merkt, und als ich dann meine Blinddarmentzündung hatte, habe ich gleich gewusst, was es ist, und bin ins Krankenhaus.«

»Siehst du, das Buch hat dir sogar das Leben gerettet.«

»Das bestimmt nicht, aber ... schon okay. Ihr habt recht. Irgendwas, was man gelesen hat, spukt einem immer im Kopf herum.« Damit verschwand sie im Lokal.

Richard griff nach der Zigarettenschachtel. Ein Mann und eine Frau kamen die schmale Straße vom Schellenturm herab. Sie kibbelte knöchelgefährlich auf hohen Hacken über das Kopfsteinpflaster, er latschte mit nackten Knien in Shorts, aber Sneakers an den Füßen auf dem asphaltierten Fußweg, der zu schmal für beide war.

»Warum tragen Männer eigentlich so ungern Sandalen?«, fragte ich.

»Vielleicht, weil sie keine haben.«

»Aber sie könnten sich welche kaufen!«

»Für die vierzehn Tage Sommer? Das lohnt sich doch nicht!«

Eine durchaus umfassend zufriedenstellende Antwort.

Richard zündete sich die Zigarette an. Ich zog mir eine aus seiner Schachtel. Cipión schnüffelte in der Parkanlage schräg gegenüber. Im Gebüsch war nur ein Hinterteil mit wackelnder Rute sichtbar. Ich streckte die Beine aus und genoss die mir wenig vertraute innere Ruhe nach einem fleißigen Tag. Für eine Fahrt nach Tübingen hatte es zwar nicht mehr gereicht, weil ich nach zwei im Kampf gegen Buchläuse verbrachten Nächten erst gegen Mittag aufgewacht war, dafür aber war ich mit meinem Bericht gut vorangekommen – die Geschichte von Richards Affäre mit einem Buch und Marie Küfer hatte ich in einer gesonderten Datei angelegt. Außerdem hatte ich die Film- und Tonaufnahmen gesichtet und sämtliche Personen, die sich gestern um Lola und mich herum aufgehalten hatten, herauskopiert und in einem Ordner gespeichert. Dann hatte Lola mich angerufen und mir erklärt, Nino wolle mir etwas mitteilen. Ich war ins Österfeldgewann gefahren und hatte mir glaubhaft versichern lassen, dass der Junge nirgendwo Feuer gelegt habe. Aber ihm sei aufgefallen, dass der Typ mit dem Knebelbart kurz vor Beginn der Lesung sich irgendwie an der Ladentür zu schaffen gemacht habe. Er, Nino, habe es gesehen, als er schon ziemlich weit die Treppe hinuntergegangen sei.

Daraufhin war ich mit Cipión im Korb am Lenker ins Gerberviertel hinterm Tagblattturm geradelt. Der Nesenbach, der hier einst den Gerbern erlaubt hatte, ihrer stinkenden Tätigkeit nachzugehen, war schon lange in der Kanalisation verschwunden. Demnächst würde auch das Gerberviertel, umzingelt von Baustellen, untergehen. Die Buchhandlung Ursprung war nur schon mal vorausgegangen, das Under-Cover, das Café Eberhard, Boots by Boots, die Sichtbar, der Erlkönig würden folgen. Oder vielleicht auch nicht. Überraschungen waren schwer vorhersehbar. Noch kurvten Autofahrer auf der Suche nach Parkplätzen durchs Karree. Und die Gerberstraße hatte was von Paris, Seitenstraße: schmale Fußwege, schmale Straße, geschlossene Gründerzeitfassaden, kleine Läden für Randprodukte, ein Wettbüro, das Städtische Pfandleihhaus neben der privaten Pfandleihe, am Ende der Straße das Obdachlosenheim für Frauen, und ein gewisser Oskar Schlemmer war außerdem 1888 in der Gerbergasse 6A geboren worden, schräg gegenüber dem Haus mit der rußgeschwärzten Fassade.

Cipión nieste entrüstet. Die geborstene Schaufensterscheibe von Durs Ursprungs Laden war mit Papier bedeckt, die Scheibe der Ladentür war ganz geblieben. An ihr klebte ein Polizeisiegel.

»Hat ja so komme misse«, sprach mich ein Passant älteren Zuschnitts von der Seite an.

»Was?«, fragte ich.

Er maß mich und schaltete auf Zivildeutsch. »Die hen den

rauskündigen wollen. Das wird alles abgerissen. Da soll eins von den Einkaufszentren her!«

»Aber doch nicht hier, sondern oben an der Paulinenbrücke!«

»Ich sag immer, wer soll so viel kaufen! Aber schee isch das hier auch net.«

Es hatte Retrocharme, wie der Bahnhof. »Und Ursprung wollte nicht raus aus dem Haus?«

»Der Jong, der hätt schon wollen. Laufkundschaft gibt's hier net. Und die paar Leut, wo sich noch erinnern. Ich habe mich immer gefragt, wovon die leben. Da ist ja keiner mehr reingegangen. Aber nun ist der Alte alle Sorgen los. Wenn der Jong da mal nicht nachgeholfen hat. Der Alte soll ja Vermögen gehabt haben. Übrigens, Ihr Hundle hot da ebbes.«

»Pfui!«, schrie ich.

Cipión röchelte an meiner Leine. Aber noch kaute er nicht. Er schnüffelte nur mit Giraffenhals rattensehnsüchtig in einen Rinnsteingulli. Ich gab ihm Leine. Ein Stock. Na ja.

»Schön'n Tag noch«, hatte der Passant gewünscht und war weitergezogen.

»Ich habe im Rinnstein vor Ursprungs ausgebranntem Laden einen Stock gefunden«, sagte ich jetzt über den Tisch zu Richard. »Ungefähr so lang wie mein Unterarm.« Er steckte jetzt in der Satteltasche meines Fahrrads, am nächsten Laternenmast. »Mit dem Rest eines Fadens daran.«

»Hm«, machte Richard.

Der Mann in Shorts, Socken und Sneakers hatte mittlerweile die drei Tische und Stühle vor dem *Tauben Spitz* erreicht. Auf die Straße, auf der seine Freundin kibbelte, mochte er offenbar nicht ausweichen. Richard zog seine italienisch beschuhten Füße ein.

Ich ließ meine Beine ausgestreckt.

Die Stadt machte Krach um uns herum, vom Gartenlokal am Schellenturm hallte Gelächter, vermutlich hatte die etwas harsche Bedienung wieder mal jemanden abgekanzelt, der vorlaut bestellt hatte, irgendwo knallte eine Tür, auf einer der uns umschwärmenden Straßen drehte ein Motor voll auf. Und der Mann in Shorts und Sportschuhen trat auf die Straße hinunter und ergriff die Hand seiner Freundin.

Richard entspannte sich. »Übrigens. Über Lola Schrader und ihr Buch steht heute ein halbseitiger Artikel in der *Süddeutschen.*«

Das hatte Lola mir am Nachmittag auch erzählt. Ihr Vater habe sie von der Hochschule aus angerufen, sie kenne den Artikel aber noch nicht, er bringe ihn am Abend mit.

»Und was schreibt die so?«

Richard griff sich ins Jackett, zog die Lesebrille hervor, entfaltete ein Zeitungsblatt und las vor: »Lola Schrader hat es geschafft, die angestrengten Attitüden aufgeklärter Gleichgültigkeit zu entlarven, sie hat all das, was schon hundert Mal gedacht und gesagt worden ist, aufgesogen, gebündelt und in etwas Neues, Unerhörtes verwandelt, in eine Literatur, die nicht trotz, sondern wegen ihrer Brutalität und Vulgarität schön ist.« Sein Blick sprang weiter. »... die ein Deutsch schreibt, das es noch nie gab: maßlos zynisch wie Fritz Teufels Flugblätter, unerträglich aufrichtig wie ein Bekenner, schwebend und hämmernd durch alle Register der Hoch- und Straßensprache, maßlos individuell ...«

»Hui!«

Richard faltete das Blatt wieder ins Jackett zurück.

»Lolas Vater glaubt, dass der Brandanschlag auf Ursprungs Laden seiner Tochter gegolten hat.«

Richard zog unwirsch die Brauen hoch. »Und dass Durs Ursprung erschossen wurde, auch?«

»Bei der Lesung gestern in Tübingen hat jemand eine tote Taube gegen die Fensterscheibe geworfen.«

»Du warst bei dieser Lesung?«

»Michel Schrader hat mich als Bodyguard zum Schutz seiner Tochter engagiert.«

Richard runzelte die Stirn. »Wenn er seine Tochter bedroht sieht, sollte er sich unverzüglich an die Polizei wenden. Die haben die geeigneten Mittel für den Personenschutz.«

»Habe ich ihm auch gesagt. Aber er ist sich nicht sicher gewesen, ob es nicht doch nur ein Scherz ist. Und zu Recht. Denn die Drohbriefe haben Lola und ihr Schulfreund Nino selbst verfasst, um einen anonymen Mailversender auszuprobieren. Nino bestreitet energisch, das Feuer in Ursprungs Laden gelegt zu haben, und für gestern Abend hat er ein Alibi. Er hat die Taube also nicht geworfen. Außerdem ist schwer zu entscheiden, ob die Aggression dem Frauenbuchladen und der geschlossenen Gesellschaft galt oder der Lesenden, nämlich Lola. Und beim Brand in Ursprungs Laden ist es genauso. Aber dass Lola zweimal dabei war, ist komisch. Und ich kann nur hoffen, dass die Besitzerin von Thalestris, sie heißt Manuela Kantor …« Eine Welle von Panik flutete mich völlig unvermutet. »… nicht auch erschossen wird.«

»Ich bitte dich!« Richard ratzte den Daumen über den Zigarettenfilter in der Handinnenfläche und aschte ganz gegen seine Gewohnheit auf den Gehweg ab.

»Außerdem hat Ursprung mir just sie empfohlen als eine, die sich mit Buchbinderei auskennt. Auf seine Empfehlung hin hat sie auch Lola eingeladen.«

Der Oberstaatsanwalt löschte die Zigarette.

»Ich weiß nicht, Richard. Eigentlich muss Ruben das Feuer gelegt haben …« Ich dachte an den Stock mit Fadenresten, und in meinem Kopf formierte sich etwas. »… um endlich einen modernen Buchladen aufziehen zu können. Und dann hat er seinen Vater erschossen, weil … weil der ihn nicht springen lassen wollte. Hast du gesehen, wie hasserfüllt Ruben seinen Vater hinterrücks angeschaut hat?«

»Ruben Ursprung hat ein Alibi«, sagte Richard. »Er befand sich am Todestag seines Vaters in Hamburg, um sich bei einem Verlag als Vertreter zu bewerben. Vertreter sind diejenigen, die das Verlagsprogramm den Buchhändlern vorstellen und sie dazu bewegen, Bücher zu bestellen.«

»Wusste Durs, dass sich sein Sohn mit solchen Plänen trug?«

»Lisa, ich leite die Ermittlungen nicht. Ich habe nicht mit Ruben

Ursprung gesprochen. Meisner hat mir nur erzählt, dass der, sagen wir, natürliche Hauptverdächtige ein Alibi hat. Und darüber hinaus keinen Grund, den Laden seines Vaters abzufackeln.«

»Aber einer wie Durs Ursprung hätte seinen Sohn doch nicht einfach gehen lassen, nicht solange der Laden existiert und er die Arbeitskraft seines Sohnes braucht. Manuela Küfer hat mir erzählt, dass Durs von allen erwartete, dass sie seine Mission, die Mission der Bücher, selbstlos unterstützen. Ein Missionar ist beseelt von seiner guten Sache und eine Knute für seinen Sohn. Wenn der Sohn abfällt … Himmel, Richard, das muss ich dir doch nicht erklären. Verstoßung, Enterbung, Verfluchung.«

Sein Vater war auch so ein Missionar gewesen, wenn auch eines einzigen Buchs, der Bibel.

»Aber Ruben hat seinen Vater nicht erschossen, Lisa. Definitiv nicht.«

»Er könnte einen Killer beauftragt haben.«

Unwahrscheinlich, signalisierte Richard.

»Aber …«

»Aber …« Er beugte sich vor und sagte langsam und bedächtig: »Aber vielleicht sollten wir uns tatsächlich baldmöglichst einmal mit Meisner und ein paar Kollegen von der Fahndung zusammensetzen. Und vielleicht wäre es sogar nützlich, zu diesem frühen Zeitpunkt bereits KOR Finkbeiner mit einzubeziehen. Das ist der Chef der Operativen Fallanalyse beim LKA, der Profiler, wie man landläufig sagt.«

Ich war sprachlos. Noch nie hatte Richard auch nur in Ansätzen den Gedanken zugelassen, dass ich in den erlauchten Kreisen der Polizei bei einer Ermittlung mitreden durfte. Aber er hatte eindeutig »wir« gesagt.

»Meisner wird sowieso mit dir reden wollen, wegen deines schriftlichen Berichts über das, was bei Walfisch vorgefallen ist. Du hättest nicht einfach weglaufen dürfen.«

Der Verkäufer von Magnus Villing fiel mir plötzlich wieder ein. Er hatte so seltsam starr dagestanden, als ich ihn fragte, ob er was gesehen hatte. Als ob ihn, geduckt hinterm Ladentisch, jemand mit einer Schusswaffe bedrohte. Sah ich Gespenster? »Ich weiß«, sagte ich, »aber ich musste noch ein Geburtstagsgeschenk für Sally besorgen.«

Richards Brauen zuckten. Ihm war durchaus klar, dass der vierzigste Geburtstag einer Freundin keine Ausrede duldete, es sei denn, man wollte alles aufs Spiel setzen.

»Vielleicht«, überlegte ich, »haben die Vorfälle tatsächlich nichts mit Lola zu tun, sondern mit dem Buch, das du in Durs Ursprungs Laden wiederentdeckt hast.«

»Unsinn!«

»Ich liebe es, wenn du Unsinn sagst. Keiner kann das so wie du, Richard! Aber einer von Durs Ursprungs letzten Gedanken galten dem Buch und der Person, die mir mehr darüber erzählen könnte. Und in der Tat, Manuela Kantor kennt Marie Küfer, vielmehr kannte sie.«

Sally kam mit Tellern aus der Tür und brachte Rostbraten und Maultaschen. »'n guten!«, wünschte sie und verschwand wieder. Cipión kam herbei und versuchte die Düfte zu erhaschen. Richard nahm Messer und Gabel und schichtete den Berg Zwiebeln auf dem Rostbraten um.

»Und was hat sie gewusst?«, fragte er mit angespannter Gleichgültigkeit.

»Ich kann dich beruhigen. Sie weiß nicht, was aus ihr geworden ist.«

»Marie ist ins Ausland gegangen.«

Wenn Männer Zwiebelrostbraten essen, sind sie eigentlich nicht zu Gesprächen aufgelegt. Maultaschen lassen da mehr Raum für geistige Aktivität. Es reicht ein Löffel, um sie zu teilen.

»Ja, das hat Manu auch gesagt. Die Eltern sollen sie weggeschickt haben, nachdem irgendwas vorgefallen ist, das mit dem Tod von Benno Ohnesorg zu tun hatte.«

Richard blickte hoch und ließ Messer und Gabel sinken.

17

Nachher tat es mir wirklich leid, dass ich ihm seinen Rostbraten verdorben hatte. Eine Woche lang hatte er sich als Sauschwob bei der Mannheimer Staatsanwaltschaft herumgetrieben, um mit diplomatischem Geschick und Strenge ein internes Problem zu beheben, das mit dem Übereifer eines jungen Staatsanwalts zu tun gehabt hatte, der Tod von Durs Ursprung hatte ihn erschüttert, und er hatte es übernommen, mir meine Staatsbürgerpflichten beizubringen, ohne dass ich ein Nerz'sches Theater daraus machte. Das war alles geschafft, die einzige Freude des Tages dampfte vor ihm, und nun redete ich ihm ins Essen.

»Manu meint, sie könne mir sagen, ob dein Exemplar von *Schloss und Fabrik* in der Buchbinderei Küfer gebunden wurde. Leider hatte ich das Buch gestern nicht dabei. Und heute habe ich es nicht mehr geschafft, nach Tübingen zu fahren. Diese Buchbinderei Küfer musst du doch eigentlich auch gekannt haben. Du musst gewusst haben, dass Maries Großvater Buchbinder war.«

»Wieso muss ich das gewusst haben?«

»Na hör mal, Richard! Stell dich nicht blöder, als du bist. Die Burgsteige geht man als Tübinger doch sicher ständig lang.«

Richard nahm Messer und Gabel wieder, spießte ein Gewölle Röstzwiebeln und ein paar Scheiben Bratkartoffeln auf und stach in den Rostbraten, um ein Stück abzuschneiden.

»Und Maries Freund, dieser Wolfi«, stocherte ich weiter, »der ist ein Ablenkungsmanöver von dir, damit ich nicht ständig nach Marie frage.«

»Dieser Wolfi war Aktivist des SDS. Als der Schah von Persien nach Deutschland kommen sollte, hat er für die Tübinger Studenten, die demonstrieren wollten, die Reise nach Berlin organisiert, übrigens per Flugzeug. 67 war noch tiefster Kalter Krieg.«

»Und du bist mitgeflogen?«

»Hm!« Richard kaute seine Beute und wedelte verneinend mit dem Messer. »Woher … hm … hätte ich das Geld haben sollen?

Ich hatte keine reichen Eltern so wie Marie und Wolfi, die für Flüge nach Berlin Geld übrig hatten. Alles, was ich hatte, habe ich mir, wie du weißt, sauer verdient als Bedienung in Nachtbars.« Er schluckte. Sein Adamsapfel fuhr nach oben.

Ich schaute ihm zu.

Er schaute zurück.

Ich senkte den Blick züchtig auf den Rest meiner Maultaschen.

Er setzte Messer und Gabel neu an. Dann brach er ab, legte das Besteck ins Essen. »Also gut, Lisa. Aber was ich dir jetzt erzähle, muss unter uns bleiben.«

Ich nickte.

Er zündete sich eine Zigarette an und blies den ersten Zug hörbar gegen den Gassenhimmel, dem langsam das Licht ausging.

»Stimmt, ich wusste, dass die Buchbinderei Küfer etwas mit Marie zu tun hatte. Ich sagte mir, dass Marie das Buch zu Übungszwecken hergestellt habe, um von ihrem Großvater ein wenig über das schöne alte Handwerk zu lernen. Wie es aber in Ursprungs Laden gekommen war, erklärte das nicht. Und ich hatte nicht vor, mir diese Erklärung zu holen. Vielmehr ging ich Marie aus dem Weg, nachdem Wolfi mir in der Mensa eine blutige Nase geschlagen hatte. Ich versuchte, sie mir aus dem Kopf zu schlagen, sie zu vergessen. Ich hatte mich gerade, wie ich dachte, damit abgefunden, dass sie nur ein schöner Traum für mich sei, aber niemals die künftige Frau an meiner Seite, da passte sie mich am Mensaausgang ab und sprach mich an. Sie bat mich um Entschuldigung für die unschöne Szene, die mir Wolfi gemacht habe. Es war alles unsäglich peinlich, kann ich dir sagen, denn Marie versuchte natürlich wie alle damals, geflissentlich zu ignorieren, dass ich grauenvoll aussah. Sie sagte, sie habe meinen Mut bewundert, Wolfi zu widersprechen. Es gebe nicht viele, die eine Diskussion mit ihm wagten und ihm rhetorisch gewachsen seien. Für ihn sei es, glaube sie, wohl das erste Mal gewesen, dass ihm jemand intellektuell Paroli geboten habe und ihm die Argumente ausgegangen seien.«

»Hoho!«, rief ich anerkennend.

Richard lächelte schief. »Ich gebe zu, das ging mir runter wie Öl. Wir haben uns dann eine Weile unterhalten, ich durfte sie zum Wohnheim in der Philosophenstraße begleiten. Sie erzählte mir, dass ihr Vater Postdirektor sei und ihre Mutter Hausfrau und darunter leide, dass ihr Vater nicht wolle, dass sie als Lehrerin arbeite. Marie studierte auf Lehramt, eigentlich aber wollte sie Journalistin werden, was ihrem Vater nicht gefiel. Nach einem Streit mit ihrem Vater war sie ausgezogen. Man habe inzwischen aber Waffenstillstand geschlossen. Nur dürften ihre Eltern nicht erfahren, dass sie vorhabe, zur Anti-Schah-Demonstration nach Berlin zu fliegen. Leider sei die Freundin, die sie habe begleiten wollen, wegen familiärer Angelegenheiten verhindert.«

Richard zog an der Zigarette und schaute mich prüfend aus schmalen Augen an.

»Kurz: Ein Flugticket war übrig und ich war auserwählt, mit ihr ins wilde Westberlin zu fliegen. Ich, der Fabrikantenspross aus Balingen, der Jura studierte, um ein gerechter Richter zu werden und das Gewaltmonopol des Staates zu verteidigen. Was tut man nicht alles für die freundliche Anerkennung in den Augen einer Frau, die man anbetet, geblendet von der Illusion, sich ihre Gunst verdienen zu können. Es … war alles nur ein Spiel, ein böses Spiel.«

»Die erste Liebe ist immer ein böses Spiel.«

»Was du nicht sagst. Immerhin konnte ich mit klarem Verstand und christlichen Werten durchaus die Ansicht vertreten, dass sich die sogenannte Leberwursttaktik des Berliner Polizeipräsidenten nicht mit dem ersten Artikel unseres Grundgesetzes vereinbaren lässt. ›Nehmen wir die Demonstranten als Leberwurst, dann müssen wir in die Mitte hineinstechen, damit sie am Ende auseinanderplatzt.‹«

»Igitt!«

»Ja, heute müsste der Polizeipräsident zurücktreten, von dem eine solche Äußerung öffentlich bekannt würde. Dass die Polizei unterm Beifall der bürgerlichen Presse die Jugend mit Wasserwerfern auseinandertreibt, ist heute kaum noch vorstellbar. Damals verschwiegen sogar große Zeitungen tagelang den Tod von Benno Ohnesorg.«

Ich gab ein kommunikatives Geräusch von mir.

»Ulrike Meinhof kommentierte das Ereignis hinterher so: ›Als der Schah von Persien in die Bundesrepublik kam, wussten wir erst wenig über den Iran, wenig über unser eigenes Land. Aber als die Studenten auf die Straße gingen, um die Wahrheit über Persien bekannt zu machen, da kam auch die Wahrheit heraus über den Staat, in dem wir selbst leben.‹[12] Und diese Wahrheit, Lisa, die hat mich nicht nur erschüttert, sondern regelrecht durchgeschüttelt. Eine solche Willkür, eine solche Selbstherrlichkeit der Polizei, diese menschenverachtende Brutalität ... Ich glaube, mein Entschluss, Staatsanwalt zu werden, rührt daher, auch wenn es mir damals nicht bewusst wurde. Es war mein Marsch durch die Instanzen. Das klingt jetzt vielleicht hochtrabend, aber damals habe ich zum ersten Mal geahnt, wie mächtig ein Klima von Hass ist, und dass es innerhalb jeder Behörde und Organisation Leute geben muss, die sich nicht anstecken lassen, deren einziger Leitstern der Buchstabe des Gesetzes ist.

Jedenfalls, am Vormittag jenes 2. Juni 1967 hatten erst die Jubelperser – die Leute, die der Schah bestellt hatte, um ihn zu feiern – auf uns Demonstrierende eingeschlagen, und als die Polizei anrückte, glaubten wir, sie werde uns zu Hilfe eilen, aber sie fiel auch über uns her. Marie und ich hatten uns rechtzeitig zurückziehen können. Am Abend sollte der Schah in der Deutschen Oper Mozarts *Zauberflöte* lauschen. Marie und ich zogen dorthin, weniger weil wir vorhatten, dort an einer Demonstration teilzunehmen, sondern eher aus Neugierde, aus Ratlosigkeit, aus Zorn darüber, wie man uns am Morgen behandelt hatte.

Es war ein warmer Abend, nicht ganz so warm wie heute. Ich erinnere mich an die Damen in Abendkleidern, die am Arm von

12 Youtube: »Der Tod Benno Ohnesorgs kommentiert von Ulrike Meinhof«, Ausschnitt aus dem Dokumentarfilm *Keine Insel* von Alexander Binder, 2006

Herren in Abendanzügen der Oper zustrebten, mir ist das Klacken der Absätze von Stöckelschuhen, das Knirschen von Ledersohlen im Ohr, das leise Knistern des Reichtums, obwohl ich es bei dem Lärm in unseren Reihen kaum gehört haben dürfte. Ich erinnere mich an unser Geschrei, die erhobenen Fäuste, an den Hass der Geprügelten, der auch in mir war, an das berauschende Gefühl, mit meiner privaten Erfahrung der Verachtung unter Gleichen aufgehoben zu sein.

Die Demonstration war nicht genehmigt. Die Polizei marschierte auf, von unserer Seite flogen Farbbeutel. Neben mir stand ein Mann im Straßenanzug. Er schaute in die falsche Richtung, er schaute uns Demonstranten in die Gesichter. Ich wusste sofort: Er war ein Spitzel der Polizei. Die Aufgabe der Polizeibeamten in Zivil konnte nur sein, sich die sogenannten Rädelsführer zu merken und sie den Kollegen in Uniform zu zeigen, sobald man die Leberwurst zum Platzen gebracht hatte. Ich weiß noch, dass er auch mir plötzlich ins Gesicht sah! Seine Lippen bewegten sich. »Einen von euch Hunden mache ich kalt heute!«, sah ich ihn sagen, hören konnte ich ihn nicht. Glaub mir, ich war erbittert genug, um diesen Hansel bloßzustellen und dem Zorn der Demonstranten auszuliefern, aber meine Aufgabe war eine andere. Marie hatte mich nicht mitgenommen, damit ich mich in die Schlacht warf, sondern damit ich sie davor bewahrte. Ich vertrat die Stelle ihrer Freundin, meine Pflicht war es, ängstlicher zu sein als Marie, um sie rechtzeitig in Sicherheit zu bringen. Sie wollte unverletzt und unbehelligt nach Hause kommen. Ihren Eltern hatte sie vorgeschwindelt, sie sei bei einer Freundin in München, wegen einiger Bücher, die es nur in der Bayerischen Staatsbibliothek gebe. Und deshalb zog ich Marie weg.«

»War Wolfi auch da?«

»Ich habe ihn zwei- oder dreimal gesehen. Er war bei denen, die die Parolen initiierten und die Farbbeutel warfen. Marie und ich, wir zogen uns in einen Hinterhof einige hundert Meter vom Getümmel entfernt zurück. Da war schon einer mit Schnauzbart in rotem Hemd und Sandalen. Bald drängten andere herein, draußen Blaulicht, Sirenen. Polizisten kamen von der Straße herbei. Einer von uns warf einen Schirm nach einem Polizisten, der fing ihn auf und prügelte damit los. Sofort waren überall Gummiknüppel, ›Immer feste druff!‹[13]. Marie und ich wichen unter ein Dach zurück, ein Käfer stand da. Ein Flüchten hatte eingesetzt. Auch der Junge im roten Hemd wandte sich dem Hofausgang zu. Polizisten ergriffen ihn, schlugen auf ihn ein.

Da sah ich plötzlich den Hansel wieder, den Polizisten in Zivil. Wieder traf mich sein Blick. Es war etwas Furchtbares darin, eine Lust, die mich entsetzte. Plötzlich streckte er den Arm, ich sah die Mündung einer Schusswaffe. Er zielte auf mich. Hinter dem Rücken der Kollegen, die auf den Mann im roten Hemd einprügelten. Er hatte es angekündigt, jetzt würde er mich töten. Doch dann rutschte die Mündung einen Tick zur Seite, neben mich. Auf Marie! Ich hatte nur einen Gedanken: Ihr darf nichts passieren! Sonst ist es aus mit mir. Das wäre mein vollständiges Scheitern vor mir selbst und allen Idealen, die ich hatte, dann brauchte ich nichts mehr zu studieren, nichts mehr zu werden, den Kampf um meine Zukunft nicht aufzunehmen. Natürlich dachte ich das nicht in diesen Worten, es war einfach eine tiefe Gewissheit in mir. Es war wie ein Reflex, dass ich mich abwandte und zu Marie umdrehte, um sie zu decken. Dem Hansel kehrte ich dabei den Rücken zu. Ein Schuss fiel!«

»Oh!«

Richard zündete sich die zweite Zigarette an. »Ich fiel gegen Marie, sie fiel mit mir gegen den VW-Käfer, der dort stand.«

»Aber wie …?« Ich begriff nicht.

»Da fiel der zweite Schuss. Als wir uns wieder aufgerappelt hatten, Marie und ich, und ich mich umdrehte, lag der Mann im roten Hemd schon am Boden, Polizisten schlugen noch immer auf ihn ein. Er krümmte sich.«

13 Welt online: »Augenzeuge belastet …«, 16. Juni 2009, http://www.welt.de/politik/article3936989/

Das war der Moment, wo Richard mir fürchterlich leidtat. Nicht einmal mit seinem Zwiebelrostbraten hatte ich ihn glücklich werden lassen.

»Marie schrie: ›Aufhören!‹ Ich hielt sie fest. Die Polizei drängte uns ab. Und da lag der junge Mann, auf der Seite wie ein Schlafender, Blut auf dem Betonboden, ganz allein. Wir schrien nach einem Arzt. Ich weiß nicht, wie lange er dort gelegen hat, ohne dass irgendjemand sich seiner annahm. Irgendwann drehte eine junge Frau ihn auf den Rücken und schob ihm etwas unter den Kopf. Ich stand wie gebannt – Marie hatte ich völlig vergessen – und sah zu, wie das Leben aus einem Menschen wich. Der Rumpf erschlaffte, der Kopf rollte zur Seite, die Füße mit den Sandalen sanken in eine Lage, die mit der Zeit schmerzen musste, seine Glieder fielen auseinander, der Körper streckte sich unnatürlich, die Augen standen halb … halb offen. Offiziell heißt es, Benno Ohnesorg sei erst auf dem Weg ins Krankenhaus gestorben. Später, als ich meine erste und letzte Leiche in der Gerichtsmedizin von Tübingen sah, noch nicht entkleidet, die Glieder wie auseinandergefallen, die Augen halb offen, da sah ich ihn wieder vor mir … und … das Entsetzen über meine damalige Ohnmacht, meine Tatenlosigkeit warf mich um.«

Er war in der Gerichtsmedizin umgekippt und hatte davon Abstand genommen, sich ins Dezernat für Gewaltdelikte zu orientieren.

»Wer weiß, ob es die RAF jemals gegeben hätte, wäre Benno Ohnesorg nicht von hinten in den Kopf geschossen und der Täter nicht freigesprochen worden.«

»Aber ihr hattet doch gesehen, wie es gewesen war, du und Marie.«

Richard seufzte. »Ich hatte es nicht gesehen, genau genommen. Aber Marie und viele andere. Doch als Benno Ohnesorg endlich im Krankenwagen abtransportiert wurde, war der Schütze längst von seinen eigenen Leuten vom Platz geschafft worden. Sie drängten auch uns aus dem Hinterhof. Einige von uns nahmen sie fest, darunter Marie und mich. Vermutlich weil wir so aussahen, als seien wir leicht einzuschüchtern, Marie in ihrem Kostüm, ich ihr Beschützer zwischen Kavalier und Memme. Die halbe Nacht verbrachten wir auf einem Polizeirevier. Man nahm unsere Personalien auf. Polizei macht Angst, das weiß ich seitdem. Die haben einen Ton drauf, dass man sich schon in Handschellen abgeführt und im Gefängnis verfaulen sieht. Mein Grundvertrauen in Recht und Ordnung wurde in dieser Nacht zerschlagen. Wir hatten nichts getan, wir waren Zeugen eines Mordes geworden, der Schock saß uns in den Gliedern, dennoch behandelte man uns wie Delinquenten. Nachts um eins hatte die Angst uns aufgefressen. Ich hakte mein Studium ab. Man würde mich relegieren. Mein Vater würde mich auf immer und ewig verachten, niemals als Sohn zurücknehmen. Gut, dachte ich, dann gehe ich nach Berlin, baue Bomben und zünde Kaufhäuser an. Wenn die Polizei mit Vorsatz auf wehrlose Menschen schießt, dann ist das nicht der Staat, in dem ich für Gerechtigkeit sorgen kann.«

»Du bist in deinem Herzen ein Hasardeur, Richard.«

Er deutete ein Lächeln an. »Marie fiel der Abschied von ihrer Zukunft weniger leicht. Sie weinte. Ein älterer Polizeibeamter ging mit ihr in ein Nebenzimmer. Danach durften wir das Revier verlassen. Noch am selben Vormittag bestiegen wir das Flugzeug. Marie hat mir nicht erzählt, was zwischen dem Polizisten und ihr besprochen worden war. Wir redeten viel während der Wartezeiten auf dem Flughafen und im Flugzeug, sie erzählte von ihrem Vater. ›Dein abstraktes Denkvermögen wird nie an das deines Bruders heranreichen!‹, hatte er ihr bescheinigt und ihr damit eine tiefe Kränkung zugefügt. Es waren vertrauensvolle Gespräche, die wir führten, und so wagte ich es, das Buch hervorzuholen. Aber …«

»*Das* Buch?«

»Ich hatte es extra mitgenommen, falls sich Gelegenheit ergäbe, mit ihr darüber zu reden. Es hatte in der Innentasche meines

Anoraks gesteckt. Wie ich es nun herausholte, sah ich, dass es auf der Rückseite ein Loch hatte. Und darin steckte ein Projektil!«

»Ohaaaa! Wie das?«

»Es war eine warme Nacht gewesen, das sagte ich schon. Marie und ich waren zügig gelaufen, wir waren erhitzt, ich hatte meinen Anorak ausgezogen und mir über den Rücken gehängt, so … mit dem Finger im Aufhänger. Und in der Innentasche befand sich nun eben das Buch.«

Ich stöhnte unartikuliert.

»Es hat mir … nun ja, vielleicht nicht das Leben gerettet, mich aber vor einer schweren Verletzung bewahrt. Der Hansel hatte mir tatsächlich in den Rücken geschossen. Doch das Projektil blieb im Buch stecken. Der Stoß hatte mich auf Marie geworfen.«

»Unglaublich!« Ich lachte haltlos. »Und die Kugel? Was hast du mit ihr gemacht?«

»Als ich im Flugzeug Marie das Buch zeigte, steckte das Projektil noch hinten drin, vielleicht einen Dreiviertelzentimeter tief. Es lockerte sich, als ich das Buch aufschlug, und fiel heraus, mir in den Schoß. Und ich weiß tatsächlich nicht, was wir mit dem Projektil gemacht haben. Vielleicht habe ich es in die Tasche gesteckt, oder Marie hatte es in der Hand gehabt und in den Aschenbecher in der Lehne des Sitzes gelegt. Daheim in Tübingen habe ich es in meinen Sachen nicht mehr gefunden. Marie und ich waren zunächst völlig geplättet. Uns ging auf, wie knapp wir davongekommen waren. Wir rekonstruierten die Ereignisse, ich erinnerte mich an die Worte des Schützen, die ich gehört hatte, als er mich in der Menge der Demonstranten anschaute, nein, nicht gehört, sondern nur gesehen, die ich von seinen Lippen abgelesen oder mir vielleicht auch nur eingebildet hatte. Wir steigerten uns in die Überzeugung hinein, dass er den Vorsatz gehabt habe, jemanden zu töten, und dass wir es beweisen könnten.«

»Und dass du nebenbei Marie … vielleicht nicht das Leben

gerettet, sie aber wohl vor einer schlimmen Verletzung bewahrt hast.«

»Ich glaube nicht, dass ihr das in diesem Moment klar wurde. Denn wir gerieten gleich darauf in Streit.«

»Wie bitte?«

»Ja, denn ich äußerte meine Absicht, nach meiner Rückkunft in Tübingen der Polizei unverzüglich dies alles zu Protokoll geben. Und«, Richard lächelte verzwickt, »natürlich auch das Buch zu zeigen. Das aber wollte Marie auf keinen Fall. Bloß nicht. Sie habe es aus Daffke hergestellt. Nur so, um zu lernen, wie das geht. Und sie habe einfach noch was eingebunden, eben diese Texte, damit das Buch auch was Eigenes von ihr enthalte. Die Macht des Buchbinders auskosten, gewissermaßen. Das sei ihr Buch, ein ganz privates Buch. Warum sie es dann bei Ursprung in Stuttgart deponiert habe, fragte ich sie. Sie bestritt das vehement. Das Buch sei ihr abhandengekommen. Unter welchen Umständen konnte oder wollte sie nicht sagen. Diesen Ursprung kenne sie gar nicht. Warum sie nicht mit mir Kontakt aufgenommen habe, wollte ich wissen. Sie habe doch meinen Zettel vom Schwarzen Brett gerissen. Ach, der sei von mir gewesen? Was ich denn damit bezweckt hätte. Ob ich ihr hinterherspioniert hätte.«

»Hui!«

»Ich hatte alle Hände voll damit zu tun, den Eindruck zu verwischen, ich sei ihr wochenlang gefolgt, obgleich es genau so war. Und dass es nicht geschehen war, weil ich ihr wegen des Buchs Schwierigkeiten machen wollte, sondern, weil ich mich in sie … verliebt hatte, hätte in diesem Stadium des Streits alles nur noch schlimmer gemacht. Sie wollte mich loswerden, und dazu war jedes Argument recht. Als ich damit anfing, wir hätten die Pflicht, vor der Polizei auszusagen, dass wir gesehen hatten, wie der Polizist in Zivil erst auf mich und dann auf den Mann im roten Hemd geschossen hatte – dass er Benno Ohnesorg hieß, wussten wir zu diesem Zeitpunkt noch nicht –, wurde sie vollends hysterisch.«

»So! Hat es nicht geschmeckt?«, fragte Sally.

Wir fuhren hoch und schauten sie so viereckig an, wie man nach dem Kinobesuch in die dreidimensionale Welt blickt.

»Doch, doch«, murmelte Richard. »Ich hatte nur keinen richtigen Hunger.«

»Sehr gut«, rief ich umso lauter. »Und bringst du mir noch ein Pils? Und … äh … einen Kirsch.«

»Und Kaffee für mich«, sagte Richard.

»Sehr wohl, die Herrschaften.« Sally ging.

»Sie hatte der Polizei versprochen, nicht als Zeugin auszusagen, nicht wahr?«

Richard nickte. »Das steht zu vermuten.«

»Und du?«

»Ich habe der Polizei nichts versprochen. Aber ihr habe ich es versprechen müssen. Um sie zu beruhigen. ›Gegen die richten wir doch nichts aus!‹, sagte sie immer wieder. ›Die halten alle zusammen. Am Ende sind wir die Verbrecher, weil wir an einer ungenehmigten Demonstration teilgenommen haben.‹ Sie hatte richtig Angst. Davor, dass ihr Vater ihr die Unterstützung streicht, noch mehr aber vor seinem Spott, sie hätte sich selbst ihre Zukunft als Journalistin verbaut.«

Ich grunzte.

»Ich war zwiegespalten. Einerseits habe ich Maries Ängste verstanden, andererseits war ich, gelinde gesagt, enttäuscht über einen solchen Mangel an persönlichem Mut. In der anonymen Masse demonstrieren und Farbbeutel werfen, aber wenn es darum ging, selbst einzustehen und für Gerechtigkeit zu sorgen, dann kneifen. Solche Angst vor dem Triumph eines Vaters, vor dem Verlust von finanzieller Unterstützung? Im Grunde vor kleinen Unbequemlichkeiten. Ich bekam kein Geld von zu Hause und studierte auch. Natürlich war es anstrengend, aber – wie man damals sagte – Arbeit hat noch keinem geschadet. Nie werde ich den Blick vergessen, mit dem sie mich musterte: mitleidig, verächtlich, angewidert. Wir haben bis zur Landung in

Stuttgart kein Wort gesprochen. Auf dem Flughafen sind wir auseinandergegangen und jeder für sich, vermutlich im selben Zug, nach Tübingen zurückgefahren.«

»Aber sie hat dir das Buch gelassen?«

»Ich glaube, sie hat nicht daran gedacht, es von mir zurückzufordern, oder erst, als wir uns schon getrennt hatten.

Ich schnaubte: »Undankbare Schnepfe!«

»Als im November der Prozess gegen den Schützen begann, befand sie sich schon nicht mehr in Tübingen, nicht einmal mehr in Deutschland.«

»Und du bist nicht zur Polizei gegangen?«

»Es haben über achtzig Zeugen beim Prozess ausgesagt, etliche, die genau beschreiben konnten, was sich ereignet hatte. Und ich hatte den Schuss auf Ohnesorg nicht mit eigenen Augen gesehen. Selbst wenn ich meine Beobachtungen zu Protokoll gegeben hätte, hätte man mich kaum aus Tübingen nach Berlin eingeflogen. Zur eigentlichen Tat konnte ich nicht mehr sagen als viele andere auch, und das Buch ... das hätte ich als Beweismittel nicht vorlegen können, das hatte ich Marie versprochen. Es bestand bei Gericht auch niemals Unklarheit darüber, dass dieser Mann zu Unrecht geschossen hatte. Er selbst erzählte irgendeinen Schafscheiß, er sei bedroht worden, er habe sich retten müssen. Es war allen klar, dass er log. Aber in dubio pro reo. Es konnte nicht ausgeschlossen werden, dass er vor Angst halb irre gewesen war und die Situation völlig falsch eingeschätzt hatte.«

»Aber gerade du hättest beweisen können, dass es Mord war.«

Richard seufzte. »Womöglich, aber ...«

»Was war Mord?«, fragte Sally, als sie mein Pils mit dem Schnaps brachte und Richard den Kaffee hinstellte, schön dekoriert mit Kekschen, Zuckertüte und Milchdöschen.

»Der Tod von Benno Ohnesorg«, antwortete ich.

»War das nicht so ein Stasi-Typ, der ihn erschossen hat? Ich habe kürzlich einen Bericht im Fernsehen gesehen.«

»Richtig«, sagte Richard. »Die Stasiunterlagenbehörde hat vor einigen Jahren seine Verpflichtungserklärung gefunden. Der Mann war von Jugend an ein Waffennarr gewesen. Wegen unerlaubten Waffenbesitzes ist er erst kürzlich wieder zu einer Bewährungsstrafe verurteilt worden. Deswegen saß er auch gleich nach dem Krieg im Speziallager Nummer 7 Sachsenhausen.«

»Was, in dem KZ?«, rief Sally.

»In der Tat. Die sowjetische Militärverwaltung nutzte die Gebäude des KZs für Leute, die man ohne Gerichtsurteil wegsperren wollte. In der DDR hat man diesen schießwütigen Irren dann offenbar nicht haben wollen. Man überzeugte ihn, sich in Westberlin bei der Polizei einzugliedern, um DDR-Spione vor der Enttarnung zu warnen und Bericht zu erstatten. Dass er Benno Ohnesorg im Auftrag des Ministeriums für Staatssicherheit erschossen hat, kann ich mir jedoch nicht vorstellen. Destabilisierung war zwar ein beliebtes strategisches Ziel. Aber niemand konnte damals klaren Verstandes vorhersehen, dass sich aus dem Zorn über Ohnesorgs Tod und den Freispruch des Schützen die Bewegung 2. Juni und die RAF entwickeln würden, die, nebenbei bemerkt, die Bundesrepublik auch nicht destabilisieren konnten. Aber immerhin wird noch einmal gegen diesen Mann ermittelt, und zwar wegen Mordes an Ohnesorg und wegen Landesverrats. Allerdings ist er über achtzig.«

Richard nahm mit ruhiger Hand die Kaffeetasse, zog einen Schluck und lehnte sich zurück, als genieße er die italienische Bruthitze der Nacht, die über uns gefallen war. An einem der anderen Tische hatten inzwischen auch Leute Platz genommen. Deshalb begab sich Sally dorthin und verschwand mit der Bestellung im Lokal.

Ich beugte mich vor. »Und«, fragte ich, »wirst du diesmal aussagen?«

Während ich noch blöde fragte, ging mir schlagartig auf, warum er das Buch nicht hatte behalten wollen. Plötzlich konnte ich ihm die Erregung nachfühlen, die ihn erfasst hatte, als er es unerwartet – wenn auch nicht völlig unvermutet – wieder in

Händen hielt, und warum er auf Kosten seiner eigenen Privatsphäre über das Loch auf der Rückseite hinweggeplaudert hatte, während er fieberhaft überlegte, was der Fund für ihn bedeutete. Behielt er es, würde er es vorlegen und das Versprechen brechen müssen, das er Marie vor Jahrzehnten gegeben hatte. Das Prinzip Thalheim in ihm verlangte, dass er sich an ein Versprechen hielt. Doch der Geist unbestechlicher Rechtsstaatlichkeit, der heute in ihm herrschte, verlangte, dass er tat, was er konnte, um einen Mörder der gerechten Strafe zuzuführen. Wie willkommen ihm das Feuer gewesen sein musste, hatte ich nicht geahnt, als ich kürzlich schon einmal darüber nachdachte, welches Interesse er gehabt haben könnte, dass Ursprungs Buchladen abbrannte. Es hätte ihm den Widerstreit zweier mächtiger Prinzipien erspart.

Deshalb war er auch so erschrocken gewesen, als ich ihm zeigte, dass ich das Buch vor den Flammen gerettet hatte. Er hatte bis zu mir in die Wohnung hinauf gebraucht, um sich von dem Schock zu erholen und Nebelkerzen zu zünden. »Ja, es wäre interessant zu erfahren, wie es zustande gekommen ist«, hatte er kalt bemerkt und mich in eine fruchtlose Internetsuche nach Marie Küfer entlassen.

»Du wirst also keine Aussage machen«, bemerkte ich.

Er hielt die Kaffeetasse auf halber Höhe zwischen Untertasse und Mund und sah aus wie der reiche Fabrikantensohn mit Kontakten in allerhöchste Kreise, der er war.

»Vielleicht könnte man zur Not heute noch nachweisen«, sagte er und setzte die Tasse ab, »dass in dem Buch ein Projektil vom Kaliber der damals gängigen Polizeipistolen gesteckt hat. Aber das Projektil selbst kann ich nicht vorweisen zum ballistischen Vergleich mit dem, welches im Kopf von Benno Ohnesorg steckte. Den Beweis, dass dieser Hansel und kein anderer mir in den Rücken geschossen hat, kann ich nicht antreten.«

»Aber du kannst eine Geschichte erzählen, die niemand ernsthaft in Zweifel ziehen wird.«

»Außer dem Anwalt des Beschuldigten. Und ohne … ohne

Maries Aussage ist meine nicht viel wert. Ich habe den Schuss auf Ohnesorg nicht gesehen, ich habe nicht gesehen, wie der Beschuldigte den Arm nach dem Schuss auf mich herumschwenkte und dem armen Studenten ins Genick schoss.«

»Aber vielleicht würde Marie heute anders darüber denken und ebenfalls aussagen.«

Richard schüttelte den Kopf.

»Warum bist du dir so sicher? Was hätte sie zu befürchten? Heute, im neuen Jahrtausend. Oh! Verstehe.« Ich musste lachen. »Sie ist jetzt in einer Position, wo es ihr schaden würde, wenn man ihr vorhält, sie hätte nichts getan, um den, der Ohnesorg erschossen hat, des Mordes zu überführen.«

Der Staatsanwalt mir gegenüber blinzelte nicht.

»Man wird es herausfinden, Richard. Sie steht in den Akten der Berliner Polizei. Du übrigens auch!«

»Nicht mit meinem heutigen Namen[14].«

»Auch wenn Marie geheiratet hat, werden die Fahnder auf sie kommen, und zwar über die Adresse in Tübingen.«

»Die eines Wohnheims, das heute nicht mehr existiert? Zumal sich die Ermittler nach Aktenlage von ihrer Aussage nicht wirklich etwas versprechen können. Falls diese Akten überhaupt je existiert haben und falls sie jemals den Ermittlungsakten über den Fall Ohnesorg zugeführt wurden. Die Polizei hatte damals ja eher ein Interesse daran, unliebsame Zeugenaussagen zu unterschlagen. Nein, ich halte es sogar für extrem unwahrscheinlich, dass über Marie und mich tatsächlich irgendwelche Unterlagen existieren.«

»Aber wenn erst die Journalisten anfangen zu recherchieren!«

»Welche Journalisten sollten das denn sein, Lisa?«

14 Wieso Richard seinen Namen ändern musste, steht in Lehmann: *Gaisburger Schlachthof*. Ariadne 2006

18

In der folgenden Woche zogen die anderen großen Zeitungen nach. »Authentisch in ihrer Beschädigung und unerträglichen Altklugheit«, hieß es in der FAZ. »So in die Fresse hat schon lange keine mehr geschrieben«, meinte die *taz*. Und die *Zeit* verkündete: »Ein Mädchen ertrinkt im Strudel aus Toleranz und Indifferenz in seinem durchreflektierten Irrsinn.«[15]

Montagabend rief mich Rudolf Wagenburg an und grummelte: »Scheiße! Hätt ich mal gleich über diese Lolita geschrieben, dann hätte ich sie entdeckt. Jetzt kann ich nur noch nachklappen. Warum hast du mir keinen Tipp gegeben?«

»Bin ich der Fachmann für Fräuleinwunder oder du? Aber ich gebe dir jetzt einen Tipp: Rede mal mit Matthias Kern. Das ist der Schwerverletzte.«

»Ich weiß. Der Mann ist mir als Kollege und als Blogger bekannt, schreibt Lyrik und unlesbares Zeug auf der BDMS-Schiene. Vor ein oder zwei Jahren hat er auch mal ein Buch veröffentlicht, grottenschlecht und absolut erfolglos.«

Dienstag brachte ich mit Sally auf dem Dach von Brontë – an den Namen Charlotte musste ich mich erst noch gewöhnen – die vergiftete Matratze zur Müllverbrennung und rief Manuela Kantor in ihrem Buchladen an. Sie lebte noch und war ganz munter. Ich erzählte ihr, dass ich inzwischen von anderer Seite wüsste, dass das fragliche Buch bei Küfer gebunden worden sei, dass ich aber kommende Woche wohl noch einmal bei ihr vorbeischauen würde, um ihr das Buch zu zeigen.

»Jederzeit«, antwortete sie. »Haben Sie die Besprechungen von Schrader in der FAZ und der *Zeit* gesehen? So falsch lagen wir also nicht. Übrigens haben sich zwei Frauen bei mir beschwert über die Lesung und mir fast die Treue aufgekündigt. Denen hat Schrader nicht gefallen.«

15 Aus Rezensionen abgeschrieben und für meine Zwecke umgebogen.

»Passiert das eigentlich gelegentlich mal, dass jemand was gegen Ihr Schaufenster wirft?«

»Das ist schon vorgekommen, warum?« Ich erklärte ihr die Sache mit der toten Taube. »Gruselig«, bemerkte sie. »Es hat so was Kindisches und zugleich Gnadenloses.«

Am Nachmittag mailte mir Karin Becker ein spannendes Dossier über neun Brände, die in Bibliotheken und Buchläden rund um Stuttgart in den vergangenen sechs Monaten die Feuerwehr auf den Plan gerufen hatten.

Am Mittwoch klingelten mich zwei uniformierte Kommissare vom Revier Ostendstraße zu nachtschlafender Zeit, also gegen halb elf, aus dem Bett. Sie fragten artig, ob sie hereinkommen dürften, ließen sich von Cipión die Hosenbeine abschnüffeln, klärten mich über meine Rechte auf, als Beschuldigte nur Angaben zur Person machen zu müssen, und hielten mir dann vor, mit meinem Fahrzeug am vergangenen Donnerstag entgegen der Fahrtrichtung auf der B 27 bei Kirchentellinsfurt unterwegs gewesen zu sein. Sie schienen nicht viel Hoffnung zu haben, dass ich das zugeben werde, und räumten ungefragt ein, dass man aufgrund von Zeugenaussagen die Halter älterer Porsches abklappere.

»Ich war am Donnerstag in der Tat unterwegs nach Tübingen«, erklärte ich freundlich. »Ich bin mit der Autorin Lola Schrader zu einer Lesung gefahren.«

»Wann war das?«

Ich überlegte. »Losgefahren sind wir so gegen Viertel nach sechs, halb sieben. Die Lesung sollte halb acht beginnen, wir waren deutlich früher da, vielleicht zehn nach sieben.«

Ich sah den Gesichtern an, dass sich das nicht mit den Angaben der Zeugen zum Zeitpunkt meiner Geisterfahrt deckte, was sie völlig leidenschaftslos wegsteckten. Ob sie mal mein Fahrzeug sehen könnten, wenn sie schon hier seien?

»Das steht in einer Garage in der Riekestraße«, sagte ich.

Das machte ihnen nichts aus. Sie warteten im Salon, während

ich mich im Badezimmer anzog. Da Cipión ohnehin rausmusste, nahm ich ihn mit. Eskortiert von zwei Uniformierten, was in dieser Gegend niemanden an Freund und Helfer denken ließ, begab ich mich mit Cipión an der Leine über die Hackstraße in die nächste Seitenstraße, wo Brontë – mit Vornamen Charlotte – beim Freien Radio Stuttgart in ihrer Garage döste. Die Polizisten leuchteten Reifen und Kotflügel ab. 👍 Grandiose Geste! Wirkte es doch, als könnten sie an Kot und Kieselchen erkennen, ob der Wagen die Lücke in den Leitplanken durchquert hatte, und als gäbe es am Baggersee endemisch vorkommenden Löwenzahn oder Ameisen, die sich im Reifenprofil festgesetzt hatten.

»Schönes Teil«, bemerkte der älter der beiden Silbersterne, während der andere Fotos machte, ins Auto schaute und mit dem Navi in der Hand wieder herauskam.

»Haben Sie den benutzt bei der fraglichen Fahrt?«

»Nein. Ich kannte den Weg.«

»Darf ich mir die letzten Ziele mal anschauen?«

Ich nickte.

»Was macht der so? 180?«, fragte unterdessen der Ältere. »Und sogar eine Umweltplakette haben Sie. Sauber!«

Schließlich schauten die beiden sich kopfschüttelnd an. Ich bekam den Navi zurück. »Dann schönen Tag noch.«

»Danke, werde ich nicht haben.«

Für den Nachmittag war ein Treffen bei Staatsanwältin Meisner angesetzt, und ich klapperte hektisch und mit Hilfe vieler Tassen Kaffee und noch mehr Zigaretten an meinem Bericht herum. Alles dürftig, fantastisch und doof. Durs Ursprungs Schrei nach Socken war doch kein Grund, ihn zwei Minuten später zu erschießen. Nichts hing wirklich zwingend miteinander zusammen. Den Verkäufer von Magnus Villing hätte ich eigentlich auch noch mal besuchen müssen. Aber wenn er der Polizei auch nichts gesagt hatte, dann hatte der Schütze doch wohl nicht mit der Waffe in der Hand hinterm Ladentisch gehockt und ihn bedroht, als ich hineinstürmte.

Womöglich kam der Bericht mir auch deshalb so albern vor, weil er Richards Geschichte von der Entdeckung des Buchs mit dem Einschussloch nicht enthielt. Konnte es wirklich Zufall gewesen sein, dass Ursprungs Buchhandlung eine Stunde nach der Entdeckung abbrannte? Zwei umwälzende Ereignisse an einem Abend? Der linke Geist von Stuttgart verbrannte, und ein Buch tauchte aus der Asche auf, das schundromansentimental und zynisch zwei deutsche Revolten dokumentierte und noch immer mindestens einer Person in Deutschland gefährlich werden konnte. Nein, halt! Das Buch allein konnte niemandem schaden. Das konnten nur die Erinnerungen Richards, die mit ihm verknüpft waren.

Mit Kopien meines Berichts und meines Filmmaterials begab ich mich zur festgesetzten Stunde über die Straße zur Stuttgarter Staatsanwaltschaft.

Meisner hatte anders als Richard ein großes helles Büro im rückwärtigen neuen Teil mit leichtfüßigem Schreibtisch, heiteren grauen Containern und einem ovalen Konferenztisch mit weichen Stühlen. Auch wenn man, um dorthin zu kommen, sich die Schienbeine an Kisten mit Akten anstieß, die in Umzugskartons einer sackartigen Ecke des Gangs standen. Im Zimmer herrschte entspanntes Halbchaos. Der Kaffee wurde von blutjungen Mädchen aus dem Geschäftszimmer hereingebracht.

Kriminaloberrat Dr. Xaver Finkbeiner war ein knarziger Alemanne aus der Gegend von Freiburg, groß, schlank, dunkelhaarig, wortkarg[16]. Er hatte in Stuttgart vor einigen Jahren die Abteilung Operative Fallanalyse aufgebaut. Außerdem waren zugegen Kriminaloberkommissar Christoph Weininger, Bernd Möller, Leiter der Soko Walfisch, und eine knubbelige weibliche Figur, deren

16 Die Figur gehört dem SWR und ist Protagonist in den Hörspielen der SWR-Radio-Tatort-Folgen. Sie wurde von der SWR-Hörspielredaktion und meiner Kollegin Uta-Maria Heim erdacht und erstmals von mir zu Gehör gebracht in *Himmelreich und Höllental*, 2008.

dienstliche Funktion mir unklar blieb. Sie sagte die ganzen anderthalb Stunden lang kein Wort. Finkbeiner schien nicht recht einzusehen, was die informelle Besprechung außer Zeitverschwendung bringen sollte, nahm meinen Bericht in gedruckter und auf CD gebrannter Form dann aber doch interessiert entgegen. Seine Fragen waren knapp: »Überwachungsfilme, wozu?« Antworten vermied er. Mit endlosem Schweigen hörte er sich meine mündlichen Ausführungen an, runzelte hin und wieder die Stirn, besonders als ich schilderte, dass die Drohbriefe offenbar von der Autorin und deren minderjährigem Freund verfasst worden waren, zog aber die Brauen hoch, als ich von der Taube erzählte. Dann lehnte er sich zurück und fragte: »Und was haben die Kindereien von Lola Schrader mit dem Tötungsdelikt zum Nachteil von Durs Ursprung zu tun? Deshalb sitzen wir doch hier.«

Meisner bot ihm Kekse an, schenkte Kaffee nach und servierte ihm dazu ihre Einschätzung: »All diese Ereignisse scheinen auf schwer erklärbare Weise zusammenzuhängen. Bindeglied ist Durs Ursprung, der die Autorin zum ersten Mal eingeladen und dann seiner Kollegin von Thalestris in Tübingen empfohlen hat. Ursprungs Laden brennt ab, er wird in einer Buchhausfiliale erschossen, gegen die er immer gekämpft hat, gegen das Schaufenster von Thalestris fliegt eine tote Taube, was womöglich daraus zu erklären ist, dass der Täter keinen Zugang zum Laden hatte. Dass unsere Frau Nerz bei allen drei Ereignisse ebenfalls zugegen war, ist ein weiterer seltsamer Umstand, der …«

»Ja, das wirkt eigenartig«, unterbrach Finkbeiner in seinem kehligen Alemannisch. »Aber das ist narrative Verzerrung.«

»Sie sind ja in richtiger Literat, Herr Doktor!«, schmeichelte Meisner.

Er deutete ein konziliantes Lächeln an. »Der Mensch kann nichts berichten, ohne zu interpretieren. Alles, was er sieht – umso mehr, wenn er es verbal darstellen soll –, interpretiert er automatisch als Teil des Systems von Beziehungen, in denen er lebt, und nach dem Prinzip, dass nichts geschieht, was nicht eine Bedeutung für ihn und seine Mitmenschen hätte. Schicksal nennt sich das in Herz-Schmerz-Romanen. Wir können nicht anders, unser Hirn zwingt uns dazu, überall Strukturen und Beziehungen zu erkennen. Für Romanciers eine sehr nützliche Fähigkeit, bei Zeugenaussagen schädlich.«

Soso, jaja!

Meisners Lächeln hing etwas verloren auf ihrem Gesicht.

»Ich nenne ein Beispiel«, sagte Finkbeiner. »Es ist kaum möglich, die beiden Sätze: ›Erst starb Herr Greis‹ und ›Dann starb Frau Greis‹ nebeneinanderzusetzen. Wir interpretieren fast immer etwas hinein und sagen beispielsweise: ›Bald nach Herrn Greis starb aus Kummer auch Frau Greis.‹«

»Mit anderen Worten«, interpretierte ich, »nicht einmal der Brand in der Buchhandlung Ursprung und der Mord am Buchhändler Ursprung müssten etwas miteinander zu tun haben.«

Finkbeiners Augen blitzten ungläubig erfreut.

»Aber seltsam ist es doch«, bemerkte Christoph Weininger, der mich schon lange kannte, »dass Ursprungs Laden abbrennt, als Lisa dort ist, und dass Ursprung erschossen wird, als Lisa wiederum zugegen ist.«

Mir wurde flau. »Nein, an so etwas glaube ich nicht! Das ist doch ein … äh … Klischee aus dem Krimi. Ein perverser Killer tötet, um einen Ermittler herauszufordern, und macht weiter, um zu beweisen, dass er schlauer ist als der Ermittler.«

»Ja«, sagte Finkbeiner. »Das ist ein Topos, der Zweikampf von Verbrecher und Ermittler. In Wirklichkeit sind Mehrfach- oder Serientäter meist durchschnittlich intelligent, sozial defizitär und handeln mit dem Ziel eines Lustgewinns, der außerhalb unserer Konventionen steht. Eine kommunikative Beziehung zu einem Dritten, etwa einem Kriminalbeamten, aufzubauen würde die Jagd nach Lustgewinn nur stören. Es geht ihnen ja nicht darum, als Verbrecher erkannt und anerkannt zu werden, sondern zu ihrer Befriedigung zu kommen, für die eine bestimmte Straftat Voraussetzung ist.«

Christoph Weininger rieb die Hände auf seinen Oberschenkeln. Soko-Leiter Möller ließ sich demonstrativ nicht anmerken, was er von intellektuellen Verzerrungen hielt.

»Immerhin«, fiel mir ein, »hat es in den vergangenen sechs Monaten in einem 50-Kilometer-Radius um Stuttgart herum neun Brände in Einrichtungen mit Büchern gegeben. Ein bisschen sieht es schon nach Serie aus. Einige Brände haben kaum Schaden angerichtet, einige mehr. Finden Sie alles in meinem Bericht. Der letzte im Januar in der Ostend-Buchhandlung ist mit einer Chemikalie ausgeführt worden, die sich entzündet, sobald Wasser darauf tropft.«

Christoph atmete scharf durch die Zähne ein. Auch Möller sah nicht glücklich aus. Finkbeiner blätterte.

»Hm«, las er, »Zinkpulver und Natriumperoxid. Durch Wasser wird eine starke exotherme Reaktion zwischen Zink und Natriumperoxid ausgelöst.«

»Auch in der Buchhandlung Ursprung wurde eine Chemikalie verwendet«, fuhr ich fort. »Ich weiß nicht, ob es dieselbe ist, aber ich möchte es fast schließen aus der Reaktion der Herren Weininger und Möller. Für mich sieht es so aus, als seien die Brände, zumindest ein Teil von ihnen, Vorübungen gewesen auf der Suche nach einer geeigneten Methode, eine Einrichtung mit vielen Büchern durch Feuer zu vernichten. Und mir stellt sich die Frage: Warum nicht Benzin und Feuerzeug? Warum kein Sprengsatz mit Zeitzünder? Bauanleitungen sind doch heutzutage leicht zu beschaffen. So eine Chemikalie hingegen …«

Mir fiel Sallys matratzenvernichtende Mixtur gegen Buchläuse ein. Es gab offenbar Leute, die mit Peroxiden und Konsorten gern Verätzungen und Verpuffungen erzeugten.

»Ich stelle mir derzeit einen Täter vor, der in seinem Alltag irgendetwas mit Chemie zu tun hat und viel Zeit auf dem Schießstand zubringt, also in einem Schützenverein sein muss. Er ist auf dem Land aufgewachsen, denn er weiß, wie man Geflügel fängt und ihm den Hals umdreht, vor allem macht es ihm nichts aus. Und er ist krank vor unbändigem Hass auf junge Frauen, die Bücher schreiben. Denn er hat in seiner Jugend ein Meisterwerk geschrieben, das von allen Verlagen abgelehnt wurde, und dabei eine schwere narzisstische Kränkung erlitten, für die er Durs Ursprung verantwortlich oder mitverantwortlich macht. Als Mensch ist er eine völlig unauffällige Erscheinung, man übersieht ihn, man merkt sich sein Gesicht nicht, man interessiert sich nicht für ihn. Daraus hat er die Eigenschaft entwickelt, in der Menge unterzugehen. Er ist nett, unkompliziert und hilfsbereit. Er hat mir geholfen, den schwer verletzten Matthias Kern aus dem brennenden Laden zu schleppen und auf den Fußweg zu betten. Kern ist ein bekannter Blogger und unbekannter Buchautor, dem er sich verwandt fühlt, denn er hat selbst einige Zeit ein Weblog unterhalten, das Buchhasserblog. Dort ist er auch Lola Schrader begegnet. Sie hat in einem Blog für Mädchen begründet, warum Bücher nur Unglück anrichten. Dieser Argumentation ist er mit seinen Worten in seinem Netz-Tagebuch gefolgt. Der Text liegt bei. Er weist Schwächen in Orthografie und Zeichensetzung auf. Im schreibenden Gewerbe ist der Gesuchte demzufolge keinesfalls tätig. Auch lässt die Sprache nicht auf einen höheren Bildungsgrad schließen. Er ist ein Grübler mit höchstens Hauptschulabschluss. Als die kleine Krott dann selbst ein Buch herausbringt, ist er erbittert und erregt. Er hat sein Blog dichtgemacht und einen Feldzug gegen Lola Schrader, Bücher und Buchhändler begonnen.«

»Kleine Zwischenfrage«, unterbrach mich Meisner. »Woher sollte er von Lolas Buch gewusst haben? Im vergangenen September, als er Ihrer Theorie zufolge mit dem Brandstiften angefangen hat, war das Buch doch noch gar nicht auf dem Markt. Es ist erst kurz vor Weihnachten herausgekommen.«

»Er kann es aus der Vorankündigung von Yggdrasil gewusst haben«, antwortete Finkbeiner an meiner Stelle und besser informiert. »Verlage kündigen ihre Bücher mit einem Vorlauf von einem halben bis einem Jahr an.«

»Ach ja, da mögen Sie recht haben«, lenkte Meisner zufrieden ein. »Sie kennen sich auf dem Gebiet besser aus als ich. Sie haben ja einiges veröffentlicht.«

Vermutlich Sach- und Fachbücher über Fallanalyse und perverse Persönlichkeiten.

»Ich denke mir den Verlauf etwa so«, nahm ich meinen Vortrag wieder auf. »Der … nennen wir ihn Buchhasser … hat der Zeitung entnommen, dass Lola bei Ursprung lesen würde, und Feuer gelegt. Die Ladentür oben war ja offen. Dann hat Michel Schrader mich gebeten, seine Tochter künftig auf Lesungen zu begleiten. Der Buchhasser hat meinen Besuch im Haus Schrader mitbekommen und sich an meine Fersen geheftet, um herauszufinden, was ich so treibe. Als ich dann zufällig Durs Ursprung auf dem Schlossplatz über den Weg lief, hat es ihn gepfupfert, ein erstes Zeichen zu setzen. Er hat Ursprung erschossen, als gerade alle auf die Diskussion in der Filiale Walfisch konzentriert waren. Seltsamerweise hält er sich bei seinen Aktionen an die anonymen Drohbriefe, die – den Aussagen von Lola Schrader und Nino Villar zufolge – gar nicht von ihm sind. Daraus schließe ich, dass er sich Zugang zum Drahtlosnetzwerk der Schraders verschafft hat und sich auf beiden Computern bewegt. So schwierig soll das ja nicht sein, aber er muss Computerkenntnisse besitzen, die über die eines Normalnutzers hinausgehen. Wir suchen also nach einem Mann zwischen dreißig und vierzig, Mitglied in einem Schützenverein, auf dem Land aufgewachsen, Hauptschulabschluss oder weniger, vermutlich arbeitslos, weshalb er genug Zeit hat, sich mit den nötigen Computerkenntnissen zu versorgen und durch die Gegend zu fahren, wahrscheinlich mit dem Fahrrad …«

Meisner lachte.

»Die Buchhandlungsbrände«, erklärte ich. »Sie sind innerhalb eines Radius passiert, die in sportlicher Radfahrer an einem Tag schafft. Die Fitnessstudios und Fahrradfernwege sind voller Arbeitsloser.«

»Reine Spekulation!«, bemerkte Meisner.

»... und der es sich«, spekulierte ich weiter, »zur Aufgabe gemacht hat, Bücher zu vernichten wie Ungeziefer. Vielleicht war der Schuss auf Durs Ursprung nur eine Vorübung für den finalen Schuss auf Lola Schrader, den er zu einem ihm geeignet scheinenden Zeitpunkt, den wir hoffentlich vorher wissen, ausführen wird. Vielleicht aber fackelt er nicht nur Buchhandlungen ab, sondern erschießt auch alle Buchhändler, die Lola Schrader zu einer Lesung eingeladen haben. In diesem Fall befände sich Manuela Kantor von Thalestris in Tübingen in höchster Gefahr!«

Finkbeiner hustete, als hätte sich eine Mücke in seine Kehle verirrt. Meisner schob ihm fürsorglich die Sprudelflasche hin.

»Frau Nerz«, knarzte er, als er sich wieder erholt hatte. »Ihre Fantasie in Ehren, aber so funktioniert das nicht. Die Fallanalyse hat nichts mit Intuition und Kurzschlüssen zu tun, die Sie hier so suggestiv und durchaus unterhaltsam vortragen. Das taugt bestenfalls für einen Krimi, wo niemand Zeit und Nerven hat – weder Autor noch Leser –, sich mit der aufwändigen Detailarbeit der Tatortanalyse zu befassen. Wir machen, bevor wir nicht die Tathergänge auf die Sekunde genau kennen, keinerlei Aussagen über den Täter. Eine Fallanalyse ist Millimeterarbeit, auf die Sekunde genau rekonstruieren wir jede Phase der Tat, klopfen jeden Tatabschnitt darauf ab, welches Risiko der Täter eingegangen ist, welches Risiko das Opfer hatte, Opfer zu werden, wie er die Situation unter seine Kontrolle gebracht hat, wo sie ihm außer Kontrolle geraten ist oder wie er seine Flucht bewerkstelligt hat, organisiert oder spontan. Eine derartige Analyse wird nicht in anderthalb Stunden im Büro der Staatsanwältin hingerotzt. Sie wird nach Aktenlage, aufgrund der Vernehmungsprotokolle, kriminaltechnischen Untersuchungen und Fotos, die wir von den Ermittlern bekommen und durch eigene Recherchen vor Ort ergänzen, gründlich vorbereitet und dauert, wenn man das Verbrechen in einzelnen Phasen nachstellt und durchspielt, wiederum mehrere Tage. Wenn wir dann von Tathergang und Dynamik ein klares Bild haben, suchen wir vergleichbare Fälle und formulieren anhand statistischer Merkmale ein typisches Täterprofil. Das alles ist nicht Intuition und Prophetie, sondern trockene Statistik, Frau Nerz. Ordentliche Tatorte mit geringem Täterrisiko und hohem Opferrisiko – ein Prostituiertenmord in dunkler Seitengasse beispielsweise – ordnet man beispielsweise gebildeteren Tätertypen zu als chaotische Tatorte, die auf wenig Planung schließen lassen. Wer sein Opfer in der Kneipe anspricht und verführt, kann reden. Wer nicht reden kann, überfällt es in einer dunklen Ecke und schlägt gleich zu, um es wehrlos zu machen. Was ich damit sagen will: Eine operative Fallanalyse dauert alles in allem zwei bis drei Wochen und wir unternehmen sie nur, wenn die Kollegen bei der Soko nach Wochen noch keine heiße Spur haben. Und nur in 15 Prozent der Fälle finden wir neue entscheidende Hinweise.«

Etwas enttäuscht war ich schon. Ich hatte Profiler bisher für autistische Psychologen mit dem zweiten Gesicht gehalten, die sich auf die Wellenlänge eines Perversen einschwangen, geistig-mental mit ihm verschmolzen und deshalb seinen nächsten Schritt voraussahen. Oder so.

»Und einen gravierenden Mangel hat Ihre These schon, Frau Nerz. Warum kommt als Täter keine Frau infrage?«

Das Ergebnis der Besprechung war, dass KOR Finkbeiner sich an den Leiter der Soko und an Staatsanwältin Meisner wandte und ihnen, falls sie dies wollten, eine Analyse der beiden Vorfälle anbot, zum einen des Brandes in der Buchhandlung Ursprung und zum andern des Tötungsdelikts zum Nachteil ihres Inhabers. »Es könnten in der Tat Aspekte deutlicher zutage treten, die bisher noch nicht gewürdigt werden konnten.« Daraufhin wandte er sich an mich. »Dabei sind natürlich auch Ihre Beobachtungen und Aussagen von Bedeutung, Frau Nerz, und man wird Sie noch einmal eingehender befragen, denke ich.«

»Selbstverständlich, jederzeit!«

»Und«, fügte Soko-Leiter Möller an, »ab jetzt lassen Sie die

Polizei die Arbeit machen. Sollte das Fräulein Lola Schrader Personenschutz brauchen, kümmern wir uns darum. Haben wir uns verstanden?«

Ich nickte.

Christophs Braue zuckte resigniert.

Auf meinem Handy entdeckte ich auf dem Rückweg über die Straße eine Nachricht von Lola: »Pappo nervt total. Hilfe!« Aus irgendeinem Grund verriet mein Gerät mir nie, um welche Uhrzeit eine SMS gekommen war. »Was tut er?«, simste ich zurück. Eine Antwort kam nicht.

Dafür rief Michel Schrader an. Seine Stimme knallte mir ins Ohr. »Die Sache nimmt ja nun mächtig Fahrt auf.« Er klang irgendwie manisch high. »Haben Sie die Zeitungen gelesen? Ich wollte mich nur nach dem Sachstand erkundigen. Wir konnten nach gar nicht über die letzte Lesung sprechen. Alles in Ordnung dort?«

»Keine besonderen Vorfälle«, behauptete ich.

»Sie haben mich ja ganz schön an der Nase herumgeführt, *Frau* Nerz. Ich muss schon sagen. Aber man hatte mich ja gewarnt. Sie hätten ganz eigene Methoden. Nun, wenn es der Sache dient.«

Vorhin habe der *Spiegel* angerufen, fuhr er fort. Vermutlich hatte er nur deshalb angerufen: ein bisschen herumposaunen. Ein Fotograf und der Redakteur kämen morgen Nachmittag, denn erscheinen solle das Interview schon in der kommenden Ausgabe am Montag, wenn es irgendwie machbar sei. »Auf einmal kann es denen gar nicht schnell genug gehen!« Seine Stimme schepperte in mein Ohr, völlig zerknallt vom Ringkampf zwanghaften Gleichmuts mit grellstem Stolz. Die von *ttt – Titel Thesen Temperamente* – hätten auch schon angerufen, um einen ausgewachsenen Filmbeitrag für übernächsten Sonntag anzukündigen, das Filmteam komme Montag oder Dienstag, das müsse noch abgeklärt werden. »Ich möchte, dass Sie sich zur Verfügung halten, aber im Hintergrund bleiben. Am besten, Sie kommen morgen auch, sicher ist sicher. Ich rufe Sie an, sobald ich weiß, wann die *Spiegel*-Leute kommen.«

Meine Stacheln stellten sich auf. »Unsere Vereinbarung betrifft ja eigentlich nur die Lesungen Ihrer Tochter.«

»Oh! Je nun, wenn es eine Frage des Geldes ist …«

Warum hatte er nicht gleich vom schnöden Mammon gesprochen? »Linke und Fraueninitiativen zahlen nicht, alle andern bezahlen für Arbeit, Genosse Schrader.« Wir einigten uns auf einen Stundensatz von zweihundert Euro.

»Ich hoffe nur«, sagte er, »dass Sie Ihr Geld auch wert sind.«

Ich ärgerte mich lila, erstens über seinen Ton, zweitens über mich, weil ich mich ärgerte, und drittens darüber, dass es mir nicht gelang, ihn mit ein paar knappen Worten abzuservieren, weil er mich – viertens – in der Hand hatte. Denn ich wollte Lola wiedersehen. Ich hatte sogar angefangen, ihr Buch zu lesen. Durchaus mit Wohlgefallen, obgleich mit Unterbrechungen, wenn die ständige Sexbereitschaft des Personals meine eigene ins Unerträgliche steigerte. Unerträglich in Ermangelung des Gegenstands der augenblicklichen Lustbefriedigung, der da hieß: Lola, Loola, Lolaa, Lolalolalaaa …

Baggersee mit Lola bei Mond und Nacht, unterm Wasserspiegel ein bisschen fingern. Meine Fantasien waren von – nein, nicht infantiler, sondern – seniler Harmlosigkeit, wenn ich mir Lolas literarische Varianz anschaute. Himmel, was das Kind alles wusste. Wie viele Avocadokerne fühlen sich in der Scheide wohl? (Und wie kriegt man sie wieder raus?) Kann man sich den Muttermund piercen lassen und wer sieht das? Wie vermeidet man bei einer Bondage-Session (Fesseln und Sexeln) Blasen unter den Handschellen, die den Eltern auffallen?

Lola, o Lola! Wie weit würde ich gehen mit dir? Und warum gehen einem solche Szenen nicht mehr aus dem Kopf? Weil sie eklig-geil sind und meinen geheimsten Wünschen entsprechen oder weil sie mich schocken wie ein Unfall mit abgetrennten Köpfen, den man auch immer wieder vor sich sieht?

Wenn es mir zu mösig wurde, lenkte ich mich mit der völlig unergiebigen Suche nach der heutigen Identität von Marie Küfer ab. Das Mädchenklassenproblem. Man will nach zwanzig Jahren ein Klassentreffen veranstalten, aber alle haben geheiratet und heißen anders. Und die noch so heißen, will man gar nicht treffen, denn bei denen muss Unglück herrschen. Das brachte mich immerhin auf die Idee, die Gymnasien von Tübingen nach den Ehemaligen zu durchsuchen. Ich erinnerte mich, dass jedes Jahr nach Ostern im *Stuttgarter Anzeiger* seitenweise Listen mit den Namen derer veröffentlicht wurden, die ihr Abitur bestanden hatten. Vermutlich war das auch in Tübingen in den sechziger Jahren üblich gewesen. Ich rief Karin Becker an, bedankte mich für das Kompendium über Buchbrände und legte ihr mein Ansinnen vor. Sie versprach, sich darum zu kümmern, und wenn sie in die Landesbibliothek müsse, um die alten Zeitungen auf Mikrofiche anzuschauen. Gute Seele.

Ich fragte mich, was Mikrofische waren, Wikipedia gab Antwort: auf Filmmaterial verkleinerte Abbildungen. Eine vordigitale Form, ganze Zeitungsausgaben auf ein blattgroßes Negativ zu kriegen, das man in einem Apparat an Vergrößerungslinsen vorbeizog. Und neuerdings, erfuhr ich auf einer anderen Seite, waren die Fische wieder das Mittel der Wahl, um Wichtiges zu archivieren, weil sie ewig hielten und man sie ohne weiteren Schnickschnack auch mit einer Lupe lesen konnte, während digitale Archive alle zehn Jahre verloren gingen, weil sich Soft- und Hardware änderten. Das Buch war ja, wenn man es recht bedachte, auch kein so schlechtes Archivierungsmedium, kompakt und ohne weitere Hilfsmittel lesbar.

Dann schaute ich, ob irgendein Gymnasium in Tübingen stolz auf eine heute prominente Person war. Da gab es einige, aber es offenbarte sich mir keines, das stolz darauf war, dass eine geborene Marie Küfer dort Abitur gemacht hatte.

19

Im Gegensatz zu ihrem Vater war Lola vor dem Besuch des *Spiegel*-Reporters nicht im Mindesten nervös. »Was soll schon sein? Er fragt, ich antworte. Mir fällt schon was ein, was ihn total aus seinem Häuschen bringt. Die sind immer gleich aus dem Häuschen, wenn sie einem intelligenten jungen Mädchen begegnen. Als ob das an und für sich ein Wunder sei. In die Falle tappen sie alle. Weil sie nämlich eigentlich glauben, alle anderen sind Deppen und sie sind die einzigen Durchblicker.«

Ungefähr so lief es dann.

Der Mann war Mitte dreißig mit schlaffen Muskeln im Gesicht, baute auf dem Rauchglascouchtisch ein Mikro auf und zwang Lola neben sich aufs weiße Sofa, während der Fotograf seine Beleuchtung aufstellte.

»Ich bin Wortesammlerin«, schäkerte Lola. »Ich sammle Worte, wo ich sie kriegen kann. Das Retromoderne fasziniert mich. Auch so ein Wort.«

»Retromodern, kann man so also das literarische Programm von Lola Schrader beschreiben?«, fragte der Redakteur.

»Für ein Programm bin ich zu jung, finden Sie nicht?«, sagte Lola mit Grübchenblick. »Korrekt ist: Ich sauge Wörter auf wie ein Staubsauger. Wörter tragen eine Geschichte in sich. Die versuche ich zu finden. Schreiben ist ja nicht Erzählen. Erzählen ist langweilig, es ist schon alles erzählt worden, da kann ich nichts Neues sagen. Schreiben ist im Grunde nichts anderes als Regieführen über Worte und Sätze. Ich muss ihnen gute Bedingungen schaffen, das ist meine Begabung. Bei mir kriegen sie Raum zur Entfaltung, so die Art, sie fangen an zu probieren, sie spielen, und wenn ich Glück habe, dann habe ich irgendwann eine gute Szene im Kasten.«

»Gewissermaßen von der Mutter abgeguckt. Sie ist ja Schauspielerin. Hat sie Ihnen Tipps gegeben?«

»Nein.«

»Und der Vater, hilft der dabei?«

An dieser Stelle überraschte Michel Schrader mit der Behauptung: »Natürlich habe ich meiner Tochter hier und dort … geholfen, ist zu viel gesagt. Ich habe mich eher als Geburtshelfer verstanden.«

Peinlich! Lola lachte entschuldigend. »Mein Pappo ist mein größter Kritiker.« Es dauerte eine Weile, bis man die Entgleisung ins Gelände der Sentenzen wieder behoben hatte und der Zug in Richtung Fräuleinwunder weiterrollte.

Nach dem Abbau der Aufnahmetechnik machte der Redakteur Konversation mit dem Ziel herauszufinden, wer ich sei.

»Ach, nur eine Freundin«, sagte Lola. Über die Wirkung, die das bei meiner Cyborgerscheinung auf die verdorbene Fantasie eines Journalisten haben musste, war sie sich diesmal nicht im Klaren.

Doch Michel Schrader machte es sofort noch schlimmer: »Das ist der Bodyguard für meine Tochter. Sie hat Morddrohungen bekommen.«

»Aber das schreiben Sie nicht«, sagte ich.

»Das können Sie ruhig schreiben!«, korrigierte mich Michel Schrader.

»Pappo! Bitte!«, rief Lola. »Willst du mich zum Gespött meiner Klasse machen? Ich möchte nicht, dass so etwas in der Zeitung steht. Sonst ziehe ich das Interview zurück!«

»Sei nicht kindisch, Lola«, sagte Michel unschön eisig. »Wir hatten doch vereinbart, uns professionell zu verhalten.«

Der *Spiegel*-Redakteur wartete mit schlaffen Gesichtsmuskeln und Blick ins Leere.

»Es wäre ausgesprochen unprofessionell«, mischte ich mich ein, »irgendetwas dieser Art zu veröffentlichen. Das animiert nur Trittbrettfahrer, und dann haben wir am Ende tatsächlich ein Problem. Im Moment haben wir nämlich noch keines.«

»Jede Art öffentlicher Aufmerksamkeit ist gut für uns«, erklärte mir Michel Schrader.

Es missfiel dem Mann vom *Spiegel* sichtlich, vom Vater als Teil einer Strategie zur Gewinnung öffentlicher Aufmerksamkeit deklassiert zu werden. Auch Journalisten mit müder Mimik haben Illusionen, und die unverwüstlichste ist es, zu glauben, man lasse sich nicht instrumentalisieren. Er würde keinen Buchstaben über irgendwelche Drohbriefe schreiben. Dessen war ich mir sicher.

»Ein gefährlicher Vater«, bemerkte er, als wir gemeinsam das Treppenhaus hinunterstiegen, »will, koste es, was es wolle, mit seiner Tochter berühmt werden. Typisch Künstlervater. Und wissen Sie, wo ich solche Väter noch getroffen habe? Bei den Eiskunstlaufmädchen. Die Mütter sind natürlich noch schlimmer. Futterneidisch wie Paviane. Die stecken ihren Kindern die Dopingmittel eigenhändig in den Arsch, nur damit sie auf dem Treppchen stehen. Was hat es mit diesen Morddrohungen auf sich?«

Ich erklärte es ihm unter Kollegen, während das Taxi, das ihn und den Fotografen zum Flughafen bringen sollte, mit laufendem Taxameter wartete. Man verabschiedete sich mit Handschlag und kollegialem Respekt. Mein Selbstwertbarometer stieg um zwei Grad.

Ich hatte Charlotte Brontë noch nicht angeworfen, da piepte mein Handy und zeigte die Ankunft einer SMS. »Mus raus wait an Eke real notfall ☹ Ll«

»Was meinst du, Charlotte? Haben wir das erhalten und verstanden?«

Brontë enthielt sich jedes Kommentars. Ich ließ sie bis zur Ecke vorrollen. Lolas Haus verschwand hinter altem Baumbestand. Ich stieg aus, zündete mir eine Zigarette an. Die Häuser dieser Straße hatten etwas in sich Gekehrtes. Büsche, Mauern, nur wenige Fenster, die von der Straße aus zu sehen waren. Eine ideale Gegend für Einbrüche aller Art. Hier passte kein Haus aufs andere auf. Allerdings hatte ich mit meinem Wanzendetektor aus dem Spionladen keine Abhöreinrichtung in Schraders Wohnung feststellen können.

Da kam auch schon Lola angesprungen. Sie trug einen kurzen Jeansrock auf ihren weiblichen Hüften zu langen Beinen und Chucks. Oberhalb ein langes Top, darunter ein BH mit Nackenbindung und ihre Postman-Tasche. Ums linke Handgelenk hatte sie ein breites Lederband geschnürt.

»Pappo stresst voll rum«, erklärte sie und flackte sich ins Auto. »Sobald ich achtzehn bin, ziehe ich aus.«

Ich startete Charlotte. »Und wohin jetzt?«

»Egal.«

Ich fuhr mal los, raus aus dem Österfeldgewann, über die Linie der Gäubahn nach Vaihingen hinein. »Was hat er denn ?«, fragte ich.

»Er kommt nicht damit klar, dass sein Prinzesschen nicht mehr sein Prinzesschen ist. Das ist total normal für Väter, aber es nervt. Warum behauptet er auf einmal, dass er mir geholfen hat? Das ist doch scheiße.«

»Hat er dir denn geholfen?«

Lolas Blick flackerte mich an. »Klar sprechen wir über meine Texte. Aber viel kann er mir nicht helfen. Er gibt Sprechunterricht, und er denkt immer ans Sprechen, wenn er Texte sieht. Aber das ist halt was anderes, als ich mache. Schreiben heißt Verdichten, weglassen. Manchmal entscheide ich rein optisch, was für ein Wort ich dastehen haben will.«

»Ist das deine oder seine Idee, dass ihr eure Schreibtische beide in seinem Arbeitszimmer habt?«

»Ich kann nicht schreiben, wo ein Bett steht. Und da hat er gesagt, ich könnte zu ihm kommen. Er ist tagsüber eh nicht da. Wieso?«

»Mit siebzehn hätt ich meinem Vater nicht gegenübersitzen wollen. Allerdings war er da schon ein paar Jahre tot. Mein Vater hatte sich immer einen Sohn gewünscht.«

»Ah, daher!«

»Was willst du damit sagen?«, fragte ich drohend.

»Sorry. Ihr lehnt es ja ab, dass man eine Ursache dafür sucht. Was du bist, ist keine Krankheit oder Fehlentwicklung, ich weiß.

Aber der Gedanke steckt halt so drin. Übrigens hätte mein Vater auch lieber einen Sohn gehabt, und ich bin nun gar nicht … hm …«

Ich musste lachen. »Du bist trotzdem nicht so geworden wie ich. Sondern ein richtiges Mädchen.«

Lola zuckte mit den Achseln. »Was ist schon ein richtiges Mädchen?«

»Das ist eine junge Frau, die alles daransetzt, im Wettstreit um die Jungs genauso geschminkt und gekleidet zu sein und sich so zu bewegen, zu reden, zu lachen und zu zicken wie alle andern Mädchen und sie dabei trotzdem aus dem Feld zu schlagen.«

»Ohaaa! Und bei dir war das nicht so?«

»Ich dachte, reiten können und keiner Prügelei aus dem Weg gehen sei das Richtige, um Jungs zu beeindrucken. Das ging gut, bis ich zwölf oder dreizehn war. Danach klappte es nicht mehr, und ich hab nicht durchschaut, warum.«

Lola lachte. Ich auch.

»Ich habe übrigens trotzdem einen Mann gefunden, sogar einen gut aussehenden und reichen. Leider hatte er eine ziemlich mörderische Familie und ist dann bei einem Autounfall ums Leben gekommen[17]. Ich saß neben ihm und habe überlebt. Also, frau findet immer einen Mann, wenn sie will.«

»Wenn sie will!«, sagte Lola betont.

»Willst du nicht?«

»Keine Ahnung.«

»Oha!«

Ich schwenkte auf die Kaltentaler Abfahrt.

»Wie merkt man, dass man … hm … lesbisch ist?«, fragte sie.

Ich lachte sie aus. »Frag nicht so doof, Lola. Wenn du lesbisch wärst, wüsstest du das, du hättest dich schon mindestens einmal unsterblich in eine Klassenkameradin verliebt.«

»Unsterblich verlieben klingt fett. Nein, habe ich nicht, aber in

17 Siehe Lehmann: *Pferdekuss*. Ariadne 2008

einen Jungen auch nicht. Vielleicht bin ich weder das eine noch das andere, sondern gar nichts, einfach asexuell.«

»Schwer vorstellbar, wenn man dein Buch liest.«

»Glaubst du, das hat mir Spaß gemacht? Glaubst du das etwa?« Sie schnaubte zornig. »Wenn du das glaubst, dann …«

»He, reg dich ab! Woher soll ich wissen, wie man drauf sein muss, um so ein Buch zu schreiben. Irgendein Spaßfaktor muss doch dabei sein. Wenn man sich die ganze Mühe macht. Oder warum schreibst du?«

»Weil ich muss. Sonst würd ich krepieren.«

»Ah so! Woran denn?«

Sie grinste verlegen. »Du stellst immer die Fragen, die ich nicht einfach beantworten kann. Ich weiß genau, ich würde es nicht aushalten ohne. Es ist eine Gegenwehr, verstehst du, gegen die große Dummheit, gegen die Frechheit und Bösartigkeit der Menschen, all das banale Gerede, die Sprüche, den ganzen Irrsinn. Da stirbt alle drei Sekunden auf der Welt ein Kind, schließt die Augen, haucht seine Seele aus, pfft, und wieder ist eine Zukunft verflogen, und meine Klassenkameradinnen jammern stundenlang, weil's die eine Jeans in ihrer Größer nicht mehr gibt. Dann sage ich mir: Hör genau zu, das Sinnlose ist sinnvoll, wenn du seine Sinnlosigkeit darstellen kannst.«

»Deshalb schilderst du – wie soll ich es nennen – Perversionen?«

»Nee, so einfach ist das nicht. Es gibt keine logische Beziehung. Das bedingt sich nicht gegenseitig, wie ich lebe und was ich schreibe. Ich schreibe nie über mich, aber auch nicht nicht über mich. Es geht … keine Ahnung … um die Haltung, zuhören, sammeln, es so organisieren, dass es sich entlarvt, verstehst du. Die Suche nach der Struktur im Irrsinn. Ich schaffe eine Ordnung, einen künstlerischen Wert. Und das befriedigt mich. Als Autorin bist du allmächtig. Du kannst jemanden sterben lassen. Und wenn du einem Arschloch wehtun willst, dann tust du das einfach. Du kannst ihn foltern, ihn zerstückeln, wenn dir danach ist. Und in der Welt, wo du dann bist, kann dir keiner was tun. Du kannst leiden und all das, aber du bist immer der Sieger, weil du das alles durchschaust. Das ist … cool. Das gefällt mir am Schreiben. Diese … hm … Macht, die man hat, ohne jemanden wirklich knechten zu müssen.«

»Das klingt gut, ja!«

»Im Grunde geht es darum, dass wir alles unter Kontrolle haben, damit uns keiner verletzt. Verstehst du? Das ist der Sinn all der Gemeinheiten, mit denen wir uns traktieren: Wer zuerst mobbt, lacht länger. Mach Stress, dann weißt du, dass die andern Stress haben. Schrei herum, dann weißt du, dass die andern sich mies fühlen. Wer sich mies fühlt, weil du Stress machst, den hast du unter Kontrolle. Das ist das Geheimnis.«

Ein düsteres Geheimnis.

»Aber das sage ich jetzt nur dir. Die Leute würden mich nur für arrogant halten. Und das bin ich gar nicht. Ich fühle mich meistens ziemlich … klein.«

Der Heslacher Tunnel verschluckte uns. Ich überlegte, was Lola und ein Serientäter, der sein Opfer mit Gewalt unter Kontrolle brachte, damit er seinen Lustgewinn bekam, gemein hatten: kleines Selbstbewusstsein, soziales Abseits, emotionale Einsamkeit, kommunikative Misserfolge. Wer allein glücklicher ist als unter Menschen, ist entweder Serienkiller oder Schriftsteller. Aber das sagte ich nicht.

Ein bisschen bi schadet nie. Sex sells. Der Erfolg eines Buchs ist umgekehrt proportional zu seiner literarischen Qualität. Es ist der Schmerz, der mich ließ leiden, so tiefe Wunden in die Arme schneiden. Um diese vier komplexen Themen kreiste das Gespräch, das ich mit Lola führte, erst auf einem längeren Spaziergang mit Cipión, dann beim Ceylontee am zerratzten Bierkneipentisch in meinem Salon. Lolas Vater war ein gemeiner Mann, der mit seiner rhetorischen Gewalt und manipulativen Verachtung seine Tochter zu geistigen Höchstleistungen im intellektuellen Wettstreit angespornt und ihre Anlagen für freundschaftlich vertrauensvolle Beziehungen gestutzt hatte. Während Lola mit Klugheit, Zynismus, Selbstironie um ihre namenlose Trauer herumredete, fragte ich mich, ab wann ich vom intellektuellen Gedankenaustausch zum Zweck der Harmonisierung der Hormone zur praktischen Übung übergehen konnte, ohne Lolas Vertrauen zu zerscherbeln.

Ich zögerte.

Ihr Spiel mit mir ging ganz anders, als ich es bei unserer ersten Begegnung im Haus ihres Vaters gedacht hatte. Es ging ihr zuerst darum, meine Bewunderung für ihre »vernünftigen Ansichten« und ihre »geistige Reife« einzuheimsen. Da es mir erst spät in den Sinn kam, sie zu bewundern, kostete es sie viel Arbeit. Als ich dann sagte: »Du bist zu klug für dein Alter«, lächelte sie wie Pappos Prinzesschen. Und ich fühlte mich wie ein Papa, dessen Blick blind zu sein hatte für die biologische Reife der Krott. Die einzige Beziehungsstruktur, die sie beherrschte – und kontrollierte – war die der Tochter zum Vater.

So konnte das mit dem Sex natürlich nichts werden. Nein, es war kein Verführungsversuch gewesen, als sie mir mitteilte, sie sei weder hetero noch homo noch bi, sondern asexuell, es war eine Warnung: Komm mir nicht zu nahe! Ihr Buch prahlte zwar, ich kenne mich aus, mir kannst du nichts erzählen, aber sie selbst war im Kokon kindlicher Naivität geblieben. Und ich konnte mir nun nicht darüber schlüssig werden, ob sie von mir erwartete, dass ich ihr den Weg in die Kommunikation unter Erwachsenen zeigte, die aufeinander geil waren, oder ob sie einmal mehr Bestätigung ihrer gewaltigen intellektuellen Kraft suchte, niedere Begierden klein zu halten. War sie sich dessen überhaupt bewusst?

»Lust ist vorübergehender Kontrollverlust in einer Atmosphäre des Vertrauens«, sagte ich, als sie zu ihrem Sicherheitsthema, dem Schreiben, zurückkehrte. »Du weißt ja, vor einer Sado-Maso-Session wird ein Stopp-Wort ausgemacht, und der Sub muss sich darauf verlassen können, dass der Top sich daran hält, sonst wird es nix.«

Zum ersten Mal sagte Lola dazu nichts.

»Ist dein Vater eigentlich Sub oder Top?«

»Mein Vater?« Alarm trat in ihre Augen.

»Du weißt doch, dass dein Vater sich gern mal in der Grenzstraße aufhält.«

»Pappo? Nein!« Sie lachte entrüstet. »Auf keinen Fall! Nein. Das wüsste ich, das hätte ich gemerkt. Pappo ist für mich ein offenes Buch. Absolut ausgeschlossen. Und ich möchte nicht, dass du so was behauptest. Wie kommst du überhaupt auf die Idee?«

Darauf antwortete ich wiederum nicht. Das war gemein, ich weiß – wer kein Argument kriegt, kann es nicht widerlegen –, aber sie hatte mich jetzt vier Stunden vollgetextet. Mir reichte es.

»Das wär mir zwar im Grunde egal«, behauptete sie. »Aber mein Pappo ist so normal, dass man das Kotzen kriegen könnte. Wenn er mal abends weg ist, dann weil seine Studenten irgendeine Aufführung haben.«

»Wo ist eigentlich deine Mutter? Wieso habe ich sie noch nicht gesehen?«

»Sie ist am Set. Sie dreht in Rom. Irgendein Zweiteiler über Geld und Liebe.«

»Hm, schön.«

»Trash! Wir werden sie in den Sommerferien sicher besuchen fahren. Falls es mein Terminplan zulässt. Aber bisher habe ich im August noch keine Lesungen. Sommerpause, nehme ich an. Und ich glaube, ich muss dann jetzt auch mal wieder.« Sie stand auf.

Das war mir recht, es dämmerte schon.

»Die nächste Lesung ist kommenden Mittwoch, das hast du auf dem Schirm?«

»Mittwoch? Da spielt Deutschland. Welche Traumschafe von Buchhändlerinnen haben sich das ausgedacht?«

»Shit, jetzt geht das wieder los. Massengucken, Fähnchen spazieren fahren. Ich hasse Fußball!«

»Ach der Jugend unschuldiger Hass!«, sagte ich mit großer Geste.

Lola lachte und schubste mich. »Du bist doof! I hate you!«

Mein Puls sprang auf. Auch wenn es eine Grobheit war, eine Berührung war es doch, ein erster Übersprung, getan im Überschwang der Erleichterung, die riskanten Stunden mit mir gut bewältigt, erfolgreich mit mir gespielt, mich für sie interessiert und hingehalten zu haben. Da wagte sie auf dem Endspurt zur Tür doch noch eine Frivolität. Ein Bergwanderer verknackst sich die Haxe auch erst auf der Bordsteinkante vor dem Haus.

Ich strich ihr über den nackten Arm.

Sie stand reglos wie ein ungezähmtes Fohlen, ihr Blick machte eine Runde durch mein Zimmer, als überlegte sie sich, wo wir es tun könnten, wenn wir es tun würden, und wie wir es tun würden. Ja, und ob sie es tun würde. Du Krott, ich lass mich doch von dir nicht an der Nase herumführen!

»Schade«, sagte ich, »du bist noch nicht achtzehn.«

»Wieso?«

»Sonst würde ich … aber … nein, nichts.«

»Was nichts? Im September werde ich achtzehn.«

»Lieber nicht. Es könnte spät werden, und du hast morgen Schule.«

Sie kapierte, dass ich gemein war. Dass ich sie zurückstutzte aufs Kind. Nun war sie verwirrt wie ein Kind, das keine Antwort wusste, weil es auch so genau nicht wusste, worum es eigentlich ging. Es war gemein von mir. Definitiv.

»Weißt du, Lola, ich will dich nicht überrumpeln. Du könntest versucht sein mitzumachen, um cool zu wirken. Ich möchte nicht, dass du mir was vorspielst, um deine Sammlung an Widerlichkeiten zu bereichern. Das wäre ewig schade. Ich meine, für dich.«

Sie hob das Kinn. »Ich habe es nicht nötig, mich von einer arroganten Schlampe wie dir wie ein Baby behandeln zu lassen.«

Damit wandte sie sich zur Wohnungstür. Ich schnappte sie am Handgelenk, dem mit Leder verdeckten. Sie zuckte und machte nur schwache Versuche, mir ihren Arm zu entwinden.

»So, tut's weh? Ein ziemlich tiefer Schnitt, hm?«

»Das geht dich gar nichts an!«

»Jetzt verstehe ich, warum du in deinem Kinderzimmer nicht schreiben kannst. Da ritzt du an dir herum. Und davor flüchtest du dann zu Papa ins Arbeitszimmer und schreibst. Schreiben ist auch eine Sucht. So habe ich das bisher noch nicht gesehen. Gefällt mir.«

Ihr Atem ging hörbar.

Ich ließ sie sanft los. Sie nahm ihre Tasche, drehte sich um und verließ meine Wohnung, ohne mich noch mal angeschaut zu haben.

Ich hörte sie die Holztreppe hinunterflitzen.

20

Am Vormittag rief mich Richard an. »Bist du schon wach?«

»Nein.«

»Sehr schön. Ich bin ja nicht so auf dem Laufenden in dieser Sache ...«

»Warum warst du eigentlich bei der Besprechung mit Meisner und Finkbeiner nicht dabei?«, unterbrach ich ihn.

»Ich habe vergeblich nach dem Aspekt von Wirtschaftskriminalität gesucht, Lisa.«

»Sag bloß, Buchhändler können nicht betrügen!«

»Sie verdienen zu wenig, da lohnt sich das nicht ... ich meine für uns.«

»Wenn ein Laden voller Waren abbrennt und eine Versicherung fällig wird, ist das immer ein Anzeichen dafür, dass in den Büchern was verrutscht ist, Richard. Ich meine in der Buchführung.«

»Schon klar.«

»Vielleicht war Durs Ursprung längst insolvent.«

»Möglich.«

»Meinst du nicht, du könntest diesen Betrieb mal unter die Lupe nehmen? Irgendeinen Grund muss Ruben Ursprung doch gehabt haben, sich nach einem neuen Job als Verlagsvertreter umzuschauen. Man hört, Ursprung sollte aus seinem Haus rausgekündigt werden. Vielleicht plant Walfisch eine Filiale im Gerberviertel.«

»Davon ist mir nichts bekannt.«

»Und Durs Ursprung stand diesen Plänen im Weg und musste beseitigt werden.«

»Der Starke bringt den Schwachen nicht um, Lisa. Wenn Walfisch ins Gerberviertel ziehen wollte, wäre Ursprung über kurz oder lang sang- und klanglos eingegangen.«

»Aber vielleicht hatte er irgendwas, was diese Pläne vereitelt hätte. Vielleicht gehörte ihm das halbe Gerberviertel und er wollte nicht verkaufen. Er soll Vermögen gehabt haben. Er hat doch auch immer nur Bücher gekauft und eher selten welche verkauft, hört man. Meinst du nicht, du könntest das mal klären?«

»Täuscht mein Eindruck, oder versucht du gerade, mir einen Auftrag zu geben.«

»Das würde ich nie wagen, Richard.«

»Dann ist ja gut. Weswegen ich anrufe. Meisner ist vorhin fluchend an mir vorbei durch die Gänge gerannt. Sie musste raus zu einem Leichenfundort, hatte aber noch gerade so viel Zeit, um mir mit hochrotem Kopf zu sagen: ›Richten Sie Ihrer Freundin Nerz einen schönen Gruß aus, ich wünsche sie dahin, wo der Pfeffer wächst. Wenn das die Presse spitzkriegt, dann rede ich nie wieder ein Wort mit ihr.‹ Ungefähr so war der Wortlaut.«

Ohne Zweifel war es der exakte Wortlaut.

»Was ist denn los?«

»Am Max-Eyth-See liegt eine Leiche. Anhänger der Freikörperkultur haben sie vor einer Stunde im Gebüsch gefunden, an dem sie sich üblicherweise sonnen. Ich bin ja nicht so auf dem Laufenden in dieser Sache, aber wie ich Kollegin Meisner verstanden habe, handelt sich um die sterblichen Überreste eines

Angestellten aus dem Waffengeschäft in der Königstraße, der in deinem Bericht erwähnt wird. Er wurde wohl erschossen.«

Mir rieselte es kalt in die Adern. »Scheiße!«

»Ungefähr so hat sich Frau Meisner auch ausgedrückt. Sie scheint zu befürchten, dass die Presse herausfinden könnte, dass die Polizei den Tod dieses Mannes hätte verhindern können oder müssen, wenn sie deinen Bericht ernst genommen hätte.«

»Zu viel Ehre!«

Ich hatte ja nur gemutmaßt, dass der Schütze in den Schießladen gestolpert sei und sich hinter die Theke geworfen habe. Vielleicht war der Verkäufer auch nur so schreckstarr gewesen, weil ich hereingeplatzt war wie ein Überfallkommando. Im Zusammenhang mit Waffen bedeutete Schnelligkeit höchste Gefahr. Womöglich war ich selbst nur knapp einer putativen Notwehrhandlung vonseiten des Angestellten entgangen. Warum war er nicht zur Polizei gegangen und hatte eine Aussage gemacht? Zeugenaufrufe hatte es genügend gegeben, und man las Zeitung oder hörte Radio, wenn man hautnah miterlebt hatte, dass im Geschäft gegenüber ein Mann erschossen wurde.

Das überlegte ich auf der Fahrt nach Stuttgart-Münster hinaus. Die Müllverbrennungsanlage türmte ihre blau, grün und rosafarben verkleideten Rauchgasentschwefelungsanlagen in den blauen Himmel. Die Weinberge des Cannstatter Zuckerle erhoben sich auf der anderen Seite des Neckars. Auf der zweispurigen, fast geraden Strecke diesseits am Fluss entlang pflegten sich seit einigen Monaten die Fahranfänger zu Tode zu rasen. Am Ende des Häuslesbesitzerparadieses Münster schwenkte die Straße über den Neckar. Gleich dahinter stand ein Polizeiauto.

Ich fuhr ein Stück weiter, parkte, klemmte mir Cipión untern Arm und schlug mich durchs Gebüsch zum Weg durch, der um den See herumführte. Dort setzte ich Cipión auf seine Stummelbeine. Er warf sich sofort ins Halsband, um den Enten zuzustreben, die im Gras lagen und dösten. Sie waren so abgebrüht, dass ein Hund an der Leine sie nicht beunruhigte.

Der Max-Eyth-See ist eigentlich viel zu klein für das, was er leisten muss. Er ist Segelschule für Anfänger, Badewanne und Klo für Enten und Schwäne und eine Gruppe Wildgänse, die nicht mehr ziehen, und Naherholungsgebiet. Am Wochenende werden seine Wiesen überrannt von Familien aus dem nicht europäischen Ausland, der Rauch Hunderter Grillstellen zieht in Schwaden über ihn hin. Auf den Wegen stauen sich Spaziergänger, Kinderwagen, Radfahrer auf Renngeräten oder im Familienverband. Aber auch unter der Woche ziehen unentwegt Spaziergänger mit Hunden ihre Runden, Läufer kreiseln um den See, nachmittags kommen die älteren Damen mit ihren Doppelstöcken, und wenn im Frühjahr die erste Sonne brutzelt, ziehen sich tief in der Wiese am Gebüsch ein halbes Dutzend Männer splitternackt aus und beginnen mit ihrer alljährlichen Selbstbräunungsarbeit. Anfang Juli hat ihre Haut bereits Kackfarbe.

Nebenbei kränkelt der See. Von Entenkot überdüngt – die einsamen alten Witwen können halt einfach das Entenfüttern nicht lassen – beginnt er zu stinken. Ihm fehlt ein Frischwasserzufluss, obgleich es Verbindungskanäle zum Neckar gibt. Aber der Fluss ist einfach zu schwäbisch. Er gibt nix ab. Glücklicherweise hat es sich jetzt der Kabarettist Christoph Sonntag zur Aufgabe gemacht, den See wiederzubeleben.

Ich marschierte quer über die Wiese. Die Polizei war gerade dabei, das weiß-rote Trassierband großräumiger zu ziehen, als es bisher gezogen war, und scheuchten die kackfarben gebräunten Nackten aus der Deckung. Ein Uniformierter befahl ihnen, sich anzuziehen, wie ich aus seiner Gestik schloss.

Staatsanwältin Meisner löste sich aus der Gruppe der Menschen in weißen Kapuzenoveralls und kam mir entgegen. Christoph Weininger stapfte ihr hinterher.

»Frau Nerz!«, seufzte Staatsanwältin Meisner. »Beten Sie zu Gott, dass wir den Täter im persönlichen Umfeld von diesem Kerl finden!«

»Dabei hatten wir schon beschlossen, ihn noch mal zu befragen«, platzte Christoph heraus, der gleichzeitig mit ihr ankam. »Die Kollegen waren wohl auch da, gestern, aber er hatte einen freien Tag.«

»Herr Weininger, ich bitte Sie!«, bremste ihn Meisner.

»Ist er erschossen worden?«, fragte ich.

»Sieht so aus«, antwortete sie. »Wir überlegen gerade, ob wir den Gerichtsmediziner bitten, die Leiche hier vor Ort in Augenschein zu nehmen. Sie liegt irgendwie blöd im Gebüsch. Kein Mensch kann sagen, wie er gefallen ist und wie er gestanden haben muss, als der Schuss fiel, und wo der Schütze gestanden haben könnte. Im Moment wissen wir nicht, wo wir nach Spuren des Schützen suchen müssen. Zweihundert Meter Umkreis, sagen mir die Fachleute.« Sie schaute sich ratlos um.

Das war ein Radius, der den Uferweg mit einschloss. Die Uniformierten hatten das Trassierband inzwischen bis zum Weg vorgezogen. Die Fußgänger diskutierten und kehrten dann um.

Obgleich Polizei und Staatsanwalt weder mit Bekannten noch mit Freunden oder Verwandten über laufende Ermittlungen sprachen, erfuhr ich, dass das Opfer Volker B. hieß und ganz in der Nähe in der Mainstraße in Münster zur Miete wohnte. Er war alleinstehend. Die Nachbarn hatten gesehen, wie er gestern Abend mit dem Hund, einem mittelgroßen grauen Struppi, zu seiner üblichen Runde aufgebrochen war. Nachts hatte man dann mal einen Hund bellen hören, jaulend und fordernd, so als ob er vor einer verschlossenen Tür stünde, sich aber nichts dabei gedacht. Warum auch.

»Befindet sich die Hundeleine bei der Leiche?«, fragte ich.

Christoph nickte.

»Ich will ja nicht lästig fallen, aber vielleicht fällt Cipión was ein, wenn man ihm die Leine mal zum Schnüffeln gibt.«

»Wenn wir den Hund finden, haben wir auch nichts gewonnen«, meinte Meisner. »Der kann uns leider nichts erzählen. Aber meinetwegen. Weininger, fragen Sie doch mal, ob die KT die Leine schon entbehren kann.«

Wenig später brachte Christoph eine rosafarbene, aus Leder geflochtene kräftige, aber kurze Leine in einer verschlossenen und beschrifteten Plastiktüte. Christoph öffnete die Tüte und bildete mit seinen Händen eine Tülle, in die Cipión seine Nase stecken durfte.

»Such!«, sagte ich dann.

Cipión schnüffelte nicht sonderlich interessiert herum. Er sah nicht so aus, als hätte er kapiert, dass er jetzt losziehen musste wie ein echter Polizeisuchhund. »Ich geh mal ein bisschen das Gelände ab«, erklärte ich.

»Aber halten Sie sich fern von denen da!«, sagte Meisner und deutete hinter sich auf die Tatortgruppe in ihren Overalls. »Herr Weininger ...«

Christoph verstand, dass er mit mir mitgehen sollte.

»Wie geht es dem ... äh ... Kleinen?«, fragte ich. Ich konnte mir den Namen des Balgs einfach nicht merken.

»Jan-Marcel entwickelt sich prächtig«, antwortete er. »Er läuft wie ein Weltmeister. Nur mit dem Sprechen kann er sich nicht so anfreunden. Aber Jungs sind ja Spätentwickler. Wir werden ihn nach den Sommerferien in den Hort tun.«

»Bethe will wieder arbeiten?«

»Ja, halbtags.«

»Und sonst alles okay?«

»Hm.«

Cipión wusste gar nicht, wie ihm geschah. Normalerweise bedeutete eine Leine, dass er mir folgen musste, doch diesmal durfte er überallhin ziehen, und wir stolperten eifrig hinterher. Die Wiese war gesprenkelt mit Düften und Resten von Grillpartys.

»Und wie geht es ... ihm?« Christoph sprach den Namen meines Lebensabschnittsirrtums nur aus dienstlichen Gründen aus. Es war eine uralte Feindschaft. »Sieht er ... hm ... sie noch?«

Ich brauchte einen Moment. »Du meinst die Kleine? Nein, ich glaube nicht.«

Cipión strebte zu der Horde Wildgänse, die alle mit den Köpfen in dieselbe Richtung über die Wiese watschelten. Kaum drehte sich eine um, zupp, hatten sich alle gedreht.

»Hm«, machte Christoph. »Er hatte sich doch total vergafft in sie. Hätt ich ihm ehrlich nie zugetraut. Aber dass er sie nun so ... na ja, seine Sache. Ich glaube, das wird nichts mit Cipión.«

Doch man unterschätze den Dackel nicht. Seine herausragende Eigenschaft ist der Quersinn. Man schleift ihn quer hinter sich her, er zieh immer in die andere Richtung, obstinat bis zur Idiotie, und dann – plötzlich – bricht Intelligenz aus.

Cipión stoppte, verabschiedete sich schweren Herzens von der Horde Gänse, die er dieses eine Mal zu erreichen gehofft hatte, und schwenkte in Richtung des Großgebüschs am See. Er überquerte den Pfad, der zu der Sonnenbadestelle der FKK-Jünger führte und den auch Spaziergänger mit ihren Hunden nahmen, fing an mit der Rute zu wedeln und schnüffelte einen Flecken ab, der etwa anderthalb Meter Durchmesser hatte. Dann schaute er mich erwartungsvoll an.

»Brav!«, sagte ich, zog ihn erst zurück und gab ihm dann einen Krümel Hundekuchen, den ich in den Cargotaschen meiner Shorts fand.

Christoph runzelte die Stirn. »Hm, schätzungsweise zwanzig Meter vom Leichenfundhort entfernt. Nur, was haben wir jetzt eigentlich gefunden?«

»Die Stelle«, antwortete ich, »wo der Hund des Opfers um den Schützen herumgesprungen ist.« Ich wünschte, ich könnte meinem Dackel sagen, er solle sich den anderen Geruch, den des Schützen, gut einprägen. »Oh, was haben wir denn da?« Im Zufall eines Licht-und-Schatten-Spiels im Großgebüsch sah ich kurz etwas messingfarben aufblitzen. »Siehst du das, Christoph? Bitte sag mir, dass es eine Patronenhülse ist. Der Hund hat den Schützen daran gehindert, sie aufzuheben, vielleicht hat er ein bisschen Angst vor Hunden.«

Christoph schnalzte anerkennend mit der Zunge. »Du gehst jetzt mal ganz weit weg von hier, und ich hole die Kollegen.«

Ich machte mich mit dem Versprechen Christophs vom Acker, dass er mich – sofern er es verantworten könne – auf dem Laufenden halten werde. Im Gegenzug, das war stillschweigend ausgemacht, würde ich der Presse nicht stecken, dass die Polizei den Tod von Volker B. womöglich hätte verhindern können, wenn sie ihn früher eingehend als Zeugen befragt hätte.

Zwanzig Meter! Mir kam das weit vor, um mit einer Faustfeuerwaffe einen Menschen tödlich zu treffen. Was waren Standardentfernungen im Schießstand, fragte ich mich. Christoph hätte es mir sicher sagen können.

Als ich an dem Kehrwochenidyll Münster entlang heimwärts fuhr, versuchte ich mir die Situation auf der Königstraße vorzustellen. Wie weit hatte Ursprung im Laden gestanden? Einen Büchertisch weit oder waren es zwei gewesen? Wenn zwanzig Meter die bevorzugte Schussentfernung des Unbekannten war, musste er etwa wo gestanden haben?

Ich fuhr direkt weiter in die Stadt, suchte einen Parkplatz in der Unigegend und begab mich mit Cipión auf die Königstraße. Bei Walfisch wollte man Cipión nicht reinlassen, obgleich ich behauptete, das sei ein Bücherhund. Einer zweiten Verkäuferin klingelten die Ohren bei der Absurdität meines Arguments. Sie fuhr herum und schrie: »Das ist der Typ!«

»Ganz ruhig!«, sagte ich. »Ich will nur …«

»Die Polizei sucht Sie!«, stieß sie hervor und wich zurück. »Ich rufe jetzt die Polizei!« Schreiend rannte sie in den hinteren Teil des Ladens. »Polizei!«

Die andere guckte mich erschrocken an. Ich klemmte mir den Dackel untern Arm, machte sechs mittelgroße Schritte in den Laden hinein zu der Stelle, wo Durs Ursprung gestanden hatte, drehte um und machte ab Ladentür noch einmal vierzehn Schritte.

Jetzt stand ich jenseits des Brezelkiosks, der heute verrammelt und verschlossen war. Um zu wissen, wo der Schütze auf dieser Kreislinie gestanden hatte, hätte ich allerdings rekonstruieren müssen, wie der Filialleiter und die Schaulustigen gestanden hatten und wo sich die Lücke für den Präzisionsschuss aufgetan hatte. Aber die Stelle hinterm Brezelkiosk war schon mal nicht schlecht. Der Schütze hätte zwischen den Laternenmasten an der rückwärtigen Ecke stehend seinen Arm im Schutz der Kioskwand ausgestreckt haben können. Das wäre weniger aufgefallen, als wenn er frei gestanden und entweder einen Arm mit der Waffe oder beide ausgestreckt hätte. Die Polizei schoss mit beiden Händen an der Waffe, Sportschützen seitlich stehend und nur mit einer Hand.

Man müsste die Kinder finden, die hier Fangen gespielt hatten.

Ein Streifenwagen bog aus der Bolzstraße in die Fußgängerzone ein, passierte den Eingang mit der Stufe, die es zu Magnus Villing hinterging, und scheuchte die Fußgänger auseinander, von denen ihm einige beim Sich-Umdrehen wie die Hühner direkt vor den Kühler liefen. Ich ging ihm entgegen und sagte den Beamten Hallo. Wir klärten in Frieden meine Beziehungen zu KHK Weininger, Oberstaatsanwältin Meisner und Oberstaatsanwalt Dr. Weber.

Wieder zu Hause schaute ich ihm Netz nach, wie weit Schießscheiben vom Schießstand entfernt standen – da gab es alles zwischen 300 und 25 Meter –, und grübelte. Würde ich auf Menschen ballern, solange ich im Schützenverein war? Sobald die Polizei an einem meiner Tatorte eine DNS-Spur fand, bat sie alle Sportschützen umliegender Schützenvereine zum Gentest und hatte mich. Dasselbe galt für eine Waffenbesitzkarte. Aber irgendwo musste er es gelernt und geübt haben. Vermutlich jedoch nicht in Stuttgart. Folglich suchten wir nach einem, der vor einiger Zeit noch woanders gelebt hatte. Ob es dir nun gefällt oder nicht, Finkbeiner!

Wenig später rief Karin Becker an und sagte mit gedämpftem Überschwang: »Also! Marie Küfer hat im Jahr 1964 am Uhland-Gymnasium in Tübingen Abitur gemacht. Der Vater war Oberpostdirektor und auch mal kurz Stadtrat und hieß Hermann

Küfer. Er verstarb bereits Anfang der neunziger. Die Todesanzeige war gezeichnet von Elsbeth Küfer, der Ehefrau, und den Kindern Hansjörg und Marie.«

Das half mir im Moment zwar nicht wirklich weiter, aber das mochte ich ihr nicht sagen. Ich bedankte mich überschwänglich und wählte die Nummer von Thalestris. Eine Frau nahm ab, verschluckte ihren Namen und teilte mir mit, dass Manuela Kantor erst am Montag wieder im Geschäft sei. Nein, ihre Privatnummer könne sie mir nicht geben, das tue man grundsätzlich nicht, auch nicht ihre Handynummer, dafür werde ich sicher Verständnis haben. Gerne werde sie ihr einen Zettel hinterlegen, dass ich angerufen hätte.

»Es wäre aber wichtig«, sagte ich liebenswürdig. »Könnten Sie sie nicht anrufen oder ansimsen oder ihr eine E-Mail schicken, dass sie mich schnellstmöglich anrufen soll?«

»Ich bin nicht Manuelas Sekretärin«, antwortete die Frau.

»Sie benehmen sich aber wie ein bockige Sekretärin, die nicht Kaffee kochen will«, sagte ich sanft. »Versuchen Sie es doch mal als Geschäftsfrau.«

Ich erreichte Manuela dann über Facebook. Sie rief mich postwendend von zu Hause an, wo sie als freie Lektorin für einen großen Verlag in einer historisierenden Familiensaga die orthografischen, grammatischen und dramaturgischen Fehler anstrich. »Ein Graus! Die Autorin weiß schon auf Seite zwanzig nicht mehr, was sie auf Seite fünf geschrieben hat. Das passt alles nicht zusammen.«

»Und dann?«, fragte ich. »Was macht man nun?«

»Ich diskutiere mit ihr drei Stunden am Telefon. Sie kämpft wie eine Löwin um jedes falsche Komma und jedes Wort, sei es auch noch so blödsinnig. Das sei Absicht, sie habe sich das überlegt, sie sei ja nicht bescheuert, sie habe schon Bücher veröffentlicht, da hätte ich noch auf der Grundschule schreiben gelernt. Und wenn dann alles nichts hilft und sie einsehen muss, dass da was nicht stimmt, stöhnt sie und klagt mir ihr Leid als dreifache Mutter und

Ehefrau eines Mannes, der für ihr Hobby kein Verständnis habe. Und schließlich sagt sie: ›Ach, korrigieren Sie es einfach. Sie machen das schon!‹ Und ich darf für die gequirlte Scheiße schicke Formulierungen suchen, das Alter der Personen nachrechnen, die Verwandtschaftsverhältnisse geradebiegen und mir Gedanken machen, ob der Plot mit dem Erbrecht noch funktioniert, wenn es eine Cousine statt einer Enkelin ist. Natürlich sind nicht alle Autorinnen so. Aber es ärgert mich schon manchmal, wenn die erst groß herumtönen und dann alles mir überlassen, weil sie keine Lust haben, sich noch mal hinzusetzen und zu arbeiten. Die dumme kleine Lektorin wird's schon richten. Aber sich später beim Verlag beschweren, die Figur sei entstellt und der Plot sie so völlig unsinnig geworden. Dabei kriegen sie die Fahnen und …«

»Deutschland, Frankreich, Spanien?«

Manu lachte. »Fahnen, so nennt man den Ausdruck auf losen Blättern, wenn die Buchseiten von den Setzern arrangiert worden sind. Der Autor sollte die Fahnen gründlich lesen, irgendwo steckt immer noch ein kleiner Fehler. Außerdem ist es seine letzte Chance, einzuschreiten. Und es ist auch besser, wenn er selbst die Hurenkinder beseitigt.« Manu lachte, bevor ich nachfragen konnte. »So nennen es die Setzer, wenn die letzte Zeile eines Absatzes allein oben auf einer neuen Seite zu stehen kommt. Das sieht unmöglich aus. Also lässt man diese Zeile als überzählige Zeile unten auf der vorhergehenden Seite stehen. Dann heißt es für mich als Lektorin oder für die Autorin: Wörter und Zeichen zählen und auf der Seite so viel Text kürzen, dass die Zeile hochrutscht.«

»Was, einfach so Text kürzen, nur aus optischen Gründen?« Ich staunte. »Aber die Autoren haben sich doch jedes Wort genau überlegt!« So hatte ich mir das Dichten nicht vorgestellt.

Manu lachte. »Bei Lyrik macht man das nicht, das kann ich Ihnen versichern. Aber bei einer Historiensaga von 500 Seiten kommt es auf das Dutzend Worte mehr oder weniger Gesums nicht an, glauben Sie mir.«

»Also bei mir macht Word das Layout.«

»Und wenn Ihr Word die Absatztrennung unterbindet, stehen eben auf mancher Seite nur 32 Zeilen, auf anderen 33. Bei einem gedruckten Buch sähe das ganz scheps aus. Apropos: Wann kommen Sie denn nun mal her und zeigen mir das famose Buch, von dem Sie mir erzählt haben?«

»Nächste Woche wird's bestimmt. Jetzt hätte ich nur gern schnell schon mal gewusst, ob Sie sich erinnern, wo Marie Küfer und ihre Eltern gewohnt haben.«

»Nee, tut mir leid. Irgendwo am Neckar.«

»Sonst alles klar? Keine besonderen Vorkommnisse?«

»Alles bestens.«

21

Am 6. Juli meldeten die Nachrichten den Tod von Fritz Teufel, dem alten Kommunarden, Puddingattentäter und Stadtguerillero. Dann wurde die Fußball-WM eröffnet, alles kulturelle Leben erstarb. Politiker, Könige, Schauspielerinnen und die beiden Kandidaten für das Amt des Bundespräsidenten wurden nur noch nach ihrem Tipp für das jeweilige Spiel am Abend gefragt.

Zur Lesung in der Schubart-Buchhandlung in Ludwigsburg an dem Abend, an dem Deutschland sein Auftaktspiel mit 4 zu 0 gegen Australien gewann, strömte das Publikum über den Marktplatz in die Körnerstraße, und plötzlich waren es siebzig Leute, die sich in der Buchhandlung drängten. Die Damen schleppten aus den letzten Ecken die letzten Schemel herbei. Diesmal war Pappo Schrader wieder mit dabei, nicht hingegen Nino.

Ich war mit eigenem Wagen vorausgefahren, hatte Interesse an Krimis fingiert und mir, straßendurchschnittlich gekleidet und ausgestattet mit meinem Kamera-Equipment, die Örtlichkeit angeschaut, während die letzten Kunden gingen und die Buchhändlerinnen den Tisch und Stühle aufbauten. Ich zog einen

Krimi aus dem Regal und blätterte angelegentlich, klappte das Buch aber wieder zu und verließ verstört den Laden, nachdem ich eine Stelle gelesen hatte, in der zwei Gärtnerinnen eine Leiche fanden und dann am Ziegengehege ihre Vesperbrote verfütterten, bis eine Schönheit und ein Beau von der Mordkommission eintrafen und sie – die Gärtnerinnen – fragten: »Wo, bitte, ist die Stelle?«, um dann höchstselbst eine erste Leichenschau vorzunehmen.

So konnte ich allerdings Lola und ihren Vater unauffällig an der Ecke zum Marktplatz abfangen und ihr empfehlen, mit irgendeinem divenhaften Argument darauf hinzuwirken, dass der Tisch einen Meter weiter zurückgestellt wurde. Dann war er weder von der Tür noch von den Schaufenstern aus leicht einsehbar. »Und ich gehöre nicht zu Ihnen, Sie kennen mich nicht«, ermahnte ich die beiden.

»Ah, Sie sind Lola Schrader«, empfing sie die Ladeninhaberin. »Sie sehen Ihrem Foto doch ähnlich. Haben Sie gut hergefunden? Mit den Parkplätzen ist es hier immer schwierig. Wie viele heute kommen werden, wissen wir ja nun gar nicht. Als ich vor vier Wochen mit dem Verlag den Termin festgelegt habe, haben wir leider gar nicht an die WM gedacht. Aber nun schauen wir mal.«

Das war, bevor die Massen strömten, als alle noch ganz nervös waren.

»Ich habe gedacht, ein Tisch … Ist Ihnen das recht? Brauchen Sie sonst noch etwas, ein Mikrofon ist vorhanden, Wasser stellen wir noch hin. Was möchten Sie denn, Sprudel oder stilles Wasser? Stilles ist wohl geschickter, nicht?«

Lola erklärte mit gut gespielter Zickigkeit, dass sie lieber ein bisschen weiter hinten säße mit Wand im Rücken, sie sei da etwas eigen, den Tisch könne man doch sicher einen Meter weiter ans Bücherregal zurückschieben.

»Selbstverständlich, kein Problem.«

Man hätte es später sowieso tun müssen, weil man vorn noch zwei Stuhlreihen aufbauen musste.

Ich musste meine Nervosität nicht spielen, sondern verbergen, je mehr Leute eintrafen, viele davon überrascht über den Andrang. Andere begrüßten Bekannte. »So, Sie auch hier? Man ist halt neugierig, gell? Bei den tollen Rezensionen! Nein, noch nicht gelesen. Na, sehen wir mal, nicht wahr?« Ich guckte mir jedes einzelne Gesicht an, vor allem derer, die nicht paarweise kamen. Bei den Männern waren das einige, bei den Frauen weniger.

Die Buchhändlerin strahlte, als schließlich alle saßen und die Hälse umso mehr reckten, je weiter hinten sie saßen, um einen Blick auf Lola zu erhaschen, die bei Mikro und Wasserglas Platz genommen hatte.

»Ja, guten Abend erst mal.« Die Buchhändlerin rieb sich sogar die Hände. »Es freut mich, dass Sie trotz Fußball so zahlreich den Weg zu uns gefunden haben. Wir haben aber heute auch einen besonders interessanten Gast.« Mit nahezu mütterlichem Stolz schaute sie zu der jugendlichen Autorin hinüber, die ihre Haare hinters Ohr geschoben hatte und Grübchen lächelte. »Als wir den Termin mit dem Verlag ausmachten, war noch nicht abzusehen gewesen, welchen Wirbel das Buch auslösen würde.«

Fürs Weitere zog sie einen Zettel aus der Rocktasche. »Lola Schrader hat ein hochinteressantes Buch vorgelegt. Es gibt sicherlich nicht viele, die im zarten Alter von siebzehn bereits die Aufmerksamkeit des *Spiegel* erregt haben. Vermutlich haben die meisten von ihnen das Interview gelesen. ›Ich bin Wortesammlerin‹, hat sie uns gesagt, und wir werden sicherlich nachher noch Gelegenheit haben, uns das genauer erklären zu lassen. Lola Schrader ist die Tochter der Schauspielerin Marlies Schrader, die Sie sicher alle aus dem Fernsehen kennen. Mag sein, dass dies die Aufmerksamkeit für das Buch erhöht hat, aber ich denke, es steht ganz und gar für sich. Und damit übergebe ich das Wort an Lola Schrader. Wir sind alle sehr gespannt.«

Applaus.

Lola begann wie bei den letzten beiden Malen mit den ersten Seiten, die sie diesmal schon etwas flüssiger über die Lippen bekam. »Arkan und Bettie bürsteln im Elternbett. Petra krallt mir die Hose samt Slip vom Hintern. Ein Single-Jersey-Ärmel mischte sich drunter, eine Socke. Kinderzimmersex. Sie stopft mir einen Ärmel in die Möse! Arki platzt rein. Stör jetzt nicht, hau ab, kreischt sie. Knallt ihm ein Brett vor die Eier.«

Das hatte ich alles schon gehört, sogar gelesen. Meine Gedanken wanderten ab und verhakten sich in der Krimiszene, die ich vorhin gelesen hatte. Wie kommen Autoren auf ihre Einfälle? Auf so was muss man ja erst mal kommen! Gärtnerinnen bewachen eine Leiche, bis zwei Kriminalkommissare eintreffen! Wie war es denen nur gelungen, die Zentrale und die Polizeidienststelle zu umgehen?

Nach einer halben Stunde hatten die Menschen im Laden im Verein mit den Hochsommertemperaturen eine solche Ofenhitze erzeugt, dass man die Außentür aufmachte und einen alten Ventilator aufstellte, der aber nur in seiner Umgebung die Haare zum Flattern brachte. Als Lola das Buch zuklappte, war das Publikum im eigenen Schweiß ertrunken.

Die Buchhändlerin forderte zu Fragen auf und stellte dann selbst die erste. »Der Titel, *Malefizkrott*, was bedeutet der.«

»Du bisch'n Malefizerle, so secht ma zu de unardige Krott«, trötete ein älterer Herr. Alle lachten erleichtert. Manche ein bisschen zu laut.

»Ich bin halt selber so ein Malefiz«, flirtete Lola prompt auf ihre sich zur frechen Krott stilisierende Art. »Malefiz, das Spiel das kennen Sie. Das ist lateinisch von *maleficus*, übel handelnd, gottlos! Und Krott, das ist schwäbisch für Kröte. Klar? Noch Fragen?«

Keine Fragen.

»Dann bedanke ich mich«, nahm die Buchhändlerin wieder das Wort. »Wenn Sie das Buch erwerben möchten ... Lola Schrader wird sicherlich bereit sein, zu signieren.«

Der ältere Mann war der Erste, der die Kasse klingeln ließ, ihm folgten ungefähr zehn andere. Ich stellte mich, getarnt mit einem

Buch in der Hand, so neben Lola, dass ich jeden von vorn sehen konnte, der sich ihr näherte. Die meisten wollten irgendwas sagen, brachten aber nicht mehr heraus als »Ihr Buch hat mir sehr gut gefallen. Vor allem die Wortspiele! Wie kommen Sie nur immer darauf?« oder »Schreiben Sie bitte ›für Barbara‹!«

Und Lola kicherte. »Jetzt kann ich nicht mal mehr meinen eigenen Namen richtig schreiben.«

»Macht nichts«, sagte die mit dem Buch großzügig und wischte, als keiner hinsah, mit dem Unterarm über Lolas Geschmier, als würde es dadurch sauber werden.

Ein Herr mit Leinenhosen, gestreiftem Hemd und Schultertasche verwickelte, als alle durch waren und die Damen die Stühle abbauten, Lola in ein Gespräch, das mit dem Satz begann »Jetzt muss ich Sie doch noch mal was fragen« und sich um Jugendsprache drehte, zu der er keine Frage hatte. »Da gibt es ja Lexika, von denen ich eines selbst zusammengestellt habe, es steht auch online, vielleicht kennen Sie es, aber ich nehme an, Sie befinden sich da direkt an der Quelle.«

Ein jüngerer rothaariger Mann mit reichlich Ringen in den Ohren stand währenddessen an einem Regal, blätterte in einem Buch und linste aus den Augenwinkeln zu Lola hinüber. Zwei Frauen warteten auf irgendwas und unterhielten sich über Haarfärbemittel. Der Rothaarige, dessen Haarfarbe Natur war, stellte das Buch zurück und ging, ohne Lola angesprochen zu haben, die immer noch von dem älteren Herrn mit Beschlag belegt wurde.

Die Buchhändlerin eilte verschwitzt herbei, was den Herrn in Leinenhosen endlich vertrieb. »Wir haben einen Tisch im Restaurant bestellt«, sagte die Buchhändlerin. »Nicht weit von hier, nur über den Platz. Ich weiß natürlich nicht, ob Sie … wie Ihr Zeitplan aussieht. Oder müssen Sie morgen früh raus?«

Schule, natürlich.

Ich zupfte das schmale Buch aus dem Regal, das der Rothaarige sich angeschaut hatte. »Mitten in der Leere das Lesepult«, las ich an der Stelle, an der es sich aufschlug. »In der ehemaligen

Modeabteilung des Kaufhauses Glück Auf, die sich karg und provisorisch präsentierte und gerade darum wie eine Metapher wirkte, stand nun das Lesepult.« Das Buch war grau und handelte vom 14. Kongress des Verbandes deutscher Schriftsteller (VS) in der IG Medien vom 24. bis 27. April 1997 in Chemnitz. Du liebe Güte! »Listiges Dichten – Kolloquium in Chemnitz debattiert über DDR-Literatur. Neigung zu naiver Direktheit, große Präsenz sozialer Fragen, zivilisationskritischer Gestus, gelächterhaftes Unterwandern ... Die subversive Funktion von Literatur zwang zu Mehrfachcodierungen.«[18]

Vorn drin klebte ein Zettel, auf dem stand: »Wer mich findet, lese mich oder lese mich nicht, aber lege mich so ab, dass andere mich finden.« Ich stellte es freundlich wieder zurück in das moderne Antiquariat mit Christa Wolf, Erich Loest, Anna Seghers, Bertolt Brecht, Peter Hacks und der Frage im Nachbild: »Gibt es an der DDR-Literatur irgendetwas Subversives?«

Ist Lola Schraders *Malefizkrott* subversiv? Codiert kommt es auf jeden Fall daher – bürsteln statt ficken, Ruffies für Rohypnolampullen zum Runterkommen. Unterwandert sie so unsere Zivilisationserrungenschaften wie Rücksichtnahme, Mitgefühl und Pazifismus und trägt Gewalt und Lustegoismus als Kultur codiert auf den Olymp des Feuilletons und der Bestsellerlisten? Oder treibt sie die Gewalt als Umgangsform ins Unerträgliche, damit uns die Gorillastruktur unseres Miteinanders bewusst werde: Dominanz und Kontrolle.

»Wie machen wir das mit dem Finanziellen?«, erkundigte sich Michel Schrader.

Die Buchhändlerin hatte den Umschlag schon in der Hand. »Wer quittiert mir das, Sie oder Ihre Tochter? Sie ist ja noch nicht volljährig.«

Lola hatte die Hand schon ausgestreckt und zog sie zurück. Michel Schrader nahm den Umschlag, zählte das Geld – 250

18 *Auf dem endlosen Weg zum Hause des Nachbarn*, hg. v. Regine Möbius. Steidl Verlag 2000

Euro – zog einen Kugelschreiber aus dem Sommersakko und schaute sich um. »Äh, wo?« Die Buchhändlerin dirigierte ihn zum Tisch mit der Kasse, wo er den Empfang auf einem Quittungsblock bestätigte. »Es muss ja alles eine Ordnung haben.« Gelächter.

Lola verließ abrupt den Laden.

Ich folgte ihr. Die beiden Frauen, die sich über Haarfärbemittel unterhalten hatten und jetzt draußen eine rauchten, strahlten Lola verlegen an. »Mir wisset den Weg zom Reschtaurant. Glei da nom.« Lola setzte sich in Marsch.

»Sollten wir nicht auf deinen Vater …?«

»Der wird uns finden, unweigerlich!«, antwortete sie genervt und verschwand um die Ecke.

Ich schaute mich um. Die Ladenschaufenster leuchteten einsam auf die Straße, drinnen liefen die Damen hin und her. Lolas Vater kam aus der Tür und mit langen Schritten, die Hand am Hosenstall, den Gehweg entlang. Schwache Blase.

Ich stellte mich ihm in den Weg und streckte die Hand aus. »200 plus 38 Euro Mehrwertsteuer plus 10 Euro Fahrtkosten.«

»Da kann ich Ihnen ja gleich den vollen Umschlag übergeben!«

Ich zog meinen Geldbeutel und reichte ihm 2 Euro Rückgeld.

»Behalten Sie's als Trinkgeld. Wobei Sie die Fahrtkosten ja wohl sehr großzügig nach oben gerundet haben dürften. Aber wir wollen nicht päpstlicher sein als der Papst. Zu tun hatten Sie heute allerdings nicht viel. Wahrscheinlich eh alles Hirngespinste von mir. Aber besser so als andersherum, nicht wahr?« Er lachte unfroh. »Vorsicht ist die Meisterin der Porzellankiste.«

In diesem Moment gab es ein eigenartiges Geräusch, einen Puff hinter uns. Ein Frauenschrei folgte unmittelbar vom Laden her, dessen Schaufenster die Straße beleuchteten.

Schrader und ich liefen zurück und sahen dort, wo Lolas Tisch gestanden hatte, Flammen emporlodern, sofort unheimlich hoch und wild.

22

Am Wochenende packte ich meine Tasche für zwei Tage und fuhr Sally mit Senta und Cipión nach Münsingen auf der Schwäbische Alb, wo sie ihre vierzehn Tage Urlaub verbringen wollte. Bei knackender Hitze erkundeten wir das Biosphärenreservat auf dem ehemaligen Truppenübungsplatz. Am Nachmittag verbrannten wir auf der Glut eines eben verlassenen Grillplatzes das verlauste ebay-Exemplar von *Hanni und Nanni*. Ich hatte es Sally eigentlich nur wiederbringen wollen, nachdem es lang genug im Gefrierbeutel in meinem Gefrierfach gelegen hatte, aber sie hatte ihm den Zutritt zu ihrer Wohnung strikt verweigert, egal wie sehr ich ihr versicherte, dass die Buchläuse zu kleinen Krümeln erfroren seien. Auch in ihrem Ferienzimmer wollte sie es nicht dulden.

Am Abend verweigerten wir uns dem Kick und schauten auf dem alten Videorekorder eine der drei von irgendwelchen Urlaubern vor langer Zeit zurückgelassenen Videokassetten an, die in dem mit einem Dutzend Büchern bestückten Regal des Ferienzimmers standen.

In der bereits lange zurückliegenden fernen Zukunft des Films befehligte ein Feuerwehrmann professionelle Brandstifter, die im Namen der Staatsräson alle Bücher verbrannten, die von uneinsichtigen Bürgern gehortet wurden. Ganze Privatbibliotheken wurden eingeäschert, die Besitzer kostbarer Inkunabeln verhaftet. Der Feuerwehrmann hasste brav alle Bücher, bis ihm so ein Drecksding in die Hände fiel und er den Fehler beging, darin herumzulesen. Er lernte ein junge Frau kennen, die Bücher liebte. Während seine Ehefrau als Babydoll vor der Bildschirmwand im Gespinst sinnentleerter Unterhaltungs- und Ratespielprogramme schwachsinnig wurde, erkannte er, wie sinnlos und leer ein Leben ohne Bücher war, und folgte seiner neuen Bücherfreundin in den Untergrund, wo Bibliophile miteinander glücklich in einem Waldcamp lebten, ein Buch oder auch zwei auswendig lernten und zu lebendigen Büchern wurden. Auch der Feuerwehrmann fand seine Erfüllung im Auswendiglernen eines Buchs.[19] Und wenn sie nicht gestorben sind, dann murmeln sie noch heute: »Am Anfang war das Wort.«

»So ein Scheiß!«, schrie Sally. »Haben die noch nichts davon gehört, dass man auch was aufschreiben kann?«

»Das ist doch gerade der Witz, Sally. Schriftliches kann man verbrennen, was im Kopf eines Menschen ist, nicht.«

»Erstens könnte ich dir Beispiele nennen, wo man Menschen …«

Ich winkte ab. »Lass es!«

»Und zweitens, wieso überhaupt Papier? Wieso müssen die am Lagerfeuer leben wie im Mittelalter? Google scannt alle Bücher dieser Welt. Oder wollte es zumindest mal. Darauf hätten die auch kommen können! Da können die Bücherverbrenner lange mit ihrem Feuerzeug spielen. Kannst du mir mal erklären, warum diese Negativutopien immer so dämlich sind?«

Immer … auch ein schönes Wort. Ich würde es Lola ans Herz legen. ›Immer – schwäb. Verstärkungsruf bei Diskussionen über ein singuläres Phänomen.‹

»Es ist halt schwierig, Sally. Niemand konnte sich vor fünfzig oder sechzig Jahren, oder wann das entstanden ist, vorstellen, dass es einmal ein weltweites Gedächtnis geben wird. Eigentlich erstaunlich, dass wir nicht imstande sind, irgendeine grundlegende Umwälzung vorherzusehen – außer dem Weltuntergang im Kometenhagel. Ich bin gespannt, wie die Welt tatsächlich untergeht. Jedenfalls können wir anscheinend immer nur von dem ausgehen, was wir kennen, und damit schwarzmalen. Eine echte Schwäche, findest du nicht? Kein noch so kluger und visionärer Schriftsteller wird jemals das beschreiben, was ich mir noch nicht vorstellen kann. Interessant, nicht?«

Sally guckte mich schräg an. »Diese Lola hat dir wohl ins Ge-

19 *Fahrenheit 451*, Roman: Ray Bradburry (1953), Film: François Truffaut (1966)

hirn geschissen. Was ist das eigentlich für eine Sache mit dem Sniper? Stand gestern in der Zeitung. Erst erschießt er diesen Buchhändler. Und jetzt hat er einen anderen Typen erschossen. Wir sind doch nicht die USA! Corry hat erzählt, sie hätte vor ein paar Tagen auch schon mal so was Komisches erlebt, als sie mit ihrer Mini unterwegs war, da wär was in den Baumstamm, wo sie gerade vorbeiging, eingeschlagen. Sie hat sich damals nichts dabei gedacht, aber jetzt … Womöglich hat der Sniper auch auf sie geschossen. Er schießt auf Spaziergänger mit Hunden. Da kriegt man direkt Angst.«

»Das ist narrative Verzerrung, Sally!«

»He, wenn da ein Irrer herumläuft und auf Spaziergänger mit Hunden schießt, dann ist das kein narratives Dings!«

»Es gibt keinen Sniper, der auf Hundehalter schießt. Das kann ich dir versichern.«

Auch wenn es Meisner und der Polizei recht sein mochte, dass die Presse die Verbindung zwischen Ursprung und Volker B. nicht gezogen hatte, falls es sie wirklich gab und nicht ich einer narrativen Verzerrung erlag, konnte es ihnen nicht besser gefallen, dass die Boulevardpresse bereits einen Sniper durch Stuttgart schickte. Das Feuer in der Ludwigsburger Buchhandlung wiederum hatte niemand mit Lola Schrader und einem Brand in einer Buchhandlung im Stuttgarter Gerberviertel in Beziehung gesetzt, zumal die Redaktionen einer *Ludwigsburger Kreiszeitung* und des *Stuttgarter Anzeigers* keine Überschneidungsmenge an Informationen besaßen.

Michel Schrader hatte mich fürchterlich aufgeregt angerufen. Das müsse doch erwähnt werden, wenn da jemand seine Tochter als Autorin bedrohe. Ich hatte noch einmal versucht, ihm klarzumachen, dass man kein Interesse daran haben könne, dass Lola der Ruf vorauseile, jede Buchhandlung brenne ab, in der sie lese.

»Ach, Lesungen, das sind doch Peanuts, damit verdient man doch nichts. Man muss in die Presse, ins Fernsehen«, hatte er daraufhin erwidert. Im Stillen musste ich ihm recht geben, denn alles, was Lola und er mit Lesungen verdienten, mussten sie an mich abdrücken.

Am folgenden Tag hatte Rudolf Wagenburg mich angerufen. »Du, dieser Vater hat keine Ruhe gegeben, bis sie ihn zu mir durchgestellt haben. Was ist das für eine Geschichte in Ludwigsburg? Stimmt es wirklich, dass Lola verbrannte Erde hinterlässt?«

Ich hatte auf den Vater geflucht und Rudolf ein, zwei Details mehr erzählt, als er veröffentlichen durfte. Er hatte mehrmals »Hm« und »Heilandsack!« gesagt und dann: »Aber eine G'schicht ist das schon. Steiler Aufstieg, Bestseller, Morddrohungen, Buchhandlungen gehen in Flammen auf, gefeierte Jungautorin auf dem Zenit und dann … peng! … Der Skandal. Da kommt nämlich noch was Dickes nach, Lisa. Danke für den Tipp mit Matthias Kern, in diesem Zusammenhang. Wenn das stimmt, was der sagt, dann gibt es demnächst einen Riesenknall.«

»Was sagt er denn?«

»Er könne beweisen, dass Lola alles abgeschrieben hat, nichts sei von ihr, alles geklaut. Aber alles der Reihe nach, würde ich sagen. Erst lassen wir sie noch ein bisschen größer werden, die Lolita. Der Vater platzt ja schier vor Stolz. Die Redaktion von Heinrich Weinrich, du weißt, der diese Büchersendung im Fernsehen mit dem sinnigen Titel *Der Buchstab* macht …«

»Wer guckt das schon?«

»Alle Kritiker, alle Verleger … jedenfalls der will in der nächsten Sendung Lolas Buch vorstellen, nächste oder übernächste Woche muss das sein.«

»Und was ist mit unserem Matthias Kern?«

»Er sagt, er braucht noch ein bisschen, bis er seine Belege zusammengestellt hat. Mit seiner Hüftverletzung kann er noch nicht so lange am Computer sitzen. Ich habe ihn davon überzeugen können, dass es erst bei uns erscheint, ehe er es in seinem Blog veröffentlicht. Er deutete an, dass das meiste wohl aus seinem Buch abgekupfert wurde, das er vor zwei Jahren bei Book-on-Demand …«

»Bitte was?«

»Book-on-Demand ist der Begriff für ein verlegerisches Verfahren für Kleinstauflagen und Langsamdreher …«

»Rudi, bitte!«

»Das sind Waren mit geringer Lagerumschlagsgeschwindigkeit, auch Ladenhüter genannt. Der Verlag lagert das Skript digital auf dem Rechner, und wenn jemand das Buch bestellt, wird genau dieses eine Exemplar gedruckt und versandt.«

»Spart in der Tat Lagerkosten.«

»Das Buch steht aber auch in keiner Buchhandlung. Book-on-Demand-Verlage sind ideal für Selbstverleger, denn dabei halten sich die Unkosten des Autors in Grenzen. Selbstbeteiligungsverlage sind in der Regel teurer. Bei einigen hat man allerdings noch so was wie ein Lektorat.«

»Es gibt wirklich Autoren, die zahlen Geld an einen Verlag?«

»Du glaubst gar nicht, für wie viele Leute das Buch mit dem eigenen Namen darauf die Krönung ihrer Egokarriere ist.«

Wir verblieben dann so, dass Rudolf in Ruhe abwarten werde, was Matthias Kern zu Papier bringen würde. Einstweilen werde er ein wenig recherchieren, was es mit dem Brand in Ludwigsburg auf sich hatte, und gegebenenfalls ein paar Zeilen schreiben. »Ich kann den Vater nicht ignorieren. Und wenn es nächste Woche im *Spiegel* oder *Focus* steht, dann ist mein Chef nicht erfreut.« Seinem Fünfzeiler am folgenden Tag hatte ich entnommen, dass die Brandsachverständigen einen defekten Ventilator als Brandursache ausgemacht hatten.

»Was ist eigentlich mit Richard los?«, fragte Sally.

»Er ist in heikler interner Mission in Mannheim. Irgendwas mit einem jungen Staatsanwalt, der sich da in was verrannt hat.«

»Das meine ich nicht, Lisa. Er ist irgendwie neben der Spur, findest du nicht? Hat er die Kleine eigentlich inzwischen mal besucht?«

»Ich glaube nicht.«

»Wieso weißt du das nicht? Redet ihr nicht darüber?«

»Er redet nicht darüber.«

Sally lachte. »Und du bist natürlich wieder mal viel zu cool, um dich damit zu beschäftigen. Aber weißt du, Lisa, jeder lebt sein Leben, das ist ja schön und gut. Allerdings machst du es dir ganz schön bequem.«

»Wieso ist es verboten, es sich bequem zu machen?«

»Vielleicht wartet er darauf, dass du ihn aus seinem Schneckenhaus holst. Männer reden nicht von allein über ihre Gefühle.«

»Ich auch nicht.«

»Es geht ja auch ausnahmsweise mal nicht um deine, Lisa. Es geht gar nicht um dich und wie du dich und deine Beziehung zu Richard siehst. Es geht darum, dass er unglücklich ist. Ich bin absolut sicher, dass die Mutter nichts dagegen hätte, wenn er die Kleine besucht. Ich denke, sie wartet sogar darauf. So einen Ersatzgroßvater wie Richard kann man sich doch als junge Mutter nur wünschen. Er muss sich endlich einen Ruck geben, Lisa!«

Ich lachte. »Wie du das sagst, klingt es aber nach Unbequemlichkeit und Opfer, nicht nach Glück.«

»Musst du immer jedes Wort auf die Goldwaage legen, Lisa?«

Am Sonntagabend kehrte ich nach Stuttgart zurück. Cipión hatte ich bei Sally und Senta in Münsingen gelassen, denn die nächsten Tage war ich beschäftigt. Während der Fußball tobte, verbrachte ich zahllose Stunden damit, das Filmmaterial aus der Buchhandlung in Ludwigsburg zu sichten und von allen Personen ein oder zwei Fotos auszuschneiden, auf dem kleinen Überwachungslaptop und einem USB-Stick zu speichern und zusätzlich noch auszudrucken. Ich stellte auch ein Album mit Frauen zusammen, eingedenk der Bemerkung des Fallanalytikers Finkbeiner: »Einen gravierenden Mangel hat Ihre These schon, Frau Nerz. Warum kommt als Täter keine Frau infrage?« Die Antwort darauf hatte Meisner allerdings bereits bei unserer informellen Besprechung gegeben. Die tote Taube hatte der Buchhasser geworfen, weil er in den Frauenbuchladen nicht hineingekommen war.

Mit meinen Alben klapperte ich die Buchhandlungen von Karin Beckers Feuerliste ab. Man stelle sich das nicht vor als hinfahren, eintreten und »Erkennen Sie irgendeinen wieder auf diesen Fotos« fragen, sich bedanken und weiterfahren. Leute befragen ist ein zeitraubendes Geschäft. In der Bücherei in Lonsee war die Bibliothekarin mitteilsam, wenn sie auch nicht verstand, warum sie sich Fotos anschauen sollte, wenn doch bei ihnen eine defekte Kaffeemaschine für den Brand verantwortlich gewesen war und keinesfalls ein Brandstifter. In Nürtingen war der Inhaber verreist und die Praktikantin nicht mehr da, die den Brand miterlebt hatte. Es sei ja auch nicht viel Schaden entstanden. Die beiden Inhaber vom Buchladen Die ZeitGenossen in Esslingen wurden blass bei der bloßen Erinnerung an die Katastrophe. Der ganze Laden hatte komplett renoviert werden müssen, denn das Feuer war erst nach Ladenschluss ausgebrochen, und es hatte schon lichterloh gebrannt, als die Feuerwehr eintraf. Dann habe die Versicherung Schwierigkeiten gemacht, weil nicht erwiesen gewesen sei, dass nicht einer von ihnen das Feuer selbst gelegt habe. Aber warum hätten sie das tun sollen, der Laden sei gut gelaufen. Das habe die Versicherung letztlich eingesehen, auch weil die Brandsachverständigen nicht abschließend hätten klären können, ob tatsächlich eine unbekannte Chemikalie ursächlich für das Feuer gewesen sei und nicht ein defektes Telefonkabel.

Ich zeigte der rothaarigen Frau und dem bärtigen Mann die Fotos von den rund dreißig Männern, die bei Lolas Lesung in Ludwigsburg dabei gewesen waren. Aber keiner wollte ihnen bekannt vorkommen. Erst als ich ihnen die Bilder noch einmal in brillanter Farbe auf meinem Minilaptop vorführte, meinte die Frau: »War da nicht vor Weihnachten ein Rothaariger da? Bert, erinnerst du dich nicht?« Und an mich gewandt: »Ich habe einen Blick für echte Rotschöpfe. Die sind nämlich sehr selten. Nur etwa zwei Prozent der Weltbevölkerung haben naturrote Haare.« Sie ließ offen, ob sie dazugehörte oder nicht. »Ist Ihnen auch schon aufgefallen, dass in Kinderbüchern die Rotzlöffel oder die rebellischen Protagonistinnen rothaarig sind? Die Rothaarigen machen die Dinge, die ein gut erzogenes Kind nicht tut, gell. Und oft sind die undurchschaubaren Frauen rothaarig. Und bei den Männern sind die Rothaarigen mit den roten Wimpern die Serienkiller, die Bösewichte. Hu!«

Sie konnte sich nicht mehr erinnern, ob sie sich diese Gedanken beim Anblick eines rothaarigen Kunden just an dem Tag des Feuers gemacht hatte. Sie glaube aber nicht. »Das hätte ich mir gemerkt. So was merkt man sich doch. Ich habe mal gelesen, dass die meisten genau wissen, wo sie waren und was sie gemacht haben bei erschütternden Ereignissen, beispielsweise wo sie waren, als sie erfahren haben, dass Lady Di tot ist.«

Gott, wo war ich da gewesen? Hatte ich da überhaupt schon als Lisa Nerz existiert?

Die diensthabenden Bibliothekarinnen der Stadtbücherei in Kirchheim unter Teck gleich beim Max-Eyth-Geburtshaus waren sehr vergnügt. In meiner Verbrecherkartei kam ihnen kein Gesicht bekannt vor, auch der Rothaarige nicht.

Der Inhaber der Neuen Buchhandlung in Balingen befand sich, als ich eintrat, in einem Geduldsspiel mit einer jungen Frau. Sie müsse ein Referat schreiben über ein Buch, das der Deutschlehrer ihr genannt habe. Sie wisse aber den Titel nicht mehr, und sie müsse das Referat Ende der Woche abgeben. Warum sie nicht ihren Deutschlehrer noch mal frage? Das gehe nicht, sie hätte eigentlich schon vor drei Wochen anfangen müssen und hatte auch behauptet, sie habe es getan, als er sie fragte, wie weit sie sei. Worum es denn gehe in dem Buch. Um Mathematik und irgendwas mit Pädo …Pädophilie? Ah, dieses hier? Das Mädchen war heillos erschrocken über den Umfang des Buchs. Kleiner Tipp, sagte der Buchhändler, sie solle nicht kopieren, was bei Wikipedia steht, das kriege der Lehrer gleich heraus. Außerdem sei Gauß keineswegs so weltfremd gewesen, wie das Buch glauben mache. Entschlossen, den Rat nicht zu befolgen, zog das Mädchen ab.

Tja, meinte er dann zu mir, ein Buchhändler sei eine eierlegende Wollmilchsau. Er müsse wissen, was derzeit Modethema in den Schulen sei, sich in Literatur auskennen, auch wenn sie nur ein paar Prozent der Bücher ausmache, die neuesten Trends bei der Lebenshilfe kennen und wissen, was den Stammkunden gefalle und was er ihnen besser nicht verkaufe. Darüber hinaus sollte er knallhart wirtschaftlich denken und Spaß am Verhandeln haben. Nur eins solle er nicht haben: Familie. Es sei denn, die Frau – oder der Mann, hähä – schaffe im Laden mit. Denn ein Achtstundenjob sei das nicht. Der Onlineshop wolle nach Ladenschluss gepflegt sein, Computerkenntnisse seien unverzichtbar, denn ohne Buchversand könne man heutzutage nicht überleben. Selbstverständlich immer portofrei. Und die Bestellungen verschickten sich ja nicht von alleine, abends sitze er da und verpacke Bücher, morgens bringe er sie auf die Post.

Ich erklärte ihm mein Anliegen und zeigte ihm meine Bildergalerie. Ein bekanntes Gesicht fand er nicht. Bei ihm sei das Feuer am späteren Abend im Klo ausgebrochen, habe ein paar Verlagsprospekte und eine Zeitung in Brand gesetzt, sei aber zum Glück gleich wieder gelöscht worden, weil das Waschbecken übergelaufen sei.

»Und wieso läuft das Waschbecken über?«, fragte ich.

»Der Wischlappen ist ins Becken gerutscht und auf dem Abfluss liegen geblieben. Das stört sonst nicht, aber offenbar hatte ich außerdem den Hahn nicht ganz zugedreht.«

»Und die Brandursache?«

»Ein übervoller Aschenbecher, einer von den geschlossenen. Ich hatte ihn wohl auf das Schränkchen unters Waschbecken gestellt. Wegen des Rauchs, der aus meinem Klofenster drang, haben Anwohner die Feuerwehr geholt. Von denen erklärte mir einer, es könne vorkommen, dass es durch eine unzureichend gelöschte Kippe über einen längeren Zeitraum im Behälter zu einer Hitzeentwicklung komme, die in unmittelbarer Nähe befindliches Papier entzünden könne. Ich glaube, so hat er sich ausgedrückt.«

»Hat an dem Tag ein Fremder Ihre Toilette benutzt?«, fragte ich.

»Interessant, dass Sie das fragen. Ich habe nach dem ersten Schrecken darüber nachgedacht, was um alles in der Welt mich dazu veranlasst haben sollte, den Aschenbecher, der auf dem Waschbeckenrand stand, runterzustellen. Außerdem mache ich den Wasserhahn gewöhnlich zu. Und dann ist mir eingefallen, dass kurz vor Ladenschluss noch ein Kunde kam, etliche Bücher anschaute, dann aber doch nur ein Buchzeichen für ein paar Euro kaufte und fragte, ob er meine Toilette benutzen dürfe. Als er ging, habe ich gleich zugesperrt.«

»Wissen Sie noch, was das für ein Typ war, wie er ausgesehen hat?«

»Ich würde ihn nicht wiederkennen, falls Sie das meinen. Es ist ja schon über ein halbes Jahr her, und ich habe ihn mir nicht extra angeschaut. Ich erinnere mich an ein Gefühl des Unbehagens, er war mir unsympathisch, es hat mich geärgert, dass er so herumtrödelt, um dann keine drei Euro für eine Belanglosigkeit auszugeben. Das Bild von einem ziemlich massigen Mann mittleren Alters in einem dicken alten bräunlichen Parka ist mir noch im Auge. Er hatte eine Mütze auf, so eine Russenkappe mit Fell an den Ohrenklappen.«

Der Klogänger hätte gut die Zinkpulvermischung in den Aschenbecher streuen und ihn unter das Becken stellen, den Waschbeckenabfluss mit dem Reinigungstuch verstopfen, den Wasserhahn etwas aufdrehen können. Ob es funktioniert hatte, würde er anderntags der Zeitung entnehmen.

Ich bedankte mich, schlenderte an der Zehntscheuer und dem Schloss von Balingen vorbei, wo Richard einst die halbe Sammlung historischer Waagen zerschlagen hatte[20], zurück zur Friedrichstraße. Charlotte hatte mit ihrem unschuldigen Augenaufschlags wieder mal einen Strafzettel eingeheimst.

Auf halber Strecke nach Stuttgart winkten die Schilder ins

20 Siehe Lehmann: *Allmachtsdackel.* Ariadne 2007

Zentrum von Tübingen. Noch immer schuldete ich Manuela Kantor einen Besuch. Jetzt war die Gelegenheit, auch wenn ich keine weiterführenden Erkenntnisse erwartete. Das Buch hatte ich derzeit immer dabei.

23

Der Kaffee war lecker, der Laden leer, wir setzten uns raus zum glühenden Kopfsteinpflaster der Bursagasse.

»Ich habe meinen Onkel gefragt, ob er sich an die Küfers erinnert«, erzählte sie. »Ich wollte Sie gleich anrufen, hatte aber Ihre Nummer nicht. Doch Facebook macht's möglich. Ich habe Ihnen eine Nachricht geschickt.«

Ich zog mein Handy und rief meine Mails ab. Darunter befand sich auch die Benachrichtigung von Facebook. »Stimmt.«

»Viel ist es allerdings nicht, was mein Onkel wusste. ›Die sind alle tot‹, hat er gesagt. Maries Vater, Hermann Küfer, ist vor fast zwanzig Jahren bei einem Autounfall ums Leben gekommen, die Mutter starb, offenbar dement, einige Jahre später in einem Altersheim. Was aus den Kindern geworden ist, konnte er nicht sagen. Dann fiel ihm aber noch ein, dass der Sohn ein Aussteiger gewesen sei und in den Achtzigern zu den Spinnern gehört habe, er habe einen der ersten Biohöfe im Schwarzwald oder im Oberschwäbischen aufgebaut.«

»Und die Tochter, Marie?«

Manu schüttelte den Kopf. »Nix. Und das ist also das Buch. Darf ich?« Sie nahm es sich. »Hui, was ist das denn? Ein Einschussloch? Wie ist das denn passiert?«

Ich zuckte mit den Achseln.

»Und diese Texte sind ja wirklich kurios. Aber sachkundig eingebunden, eine ganz schöne Fitzelarbeit, wenn man bedenkt, dass man Ende der sechziger Jahre keine Kopiergeräte hatte. Schauen Sie, er hat mit kleinen Papierbrücken gearbeitet. Und die Fäden …

Moment …« Sie stand auf, holte eine Lupe und musterte die Fäden, die jeweils vier Blatt zu einer Lage von acht Blättern und sechzehn Seiten zusammenfassten. Sie lachte. »Das ist zwar unter sachkundiger Anleitung, aber nicht vom alten Meister Küfer gemacht worden. Die Fäden sind zu locker, und hier stimmt was nicht. Nach dem Nähen und Leimen ist das Buch professionell beschnitten worden. Buchbinder haben Maschinen dafür, und dann ist der Schnitt ockergelb abgezogen worden. Gut gemacht.«

»Nicht vom alten Küfer, aber in seiner Werkstatt.«

Sie nickte. »Schauen Sie sich die Texte an. Sie sind auf einer alten Erika getippt worden. So eine hatte der alte Küfer hinten in seinem Büro stehen. Und wenn ich mich recht erinnere, hatte das große S einen leichten Schlag nach rechts, so wie hier, sehen Sie das?«

Ich beugte mich vor, hatte aber kaum genug Zeit, richtig hinzugucken. Schon hielt sie es sich wieder unter die Lupe.

»Und dieser violette Schimmer?«, fragte ich.

»Das ist vom Farbband. Alte Schreibmaschinen hatten Stoffbänder, die mit Tinte getränkt waren. Die Type schlug auf das Band und drückte die Farbe aufs Papier. Hier sehen Sie sogar einen Schatten des Gewebes. Die Typen hätten mal wieder sauber gemacht gehört. Schauen Sie mich nicht so an! Ja, so war das früher. In den kleinen Löchern vom a oder vom o hat sich immer Dreck gesammelt, und man hat ihn mit einer Stecknadel rausgestochert. Dann kamen die Karbonbänder und die Typenradmaschinen. Karbonbänder konnte man nur einmal verwenden … gut für Krimis, denn auf dem weggeworfenen Karbonband konnte man wunderbar lesen, was getippt worden war. Bei den alten Farbbändern ging das nicht. Die hat man mehrmals hin- und herlaufen lassen können. War natürlich viel billiger. Wenn man das bedenkt: So eine Schreibmaschine, die hat der Großvater mal angeschafft – sicher auch für viel Geld –, und dann hat der Sohn sie noch verwendet. Heute kauft man sich alle drei Jahre einen neuen Computer für ein Mehrfaches an Geld.«

»Dafür kann man auf einem Computer so oft korrigieren, wie

man will, und Absätze umstellen, genau auf Zeile schreiben und so weiter.«

Manu lachte. »Ob das so eine Verbesserung ist? Thomas Mann hat noch mit der Hand geschrieben, und keine einfachen Sätze. Und so einer wie Karl May, dessen Manuskripte sollten Sie mal sehen, fast nichts korrigiert. Er hat sich hingesetzt und ein Buch von der ersten bis zur letzten Zeile durchgeschrieben. Nichts durchgestrichen, nichts reingeflickt, keine Absätze umgestellt, nichts gelöscht, ganz linear. Ich glaube schon, der Computer hat die Arbeit des Schriftstellers radikal verändert. Vermutlich merkt man es den Texten auch an. Ich kann nur nicht sagen, wie.«

Mal Lola fragen, dachte ich.

»Und dann natürlich das Internet. Die fabulieren nicht mehr, sage ich immer, die recherchieren nur noch.«

»Und kopieren.«

»Ach, abgeschrieben haben die Alten auch, und nicht zu knapp. Karl May hat seitenweise Reiseberichte in seine Romane übertragen, wortwörtlich. Bert Brecht hat hemmungslos Lieder anderer Autoren für seine Zwecke umgeschrieben. Und wenn Sie sich die Bibliothek von Thomas Mann in Zürich anschauen, da sehen Sie, was er alles benutzt hat. Das ist der Unterschied zu heute. Wissen hat man immer irgendwoher, aber bei den Alten sieht man, woher, wenn man sich ihre Bibliotheken anschaut. Früher brauchten Schriftsteller große Bibliotheken, Nachschlagewerke, Fachbücher, heute brauchen sie einen DSL-Anschluss. Und niemand wird später nachvollziehen können, wo sie ihr Wissen herhaben. Und so manches Buch wäre ohne Internet nicht denkbar. Vor allem nicht in der kurzen Zeit, in der es entstanden ist. Früher musste man sich tagelang in öffentlichen Bibliotheken aufhalten, ausleihen, lesen. Und die Verknüpfungen zu anderen Fachgebieten waren nur schwer zu finden. Ich habe mal ein französisches Buch übersetzt, da kam ein zu seiner Zeit berühmter Künstler vor, der ein Tänzer, ein Sportler oder ein Schauspieler hätte sein können. In meinem Konversationslexikon stand er nicht. Wenn ich das in der

Bibliothek hätte herausfinden wollen, hätte ich historische Bücher aus allen drei Gebieten bestellen und durchforsten müssen. Aber so habe ich in Google bloß den Namen eingegeben.«

»Das klingt nicht nach Kulturkatastrophe.«

»Aber manchmal frage ich mich schon, was hinter der Gelehrtheit so manches Autors steckt. In Amerika werden gezielt für den deutschen Markt faktenreiche und gelehrte Bücher über soziokulturelle Themen in süffiger Sprache geschrieben, die dann ›Die Sicherheitsgesellschaft‹ oder ›Panik vor dem Zufall‹ oder ›Wissen macht dumm‹ oder so ähnlich heißen. Offenbar lesen wir Deutschen so was gern. Fachübergreifendes Wissen, einfache These. Und ist Ihnen schon aufgefallen, wie viele Romanciers, die ja meistens ein geisteswissenschaftliches Studium hinter sich haben, heutzutage mit Quantenphysik jonglieren? Die Relativitätstheorie können Sie sich in wenigen Minuten aus dem Internet holen, ohne auch nur ein einziges Physikbuch aufzuschlagen.«

»Hm, ja.«

Manu lachte. »Das löst bei Ihnen nicht mal ein müdes Arschrunzeln aus, wie sich sehe. Vielleicht haben Sie recht. Computer sind besser als keine Computer. Also zurück zu diesem Buch.«

Sie kniff die Augen zusammen. »Du meine Güte. ›Die Klassenkämpfe entfalten. Das Proletariat organisieren. Mit dem bewaffneten Widerstand beginnen! Genossen, es hat keinen Zweck, den falschen Leuten das Richtige erklären zu wollen. … Den kinderreichen Familien, den Jungarbeitern und Lehrlingen, den Hauptschülern, den Familien in den Sanierungsgebieten, den Arbeiterinnen von Siemens und AEG-Telefunken, von SEL und Osram, den verheirateten Arbeiterinnen, die zu Haushalt und Kindern auch noch den Akkord schaffen müssen – verdammt, denen habt ihr die Aktion zu vermitteln, denen habt ihr zu sagen, daß jetzt Schluß ist, daß es jetzt losgeht, daß ein Ende der Bullenherrschaft abzusehen ist. Denen habt ihr zu sagen, daß wir eine Armee aufbauen. Was die Schweine mit Zensuren, Entlassungen, Kündigungen, mit Kuckuck und Schlagstock schaffen, schaffen sie damit. Klar, daß sie zur Dienstpistole greifen, zu Tränengas, Handgranaten und MPs, klar, daß sie die Mittel eskalieren, wenn sie anders nicht weiterkommen. Na und? Klar, daß der Strafvollzug für Politische verschärft wird. Macht das klar, daß die Revolution kein Osterspaziergang sein wird.‹ Das …« Manu schaute mich an. »Das ist aber kein Kommunardentext.«

»Nein?«

»Nein, das klingt wie ein erstes Konzept für den Gründungstext der RAF, wie er, ich glaube, 1970 in *Agit 833* erschien, einer linksextremen Zeitung, deren Herausgeber danach untertauchen musste.«

»Oha!« Das hatte Richard mir nicht gesagt. Und er hatte sich darauf verlassen können, dass ich es nicht alleine herausfand. Das Aas!

Manu hielt das Buch von sich weg und kniff die Augen zusammen. »Und ist Ihnen das aufgefallen? Schauen Sie mal. Sehen Sie das?«

»Mir ist nur aufgefallen, dass manche Buchstaben etwas fetter aussehen als die andern.«

»Genau!« Manuela Kantor schaute mich vergnügt an. »Sie sind doppelt getippt, also zweimal auf derselben Stelle, was bei einer mechanischen Schreibmaschine immer zu leichten Verschiebungen führt. Und wissen Sie, wozu man Bücher immer schon benutzt hat? Als Übermittler geheimer Botschaften. Und jetzt meine ich nicht den Text selbst. Überall, wo so viele Buchstaben auf einen Haufen stehen, kann man sich einzelne herauspicken, die bestimmte Wörter bilden. Die einfachste Methode ist: Sie machen mit dem Empfänger eine bestimmte Buchausgabe aus und beginnen mit der ersten Zeile und dem ersten Wort des ersten Kapitels so lange Wörter und Zeilen abzuzählen, bis sie auf das Wort stoßen, das Sie brauchen. Dann zählen Sie weiter und suchen das dritte, dann das vierte und immer so weiter. Diese Zahlen schicken Sie an den Empfänger, der sich dieselbe Ausgabe nimmt und nun seinerseits zählt. Mit meiner Freundin habe ich als Jugendliche Dutzende von Varianten ausprobiert. So konnten wir uns geheime Nachrichten schicken. Wir haben beispielsweise ein Pauspapier genommen. Aber das kennen Sie doch noch! Haben Sie nie mal was durchgepaust, indem sie ein sehr dünnes Papier auf ein Bild gelegt haben? Sehen Sie. So ein Papier haben wir auf eine Buchseite gelegt und dann einen Punkt an der Stelle gemacht, wo der Buchstabe durchschien, den wir für unseren Text brauchten. Das Blatt bekam dann die Freundin und legte es auf die vorher ausgemachte Seite unseres gemeinsamen Buchs. Es war übrigens *Die rote Zora*. Das war bequemer als die Zählerei und man konnte lange Briefe auf diese Weise verfassen. Und wissen Sie, das hier erinnert mich vom Muster her an unsere Punktebriefe.«

Manu holte ein Blatt Papier aus dem Laden und wir fingen an, alle mit der alten Erika aus Küfers ehemaliger Buchbinderei doppelt angeschlagenen Buchstaben herauszuschreiben.

Die Wörter gliederten sich wie von selbst, weil wir die meisten Namen kannten. Da bildeten sich vor unseren Augen: Andreas Baader, Gudrun Ensslin, Horst Mahler, Wolfgang Sehrader, Ulrike Meinhof, Brigitte Asdonk, Irene Goergens und noch ein halbes Dutzend weitere.

»Und was bedeutet das?«

»Das sind die Gründungsmitglieder der RAF«, antwortete Manu. »Wann, sagen Sie, wurde dieses Buch gebunden?«

»Anfang 1967.«

»Oh! Das heißt, dass hier jemand drei Jahre vor der offiziellen Gründung der RAF das Manifest konzipiert hat. Das ist ja irre! Marie, eine geistige Brandstifterin, wie man das damals formuliert hat. Was für ein Dokument!«

Ich zündete mir eine Zigarette an. »Und dann legt sie es bei Durs Ursprung aus? Wozu?«

»Vielleicht, weil ...« Manu klaute sich mit der Bemerkung, sie habe eigentlich vor fünf Jahren mit dem Rauchen aufgehört, eine Zigarette von mir. »Ach, ich weiß nicht.«

»Und wenn Marie Küfer es war, die das getippt und die Namen der beteiligten Personen darin versteckt hat, warum ist sie selbst nicht mit dabei? Das kann doch nur heißen …«

»Dass sie …«

»Dass sie sich davon distanziert hat«, resümierte ich, »aber davon wusste und wollte, dass es bekannt wird, ohne dass sie selbst zur Polizei gehen und sich auf diese Weise exponieren muss.«

»Ja«, sprang mir Manu bei, »und sie hoffte, dass das Buch gefunden, richtig verstanden und die Botschaft entdeckt würde und dass jemand damit zur Polizei ginge und diese Leute verhaftet würden.«

»Und tatsächlich«, ergänzte ich, »wurde das Buch bei Ursprung von einem Unbeteiligten entdeckt. Er hat allerdings die geheime Botschaft nicht bemerkt.«

War ich mir da so sicher? Alle Geschichten, die Richard über das Buch erzählt hatte, waren geeignet gewesen, mich vom Eigentlichen abzulenken. Andererseits hatte er es mir überlassen.

Manu unterbrach meinen Gedanken vor der Verfertigung. »Sehrader«, grübelte sie. »Wer das wohl ist. Baader und Ensslin, die kennt man, auch Brigitte Asdonk ist mir ein Begriff.«

Ich ahnte, dass Durs Ursprung mir Manu nicht empfohlen hatte, weil sie Buchbinderin, sondern weil sie Spezialistin in Sachen RAF war. Und das bedeutete, dass auch er das Buch und seine geheimen Texte gekannt hatte.

»Aber wieso«, fragte ich mich laut, »hat Marie das Buch in einer linken Buchhandlung deponiert? Da konnte sie doch nicht damit rechnen, dass jemand zur Polizei geht … Ach nein, sie hat ja behauptet, sie sei es nicht gewesen. Das Buch sei ihr abhandengekommen.«

Manu schaute mich neugierig an. »Scheint ja ein echtes Rätsel zu sein.«

»Ja, gell!«

»Vielleicht war Marie … nicht direkt beteiligt«, schlug Manu vor. »Sie war nur die Buchbinderin. Und dann hat sie die Texte genauer gelesen und es mit der Angst zu tun bekommen und das Buch weggeworfen.«

Das passte zumindest zu der Feigheit, über die auch Richard sich geärgert hatte.

»Und jemand anders hat es dann zu Durs getragen.«

Ich stöhnte. »Das gefällt mir nicht. Das macht die ganze Geschichte kaputt.«

Manu lachte. »Es kann nicht immer alles nach eigenem Gefallen gehen. Das Leben ist kompliziert und voller Ungereimtheiten. Zum Beispiel könnte Marie von dem Wunsch beseelt gewesen sein, ihre eigenen Irrungen und Wirrungen zu beichten.«

»Himmel, Herrgott, Sakrament!«

»Ja, ich meine: Gegen die Leute unternehmen konnte sie nichts, sie hätte ihre Freunde anschwärzen müssen. Doch irgendwie musste sie ihr Gewissen entlasten, und zwar nach guter alter pietistischer Tradition in einem Buch. Und so hat sie das Manifest genommen und die Namen der Leute, die den bewaffneten Kampf gelobten, darin untergebracht, ein Buch gebunden und es in die Öffentlichkeit getragen, sprich, bei Durs hinterlegt.«

»Klingt wie im guten alten Krimi: Eure Namen sind hinterlegt, und wenn mir was zustößt, wird jemand den Umschlag – oder Buchdeckel – öffnen, und man wird wissen, wer ihr seid.«

»Ja, auf Verrat stand der Tod. Und wenn Marie das Manifest kannte, war sie dabei, jedenfalls am Anfang. Gut möglich, dass sie Angst hatte, ihr Leben sei in Gefahr, wenn sie abspringt. Kann man sich heute gar nicht mehr richtig vorstellen, diese Art von Räuber-und-Gendarm-Spiel, das ja zunehmend Realität wurde: Verstecke suchen, immer das Gefühl, verfolgt zu werden. Rote Zoras mit klarem Feindbild. Sie wussten, wie man das an seine naturgegebene Autorität glaubende Bürgertum bis zur Weißglut reizte. Sie haben provoziert wie die Kinder. Nur dass es auf einmal um Leben und Tod ging. 34 Menschen hat die RAF ermordet. Und doch waren wir auch immer fasziniert. Meine Freundin und ich, wir haben uns stundenlang ausgemalt, einer gesuchten

RAF-Terroristin Unterschlupf zu gewähren. Man war gespalten, verstehen Sie. Studenten haben nach der Ermordung von Generalbundesanwalt Buback 1977 in Karlsruhe in einem linken Blatt dafür den Begriff von der ›klammheimlichen Freude‹ geprägt.«

Dieses Gefühl hatte Richard mit Sicherheit niemals empfunden.

»Aber all das«, wandte ich ein, »hat man aus diesem Manifest noch gar nicht ersehen können. Da steht nichts von Sprengstoffanschlägen und Morden. Es sind Phrasen im damaligen Politjargon. Wo steckte die Gefahr für Marie? Brisant wird der Text doch erst im Rückblick, wenn man weiß, wo es endete.«

»Auch wieder wahr.« Manu lachte. »Schade eigentlich. Mir hätte die Theorie gut gefallen vom verfolgten Mädchen, das ein Buch als Lebensversicherung in einem Buchladen hinterlegt.«

Je weiter ich mich auf der Heimfahrt von Tübingen entfernte, desto unklarer wurde mein Bild von Marie. Nur eins schien mir sicher, als ich im ersten Stau am Echterdinger Ei bremste: Marie hatte sich nach der Ermordung von Benno Ohnesorg vor dem Zeugenstand drücken müssen, denn das Buch hätte nicht nur den Schuss auf Richard belegt, sondern eben auch ihre Verstrickung in eine Szene offenbart, die sich als Kampftruppe für einen künftigen Krieg formierte.

Und heute wollte sie davon auch nichts wissen, weil es sie ihre Existenz kosten würde.

Auf der Weinsteige bremste mich ein Fußballjubel-Corso aus und gab mir Zeit für den Gedanken, dass ich immerhin diesen Wolfi identifiziert hatte: Wolfgang ... wie hatte der geheißen? Ich zog Manus Blatt und das Buch aus meiner Tasche. Da stand es: Wolfgang Sehrader.

Eine Stunde brauchte ich, um mich durch alle Corsi zu fädeln. Dann konnte ich mich an den Computer setzen: »Wolfgang Sehrader«. Google ging gleich zu anderen Schreibweisen über: »Wolfgang Schrader«.

?

Ich nahm das Buch noch mal her und ging Buchstabe für Buchstabe den Abschnitt durch. »… der ganze **S**chweinkram ließe si**eh** unterwandern, nasfüh**r**en, überrumpeln, einschüchtern, k**a**mpflos abschaffen. Macht das klar, **d**aß di**e** **R**evolution kein Osterspaziergang sein wird.« Ergibt: Sehrader.

Und beinahe hätte ich es wieder übersehen. Marie hatte sich im dunklen Büro ihres Buchbinderlehrmeisters vertippt. In »sieh« stand ein e anstelle eines c. Und weil das Wort Sinn ergab, wenn auch den falschen, hatte Manu sich ebenfalls verguckt. Und das hieß: Maries Freund Wolfi hatte Wolfgang Schrader geheißen!

Ich sprang auf und rannte durch die Wohnung. Das hieß … das hieß … aber das bedeutete doch … Ja, was bedeutete das genau? Nun seid doch mal still! Durch die Neckarstraße hupten und tröteten, unbeeindruckt von jemandem, der denken musste, die Sieger.

Es war kein Zufall gewesen, dass Richard mich zu der Lesung von Lola Schrader geschleppt hatte. Michel Schrader war zu jung, um Wolfi zu sein, aber sein Vater, also Lolas Großvater, der könnte es gewesen sein. Richard hatte es längst gewusst, und nun sollte ich es aufdecken. Weil er es nicht konnte, nicht wollte, weil er sich dieser undankbaren Schnepfe Marie immer noch verpflichtet fühlte, andererseits aber auch wieder wünschte, dass ein Mörder als Mörder verurteilt wurde und sie die dafür nötige Zeugenaussage machte.

Typisch Richard! Delegieren und im Hintergrund Regie führen. Und ich war sein Kasperle. Er wusste genau, auf welches Knöpfchen er drücken musste, damit ich loshetzte, um Mächtige zu köpfen und Hochmütige zu stürzen. Und er war lebenserfahren genug zu wissen, dass er sein eigenes Ansehen und seine Karriere verspielen würde, wenn er selbst dafür sorgte, dass diese Person, die Marie Küfer heute war, öffentlich mit den Vorgängen des Jahres 1967 in Verbindung gebracht wurde. Sie musste eine sehr angesehene Person sein, eine, die zurücktreten musste, wenn ihre Integrität infrage stand, also eine Politikerin!

Ich setzte mich wieder und simste an Lola die Frage, ob ihr Großvater Wolfgang heiße. Sie simste zurück, er habe so geheißen, sei aber vor zwei Jahren gestorben, genauer, habe sich auf dem Dachboden seines Hauses in Tübingen erhängt.

Das war ein Detail, das mit der Biografie ihrer Romanheldin übereinstimmte. Wenn das andere auch stimmte, dann war ihr Vater das uneheliche Kind Wolfgangs mit einer Kommilitonin. Lolas Interpretation zufolge hatte sie das Kind nicht haben wollen und war zum Studium ins Ausland gegangen. Der Bub war bei ihren gestrengen Eltern geblieben und hatte ein oder zwei Traumata erlitten. Wolfgang hatte schließlich sein Studium abgeschlossen, war Lehrer geworden, hatte die Tochter eines Professors geheiratet und den Jungen zu sich genommen, als er fünf Jahre alt war. Dafür hatte sich seine Frau nicht nur durch Kinderlosigkeit gerächt, sondern auch durch eine sich über Jahre erstreckende Krebserkrankung. Als sie endlich tot war, waren alle erleichtert, Wolfgang, Michel und Lola, und bestürzt, wie sehr man sich über den Tod eines Menschen freuen konnte. Sie hatten es zusammen im Gasthaus Ilysia am Wallgraben krachen lassen.

Bis heute wusste Lola nicht, wer die Mutter ihres Vaters war. Ob Michel es wusste, wusste zumindest die Romanheldin nicht. Vermutete es aber, malte sich aus, sie sei eine berühmte Schauspielerin, weshalb ihr Vater eine Schauspielerin geheiratet habe, um sich an Unzuverlässigkeit, Untreue und Unordnung abzuarbeiten.

Zum ixten Mal gab ich Marie Küfer in Google ein. Nichts Neues. Aber zum ersten Mal begab ich mich auf die Seite des Deutschen Bundestags und durchforstete die Parlamentarierinnen. Wer aus dem Wahlkreis Tübingen stammte, war nicht unbedingt in Tübingen geboren. Irrweg aufgrund eines Denkfehlers. Ich wechselte auf die Seite der Bundesregierung. Die Minister waren schnell gesichtet. Von den Ministerinnen kam keine aus Tübingen. Aber da gab es etwas versteckt noch eine Beauftragte für Kultur und Medien, die Marianne Brandel hieß und den Rang einer Staatsministerin bekleidete.

Geboren am 4. Januar 1946 in Tübingen, verheiratet, zwei Kinder. Abitur 1964 am Uhland-Gymnasium. Danach Studium der Anglistik und Germanistik in Tübingen und Harvard mit Abschluss Promotion. Dann Habilitation und Professur für vergleichende Literaturwissenschaften in Hamburg, später Berlin, Beraterin der Industrie, Vorsitzende diverser Stiftungen, die Karriere einer intellektuellen Frau mit Sinn für Macht. Seit fünf Jahren war sie nun Kulturstaatsministerin und Schirmherrin des von ihr ins Leben gerufenen Deutschen Literaturpreises für das beste Romandebüt, der alljährlich neben dem Deutschen Buchpreis vom Börsenverein des Deutschen Buchhandels auf der Frankfurter Buchmesse vergeben wurde und mit zehntausend Euro dotiert war.

Ich hatte kein sonderlich deutliches Bild von ihr im Kopf. Sie war die Andere, die ich nie sein würde, die mich nie anschauen, mir nie die Hand reichen würde, mit der es kein einziges gemeinsames Thema gab. Ich war Proll. Sie war *die* Kultur, eine Dame von Welt, urteilssicher und nie anstößig. Die Internetfotos zeigten eine filigrane platinblonde Dame mit mächtigen Tüchern zu einfarbigen Blazern, stets frisiert, dezent geschminkt und mit gestrengem Lächeln auf den Lippen. Sie hatte zuletzt große Reden gehalten über Urheberrechte im Internet, mit denen die Schriftstellerverbände einigermaßen zufrieden gewesen waren. Überhaupt schienen alle sehr zufrieden mit ihr zu sein. Private Informationen keine. Mit dem Internet hatte sie es nicht so. Im Gegensatz zu anderen Politikern pflegten ihre Mitarbeiter keine Facebookseite für sie. Bei Amazon war sie mit fünf Büchern über Kulturförderung und diverse internationale und nationale Literaturpreise vertreten.

Und das alles bedeutete keineswegs, dass Marianne Brandel identisch war mit Marie Küfer, auch wenn Marie als Kurzname von Marianne taugte.

Ich hätte nun einfach Richard anrufen und ihn mit meiner Entdeckung konfrontieren können. Es fiel ihm schwer zu lügen, wenn man ihn direkt fragte. Aber es war eindeutig schöner, es selbst herauszufinden. Es ging gar nicht, dass eine Karrierefrau wie sie sich mit ihrem Privatleben komplett aus dem weltweiten Netz heraushalten konnte.

Nach zwei Stunden Spielerei mit Suchbegriffen stieß ich unter der Verbindung »Brandel Ursprung« auf einen Bericht des *Stuttgarter Anzeigers* über einen Besuch Marianne Brandels in der Buchhandlung Ursprung. Die Fotos zeigten sie überbordend elegant neben dem verknitterten Buchhändler und seinem Sohn Ruben mit Knebelbart und Stirnband.

Brandel erinnerte sich, als Studentin diesen Buchladen frequentiert zu haben, redete der Stadtteilbuchhandlung das Lob und würdigte insbesondere die von Ursprung als Hort der Gelehrsamkeit und als Kulturinstitution, die es zu schützen und zu bewahren gelte. Dazu bemerkte Durs Ursprung: »Buchhändler sind immer Hungerleider gewesen. Das hilft, den Sinn für den Gedanken des Aufruhrs wachzuhalten.« Und Marianne Brandel sagte: »Ja, das ist leider nur zu wahr. Meine Urgroßväter waren Verleger und Buchdrucker, und mein Großvater war Buchbinder.«

Ha!

Ein kleines Türchen war offen, das zweite öffnete sich wenig später. Hinter fünf internen Links auf der Seite des Uhland-Gymnasiums, auf der ich schon mal gewesen war, entdeckte ich die pdf-Datei des Referats einer Schülerin über die Kulturstaatsministerin Marianne Brandel, geb. Küfer, Werdegang und Wirkung, Tochter eines Oberpostdirektors Hermann Küfer.

In der Neckarstraße verhupten sich die letzten Sieger. Der Bunker der Staatsanwaltschaft stand wie üblich im hellen Licht seiner Sicherheitsstrahler und auf Höhe meines Küchenfensters war ein Fenster erleuchtet.

Ich wählte Richards Büronummer. Er war sofort dran.

»Ich weiß, wer Marie Küfer ist!«

Er atmete aus. »Und was machst du mit dem Wissen?«

»Ich werde sie erpressen, denke ich.«

»Hm. Ist gut.«

Jetzt atmete ich aus. »Oder möchtest du, dass ich was anderes tue?«

»Was denn sonst?«

»Na hör mal, Richard. Sie hatte sehr früh Kontakt zu den späteren RAF-Terroristen Ensslin, Baader und den anderen. Womöglich stammt der erste Entwurf des Gründungstexts der RAF von ihr.«

»Und?«

Ich musste lachen. »Was glaubst du, was passiert, wenn bekannt wird, dass unsere Kulturstaatsministerin ein Manifest geschrieben und in einem Buch – einem einzigen nur, aber immerhin – veröffentlicht hat, das heute als Dokument der Gründung der Rote Armee Fraktion gilt? Da erscheint doch auch die Tatsache in ganz anderem Licht, dass sie sich vor der Zeugenaussage gegen den Beschuldigten im Tötungsfall Benno Ohnesorg gedrückt hat. Der Zorn darüber, dass der Schütze nicht verurteilt wurde, war in linken, an einer Eskalation interessierten Kreisen durchaus erwünscht.«

»Das war damals gar nicht abzusehen.«

Vielleicht hatte er recht. Revolutionäre Verirrungen schmücken die Jugend. »Ich bin die Letzte«, sagte ich, »die ihr daraus einen Strick drehen möchte, Richard. Als Journalistin aber muss ich es tun.«

Er schnaubte.

»Ehe es ein anderer tut!«

»Seit wann ist das, was andere tun, ein Maßstab für dich, Lisa?«

»Lenk nicht ab, Richard. Sie muss aussagen im Mordprozess um den Tod von Ohnesorg, falls es zu diesem Prozess wirklich kommt. Und genau das willst du doch auch! Oder?«

»Ach Lisa, das ist alles so lange her. Ich kann nicht mehr beschwören, dass der Kerl wirklich vorher schon gedroht hat, er werde einen von uns Hunden kaltmachen in dieser Nacht. Damals hätte ich es beschworen. Aber heute? Die Erinnerung ist ein Wechselbalg.«

»Deine nicht! Du hast eine Festplatte im Hirn.«

»Unser Gedächtnis funktioniert eben nicht wie eine Festplatte. Wenn wir den Text wieder öffnen, also wenn wir eine Erinnerung hervorholen, dann verändert sie sich, während wir sie erzählen. Wir kürzen, wir malen aus, wir überspielen Ungereimtheiten, wir fügen zueinander, wir passen sie logischen Mustern und eigenen Interpretationen an. Genau das speichern wir dann wieder ab. Holen wir sie das nächste Mal hervor, greifen wir auf die jüngste Form zurück. Das Original geht darüber bald vollständig verloren. Das ist das Kreuz mit Zeugenaussagen. Bei der mündlichen Verhandlung bekommt der Richter im besten Fall die Aussage zu hören, die der Zeuge sich als die gemerkt hat, die er zu Protokoll gegeben hat. Und auch die kann bereits Fiktion sein. Womöglich habe ich einen ganz anderen Mann mit Pistole gesehen als den Spitzel, der mitten in der Demonstration die Drohung ausgestoßen hat. Womöglich hat gar nicht der Beklagte auf mich geschossen, sondern die Kugel stammte aus der Waffe eines Kollegen, dem die Pistole losgegangen ist. Wir haben ja das Projektil nicht mehr, das als Beweis dienen könnte.«

»Das hat Marie! Wetten?«

Er schwieg.

»Oder willst du mir erklären, auch Marie erinnere sich nicht mehr? Oder bestenfalls an euer Gespräch auf dem Rückflug, und könne nicht mehr sagen, ob sie gesehen hat, wie Ohnesorg erschossen wurde?«

»Sogar das ist möglich. Vor allem, wenn sie es vergessen wollte.«

»Na toll!«

Richard schwieg wieder. Ich schaute mit dem Telefon in der Hand über die Lichtinsel der Stadtbahnhaltestelle Stöckach zu seinem Fenster hinüber. Vermutlich saß er mit dem Rücken zu mir an seinem uralten Amtsstubenschreibtisch, umgeben von juristischen Nachschlagewerken, vor Augen den schwarzen Safe seines Vorgängers in der Ecke, den von einer Spezialfirma abtransportieren zu lassen nie genug Wille und Geld vorhanden gewesen war.

»Wie wär's, wenn du mal nach Berlin fährst, Richard, und mit ihr redest. Sie freut sich sicher, dich zu sehen.«

Er lachte unfroh.

24

Als die Fußball-WM sich ausgetrötet hatte und eine neuer Bundespräsident gewählt worden war, hatte ich Karin Beckers Feuerliste abgereist. Der Rothaarige war nirgendwo mehr auffällig geworden. Die Inhaber der Ostend-Buchhandlung erinnerten sich allerdings an einen älteren Mann von unangenehmer Ausstrahlung – massig wollten sie ihn nicht nennen, aber dünn sei er auch nicht gewesen –, der lange im Laden gewesen war, dann aber nur eines der billigen Sprüchebüchlein gekauft hatte. Das Feuer war in einem Aschenbecher im Büro ausgebrochen, was umso verwunderlicher war, weil niemand rauchte und der Aschenbecher eigentlich nicht benutzt wurde. Der Ladeninhaber erzählte, die Polizei habe eine Chemikalie gefunden, deren Herkunft noch unerklärlicher war, eine Zinkmischung, die sich mit Wasser entzündete. Der Schaden im Büro sei beträchtlich gewesen. Die Brandsachverständigen hätten in den Resten ein Drahtgestell gefunden – gerade groß genug, um es über den Aschenbecher zu legen –, dessen Sinn und Zweck man der Polizei auch nicht habe erklären können. Man war übereingekommen, dass sich da jemand einen bösen Scherz erlaubt habe.

Oder der Brandstifter hatte nach einem Mittel gesucht, den Ausbruch des Feuers zu verzögern, nachdem er einmal festgestellt hatte, dass die Sache mit Zinkpulver, Natriumperoxid und Wasser im Prinzip gut funktionierte. Wie aber brachte man Wasser dazu, zu warten? Indem man es gefror. Ein Eisstück, auf ein Drahtgestell oder ein Regal über das Zinkpulver gelegt, begann zu tauen und zu tropfen. Durch ein Gitter tropfte es schneller, als Flüssigkeit von einem Regalbrett lief. Und puff!

So hätten wir alle unten in Ursprungs Keller gesessen, während oben das Feuer ausbrach. Kurioserweise hatte es dann just in dem Moment gezischt, als Ruben Ursprung hochgegangen war, um zu schauen, wer die Ladenglocke zum Bimmeln gebracht hatte.

Offenbar kam es dem Brandstifter darauf an, woanders zu sein, wenn sein Feuer ausbrach. Aber wer brauchte ein Alibi? Einem Sniper waren die Alibis egal, er zog vogelfrei umher und genoss es, zu töten. Einer aber, der aus dem Tod einer bestimmten Person einen Nutzen zog, der brauchte es. Womit ich wieder einmal bei Ruben Ursprung war. Er schlug den größten Vorteil aus der Brandschutzversicherung und dem Tod seines Vaters, vor allem wenn der wirklich Vermögen gehabt hatte.

Einer, der wiederum für keines der Ereignisse ein Alibi hatte, war Michel Schrader. Ich hatte mich nicht darum gekümmert, herauszufinden, wo er gewesen war, als die tote Taube gegen das Schaufenster von Thalestris flog. Hingegen war er bei beiden Buchladenbränden nach den Lesungen seiner Tochter dabei gewesen, und jedes Mal war er als Letzter mit der Hand am Hosenstall angetreppelt. Andererseits hatte ihn keine der Buchhändlerinnen und Buchhändler wiedererkannt, die ich gefragt hatte.

Ich schickte die Ergebnisse meiner Recherche an Christoph Weininger. Ein paar Tage später meldete sich ein Mitarbeiter der Operativen Fallanalyse bei mir und lud mich zu einer Befragung ins LKA ein, die einen ganzen Tag dauerte.

Übers Wochenende fuhr ich nach Münsingen, ging mit Sally wandern und brachte sie und unser Getier wieder nach Stuttgart zurück. Während Richard zwei Prozesse gewann, einen gegen ein Reinigungsunternehmen und einen zweiten gegen eine Bordellkette, die für ihre Angestellten Sozialabgaben in Millionenhöhe hinterzogen hatte, erforschte ich über Tage hinweg Lolas Facebook-Netzwerk von mittlerweile 256 FreundInnen.

US-Geheimdienste analysierten solche Netzwerke, hatte ich gelesen, um die Gruppen zu finden, die isoliert von anderen einen regen Kontakt untereinander pflegten. Solche Leute waren dann

Terroristen. Allerdings lagen bei Facebook die Kommunikationsinhalte offen. In Lolas Netzwerk gab es aber auch an die hundert Personen, die sich bei ihr so gut wie nie einmischten, dafür aber woanders ihr Zentrum hatten, und es gab ein gutes Dutzend stille Verehrer, die kaum kommunizierten, weder mit Lola noch mit anderen. Nino Villar gehörte dazu, aber auch Michel Schrader.

Eine riesige Blase hatte wiederum der nette Typ aus der Figurentheaterhochschule, Adrian Weinrich, aufgebaut. Und darin stieß ich unvermutet auf den Rothaarigen mit den vielen Ohrringen. Er hieß Florian Eisenblatt und gehörte einer Facebook-Gruppe von BookCrossern an, die sich einen Sport daraus machte, Bücher in der Öffentlichkeit auszusetzen – in Regalen, auf Mensatischen, unter Mauervorsprüngen –, um dann ihren Weg zu verfolgen. Damit das gelang, musste der Finder sich über eine Webseite mit ihnen in Verbindung setzen und eine BCID-Nummer angeben. Fan dieser Gruppe war auch Durs Ursprung gewesen. Wer tot war, lebte noch lange in Facebook weiter.

Dann machte ich mich daran, die Festplatteninhalte von Lola und Michel Schrader zu durchstöbern, die Wagner für mich auf einem Rechner in Übersee abgelegt hatte. Aber ich kann nicht behaupten, dass es mich wirklich weiterbrachte. Es gab Dutzende Versionen diverser Kapitel der *Malefizkrott* auf beiden Rechnern. Papa hatte offenbar immer wieder durchlesen müssen. Aus dem Pingpong der Kopien war allerdings klar ersichtlich, dass Lola die Autorin war und der Vater korrigiert und kommentiert hatte.

Außerdem gab es in Lolas Ordnern kilometerlange Kopien aus Internetseiten über BDSM mit dem zugehörigen Vokabular, Auszüge aus anderen Romanen, sofern sie im Internet abgreifbar gewesen waren, und aus zahllosen Blogs. Von wegen, man könne nicht nachvollziehen, mit welcher virtuellen Bibliothek die Internetgeneration gearbeitet hatte.

Das Buch von Matthias Kern war in keiner E-Version auf dem Rechner. Allerdings fand ich in Michel Schraders E-Mail-Dateien eine Rechnung von Amazon über genau dieses Buch. Na, also!

Als die Schulferien nahten, verkündete Lola Schrader auf Facebook, dass der Literaturfürst Heinrich Weinrich sie Donnerstagabend in der Sendung *Der Buchstab* besprechen werde. Richard rief mich an, um mir dasselbe mitzuteilen. »Du hast doch sicher nicht die Fernsehzeitschrift studiert.«

»Nee, aber Facebook. Wann meldest du dich da endlich an, Richard? Das kann durchaus nützlich sein für die Ermittlung eines Täterumfelds.«

»So? Glaubst du, ein Betrüger wirbt das Opfer als Freund und postet den Erfolg? Wieder zwei Millionen mit gefälschtem Scheck bei den Dödeln der Soundsobank ergaunert.«

»Immerhin weiß ich inzwischen, dass Durs Ursprung seine Aktion ›Socken kaufen bei Walfisch‹ auf der Facebookseite ›5 Millionen für Stuttgart‹ angekündigt hat. Es hat also jeder wissen können, dass er an besagtem Tag um eine bestimmte Uhrzeit dort sein würde. Dass sonst niemand gekommen ist, war nicht vorhersehbar. Damit steht auch fest, dass Durs Ursprungs Mörder bei Facebook angemeldet ist.«

»Facebook hat sieben Millionen Mitglieder.«

»Leider! Kommst du nachher noch?«

»Wenn du willst?«

So kam es, dass Richard und ich uns kurz vor Mitternacht eine Sendung anschauten, die ich normalerweise samt Fernseher durch die geschlossene Fensterscheibe geworfen hätte. Heinrich Weinrich war ein alter Frankenstein. Meine Mutter hatte mir eingeschärft, für Hässlichkeit könne man nichts. Aber wenn einer so birnenförmig und breitbeinig im Sessel hing wie Weinrich und pflaumengroße schwarze Wucherungen auf der Nase und am linken unteren Augenlid kultivierte, dann war er vollumfänglich verantwortlich. Außerdem sprach Weinrich nicht, sondern schmatzte: »Eine zornige junge Frau feiert ihr literarisches Debüt, und wir stehen sprachlos und staunen über die Souveränität der Ironie und die Raffinesse der Intertextualität in diesem so jungen und doch bereits so reifen Roman.«

Er hatte noch nicht zu Ende gesprochen, da schrillte mein Telefon.

»Intertextualität, haben Sie das gehört! Ach so, ja, Matthias Kern hier, Sie erinnern sich …«

»Klar. Was macht die Hüfte?«

»Das wird schon, muss ja! Haben Sie das eben gehört, was diese Bücherwarze verzapft? Oder schauen Sie das gar nicht an? Er hat es gemerkt. Er nennt es Intertextualität. Ich nenne es Plagiat. Das ist mein Leben, nicht ihrs. Ich habe das erlebt! Sie benutzt es, als ob es ihrs wäre!«

Ich fragte mich, ob Schriftsteller eigentlich immer ihr eigenes dummes Leben für ihr Streben nach Ruhm missbrauchten. Oder beuteten sie es nur aus, um Literatur zu schaffen? Und wollten sie nun eigentlich berühmt werden oder nur ihr Ding machen?

»Und wann werden Sie die Bombe platzen lassen?«, fragte ich.

»Sobald ich alles beisammenhabe. So etwas ist heikel. Wenn ein unbekannter Autor einem berühmten vorwirft, er habe geklaut, sagen die Leute schnell, die arme Sau will nur was abhaben vom Kuchen.«

»Haben Sie Michel Schrader denn schon mal gefragt, was er zahlen würde?«

»Mir geht es nicht ums Geld. Es geht um Diebstahl geistigen Eigentums. Um Anstand und Respekt unter Autoren!«

Um Ruhm, ich verstand. »Aber vielleicht würden Sie einen besseren Schnitt machen, wenn Sie sich für Ihr Stillschweigen von Schrader auszahlen lassen, als wenn Sie herumschreien und vor Gericht ziehen. Und dann schreiben Sie halt ein neues Buch.«

Matthias lachte böse. »Das dann genauso wenig beachtet wird wie das erste?«

Ah! Ich kapierte. »Sie wollen im Schweif von Lolas Ruhm Ihren eigenen Namen bekannt machen.«

»Das mag ein Nebeneffekt sein. Aber darum geht es mir nicht. Man muss einen Dieb auch einen Dieb nennen dürfen, ohne dass einem eigennützige Motive unterstellt werden. Es ist ein Armutszeugnis für diese Kulturgeiferer, wenn eine siebzehnjährige Gymnasiastin, nur weil sie Tochter einer Schauspielerin ist und der Vater über einen seiner Studenten den Kontakt zu Heinrich Weinrich ausnutzt, auf den Bestsellerlisten landet und gefeiert wird, obgleich sie nichts anderes macht als ich seit zwanzig Jahren. Es ist zum Verzweifeln! Anscheinend muss man wirklich nur jung und weiblich sein und einen Schauspieler in der Familie haben, damit alle aus dem Häuschen geraten und von großer Literatur reden. Fehlt nur noch, dass sie sie für den Deutschen Literaturpreises für das beste Romandebüt nominieren.«

»Und wann ist das?«

»Die Jury gibt die drei Nominierten meistens Ende August bekannt. Aber wenn das passiert … und sollte sie den Preis tatsächlich bekommen, dann … dann … erschieße ich mich.«

»Haben Sie denn eine Schusswaffe?«

»Eine aufzutreiben wird mein geringstes Problem sein, glauben Sie mir«, sagte er.

»Und was wäre Ihr größtes?«

Er lachte.

25

Derzeit waren keine weiteren Lesungen geplant. Die Kultur fiel langsam in den Sommerschlaf und in Stuttgart fieberte das gebildete Bürgertum der großen Schlacht um den Bahnhof zur Rettung des Seelenheils entgegen.

Sonntagabend rief mich Michel Schrader an.

»Wir werden da morgen hingehen. Meine Frau wird eine Rede halten, und für Lola als Schriftstellerin ist es sicher günstig, wenn sie da Flagge zeigt. Ich glaube zwar nicht, dass was passiert, aber es wäre mir lieber, Sie wären dabei.«

»Und wo gleich noch mal?«

»Sie interessieren sich wohl gar nicht für die Stadt, in der Sie leben. Da wird ein Kulturdenkmal unwiederbringlich zerstört!«

»Andere Frage«, antwortete ich. »Wer ist Ihre Mutter?«

Er schnaufte. »Ich wüsste nicht, was das zur Sache tut.«

»Wollen Sie es mir nicht sagen oder wissen Sie es nicht?«

Michel seufzte. »Meine Tochter hat mich schon informiert, dass Sie sie nach ihrem Großvater gefragt haben. Mein Vater hat mir leider nie gesagt, wer meine Mutter ist. Und ich wüsste nicht, wozu Sie das wissen müssten.«

»Die meisten Verbrechen geschehen innerhalb der Familie.«

»Je nun, mein Vater ist tot.«

»Vielleicht gibt es neidische Halbbrüder von Ihnen.«

Michel lachte abwehrend. »Mein Vater hat mit meiner Stiefmutter keine weiteren Kinder bekommen.«

»Aber Ihre leibliche Mutter könnte weitere Kinder bekommen haben, vorehelich und dann eheliche.«

Michel Schraders Stimme blieb aus.

»Sind Sie noch dran?«

Er hustete. »Könnte alles sein, aber ich möchte Sie bitten, sich auf Ihre eigentliche Aufgabe zu konzentrieren: den Schutz meiner Tochter. Bei Ihrem letzten Einsatz haben Sie sich ja nicht gerade mit Ruhm bekleckert, wenn Sie mir die Bemerkung gestatten.«

»Brandursache war ein defekter Ventilator«, antwortete ich. »Und an Ihrer Stelle würde ich nicht darauf bestehen, dass in Ludwigsburg jemand Feuer gelegt hat, denn dafür kämen nur Sie oder eine der Buchhändlerinnen in Frage. Sie waren der letzte Gast, der den Laden verlassen hat.«

»Also das ...« Er schluckte und sagte mit erzwungener Ruhe: »Warum sollte ich so etwas Krankhaftes tun! Dabei könnten Menschen zu Schaden kommen!«

»Außerdem sind Sie Mitglied eines Schützenvereins.«

Der Mann schnappte: »Sie wollen doch nicht allen Ernstes behaupten, ich hätte zwei Menschen erschossen?«

»Können Sie Gedanken lesen, Herr Schrader? Oder sind Sie nur so fix im Denken?«

Er lachte sein humorloses Akademikerlachen und beendete das Gespräch mit der Anweisung, an welcher Bauzaunecke ich morgen auf die Familie Schrader zu warten hatte.

Im Radio erklärte dann Lolas arrivierter Kollege Heinrich Steinfest im freundlich-fotzigen österreichischen Dialekt, er lebe seit soundso vielen Jahren in Stuttgart und anfangs habe sich die Stadt nicht für sich interessiert, hinaus sei der Blick bislang gegangen, wo die Welt verkehre. Doch auf einmal entdeckten die Bürger, die die ganze Welt bereist hätten, ein narbengesichtiges Bahnhofspostamt und versammelten sich, wo sie vordem, wenn überhaupt, nie anders als abwesenden Blicks vorbeigeeilt seien. Sein Krimi, der im Frühjahr erscheinen werde, handle von einem politikmüden Altlinken, der im Widerstand gegen den Umbau des Bahnhofs neu erwache, wobei er mehr und mehr in zweifelhafte Aktionen abdrifte.

Der unwirtliche Platz an der Nordseite des Bahnhofs, der sonst von parkenden und Parkplatz suchenden Autos und Taxis beherrscht wurde und überging in den sonst nur von Anzugträgern durcheilten Glaspalast der Landesbank Baden-Württemberg, war an diesem Montagabend nicht gestopft voll, aber gut gefüllt mit Leuten, mit denen ich sonst nicht verkehrte, älteren Ehepaaren mit besorgten Mienen, Buchhändlerinnen, verstörten Akademikern, Bärtigen in Fahrradhosen und Windjacken, Rucksackbepackten mit Schildern, Trillerpfeifen und Vuvuzelas, mit Theaterdirektoren, Schriftstellern, Gewerkschaftern, Gemeinderäten. Keiner übergewichtig, alle gesund ernährt und mit dem Geist des anthroposophischem Stuttgart in den Augen und Nasenfalten. Es gab auch Blutjunge, blonde Schönheiten, gut erzogene Studenten, aber keine der glitzernd geschminkten Zicken aus den Einkaufsgalerien, kaum einen in schwarzen Klamotten mit Anarchozeichen auf der Hose.

Lola drängte sich an mich und versuchte freiwillig auszusehen.

Marlies Schrader war eine Frau, die sofort einen Raum um sich schuf, den sie mit Gesten und Mimik füllte. Sie trug absichtsvoll schlichte Jeans, einen jugendlichen Hüftgürtel, eine damenhafte Weste und die dunklen Haare offen. Ihre Blicke waren intensiv, ihre Worte ofenwarm. »Wie schön, dass ich Sie endlich kennenlerne, Lisa. Meine Tochter ist ja ganz hin und weg von Ihnen.« Dann erkannte sie jemand, sie schuf einen neuen Raum von Gestik, Mimik und Händedruck, und ich war nicht mehr existent. Michel Schrader sah aus, als sei er das schon lange nicht mehr.

»Und darf ich dir/Ihnen meine Tochter Lola vorstellen«, sagte Marlies zu jedem, der sie auf unserem Weg in die Demo erkannte und ansprach, »ja, *die* Schriftstellerin. Ich bin sehr stolz auf sie. Die Rezensionen sind durch die Bank exzellent, geradezu stürmisch. Letzten Donnerstag war sie bei Weinrich im *Buchstab*. Jetzt muss der Verlag nachdrucken. Achtzigtausend verkaufte Bücher in den letzten zwei Wochen!«

Wenn die Augen ihrer Gesprächspartner sich dann höchst interessiert dem Kind zuwandten, erzählte sie raumgreifend, sie sei extra aus Rom gekommen, um heute hier zu reden. »Das kann man doch nicht zulassen! Das ist undemokratisch. Diese unmusischen Technokraten, diese Banausen. Sie nehmen uns das Herz! All die hundertjährigen Platanen, die sie fällen wollen! Die Zeiten sind vorbei, habe ich immer gedacht. Wozu haben wir damals gegen die Startbahn West protestiert!«

Die war allerdings gebaut worden.

Ein Rentner mit Frau am Arm reichte Marlies gerührt die Hand. »Danke, danke, dass Sie uns unterstützen. Sie haben Sinn für das Schöne. Aber die da oben! Wissen Sie, meine Frau und ich, wir sind oft in unserem langen Leben mit dem Zug gefahren, und wenn man dann zurückkommt und man sieht die Stadt vor sich liegen … wie eine Frau!«

Lola wandte sich ab. Empfindlich gegen Feldherrenrhetorik. Das gefiel mir.

»Oben bleiben! Oben bleiben!«, rief die Menge. Vuvuzelas tröteten. Trillerpfeifen trillerten. »Wir sind das Volk!«

Marlies Schrader lächelte viel.

Ich nahm Lola bei der Hand. Panik machte mir den Hals steif. Ich hatte mich mit meiner Überwachungstechnik ausgerüstet, aber die war eben erst hinterher klüger. Am liebsten hätte ich Lola ins dichteste Gedränge schützender Leiber gezogen, aber sie strebte zum Lastwagen, der mit zurückgeschlagener Plane das Podium für die Kundgebung bildete. Ein Mikro stand auf der Ladefläche, wo einer vom Deeskalationsteam in gelber Signalweste herumstand. »Ich soll doch auch noch was sagen.«

Es war eine feierliche Veranstaltung. Vor dem Bauzaun standen zwischen blauweißen Polizeisprintern in schickem militärisch sportlichem Dress die Jungs und Mädels von der BFE, der Beweissicherungs- und Festnahmeeinheit, mit Filmkameras und roten Käppis. Vor ihnen die Bärtigen mit grünen Buttons und grünen Fahnen, Trillerpfeifen um den Hals, Fotoapparaten in den Händen, bemüht, die jungen Beamtinnen in eine Diskussion zu verwickeln.

Uns einte die bunte Gewissheit, dass unsere Argumente vernünftig und zwingend waren. Wir würden Seitenflügel und Platanen retten, wir würden mit uns selbst identisch bleiben, das alte Stuttgart zwischen Wein und Reben unterm Fernsehturm. Wir würden den Aushub des Milliardengrabs verhindern. »Wir sind das Volk!«

Es ging um die 1789 ohne uns und 1848 mit uns erkämpfte Demokratie. Wir waren außerparlamentarische Opposition, Menschenkette gegen den NATO-Doppelbeschluss, Greenpeace, Robin Wood und die friedliche Revolution von 1989, wir waren das Volk. »Denkt an Struve vom Mannheimer Journal oder an den armen Schubart, der in Asperg verreckte«, rief ein Gewerkschafter vom Lastwagen herab. »Menschen, die für euch und die Pressefreiheit eingetreten sind und für die Bürgerfreiheiten, die wir heute nicht mehr angemessen verteidigen.«

Und wer sind Struve und Schubart, Heilandsack![21]

»Und wenn ihr wissen wollt, wie die RAF entstanden ist, ist es diese Arroganz der Macht, die Jugendliche zur Weißglut und Ohnmacht treibt. Ich empfinde diese Wut auch. Wegen meiner Missachtung als Bürger! Da wünschte ich mir einen Danton und Wohlfahrtsausschuss. Bürger Mappus, was hast du für die Revolution getan. Oder nur ein *Mannheimer Journal*, bei dem die Journalisten gefragt werden: Was ist Ihre Tendenz?«

Der Schauspieler Walter Sittler, ein romantischer Liebhaber, der auch schon Marlies Schrader in der Rolle als verhuschte Kinderbuchhändlerin geküsst hatte, rief zum Schwabenstreich auf, »drei, zwo, eins, null«, und ein großes Getriller und Getröte hub an.

»›Der wackre Schwabe forcht sich nit«, murmelte Michel Schrader dicht neben mir, »und zur Rechten sieht man wie zur Linken, einen halben Türken heruntersinken.‹ Das ist der Schwabenstreich, Uhland.«

Danach nahm Marlies Schrader ihre Tochter und ihren Mann an den Händen, begab sich hinauf auf die Lastwagenbühne und hielt eine Rede, die uns tröstete und uns die Siegessicherheit der Gerechten einflößte. Wir rückten zusammen, und am Bauzaun hing grün das Transparent »Platz des Himmlischen Friedens«.

»Und stellvertretend für die Jugend dieser Stadt«, sagte Marlies Schrader schließlich mit ihrer tönenden Stimme, »möchte meine Tochter Ihnen etwas sagen. Lola Schrader, unsere junge Autorin! Komm, Herzchen. Nur Mut, die beißen nicht.«

Man lachte freundlich.

Lola griff tief in ihre Postman-Tasche und entfaltete ein Blatt. Dann suchte sie wie alle Ungeübten das Mikro mit dem Mund und ihre ersten Worte knallten aus den Lautsprechern. »Ich bin

21 Helfen wir Lisa: Gustav Struve (1805–70), Revolutionär und im Vormärz kurz Redakteur des *Mannheimer Journals*; Christian Friedrich Daniel Schubart (1739–91), Dichter und Journalist, der Absolutismus und Dekadenz des Herzogtums Württemberg anprangerte. Er saß zwar in der Bergfestung Asperg, starb aber dort nicht. Hier irrt der Gewerkschafter.

ein Kind des Nuller-Geists«, fing sie grußlos an, in sich gekehrt, wie jedes Mal, wenn sie zu vielen sprechen musste.

»Unter der Ohnmacht liegt die Freiheit zu sterben. Ich bin dabei. Erwartet von mir keine Begründung. Nur Fragen. Deshalb möchte ich was vorlesen. ›Was …‹« Sie hob den Zettel in Mikrohöhe. Ihr Gesicht verschwand dahinter, jedenfalls aus meiner Perspektive gesehen. »›Was sind das für Zeiten, wo ein Gespräch über Bäume fast ein Verbrechen ist …‹«, sagte sie mit ihrer zuweilen so überraschend reifen Stimme. Kleine Schauer kringelten sich zwischen meinen Schulterblättern, während sie unter Beifall den ganzen Brecht *An die Nachgeborenen* vortrug.

»›… weil es ein Schweigen über so viele Untaten einschließt! Wirklich, ich lebe in finsteren Zeiten! … Ich vermochte nur wenig, aber die Herrschenden saßen ohne mich sicherer, das hoffte ich … Auch der Zorn über das Unrecht macht die Stimme heiser …‹«

»Wir sind das Volk!«, tröteten die Demonstranten.

Ohaaa! Einfach genial, die Krott! Ab heute bin ich ihr ergeben. Was für eine spitzbübische Idee, den alten Kempen auf die Bühne zu bringen, der beim kulturbewanderten Publikum keinen Argwohn erregte. Das war Cento, zwar anders, als Matthias Kern mir das erklärt hatte, kein Flickengedicht, sondern ein ganzer nasser, schmutziger und giftiger Lappen, den die Malefizkrott uns um die Ohren klatschte. Denn der Zorn macht auch dann die Stimmen heiser, wenn es um etwas so Unnützes wie Kulturgut geht, wenn jemand mir das Nippes auf der Anrichte zerkloppt.

Aber wer hat da eben geschossen?

Der Schuss war deutlich zu hören gewesen. Den Bruchteil einer Sekunde vorher sah ich einen Funken am Gestänge für die Plane, und etwas schlug im Holzboden des Lastwagens ein.

Marlies Schrader duckte sich und riss ihre Tochter an sich, Michel Schrader zuckte zusammen und blickte wieselflink umher. Ich schubste den Deeskalationsmeister beiseite, sprang auf die Ladefläche, nahm Lolas Hand und riss sie mit mir vom Lastwagen. Die Leute murrten. Köpfe drehten sich. Mitten hinein schrie eine Frau: »Die schießen auf uns!«

Ein Raunen schwoll. Kleine Panikwirbel entstanden.

»Ruhe bewahren!«, rief der Deeskalationshelfer ins Mikro. »Es ist nur ein Steinchen geflogen. Ich bitte dringend, Ruhe zu bewahren. Wir lassen uns nicht von Chaoten provozieren!«

Irgendwo hinten gab es Tumult, der aber versickerte. Buhrufe ertönten, das Geschrei wurde schrill. Ich sah Polizisten vorrücken, packte Lola fest an der Hand und rannte los, am Bauzaun entlang, wo einst die Taxis ihre Spur gegen Kurzparker verteidigt hatten, hinein ins hohe Nordtor des Bahnhofs.

Die Ruhe Reisender mit Ziel und Rollkoffern nahm uns auf.

Lola zitterte. »Das galt doch nicht mir! Ich habe doch damit gar nichts zu tun! Ich kannte Durs Ursprung vorher gar nicht! Was will der denn von mir?«

»Komm!«, sagte ich.

»Wohin?«

Laut Anzeigetafel stand der ICE nach München gerade abfahrbereit auf Gleis 16. »Schnell!«

Wir rannten in Schlangenlinien durch Reisende und Wartende die ganze lange Halle entlang von Gleis 1 bis Gleis 16 und enterten den ICE, eine Sekunde bevor die Türen zugingen. Der Zug rollte, nahm Fahrt auf und verließ den guten alten Kopfbahnhof. Eigentlich hatte ich mit Lola ein Abteil suchen wollen, denn wenn da jemand auf uns schießen wollte, hätte er sich an der Tür zeigen müssen, entschied mich dann aber für die ziemlich leere erste Klasse, wo wir an der Kopfwand des Wagens zwei Sitzplätze fanden und Überblick über den ganzen Raum hatten.

Wir keuchten erst einmal nur.

»Hast du Geld?«, fragte Lola. »Ich habe nämlich keins.«

Der einsame Würfel der neuen Stadtbibliothek glitt an uns vorbei. Er stand verloren auf dem noch unbebauten Gelände des einstigen Güterbahnhofs hinter der Landesbank. Irgendwann einmal würde ein nagelneuer Stadtteil die Bücherei umgeben. Doch noch war nix g'schwätzt. Wer würde, bis es so weit war, den weiten Weg dort hinaus zu den Büchern finden? Als ob Bücher in Zeiten des Internets erlaufen werden müssten.

Auf der anderen Zugseite nahm der Stadtpark Fahrt auf und entschwand. Wir fuhren am Neckar entlang.

Ich rief Christoph Weininger an. Er war zu Hause bei Kind und Frau und nicht erfreut. »Und was erwartest du jetzt von mir? Dass ich die Soko zusammentrommle, nur weil vielleicht ein Schuss gefallen ist? Oder aber ganz was anderes die Stange getroffen hat. Wir haben Feierabend, weißt du das!«

»Kannst du nicht die Kollegen am Bahnhof anrufen? Die müssten inzwischen festgestellt haben, ob eine Kugel im Lasterboden steckt oder nicht. Außerdem sollten die wissen, wo Lola und ich sind.«

»Ich habe keine Ahnung, welche Kollegen jetzt draußen sind, Lisa. Das sind die von der andern Truppe, die Uniformierten.«

»Okay, okay!« Wir einigten uns darauf, dass er versuchen würde, irgendwen Zuständiges zu erreichen. Dann rief ich Sally an, damit sie sich um Cipión kümmerte. »Und du«, sagte ich zu Lola, »rufst deine Eltern an. Sag ihnen, dass du in Ordnung bist und wir sicher in einem Zug sitzen, aber nicht, in welchem.«

Anschließend klärten wir, was wir dabeihatten. Lolas Postman-Tasche enthielt beispielsweise das Aufladegerät für ihr iPhone, Slipeinlagen, Tampons, Schminkset, einen Seidenschal, ein Notizbuch und einen Band Theaterstücke von Max Frisch. Ich war ebenfalls mit einem Aufladegerät ausgestattet, mit dem Minilaptop, auf den ich sogleich die Filme von den Chipkarten aus meinen Kameras im Kugelschreiber, der Uhr und im Rückband meiner Schultertasche zu speichern begann, und mit einem Taschenmesser, Feuerzug, Zigaretten und ein paar Hundekräckern. Mit dieser Ausrüstung waren wir einer Nacht im Hotel gewachsen.

»Was hast du vorhin eigentlich gemeint damit«, erkundigte ich mich, »dass du damit nichts zu tun hättest und Durs Ursprung vorher gar nicht gekannt hättest?«

Lola wandte den Kopf von den im Abendlicht vorbeiziehenden Weinbergen ab. »Ach, ich weiß nicht. Der Hezel ...«

»Der Verlagschef von Yggdrasil?«

»... hat mich vor Durs Ursprung quasi gewarnt. Der hätte es nicht so mit den Autorinnen, er fände, die könnten ganz gute Krimis und Liebesromane schreiben, aber zur ernsthaften Arbeit am Wort fehle ihnen das Abstraktionsvermögen und der intellektuelle Biss. Wenn er dann mal eine junge Autorin fördert – Betonung auf jung –, dann lasse er sich das bezahlen, vorher! Er sei halt ein rechter Schürzenjäger ... schönes Wort! Klingt so bäuerlich. Hezel erzählte irgendwas von Problemen, die er immer wieder gehabt habe. Gehörnte Ehemänner hätten ihm Morddrohungen geschickt, er sei auch mal zusammengeschlagen worden. So ganz habe ich es nicht verstanden. Und von mir hat er nichts gewollt.«

Was hatte Oma Scheible mir da kürzlich erst im Treppenhaus erzählt? Sie kenne den Durs, da sei er noch ein Dreikäsehoch gewesen – auch ein schönes Wort –, dann sei er zum Kummer seiner Eltern zu den langhaarigen Linken gegangen. Einem Horst habe er die Freundin ausgespannt und ihr ein Kind gemacht, den Ruben. Und nun habe die Blase von Horst dem Durs den Laden abgefackelt. So ganz kohärent war mir das nicht erschienen. Welcher Horst kultivierte über vierzig Jahre einen solchen Brass, dass er, kaum tauchte eine junge Autorin am Altherrensternenhimmel auf, Feuer legte, den Schwerenöter erschoss und anschließend auf die mutmaßliche junge Literaturgespielin feuerte? Was konnte denn Lola dafür, dass sie bei Ursprung lesen durfte? Und genau diese Frage hatte sie sich vorhin auch gestellt. Was hatte sie mit diesen alten Geschichten zu tun?

Nichts!

»Und du hast alles gefilmt?«, erkundigte sie sich mit leuchtenden Augen. »Dann könnte man vielleicht den sehen, der geschossen hat? Wenn es ihn gibt.«

»Leider habe ich woanders gestanden als du.«

»Also müsste ich ihn gesehen haben, nicht aber deine Kameras.«

Aber wir hatten ja Zeit. Die Fahrt von Stuttgart nach München dauerte deshalb so lange, weil jeder Zug, auch der ICE, den Albanstieg bewältigen und in Wäldern die Geislinger Steige hinaufschnaufen musste. Während die Dämmerung sich übers Filstal legte und der Zug sich quälte, sichteten Lola und ich kilometerlange Bilderfolgen, unterbrochen nur von einer Zugbegleiterin, die uns ziemlich viel Geld abnahm.

»Übrigens«, sagte ich nebenbei, »da gibt es einen, Matthias Kern, kennst du den?«

»Hast du den im Verdacht?«

»Kennst du ihn denn?«

»Nicht persönlich.«

»Aber sein Buch.«

»Ich weiß nicht, ich glaube nicht, nein. Aber jemand hat mir davon erzählt, weil er anscheinend ähnliche Sachen macht wie ich. Ja, jetzt weiß ich es wieder, wer es mir erzählt hat, mein Deutschlehrer. Der kann gar nicht damit umgehen, dass ich ein Buch veröffentlicht habe. Ständig kommt er und stellt Fragen, ob ich den oder den kennte. Das nervt voll.«

»Es wird bald noch viel nerviger, Lola. Matthias Kern behauptet, belegen zu können, dass du weite Teile seines Buchs abgeschrieben hast.«

Lola hob ruckartig Kinn und Kopf. »Glaubst du das auch?«

»Ich glaube es nicht, ich weiß es. Und nicht nur von ihm hast du abgeschrieben.«

Sie schnaubte. »Dreck auch! Ich habe nie – nie, nie – behauptet, ich hätte irgendwas erfunden. Ich habe schon immer gesagt, ich habe nichts selber geschrieben. Ich bin Wortesammlerin, Kruzitürken! Keine Märchenerzählerin. Ich schwärme aus, ich finde, ich sauge auf, ordne an. Ich dirigiere das Geschwafel, bis es offenbart, wie kaputt es ist, wie tot es ist. Und wenn diese alten Bücherböcke alle behaupten, dass das, was ich verfasst habe, für meine

Generation steht, dann müssen sie mir auch zugestehen, dass es so entstanden ist, wie es meiner Generation gemäß ist. Diese ganzen Urheberrechtsexzesse sind aufgehoben durch das Recht zur Kopie und Transformation. Nein, Lisa, es ist nichts von mir. Das gibt es gar nicht, dass heute noch was geschrieben wird, was von einem selber ist. Es ist alles Zitat. Wenn ich sage, ›schau'mer mal‹, ist das Zitat[22]. Mit meinem Leben hat das alles nichts zu tun.«

»Das stimmt so auch nicht, Lola. Die Familienverhältnisse deiner Heldin ähneln deinen.«

»Mir ist halt nichts anderes eingefallen.«

Zu jung, um irgendwas vom Leben und seinen Verhältnissen zu kennen, was nicht aus ihrer eigenen Familie stammt. Thomas Mann veröffentlichte die *Buddenbrooks* als 26-Jähriger, auch das eine Familiengeschichte nah an der seinen. Halb Lübeck soll beleidigt gewesen sein. Und auch er soll, wie mir Matthias Kern erklärt hatte, bedenkenlos Zeitungsmeldungen und Lexikonartikel verwurstet haben. Das ist halt die Schwäche von Junggenies, dass sie was sagen wollen, aber nichts zu erzählen haben und sich deshalb in der eigenen Biografie und fremden Büchern bedienen.

»Und es spielt auch keine Rolle, ob meine Heldin eine Schauspielerin zur Mutter hat oder der Großvater sich erhängt hat!«, setzte Lola hinzu. »Das ist nur Scheinverankerung im Sozialen. Es ist egal, verstehst du.«

»Vielleicht nicht …« Ein vager Gedanke stieg mir zu Kopf.

Die Gleise pfiffen leise, der ICE hatte die Albhöhe erreicht und sauste durch die frisch gefallene Nacht.

»Das interessiert niemanden! Ich bin doch total unwichtig.«

»Deine dir unbekannte Großmutter könnte sich in der Geschichte wiedererkannt haben.«

Eine durchaus heikle Angelegenheit nämlich. Auch wenn der Großvater in Lolas Roman nicht Schrader hieß, vorne drauf stand Schrader. Und was die Autorin über die seelische Zerstö-

22 Franz Beckenbauer, Vizepräsident des DFB, Ehrenpräsident von Bayern München

rung schrieb, die das völlige Desinteresse der Mutter ihres Vaters in der fiktiven und eben doch nicht so fiktiven Familie angerichtet hatte, dann konnte das Marie Küfer alias Marianne Brandel, Kulturstaatsministerin, nicht gleichgültig sein. Es brauchte nur einem gut informierten alten Lokaljournalisten einzufallen, sie mit dieser Enkelin in Verbindung zu bringen und laut die Frage zu stellen, ob es sich mit Amt und Moral der obersten deutschen Kulturwächterin vereinbaren ließ, dass sie einst ihren Sohn verstoßen und – noch schlimmer – sich später niemals mehr um ihn gekümmert hatte.

Und wenn die Frage aufkam, wie es damals dazu gekommen war, dass sie ins Ausland gegangen und eine frische Karriere begonnen hatte, und die alten Bilder auftauchten von Marie im Hinterhof beim toten Benno Ohnesorg, dann würde die ganze Wahrheit ans Licht kommen. Dass sie einst Pflastersteine geworfen und »Sieg im Volkskrieg!« gebrüllt hatte, würde man ihr verzeihen. Auch konservative Politiker rühmten sich heute, damals gegen den Schah und den Muff von tausend Jahren unter den Talaren demonstriert zu haben. Es waren nicht die Schlechtesten, die dabei gewesen waren. Beileibe nicht. Cohn-Bendit saß heute im Europaparlament. Aber man würde den Kopf darüber schütteln, dass sie vor dem Prozess um den Tod von Benno Ohnesorg ins Ausland geflohen war. Für die Journaille war sie dann schnell mitverantwortlich dafür, dass die RAF entstanden war. Und sie hätte noch eins draufsetzen können: »Ja, denn das von mir gebundene Buch *Schloss und Fabrik* belegt, dass der Gründungstext von mir ist.«

Dennoch erschien es mir nicht zwingend notwendig, dass Marianne Brandel deshalb einen Scharfschützen auf Lola Schrader ansetzte. Erstens war Lolas Buch in der Welt und daraus nicht mehr zu entfernen, zweitens: Marianne war heute über sechzig Jahre alt. Ein Rücktritt würde ihrer Karriere nicht mehr schaden, und wenn er schnell und mit Würde geschah, nicht einmal ihrem Ansehen.

»Stopp!«, rief Lola.

Ich stoppte das Menschengekasper meiner Rückenkamera auf dem Minibildschirm.

»Zurück, weiter, nein, zurück, halt! Da!« Lola bohrte ihren weichen kurzen Zeigefingernagel in den Bildschirm. »Da ist er!« Sie zappelte regelrecht auf ihrem Sitz. Ich vergrößerte das Standbild, was es allerdings nicht schärfer machte.

Die unten mitlaufende Uhr zeigte 20:34:56. Das war nicht der Moment, wo der Schuss gefallen war, sondern etwa eine halbe Stunde früher. In dieser Sekunde hatte gut zwei Meter hinter mir ein Mann gestanden, der trotz der hochsommerlichen Temperaturen einen Blouson trug. Sein Gesicht war deutlich zu erkennen. Es war ältlich und etwas aufgequollen, hatte ein Hängekinn und wirkte eigenartig unangenehm.

»Kennst du den?«, fragte ich.

»Nein, aber da, schau, was er in dem Holster unter der Jacke trägt. Also für mich sieht das wie eine Pistole aus.«

»Coño! Mann, Lola, du bist ein Genie! Ich glaub's nicht!« Ich raufte mir die Haare. »Es hat funktioniert. Ich bin nicht bescheuert! Lola, wir haben ihn!«

Ich scheuchte sie in Ulm aus dem Zug und ins nächste Hotel, wo wir uns ein Zimmer nahmen und ich gleichzeitig Christoph anrief und über den Hotspot sämtliche Filmsequenzen, in denen wir diesen Mann mit dem Blouson ausgemacht hatten, an ihn und an Staatsanwältin Meisner mailte.

Eine halbe Stunde später meldete sich Christoph aus dem Präsidium und berichtete, ein Teil der Soko sei zusammengekommen, die Großfahndung laufe. Die Einsatzleiter am Demonstrationsplatz seien informiert. Man sei gerade dabei, die Personalien aller Demonstranten aufzunehmen, was aber noch andaure, denn es seien über dreitausend Leute.

»Dann ist also doch ein Schuss gefallen?«

»Das darf ich dir nicht sagen. Die Ermittlungen laufen.«

»Der Schütze kann genauso entkommen sein wie wir«, bemerkte ich.

»Das werden wir sehen.« Die Lage sei sehr angespannt. Die Medien hätten erst gemeldet, die Polizei habe in die Menge geschossen, das habe zwar korrigiert werden können, aber jetzt sei die Kacke am Dampfen.

»Ihr könntet den Medien sagen, dass der Schütze hinter Lola her ist. Dass sie seit Wochen bedroht wird, dass nach ihren Lesungen die Buchhandlungen abbrennen, all das! Das wird die Fantasie der Journaille ebenfalls ziemlich anregen.«

»Unser Pressesprecher wird schon selber wissen, was er den Medien sagen muss. Und du kommst jetzt sofort zurück!«

»Hör mal, ich bin viel zu müde, um in einem Interregio stundenlang die Geislinger Steige wieder runterzuzuckeln. Ich ziehe es vor, damit zu warten, bis die Schnellbahnstrecke fertig ist.«

»Ha, ha, sehr witzig! Dann werden euch die Ulmer Kollegen fahren müssen, willst du das?«

»Warum so eilig? Lass uns doch die Nacht hier schlafen. Der Schütze ist uns nicht gefolgt, es sei denn, er könnte fliegen und hellsehen. Lola hat nicht einmal ihren Eltern mitgeteilt, wo wir hinfahren, noch wo wir jetzt sind. Außer dir weiß es niemand.«

»Dann sollen euch die Ulmer wenigstens einen Mann vor die Tür stellen.«

26

Lola saß mit halbgeschlossenem Haarvorhang auf einem der bräunlichen Stühle vor dem Tisch mit dem Fernseher und benagte ihre Unterlippe. Da hatte sich nun was ergeben, was sie in eine Zwickmühle brachte. Sollte sie sich wehren, wenn ich mich an sie ranmachte? Oder nicht? Was war besser, wenn alles darauf ankam, die Kontrolle zu behalten?

»Heut passiert nix mehr, geh ins Bett«, sagte ich zur Klärung und ging ins Bad. Als ich wiederkam, lag sie unter der Decke. Die Betten waren gnädig durch ein Nachttischchen getrennt.

Ich zog mir Hosen, Anglerweste und Shirt aus und stieg unter meine Decke. »Gute Nacht, Schätzelchen«, sagte ich.

»Gute Nacht.« Es klang kläglich und einsam.

Ich weiß nicht, ob sie schlief, ich ratzte wie üblich sofort weg, wachte aber gegen vier wieder auf und dachte Wahrheiten. Der Mann mit der Pistole ist identisch mit dem Massigen mit Russenmütze aus der Neuen Buchhandlung in Balingen. Er legt Feuer und schießt. Aber er will Lola nicht töten, noch nicht, sonst hätte er es gestern getan. Aber er verfolgt einen Plan. Er geht auf einem Weg, den Nino Villar und Lola ihm mit ihren Drohbriefen gewiesen haben, er ist der Buchhasser, sein Schwert sind Feuer und Kugeln, und er hat eine Mission.

Nur welche?

Mit Matthias Kern hätten wir es so einfach gehabt. Er hatte das nachvollziehbarste Motiv, Lola mit krankhaftem Neid zu verfolgen. Er war um seinen Lebenstraum betrogen worden: den Ruhm. Doch er hing in Krücken. Auch Ruben wäre gut geeignet gewesen. Der geknechtete Jünger eines Missionars, seit Kindheit als Bücherwurm mit Lese-Rechtschreib-Schwäche gehänselt, der nie wirklich aus dem Bücherloch herausgekommen war und nun zum Befreiungsschlag ausgeholt hatte. Aber er hatte ein Alibi. Oder Michel Schrader, der übergeschnappte Vater, der den Geburtshelfer mimte, aber innerlich zerfressen war von Ruhmessucht und Hass auf seine Tochter, die sich mit leichter Hand nahm, was er sich in Jahrzehnten mit Fleiß und Disziplin nicht hatte erarbeiten können. Aber er hatte heute Abend auf der Bühne gestanden.

Um einen dieser drei dingfest zu machen, bedurfte es sehr guter Polizeiarbeit. Man musste Rubens Alibi knacken. Man musste nachweisen, dass Michel Schraders literarische Ambitionen beispielsweise in pornografischer Gebrauchsliteratur für den BDMS-Markt verlottert waren. Oder man konnte Matthias Kern eine Beziehung zu Horst nachweisen, dem Jugendfeind Durs Ursprungs in Sachen Frauen, der jetzt, von Kern als Killer bezahlt, späte Rache übte.

Doch wer auch immer es war, wie bekam ich ihn unter Kontrolle? Momentan verfolgte er uns. Er kontrollierte uns durch die Angst, die er uns machte. Also musste es uns gelingen, ihn zu verfolgen. Ganz einfach!

Beim Frühstück erklärte ich Lola meine Ideen der Nacht.

»Cool!«, sagte sie. »Die Sommerferien beginnen eh übermorgen. Und ich war noch nie am Bodensee. Aber ich habe kein Geld.«

»Ich habe ein bisschen was.«

Solche Phrasen wie »Das kann ich nicht annehmen!« hatte das Mädchen noch nicht parat.

»Aber du musst deine Eltern anrufen, dir die Erlaubnis holen und sicherstellen, dass sie es nicht als Entführung interpretieren.«

»Kein Problem. Das ist denen total egal, was ich mache. Meine Mutter fliegt am Wochenende wieder nach Rom und mein Vater besucht am liebsten Figurentheater und Kleinkunstbühnen in irgendwelchen Großstädten. Ich störe sie nur. Ich störe sie schon lange!«

»Das glaube ich nicht, Lola. Du bist ihnen nur zu scharfsinnig geworden. Du schreibst, wovon sie gedacht haben, du bemerkst es gar nicht. Sie haben das unangenehme Gefühl, dass sie sich vor dir nicht mehr verstecken können.«

Ihr Gesicht blühte auf. »Meinst du?«

Vermutlich hatte sie noch nie Lob gehört. Ich weiß nicht, warum gerade die Akademiker ihren Kindern ständig was am Zeuge flicken. Sie haben die klügsten Kinder und am meisten an ihnen auszusetzen. Mir scheint, die Wertschätzung der Kinder nimmt umgekehrt zum Bildungsgrad der Eltern ab. Meine Mutter hätte mich gegen jeden Verdacht verteidigt, ich sei ein bisschen doof, auch wenn sie für mich nicht mehr vorgesehen hatte als Fremdsprachensekretärin. Damit ich es mal besser hätte als sie.

Weil vor dem Hotel ein Polizeiwagen stand, verließen wir es über einen Hinterausgang, eilten zum Bahnhof und stiegen in den Interregio nach Aulendorf. Aus den Medien war mir der Ort nur bekannt als die höchstverschuldete Stadt Baden-Württembergs, die sich an einem Krankenhaus und einem Hallenbad verhoben hatte, aber sie war vor allem ein riesenhafter Rangierbahnhof, mit einem ordentlichen Ortskern, in dem es Drogeriemärkte, Kleiderläden und Sportgeschäfte gab. So konnten wir uns mit dem Nötigsten und weniger Nötigen versorgen wie Unterwäsche, Waschzeug, Rucksäcke und Wanderschuhe. Lola war ganz gierig darauf, zu tingeln, wie sie das nannte. »Ich bin noch nie einfach so losgelaufen. Ohne Plan.«

Sie hatte so viel noch nicht gemacht. Stattdessen hatte sie ein Buch geschrieben. Vermutlich aus reiner Langeweile.

Wir fuhren weiter über Wangen im Allgäu nach Lindau. Als wir mit der Sonne im Rücken die Promenade entlangspazierten, rief Christoph an und fluchte. »Wir tingeln«, erklärte ich ihm. »Die Polizei braucht mich doch auch sonst nicht. Übrigens, zeigt dem Buchhändler in Balingen und dem von der Ostend-Buchhandlung mal das Bild von dem Mann im Blouson. Und frag doch mal Oma Scheible – du weißt schon, mein Hausdrache –, ob der Kerl aussieht wie irgendein Horst, dem der Durs Ursprung einst das Mädchen ausgespannt hat.«

Direkt am See war alles ausgebucht, aber weiter oben bekamen wir ein Zimmer in einem von Holz und Mittelalter krachenden Hotel. Auf ihrem iPhone hatte Lola die Sozialnetzwerke installiert. Jetzt setzte sie den ersten Hint. Auf Facebook platzierten wir ein nicht sonderlich aussagekräftiges Fotos von Lindau, und Lola fragte ihre FreundInnen: »Sonne, Wasser, aber wo sind die Möwen?«

In den folgenden Tagen fügten wir dem abendlichen Rätselfoto in Facebook vormittags und nachmittags auch noch einen Tweet hinzu. Er lautete, beispielsweise nach einem Besuch des Schulmuseums von Friedrichshafen: »Ich werde meinen Computer rauswerfen und nur noch auf der Schiefertafel schreiben.«

Während sich die Facebookbeteiligung in Grenzen hielt, denn vor allem Lolas SchulfreundInnen waren verreist, hatten wir auf Twitter bald eine wachsende Gefolgschaft.

Wir flochten bei einem Tettnanger Hopfenbauern einen Tag lang Kränze für die Wochenmärkte, während der Hopfen eingefahren wurde. In Hungersberg bei Brochenzell hatten wir Blasen an den Füßen und bekamen von der Frau des Pferdewirts Salbe, Pflaster, Eierlikör und Kaffee.

Am ersten Tag präsentierte Lola mir ihre gesamte Gelehrsamkeit, am zweiten und dritten ihre Familientragödie. Von der Einsamkeit am Schreibtisch kamen wir auf überbehütende Väter, die vom Vagabundenleben träumten, und endeten bei der emotionalen Ödnis, die sie früher – wie sie behauptete – gezwungen hatte, mit dem Rasiermesser an sich herumzuspielen, und sie heute an den Computer trieb, Worte quälen. »Was sollte ich sonst tun? Das kann ich halt.« Zum Vater kehrten wir immer wieder zurück. Er hatte ihr das Buch von Matthias Kern besorgt. »Ich glaube manchmal, er wollte mich daran hindern, dass ich das Buch schreibe. Dazu hast du sowieso nicht genug Ausdauer, hat er gesagt. Und als er merkte, dass ich es wirklich tue, hat er mir ständig was angebracht. Lies mal, schau mal! Schreiben heißt erst mal lesen. Total nicht mein Ding! Natürlich ist er stolz auf mich und den Erfolg, aber es … es macht ihn auch fertig. Er hat's wohl selber mal versucht und ist nirgends angekommen. Du hast recht, ich sehe zu viel. Meine Eltern können mir nichts mehr vormachen. Meine Mutter hat eine Affäre mit einem Kollegen, und mein Vater … na ja, du hast schon recht, er geht in solche Studios.« Auf einmal war sie wortscheu und redete bürgerlich. Sie sagte auch nicht mehr Pappo.

Dann begann es zu regnen und wir liefen stundenlang schweigend. Wenn die Sonne mal schien, drehte sich unsere Konversation um so hochkomplexe Fragen wie: »Sag ehrlich. Ich habe einen voll fetten Arsch, oder?«

»Du hast einen schönen Arsch, lass dir das gesagt sein von einer Frau mit männlichem Blick.«

»Aber ich will nicht, dass mir die Männer auf den Arsch schauen!«

»Aber selber gucken, was? Oder schaust du einer Frau nie auf den Arsch?«

»Doch ständig. Voll peinlich. Aber ich muss einfach hingucken. Die da hat zum Beispiel einen geilen Arsch.«

Am Wochenende rief Richard an, um mir Cipión zu bringen. Wir verabredeten uns in Nonnenhorn, wo wir in einer von Spinnen beherrschten Dachstube Quartier bekommen hatten, und ich machte mit ihm einen Spaziergang durch die Weinlagen. Er berichtete, dass die Fahndung nach dem Mann mit der Pistole bisher völlig ergebnislos verlaufen sei. Sein Foto sei überall veröffentlicht worden, es seien auch die üblichen Hinweise eingegangen, aber entweder sei die Ähnlichkeit nur gering gewesen oder der Mann habe ein einwandfreies Alibi gehabt. »Er ist ein Phantom! Auf den Videos der BFE ist er nämlich nicht drauf. Die Kameras an der Landesbank werden noch ausgewertet. Und wenn er nicht so deutlich auf deinen Bildern zu erkennen wäre, könnte man meinen, es sei alles nur Einbildung.«

»Ist es aber nicht. Was ist mit den Kugeln?«

»Zwei der Projektile stammen wohl aus derselben Waffe. Mit großer Wahrscheinlichkeit wurden Ursprung und der Mitarbeiter von Magnus Villing mit derselben Pistole getötet, Kaliber 9 mal 19 Millimeter. Das Projektil, das am Rahmen des Lasters abgeprallt und im Holzboden stecken geblieben ist, ist leider zu stark deformiert. Gesehen hat den Schützen übrigens auf dem Platz am Nordbahnhof niemand.«

»Es hat ihn auch keiner auf der Königstraße gesehen, wie er auf Ursprung anlegte. Er ist eigentlich unsichtbar.« Ich dachte an den Helfer ohne Gesicht, der mit mir den verletzten Matthias Kern aus der Buchhandlung Ursprung getragen hatte. »Nur einer hat ihn so genau gesehen, dass er ihn an irgendetwas wiedererkannt hätte. Das war der Angestellte von Magnus Villing. Darum musste er sterben.«

»Meisner hat mir erzählt, dass die Leute von der Fallanalyse die Situation nachgestellt haben. Demnach hätte der Schütze sich sehr tief hinter der Theke ducken müssen, damit du ihn nicht hättest sehen können. Er hätte praktisch auf dem Boden liegen müssen.«

»Dann hat er das eben getan. Es war eine ungeplante Flucht, weil ich plötzlich aus dem Buchladen gerannt kam. Er musste irgendwohin. Waffe zu Waffe, also rein in den Laden.«

»Die Polizei geht nicht davon aus. Man hat den Mann von deinem Film auch auf dem Material aus den Überwachungskameras im Eingangsbereich von Walfisch entdeckt. Er stand unter den Schaulustigen.«

»Verdammt! Aber dann ist er nie geflohen, sondern mir entgegengekommen.« Mir wurde mulmig.

»Ja«, sagte Richard. »Nach Einschätzung von Finkbeiner gehört er zu dem Typus, der am Tatort bleibt, um sich am Ergebnis zu weiden und sich zu vergewissern, dass alles so ist, wie er es haben wollte. Das ist bei einer bestimmten Sorte von Serientätern gar nicht selten. Etwa die Hälfte kehrt an den Tatort zurück. Ein Ergebnis ihres übersteigerten Bedürfnisses, alles zu kontrollieren, auch die Arbeit der Polizei. Manche geben sich sogar als Helfer und Zeugen aus.«

»Und warum hat er dann den armen Angestellten von Magnus Villing getötet, diesen Volker B.? Wenn nicht als Zeugen, der ihn hätte wiederkennen können?«

»Darüber kann man nur spekulieren, Lisa.«

»Und was spekulieren Finkbeiner und Meisner?«

»Du weißt, das darf ich dir nicht sagen.«

»Und was glaubst du, was hier vor sich geht?«

»Ich bin kein Fachmann für Tötungsdelikte, Lisa.«

Der See, der sich vor die Schweizer Alpen breitete, schickte goldgetöntes Abendlicht herauf, der Wind kämmte die Nonnenhorner Reben an den Südhängen. Mücken spielten. Die letzten Radfahrer treppelten den Hotels zu.

»Aber«, fuhr Richard fort, »es gibt wohl Serienkiller, die typischerweise, wenn mit der ersten Tat die Hemmungen überwunden sind, töten, weil es ihnen ungemeine Befriedigung verschafft zu töten, weil sie die Macht genießen, die sie damit plötzlich über ihr Leben gewinnen. Sie können beseitigen, wen sie wollen, das empfinden sie als innere Erlösung. Vielleicht hat der arme Verkäufer von Magnus Villing ihn einfach nur irgendwann einmal blöd abgefertigt, als er im Laden was kaufen wollte.«

»Weiß man etwas über die Familienverhältnisse von Volker B.?«

»Das nehme ich an«, antwortete Richard.

»Himmel, Herrgott, Sakrament!«

»Lisa, überlass das der Polizei. Die hat ganz andere Mittel.«

»Eben drum frage ich dich, was die Polizei über Volker B. weiß. Hatte er Familie?

»Nein. Die Mutter ist einem Krebsleiden erlegen, der Vater ist unbekannt.«

Das half mir auch nicht wirklich weiter. »Übrigens, Lola ist nicht in Gefahr«, bemerkte ich. »Jedenfalls jetzt noch nicht. Wenn er sie auf der Demonstration hätte töten wollen, hätte er es getan. Zumindest hätte er niemals so weit daneben geschossen.«

»Oder er hat keine Ruhe zum Zielen gehabt. Immerhin steckte er mitten in einer Menschenmenge.«

»Aber der Schuss hat genau das Gestänge getroffen.«

»Das kann Zufall sein.«

»Schwer vorstellbar!«

»Ja«, sinnierte der Staatsanwalt, »da zeigt sich wieder mal, welch panische Angst unser Gehirn vor dem Zufall hat. Übrigens, deine Krott twittert, ist dir das bekannt?«

Ich gab ein nach allen Seiten interpretierbares Geräusch von mir.

»Sie notiert jeden Tag, was ihr macht und wo ihr gewesen seid. Euch folgen bereits Tausende und es werden täglich mehr. Und in Facebook stellt sie Fotos, aus denen man leicht schließen kann, wo ihr ungefähr seid. Sie sollte wenigstens dringend die Ortsangabe auf ihrem iPhone deaktivieren.«

»Shit!« Das war mir entgangen.

»Der *Stuttgarter Anzeiger* hat heute darüber berichtet: ›Lola Schraders Wanderzeit‹.«

»Hm, ja!«

»Die Polizei ist alles andere als begeistert, Lisa. Ich habe den Auftrag, euch zu überreden, dass ihr eure Tour beendet und nach Stuttgart zurückkommt.«

»Es ist Sommerpause, Richard. Lola hat keine Lesungen, und sie braucht dringend ein paar Alltagsabenteuer. Der Plan ist, dass ihre Communiqués in den Sozialnetzwerken nur auf Orte verweisen, wo wir schon nicht mehr sind.«

Richard schnaufte verblüfft. »Du weißt davon?«

»Ehrlich gesagt, es war meine Idee. So kontrollieren wir ihn statt er uns. Er ist uns immer ein bis zwei Tage hinterher.«

»Und wenn er euch gar nicht folgt?«

»Na, umso besser.«

»Du glaubst doch nicht, dass er nicht längst gemerkt hat, dass ihr ihn zum Besten haltet. Was ist, wenn er auf einmal dort auftaucht, wo ihr gerade seid?«

»Hättest du uns gefunden, wenn du unseren Facebookhinweisen gefolgt wärst? Und was hättest du gemacht, wenn du festgestellt hättest, dass wir nicht mehr in Uhldingen sind? Der Ort ist zwar klein, aber tagelang aneinander vorbeilaufen kann man auch dort, und die Pfahlbauten besucht man nur einmal! Ab wann hättest du uns woanders vermutet, und vor allem, wo? Gleich nebenan in Meersburg?«

»Interessiert sich unsere Dichterin denn für das Sterbezimmer von Annette von Droste-Hülshoff auf der Burg? … Ist dir ein Begriff? … *Die Judenbuche* …«

»Herrje! Eher ändert sich der Lauf des Mondes als der Kanon der Deutschlehrpläne.«

»Übrigens hat Droste-Hülshoff die Novelle nach einer wahren Begebenheit verfasst. Dieselbe Mordgeschichte hatte ihr Onkel schon zwanzig Jahre davor nach Aktenlage aufgeschrieben.«

»Und ich dachte, nur moderne Malefizkröten verwenden

fremdes Gut. Es muss ja megaschwer sein, eine Geschichte zu erfinden!«

»Darauf kommt es auch gar nicht an, Lisa. Geschichten haben im Zusammenleben der Menschen immer eine wichtige Rolle gespielt, aber nicht als erfundene, sondern als wahre Geschichten. Einer berichtet von einer Reise oder von Tricks, wie man überlebt und über Feinde siegt. Daraus lernen die Zuhörer etwas über die Welt. Früher haben sich Schriftsteller sogar seitenweise damit gerechtfertigt, es sei eine wahre Geschichte, die sie erzählen. Cervantes, der Urvater aller Romane, hat seinen Don Quijote beispielsweise mit zum Schlag erhobenem Schwert mitten in der Szene stehen lassen wie eingefroren. Er erklärt, den Ausgang des Kampfs könne er nicht schildern, denn das Manuskript des Quijote-Biografen, welches ihm vorliege, ende an dieser Stelle.«

»Ganz schön frech!«

»Und so wird der Autor zum Rechercheur. Cervantes schreibt, er als Autor *›no quiso creer que tan curiosa historia estuviese entregada a las leyes del olvido‹* …«

Mir brauchte er es nicht zu übersetzen, er tat es trotzdem und wie üblich in seinen eigenen Worten.

»… dass er also ›nicht glauben wolle, dass diese merkwürdige Geschichte den Gesetzen des Vergessens überlassen worden sein sollte‹, und macht sich auf die Suche nach der Fortsetzung. Die Kunst besteht nicht darin, eine Geschichte zu erfinden, Lisa, sondern dem Leser Verständnis für die handelnden Figuren zu ermöglichen, ihm das Fremdartige begreiflich zu machen. Die literarische Leistung von Droste-Hülshoff ist, dass sie uns zum ersten Mal die Soziopsychologie eines Kleinkriminellen vorführt: Vater Säufer, Mutter schwach, Junge verschüchtert, aber narzisstisch gekränkt, rachsüchtig und gewaltbereit, erst nur Dieb, doch ständig unter Verdacht, wird er schließlich zum Mörder.«

»Also gut. Große Kunst!«

Die Sonne fiel in die Alpen. Der See glühte. Ich erzählte Richard von meinen Überlegungen zu Marie alias Marianne Brandel.

»Es gibt keinerlei Beweis«, gab er zu bedenken, »dass Frau Brandel verwandt ist mit Lola Schrader.«

»Mit einem Gentest könnte man den Beweis herbeiführen.«

»Vorausgesetzt, beide Seiten würden dem zustimmen. Und ich kann keinen plausiblen Grund erkennen, warum eine Kulturstaatsministerin einen Killer auf ihre Enkelin ansetzen sollte, der Feuer legt und einen Buchhändler und einen Waffenhändler erschießt. Das hier hat irrationale Züge, Lisa. Darum müsst ihr eure Tingelei abbrechen. Reden wir nicht von der Gefahr, in der Lola und auch du schwebt, stell dir nur vor, irgendein Unbeteiligter käme zu Schaden. Bitte, sei wenigstens du so vernünftig.«

»Oho! Die Vernunft und ich waren noch nie Freundinnen.«

»Lisa, bitte! Deine Bockigkeit könnte andere das Leben kosten.«

Ich schnappte ein, und wir stritten uns richtig. Ich hielt ihm vor, er sei ja nur eifersüchtig, er warf mir vor, ich gefährde Lolas Leben, nur weil ich ihn provozieren wolle. Was mir aber nicht gelingen werde. Dann war Cipión abgängig. Wir liefen rufend durch die Reben und das Spalierobst und fanden ihn zur Hälfte in dem Krater verschwunden, den er in ein Mauseloch gebuddelt hatte.

Schweigend kehrten wir nach Nonnenhorn zurück.

»Besuch die kleine Alena doch endlich mal«, sagte ich, als Richard mit dem Schlüssel in der Hand an der Tür seines Wagens stehen blieb und mich mit einem gekränkten ›Überleg dir gut, was du tust, Lisa!‹ um die Nase anschaute. »Dann wirst du vielleicht erkennen, wer von uns beiden seine Verantwortung übernimmt. Und du wirst dich besser fühlen!«

»Ich glaube, dir geht es ohne mich auch viel besser«, sagte er.

»Worauf du einen lassen kannst!«, antwortete ich.

Und so zogen Lola und ich weiter. »Übrigens«, sagte sie, als wir in Überlingen auf dem Rand des Martin-Walser-Brunnens die Füße ins Wasser baumeln ließen und vesperten, »ich hab's noch nie mit jemandem getan. Das glaubst du mir vielleicht jetzt nicht. Ich schreibe darüber, über die krassesten Sachen, ich habe alles gelesen und gesehen, die abartigsten Dinge.«

»Technik ist nicht alles, Lola.«

Zwei vollbusige Meerjungfrauen streckten ihre Flossen gen Himmel, quer darüber lag ein Brett und darauf stand eine hustende Schindmähre, an deren Sattel sich unfroh der Dichter klammerte. An seinen Füßen hingen Schlittschuhe.

»Das ist mir auch klar«, sagte Lola. »Ich würde es mir ja von dir zeigen lassen, aber ich möchte nicht, dass ich dann festgelegt bin. Falls ich doch mal Mann und Kinder haben möchte.«

»Festgelegt ist man ab der frühen Kindheit, Lola.«

»Hm. Warum trägt der eigentlich Schlittschuhe?«

»Eine Anspielung auf die Seegfrörne.«

»Was?«

»Das Zufrieren des Bodensees, was nur alle hundert Jahre oder so geschieht.«

»Hm. Vielleicht bin ich frigide.«

Ich musste lachen. »Das Wort habe ich seit meiner Jugend nicht mehr gehört. Damals galten Lesben als frigide. Die gehören nur mal anständig durchgefickt, und dann wissen die, was gut ist. So die Art.«

»Und wenn ich ... wenn ich so wäre?«

Mitte der zweiten Woche kam sie auf die Idee, an den Uferpromenaden aus ihrem Buch vorzulesen. Anfangs schauten sich die Leute nur irritiert um. Sie las vor wie eine Erstklässlerin. Doch allmählich gewann sie Stimme und Zutrauen, und als die ersten Münzen in ihre Jacke fielen, begann sie, das Publikum anzuschauen, dann anzusprechen, und schließlich brachte sie es zum Lachen. Und auf einmal war der grässliche Text ein witziges Spiel mit jugendlichem Sprachschwachsinn und kindlichen Vorstellungen von dem, was Sex sein könnte.

Anfang der dritten Woche kamen wir nach Immenstaad, das außer einer Seebrücke und Wasserspielen am Ufer noch jede Menge Hochtechnologie beherbergte, darunter das Raumfahrtunternehmen EADS Astrium, was mich an das Kapitel meiner eigenen Biografie erinnerte, das geheim zu halten ich mich verpflichtet hatte[23]. Dann erreichten wir Friedrichshafen. Abends – wir waren noch in Wanderstiefeln und ohne Unterkunft – rief Lolas Vater an. Lola lauschte mit verwundertem Blick, gab kurze Antworten und ließ schließlich das Telefon sinken.

»Ich bin nominiert!«

»Wofür?«

»Für den Deutschen Literaturpreis für das beste Romandebüt in Frankfurt. Sagt mein Vater gerade. Morgen steht es in der Zeitung. Ich soll heimkommen, wegen der Interviewanfragen. Aber ich will keine Interviews geben. Das ist total öde. Die fragen immer dasselbe.« Sie lachte. »Früher dachte ich immer, die Journalisten würden fragen: Was wollten Sie mit Ihrem Roman aussagen? Und dann würde ich irgendwas Geschwollenes daherreden. Das habe ich mir abends im Bett immer ausgedacht, noch bevor ich richtig angefangen hatte zu schreiben. Aber sie fragen eigentlich alle nur: Was heißt Malefizkrott? Wie kommen Sie auf Ihre Ideen? Und natürlich: Wie lange schreiben Sie an so einem Buch?«

Kichernd und fußmüde schlurften wir die Promenade entlang. Ein Zeppelin hing brummend über uns, hob die Nase, dann das Heck, schaukelte hin und her und schüttelte die Leute in der winzigen Gondel unterhalb des dicken Bauchs durch.

»Die Zeppeline sehen alle aus, als ob sie Berta hießen«, sagte Lola. »Sie tragen einen weißen Flaus und sind mit Schrot zu schießen.«

»Das klingt nach was«, bemerkte ich.

»Morgenstern, Morgenstern«, trällerte sie und hüpfte wie ein kleines Mädchen am Geländer entlang. Beinahe hätte sie einen älteren Mann angerempelt, der mit Blick aufs Schwäbische Meer, die Hände aufs Ufergeländer gestützt, eine Zeitung las, die der Wind zauste.

23 Siehe Lehmann: *Nachtkrater*. Ariadne 2008

Ich ging gesetzteren Schrittes durch die abendlichen Promenadenbummler. Als ich den Mann mit der Zeitung passierte, wandte Cipión plötzlich den Kopf und schnüffelte kurz an seinem Hosenbein hinauf.

Der Mann schien es nicht zu merken. Er schaute jedenfalls nicht, und das, obgleich Cipións schlappohrigem Charme, seinen herausfordernden braunen Augen und der wie lackiert glänzenden Schnüffelnase kaum ein Mensch widerstehen konnte.

Erst nach ein paar Schritten nagelte es mich. Das ist er!

Ich trat fünf Meter entfernt von ihm ans Geländer. Aber sein Gesicht konnte ich nicht sehen, nur eine ziemlich faltige Partie vom Ohr bis zum Kiefer. Er war nicht dick, nicht einmal wirklich massig, aber auch nicht schlank. Er trug eine schlabbrige braune Cargohose, sehr alte Sportschuhe, ein beigefarbenes T-Shirt und auf dem Kopf eine Baseballkappe.

Cipións olfaktorisches Interesse galt längst wieder anderen Gerüchen, aber ich starrte den Mann, der eisern seine Zeitung in den Wind hielt, unverwandt an. Kein normaler Mensch hält das aus, wenn er sich nicht irrsinnig am Riemen reißt.

Lola kam zu mir zurück und frage: »Was ist?«

Ich antwortete: »Das ist er!«

»Wer?«

»Der da!«

»Der mit der Zeitung?«

»Ja.«

»Woher willst du das wissen?«

»Weil er uns nicht anschaut, obwohl er weiß, dass wir über ihn reden. Außerdem hat Cipión ihn erkannt.«

»Wie?«

»Er kennt seinen Geruch. Er hat die Stelle beschnüffelt, wo er am Max-Eyth-See auf den Mann aus dem Waffenladen geschossen hat. Er hat ihn wiedererkannt, als ich mit ihm eben an ihm vorbeiging. Normalerweise schnüffelt er Leuten auf der Straße nicht am Hosenbein. Das tut er nur, wenn ihm jemand nicht völlig fremd ist.«

»Meinst du?« Ich hörte an Lolas Stimme, dass ihr das Herz bis zum Hals klopfte. »Und was machen wir jetzt?«

Ich löste mich vom Geländer und ging auf den Mann zu. Er faltete die Zeitung zusammen, wandte sich ab und ging los.

»He!«, rief ich. »Entschuldigen Sie!«

Andere drehten sich um, aber nicht er.

Lola huschte mir nach und packte mich am Arm. »Bist du wahnsinnig?«, flüsterte sie.

Ich drückte ihr Cipións Leine in die Hand, beschleunigte meinen Schritt und wechselte dabei von der Geländerseite auf die Seite mit den Cafés und Souvenirläden. Er ging inzwischen ziemlich zügig. Ich stolperte durch die Tische des Cafés Venezia. Er gewann den Platz mit den Wasserspielen, in denen Kinder herumrannten, und wandte sich nach rechts, passierte den Spitalkeller und bog in die Fußgängerzone ein. Ich folgte ihm. Mag sein, dass er mich im Spiegel einer Schaufensterscheibe sah und es für aussichtslos hielt, zu entkommen, denn urplötzlich drehte er sich um.

»Ja, bitte?«, fragte er mit einer heiseren Stimme.

Vor mir stand ein alter Mann. Und trotzdem erkannte ich ihn. Das heißt, ich wusste, dass ich ihn kannte. Nur dass mir sein Gesicht nichts sagte. Es hatte zwar eine gewisse Ähnlichkeit mit dem des Mannes mit der Pistole unterm Blouson in meinem Film, aber es war nicht dasselbe Gesicht. Es war ein altes humorloses Gesicht, böse und brutal, eigenartig starr und seltsam unfähig zu Gefühlsregungen.

»Sie haben das hier verloren«, sagte ich und streckte ihm auf meiner Handfläche mein Plastikfeuerzeug hin. Es war das Erste, was ich in meiner Westentasche zu fassen bekommen hatte.

»Ich rauche nicht!«, krächzte er.

Ich schaute ihm in die Augen, ausdruckslose, aber klare braune Augen mit dunklen Wimpern. Er schaute zurück in meine. Für einen Moment starrten wir uns an. Fast schien es, als wolle er etwas sagen. So etwas wie: »Ich werde euch immer finden.« Oder: »Ich kann euch töten, wann immer ich will.«

Mir klopfte das Herz.

Doch da wandte er den Blick ab, drehte sich um, setzte seinen Weg fort und verschwand zwischen Kleiderläden, Handtaschen, Postkarten, gebräunten Menschen in Radfahrerhosen mit Rennrädern an der Hand und jungen Frauen auf Shoppingtour.

Offenbar wollte er uns heute nicht töten.

Noch bevor es dunkel war, saßen Lola und ich in einem Taxi und ließen uns nach Lindau und noch weiter, über die österreichische Grenze, nach Bregenz bringen, wo wir in einem muffigen Hotel der Kategorie Puff mit Vertreterpension abstiegen.

Und wenn es bloß ein Polizeibeamter in Zivil gewesen war, der den Auftrag hatte, uns – vor allem Lola – unauffällig zu bewachen?

Dann würden jetzt einige fluchen in Stuttgart.

Während es sich einzuregnen begann, nahmen wir mit leichtem Gepäck den Aufstieg zum Pfänder in Angriff. Es schien mir angeraten, unübersichtliche Menschenmengen erst einmal zu meiden. Hinter und vor uns ging niemand, und die insgesamt vier Wandersleut, die uns den Berg herab entgegenkamen, sprachen uns nur an, um uns zu informieren, dass wir weiter oben nicht weiterkommen würden. Der Weg sei verschüttet. Das erschütterte uns nicht. In hellen Bächen rann uns der Regen über Wurzeln und Steine entgegen. Cipión war grätig. Sein Bauch war nass, der Schlamm hing ihm im Bart und die Nachrichten, die andere Hunde hinterlassen hatten, waren kümmerlich und überdies Tage alt. Lola dagegen stapfte zügig vorneweg. Sie hatte sich gemacht in den letzten zweieinhalb Wochen. Sie wanderte ohne zu zicken. Ihre Wangen waren rosig, die Grübchen blühten lustig, ihre Augen glänzten. Sie hatte sich einen Bodenseereiseführer gekauft, las und guckte hin. »Martin Walser war ja stocksauer über den Brunnen«, wusste sie inzwischen. »Stell dir vor, deine Heimatstadt setzt dir ein Denkmal, zu deinen Lebzeiten, und dir fällt nichts Besseres ein, als beleidigt zu sein! Hoffentlich werde ich nie so.«

Der Weg wurde steil und knorrig. Cipión ließ sich über die Felsen heben. Bäume standen nass und düster. Nur einmal hatten wir Durchblick auf die Kabel der Gondel, die von der Talstation zur Bergstation fuhr. Endlich kamen wir an die Stelle, wo die Mure über den Weg gerauscht war. Sie hatte Bäume kreuz und quer gelegt und Schlamm aufgetürmt, in dem jemand ein knietiefes Loch hinterlassen hatte.

In Cipións Bart stand: »Ohne mich!«

Aber Lola gehörte zu denen, die sich ihren Weg nicht vom Weg diktieren ließen. »Da drüben, und dann da rüber«, sagte sie.

»Kehren wir um. Mit Gebirge ist nicht zu spaßen. Glaub mir.«

Sie lachte, angelte nach einem Bäumchen und zog sich einen moosweichen Hang hinauf. »Da geht es weiter«, rief sie von oben. »Los, komm! Sei kein Frosch!«

Ich hob Cipión so hoch ich konnte. Er krallte sich mit allen vier Pfoten zu Lola hinauf. Ich folgte zweibeinig und fühlte mich alt. Lola schwang die Beine über querliegende Bäume und versank dahinter lustig kreischend im Schlamm. Ich klemmte mir Cipión untern Arm und fluchte. Abstehende Zweige verhakelten sich in meiner Jacke. Bäume waren eindeutig praktischer, wenn sie standen. Ich hob das Bein über den letzten Stamm, der Boden gab unter mir nach, mein Fuß versank in Schlamm, ich wankte, Cipión zappelte sich frei und rettete sich mit einem Sprung aus meinem Arm. Ich verlor das Gleichgewicht und krallte mich an Lola fest. Der Zweig, nach dem sie fasste, brach sofort ab, und gemeinsam kippten wir um. Der Boden schmatzte lüstern und rutschte ein bisschen, wir kreischten, alles kam zur Ruhe, Wasser plätscherte nach. Dann rauschte wieder nur der Wald leise unterm Regen.

Ich lag unten und Lola halb auf mir, schwer, schlammgrau und glitschig wie ein Wels. Sie versuchte das Bein anzuziehen oder den Unterarm aufzustützen, um hochzukommen, aber es gelang ihr nicht. Kichernd glitschte sie auf mich zurück. Ihre Bauchdecke zuckte an meiner Flanke. Ihre Augen glitzerten über mir. Ein übermütiges Lächeln lag auf ihren Lippen, zum Küssen nah.

Ich strich ihr einen Schlammspritzer von der Backe.

Das kindliche Lächeln verschwand. Ein eifriger Ernst erschien. Die Finger ihrer Hand, die schwer auf meinem Brustbein lag, spreizten sich suchend. Ich merkte, dass die Hand an meinem Arm, der unter ihrem Körper klemmte, an ihrem Hintern lag, und fasste zu.

Sie grunzte. Ihr Blick spritzte vor Gier. Eroberungslust machte ihre Hände geschäftig. Sie schob mein Shirt hoch, zog mit gespreizten Fingern eine Schlammspur über meinen Bauch. Sie überlegte kurz, dann schaufelte sie Schlamm auf meine Bauchdecke, immer mehr und mehr, schweren kalten Matsch, der immer wieder zerfiel und abstürzte.

»He! Lach nicht!«

Wenn ich nicht lachen sollte, musste ich ernst werden. Ich krallte mir einen Ballen Matsch und klatschte ihn gegen ihren Unterleib, fasste zu und knibbelte ihren Jeansknopf auf. Lola kiekste. Ich stopfte nach. Sie ratschte mir die Hose auf und platzierte einen Batzen auf meinem Schambein. Das Wasser lief mir kalt zwischen die Schenkel und erhitzte sich. So eine Suhle war ein gutes Bett für Mordsschweinereien, von der sich eine aus der anderen ergab. Es war nichts mehr aufzuhalten.

Wir halfen uns aus nassen Jeans. Wir warfen die Regenjacken ab, dann die Shirts und matschten mit nassen Slips, bis wir auch die nicht mehr brauchten. Und damit: »Zur Sache, Schätzchen!«

»Das klingt auch nach was«, sagte Lola und griff mir in die Venus.

»Ein Film«, ächzte ich.

»Kenne ich nicht.«

»Sehr alt! Es geht um einen ziemlich entspannten jungen Nichtsnutz und Sprücheklopfer. Eine fesche Barbara lenkt die Polizei mit einem Striptease ab, damit er fliehen kann. Am Schluss schießt ein Polizist auf ihn, aber er trifft nicht.«

»Ach ja«, bemerkte Lola. »Mein Vater hat das mal erzählt. Eigentlich hätte er erschossen werden sollen, laut Drehbuch, aber die hatten gerade vorher diesen Benno Ohnesorg erschossen. Und man wollte die Realität nicht abbilden.«

»Was du so alles weißt!«

»Lauter intellektuellen Müll! Ich hasse das!«

Danach kamen wir zur Sache. Die Sonne brach durch Wolken und Baumwipfel, die Suhle kochte und der Schlamm spuckte Geysire. Cipión schaute zu. Schließlich gab es keinen Unterschied mehr zwischen uns, dem Schlamm und dem Wald.

Erschöpft, befriedigt und nackt suchten wir später einen halbwegs nutzbaren, aber eisig kalten Bach, um uns und unsere Klamotten zu waschen. In Kleidern wie nasses Schmirgelpapier kehrten wir am Spätnachmittag zur Talstation in Bregenz zurück, wo ein Fernsehteam auf uns wartete.

»Handyortung ist fei verboten!«, sagte ich.

»Ihr Vater hat uns gesagt, wo Sie sind!«, verteidigte sich die Redakteurin. »Ich habe auch mehrmals angerufen. Aber wahrscheinlich haben Sie es auf Ihrer Wanderung nicht gehört.«

Lola zog ihr iPhone und musterte die roten Nummern entgangener Anrufe. »Mein Vater hat Zugriff auf das Programm, mit dem man mein iPhone orten kann«, erklärte sie. »Aber dass er das für so was benutzt!«

»Na ja, jetzt haben wir uns ja glücklich gefunden«, sagte die Redakteurin. »Wir haben zwar ein bisschen gewartet, aber wir wussten ja, Sie würden hierher zurückkommen. Wir dachten nur, Sie kämen mit der Gondel.«

»Der Aufstieg ist verschüttet«, erklärte ich. »Wir haben es versucht, aber … na ja, viel Schlamm!«

Die Redakteurin in ihrer telegenen Wetterjacke mit Frisur nickte mit fingiertem Verständnis. »Entschuldigen Sie diesen Überfall. Aber es soll noch ins Abendprogramm.«

Wir starrten sie an.

Sie lachte. »Sagen Sie nur, Sie haben es noch gar nicht mitgekriegt. Ganz Deutschland verfolgt Ihre Tour. Lola Schraders Wanderwochen! Und jetzt, wo Sie den Preis bekommen ...«

»Ich bin nur nominiert, zusammen mit zwei anderen!«, stellte Lola klar.

»Aber Sie kriegen den Preis, das ist doch klar!«

»So klar ist das absolut nicht.«

Das war der Redakteurin schnurzpiepegal. Die saß eh auf Kohlen, denn der Film musste noch sonst wohin überspielt werden. Lola richtete sich auf der Toilette der Talstation zivilisationsecht her, und ein Filmchen wurde gedreht. »Sammeln Sie hier am Bodensee Ideen für Ihr nächstes Buch?«

Abends schauten wir in unserer Spelunke im Fernsehen eine Romanze über einen Schriftsteller an, der erst ein rotes Geländer strich, weil er wegen des Todes der Frau, für die er seinen Roman hatte schreiben wollen, in eine Schaffenskrise geraten war, was den Verlagschef zu panischen Reaktionen und der Entsendung einer Psychologin veranlasste, und der sich schließlich an einer alten Reiseschreibmaschine und mit hölzernem Zettelkasten neben sich zurück ins Schriftstellerleben klapperte. Einer neuen Frau zuliebe.

Lola lachte sich halbtot, und wir begaben uns zu Wasserspielen unter die Brause in die Duschwanne.

In den folgenden Tagen stritt Lola sich am Telefon mit ihrem Vater herum, der sie drängte zurückzukommen, weil Presse und Medien auf sie warteten. Sie verlangte, in Ruhe gelassen zu werden, sie sei alt genug und wisse, was sie wolle.

Tagelang ging der Regen über dem See und den Badeorten nieder. Boote kenterten im Sturm. Das Zeppelinmuseum lud Lola spontan zu einer Lesung mit Mikro ein, zu der sich, weil wir den Termin facebookten und twitterten, auf dem Platz zwischen Bahnhof, Museum und Medienhaus eine Unmenge Menschen einfanden. Ich schwitzte Blut und Wasser und dachte an Richards zornige Warnung. Aber es geschah nichts weiter, als dass der Büchertisch von Ravensbuch bei den ersten Regentropfen explodierte und dann lustig niederbrannte.

Zum Glück kam niemand zu Schaden.

Wir – das heißt Lola und ihr Buch – waren dann erneut in allen Zeitungen. Die Leute erkannten sie auf der Straße, und ich befand, dass es an der Zeit sei, den Rückzug anzutreten.

Auf dem Lindauer Bahnhof steckte im Zeitungshalter des Kiosks die Samstagsausgabe des *Stuttgarter Anzeigers* mit der Titelschlagzeile: »Alles abgeschrieben?« Darunter ein paar Zeilen, die auf einen Bericht und ein Interview mit Matthias Kern ins Feuilleton verwiesen. Dort nahm die Demontage des Fräuleinwunders eine ganze Seite ein.

Wir bestiegen den ersten Zug, der Lola, mich und Cipión zum Umschlagplatz Aulendorf bringen würde. Erst als wir saßen, zeigte ich Lola die Zeitung.

»Damit dürfte die Jury des Literaturpreises für den besten Debütroman nunmehr ein ernstes Problem bekommen«, resümierte Rudolf Wagenburg genüsslich.

»Haben die denn gar nix kapiert?«, schrie Lola. »Ich habe nie behauptet, ich hätte das alles selber erlebt. Schlimm wär's! Was sind das für weltfremde Träumer? Noch nie was von Heißenbüttel gehört, von Max Bense …«

Ich auch nicht, nur gelesen.

»… von Strukturalismus? Ich bin siebzehn! Was sind das für Romantiker die immer noch meinen, ein Buch müsse das Leben selber widerspiegeln? Das ist Kunst, meine Herren!«

Bei Ulm fing sie an zu weinen, in ohnmächtiger Wut, bitter enttäuscht und tief beschämt.

27

Nun kam der Verlag mit dem Nachdrucken gar nicht mehr hinterher. Julius Hezel sah man nicht anders als beseligt lächelnd. »Herr Kern kann uns gern verklagen!«, pflegte er den Journalisten von Presse, Funk und Fernsehen zu erklären. »Dem sehen wir mit Gelassenheit entgegen.«

Erst drosch das Feuilleton auf die schäbige Betrügerin ein, dann prügelten sich die Rezensenten gegenseitig und schließlich klügelten alle, die sich bisher noch nicht geäußert hatten, der Literaturbetrieb sei seinen Altherrenfantasien aufgesessen, nämlich die Erlösung aus der literarischen Langeweile auf ein junges Mädchen zu projizieren. Eine *taz*-Autorin spottete: »Wundern wir uns? Das Fräuleinwunder ist minderjährig, hat ein schlaues Köpfchen und verspricht eine atemberaubende Versiertheit in allen denkbaren Sexpraktiken. Und nicht zuletzt ihr Name dürfte einige Herren zu Lolita-Fantasien verführt haben, wenngleich die ursprüngliche Lolita Dolores hieß. Ist es Zufall, dass auch dieses – allerdings meisterhafte – Sittengemälde der fünfziger Jahre mit unzähligen Zitaten und Halbzitaten arbeitete?«

Lola bekam Schmäh- und Drohmails und wurde offiziell unter Polizeischutz gestellt. In den letzten beiden Wochen ihrer Sommerferien war ihr Kalender voll mit Leseterminen: Berlin, Hamburg, Köln, sogar Wien. Aber ich war nicht dabei. Denn Michel Schrader hatte mich gleich nach unserer Rückkehr angerufen und mitgeteilt: »Sie werden verstehen, dass wir unter diesen Umständen auf Ihre Dienste verzichten müssen. Ihre Reiseauslagen bekommen Sie natürlich erstattet. Schicken Sie mir eine Rechnung.«

Verglichen damit hätte mir ein feuchter Händedruck geschmeichelt.

Während Lola als Lena der Literatur durch Deutschland reiste und in den Feuilletons das Gefecht übers Urheberrecht entbrannte, sekundiert von den Presseerklärungen der Schriftstellerverbände, schloss ich mich zur Rettung meines Seelenheils dem Stuttgarter Kreuzzug an. Am 25. August biss der Bagger das erste Stück aus dem Nordflügel. Schreiend, weinend, trillerpfeifend und Vuvuzela trötend legte ich mit Zehntausenden aufgebrachter Bürger Gleise, Innenstadt und das Weinfest lahm, besetzte das Bahnhofsdach und wurde vom SEK abgeräumt. »Wir sind das Volk, wir sind das Geld!« Das ist der Unterschied zwischen Schwaben und Ossis.

Einen Tag, bevor am ersten Oktober im Schlossgarten die ersten alten Platanen gefällt wurden, schlug die Polizei auf Schülerinnen und Schüler ein, versprühte Pfefferspray und spülte mit Wasserwerfern nach. Kinder und Polizisten handelten, wie es schien, gleichermaßen ohne Erinnerung an Brokdorf, Studentenrevolten und die Wirkung von Polizeigewalt. Wer sich provozieren lässt, hat schon verloren. Nach wochenlangen Demonstrationen wankte schließlich die Landesregierung und stürzte. In Baden-Württemberg wurde die parlamentarische Demokratie zugunsten direkter Bürgerentscheide abgeschafft und das unumkehrbare Bahnprojekt gestoppt. Dann machten wir uns daran, alles andere umzukehren, was gegen den Willen der Bürger gebaut worden war: Die Messehallen auf den Fildern wurden abgerissen, die Liederhalle wurde gesprengt und schließlich der Fernsehturm umgesägt. Aber das ist eine andere Geschichte.

In Wien brannte unterdessen nach einer von der österreichischen Walfisch-Filiale organisierten Lesung von Lola ein ganzes Festzelt samt Büchertischen ab, und Lola simste mir: »need U«. Denn Martin Cäsar hatte sie zu seiner Talkshow *Cäsar* eingeladen. Und darauf konnte sie sich echt was einbilden. Bei Cäsar auf dem grünen Sofa im Studio Baden-Baden hatten schon der Dalai Lama, Helmut Kohl, Uschi Glas und Jogi Löw gesessen.

Aber Lola wollte nicht.

»Dann lass es!«, simste ich ihr zurück.

Daraufhin rief mich Michel Schrader an und eröffnete mir: »Meine Tochter hat zur Bedingung gestellt, dass Sie sie hinfahren und sonst niemand. Sie meint, nur Sie können Sie beschützen. Die Sache in Wien hat sie mehr erschüttert, als sie zugeben will.«

»Lola wird über kurz oder lang erschossen werden«, sagte ich. »Und ich werde es nicht verhindern können. Das ist Ihnen hoffentlich klar.«

»Was soll ich denn machen? Ich kann sie doch nicht einsperren! Das würde sie auch gar nicht wollen.«

»Lassen Sie sich eine neue Identität verpassen und tauchen Sie unter.«

Der Mann schnaufte. »Wie stellen Sie sich das vor? Ich habe hier meine Arbeit, die mir Spaß macht, meine Frau ist Schauspielerin. Soll sie alles aufgeben? Das wird sie niemals tun. Und ob dieser Schütze es wirklich auf Lola abgesehen hat, ist keineswegs ausgemacht. Die Polizei geht von einem Täter im Umfeld von Durs Ursprung aus. Und mit dem haben wir doch gar nichts zu tun.«

In meinem Hirn knackte ein kleiner Schalter.

»Also gut, ich fahre Lola nach Baden-Baden«, sagte ich, um ihn loszuwerden und dem Klick in meinem Hirn nachzugehen.

Aber Richard fehlte mir. Wäre ich eine Schriftstellerin gewesen, hätte ich ihn zu meiner Muse ernannt. Ich brauchte sein »Unsinn, Lisa! Das kann nicht sein. Das geht nicht. Das ist unmöglich«, um aus dem Tran innerer Gleichgültigkeit und Bequemlichkeit zu finden und mich in Grenzregionen vorzuschlagen. Doch er war weg. Er rief nicht an. Er kam nicht und schloss nicht meine Wohnungstür von außen auf.

Diesmal war er wirklich beleidigt. Arroganter Affe! Depp! Und mal ehrlich, was hatten wir schon wirklich gemeinsam? Als echter Konservativer war er natürlich auch für den neuen Tiefbahnhof, gegen den wir als echte Linke leidenschaftlich kämpften. Warum sind wir Linken, Naturschützer und Revolutionäre die Bewahrer, und warum lieben die Konservativen den technischen Fortschritt so? Kann mir das mal einer erklären? Richard ist gerade nicht da, um das zu tun.

Ich scrollte meine Protokolle durch. Meine Gedanken schweiften ab und verirrten sich in der Geschichte, die mir Richard von seiner Reise mit Marie zur Anti-Schah-Demonstration erzählt hatte. Warum hatte er sich zufrieden gegeben mit den Erklärungen, die Marie auf dem Heimflug über das Buch abgegeben hatte? Hatte Richard wirklich die geheime Botschaft der doppelt geschlagenen Buchstaben nicht bemerkt? Und wer sollte Marie das von ihr gebundene Buch bei welcher Gelegenheit gestohlen haben, um es dann bei Durs Ursprung in seinem gerade erst eröffneten Laden im Stuttgarter Gerberviertel zu verstecken?

Wieso gerade erst eröffnet? Woher wusste ich das eigentlich?

Ich suchte die Datei mit dem Zeitungsartikel über Marianne Brandels Besuch in Ursprungs Laden auf. Da stand es. Durs Ursprung hatte die Buchhandlung im Herbst 1966 eröffnet, und zwar im Alter von 27 Jahren. Mein Blick blieb an dem Foto hängen: der verschmitzte alte Buchhändler neben der schicken, aber nicht erheblich jüngeren Kulturstaatsministerin. Das war im Oktober vergangenen Jahres gewesen. Sie war zu einer Konferenz über Stadt und Kulturentwicklung vor dem Hintergrund allgemeiner Sparmaßnahmen in Stuttgart gewesen und hatte den Besuch benutzt, um eine alte Bekanntschaft zu erneuern. »Als Studentin bin ich regelmäßig, wenn ich in der Landeshauptstadt war, in den Laden gekommen. Und Durs und ich, wir sind über all die Jahre in lockerem Kontakt geblieben. Buchhändler wie er sind das Salz unserer Gesellschaft.«

Diesmal krache es in meinem Grind. Richard gegenüber hatte Marie gesagt, sie habe Durs Ursprung und seine Buchhandlung nicht gekannt. Und Mitte 67 war sie bereits im Ausland gewesen. Wie passte das zusammen? Das war der Knackpunkt. Wieso hatte sie Richard belogen? Es wurde Zeit, dass sie uns das erklärte.

Ich schrieb Richard eine SMS: »Ruf mich an. Habe neue Erkenntnisse über Marie.«

Seine Antwort piepste mitten in der Nacht auf meinem Handy.

»Bin mit Alena, ihrer Mutter, Tante, Großmutter in Brünn. Melde mich am Wochenende.«

Ich starrte auf das Display. Wo war er? Brünn? Liegt das nicht in Tschechien? O Gott! Völlig unvermutet schmolz mir das Herz. Der gute Richard. Auf ihn war einfach Verlass. Wirf ihm das Wort Verantwortung hin, und er schnurrt wie ein Automat los. Seine Gefühle mochten noch so quer stehen in ihm, das pietistische Pflichtgefühl bezwang ihn letztlich immer. Und dann tat er das, was getan werden musste. Er half ohne Rücksicht darauf, was er selbst dabei verlor. Offenbar wusste Richard schon länger, dass die kleine Familie, die er so gern zu seiner gemacht hätte, plante, Deutschland zu verlassen und in ihre Heimat zurückzukehren. Deshalb hatte er Alena auch nie besucht. Vermutlich nicht einmal, um sich selbst zu schonen, um sich nicht zu sehr an die Kleine zu gewöhnen, sondern weil er nicht wollte, dass sie einen Verlust verschmerzen musste.

Mittwochnachmittag holte ich mit Cipión auf dem Notsitz Lola vor dem Fanny-Leicht-Gymnasium ab. Sie hatte inzwischen ihren 18. Geburtstag gefeiert, war aber in den drei Wochen, die ich sie nicht gesehen hatte, zusätzlich um drei Jahre gereift. Wir schifften uns auf die wellige Autobahn Richtung Pforzheim und Karlsruhe ein.

»Wenn ich die Zeit zurückdrehen könnte«, sagte sie, »wenn ich noch mal sechzehn wäre und Papa sagen würde, ich rufe jetzt meinen alten Freund Julius Hezel an, der soll das drucken, dann würde ich ein Feuerzeug unter das Skript halten und alle Dateien auf meinem Computer löschen. Im Grunde habe ich doch nur meinen Vater beeindrucken wollen. Er sollte wenigstens einmal ›Respekt!‹ sagen. Und er hat insgeheim gedacht, ich falle damit auf die Nase. Er glaubt bis heute, dass ohne seine Unterstützung aus dem Buch nie was geworden wäre, und ärgert sich, dass sich niemand für ihn interessiert. Mein Fehler war, dass ich dachte, was meinem Vater gefällt, sei gut. Aber was Eltern gut finden, kann nicht gut sein im Sinne von neu oder originell oder eigenständig. Es ist affirmativ. Neu und revolutionär kann nur sein, was der Elterngeneration nicht gefällt. Nur das ist meins. Außerdem hatte ich das Pech, dass mein Vater einen Verleger kennt. Andere müssen ihren Text an fünfzig Verlage schicken, und keiner nimmt ihn. Dann hat sich das irgendwann erledigt, und sie schreiben was anderes.«

»Aber du hast es doch geschafft, Lola. Alle fallen über dich her. Du hast die Elterngeneration verärgert. Du warst nicht brav. Sie sind mächtig enttäuscht von dir.«

»Hm.«

Die Sonne funkelte uns entgegen, im Radio flatterte *Satellite*.

»Aber das alles bin schon nicht mehr ich«, resümierte sie. »Ich werde sicher keine Schriftstellerin, sondern vielleicht ... Schauspielerin.« Sie schaute mich an. »Übrigens, ich habe mich verliebt!«

»Hei!«

»Ja, total, mit Schmetterlingen und allem.« Lola lachte und Lena jauchzte in ihrem Kunstslang »love, o love«.

»Gratuliere! Und wie heißt er?«

»Muss es denn ein Junge sein?« Sie grinste verschmitzt.

»Bei dir schon«, antwortete ich. »Wie heißt er denn?«

»Er heißt Adrian. Und du hast recht, das ist was anderes als nur Sex. Mit dir ... das war ...«

»... gediegener Schweinkram«, schlug ich vor.

»Das war fett. Aber mit Adrian ist es ... irgendwie anders. Es ist schön, superschön, megaschön, überirdisch. Wir machen keinen Sex, wie lieben uns. Verstehst du?«

»Vollkommen.«

Der Gedanke an Richard huschte mir durchs Gemüt. Es wurde Zeit, dass ich erwachsen wurde und mir eingestand, mit wem ich Sex machte und mit wem Liebe. Vermutlich war es ein Irrtum zu glauben, Richard habe Spaß an meiner Unruhe. Vermutlich tolerierte er meine Eskapaden mit den Lolas mit zusammengebissenen Kiefern, und deshalb knirschte er nachts mit den Zähnen. Ich hätte mich nicht, als er mir seine Angst um mein Leben offenbarte, für Lola entscheiden und ihm empfehlen dürfen, sich mit der Großvaterrolle für die kleine Alena zu bescheiden. Was für eine böse Kränkung. Ich musste vor Entsetzen lachen.

»Was lachst du?«

»Adrian? Ist das nicht der aus Facebook, Adrian Weinrich?«

Lola nickte. »Er studiert Figurentheater. Ich bin ihm vorher schon ein paarmal begegnet. Er sagt, er war vom ersten Augenblick in mich verknallt, aber er hätte gespürt, dass ich noch nicht so weit wäre.«

»Adrian Weinrich, ist der etwa der Sohn dieser Bücherwarze, ich meine, des Fernsehkritikers Heinrich Weinrich?«

»Der Neffe. Und er hat seinem Onkel das mit meinem Buch gesteckt. Davon habe ich aber nichts gewusst.«

»Macht doch nichts, Lola. So ist das in dem Leben, das du noch vor dir hast. Du wirst nur was, wenn du die richtigen Leute kennst. Früher nannte man das Vitamin B, heute heißt das Netzwerken und gilt als Zeichen hoher emotionaler Intelligenz.«

Karlsruhe breitete sich im Dunst des Rheintals vor uns aus. Wir schwenkten auf die große Rheintalautobahn, während die Sonne in den Vogesen versank.

Lola seufzte tief.

»Du hast es doch bald geschafft«, sagte ich. »Heute Abend den Kaiser aller Talksendungen um den kleinen Finger wickeln, und dann kommt nur noch die Buchmesse. Du schüttelst Kulturstaatsministerin Brandel die Hand und lässt dir nichts anmerken, wenn die andere Kandidatin den Preis überreicht bekommt. Danach redet keiner mehr von dir. Und bald treiben sie eine andere Sau durchs Dorf.«

Baden-Baden liegt hinter Bergen, wo man es nicht vermutet, und weil es in solcher Enge zwischen Bergen liegt, ist es auch viel kleiner, als Schloss, Kurhaus, Kasino und Theater und Kunsthalle vermuten lassen. In Wahrheit ist alles sehr gedrängt.

Die Fernseh- und Hörfunkstudios des SWR hatten dort keinen Platz mehr gefunden. Sie lagen im Wald hinter sieben Bergen. Der Dackel dürfe nicht mit rein, informierte uns die Redakteurin, die uns an der Pforte von Cäsars Studio abholte.

»Hat Moshammer selig seine Daisy auch am Aschenbecher vor der Tür anbinden müssen?«, fragte ich. »Na, sehen Sie!«

Lola lächelte endlich mal wieder.

Der Redakteurin mit ihrem Rock über skinny Jeans war es im Grunde völlig egal. Zumal ich ihren trendy Style noch toppen konnte. Erstens war ich älter als sie, und zweitens trug ich zu Rock und Jeans klirrende Schnallenstiefel und ein Militärjackenimitat mit Schulterklappen. Es interessierte sie auch nicht, wer ich war. Offenbar kam zum Fernsehen niemand allein, schon gar nicht das erste Mal. Wir saßen längere Zeit in einem Büro herum, schauten in grüne Bäume, tranken Kaffee und warteten auf Herrn Cäsar, der mit Lola unbedingt noch ein Vorgespräch führen wollte. Als er kam, erwies sich der im Fernsehen so imposante Cäsar als mageres Männchen mit grauem Gesicht und stumpfem Blick. Er drückte Lola und mir die Hand und entschuldigte sich, dass er jetzt keine Zeit habe. »Seien Sie ganz natürlich! Und nicht in die Kamera schauen. Dann klappt das.«

Eine Regieassistentin, die ebenfalls einen Rock über Hosen trug und dazu noch einen Seidenschal, erklärte uns, dass die Sendung aufgezeichnet und um anderthalb Stunden zeitversetzt gesendet wurde. »Falls mal was aus dem Ruder läuft. Aber wir versuchen natürlich, den Live-Charakter zu erhalten.«

Wir wurden treppab und durch lichtlose Gänge in die Maske geschafft. Dort herrschte eine ältere Dame, die Lolas hausgemachte Maske über Töpfchen, Tiegel, Spiegel und Föhn hinweg skeptisch musterte.

»Der Hund auch?«

»Wieso?«, fragte ich. »Würden Sie ihn dann baden und föhnen?«

Die Maskenbildnerin, die schon alles gesehen hatte und alle

Klassen von Scherzen kannte, die Menschen machten, um ihre Aufregung zu verbergen, lächelte nicht einmal. Sie lotste Lola auf den Friseurstuhl vor dem Spiegel und begann mit der Renovierung des Gesichts.

»Fassen Sie sich, wenn möglich, nicht mehr ins Gesicht. Und putzen Sie sich nicht die Nase«, sagte sie, als Lola frisiert und geschminkt aufstand und noch einmal zwei Jahre älter wirkte.

Wir warteten an einem Tisch vor der Studiotür in abgedunkelter Stille. Ein Techniker kam, bastelte Lola ein Mikro in den Kragen und legte das Kabel unter ihrem Pullover zur hinteren Jeanstasche. Auf der anderen Seite wurde derweil Publikum eingelassen. Eine andere Assistentin kam, um mich abzuholen. »Und der Hund, was machen wir mit dem? Der kann nicht mit rein.«

»Er hat noch nie gebellt«, sagte ich. »Außerdem will ich nicht im Publikum sitzen. Ich bin Lolas Bodyguard.«

Fernsehleute kann nichts erstaunen. Sie sind gemacht, Probleme zu lösen, statt welche aufzuwerfen. »Kommen Sie. Ich weiß, wo Sie sitzen können.«

Sie führte mich zu Stühlen hinter einer der Kameras, wo ich die Bühne mit den beiden Sesseln, die Kabelträger, Kameramänner und das Publikum gleichermaßen im Auge hatte. Ein junger Mann forderte uns schließlich auf, unsere Handys auszumachen, und übte das Applaudieren mit dem etwa sechzigköpfigen Publikum. Cäsar kam spät. Er setzte sich, wurde noch mal abgetupft und schaltete, kurz bevor an einer Kamera der rote Punkt aufleuchtete, sein Gesicht an. Das Publikum applaudierte wie einstudiert. Auf einmal saß da der freundliche ältere Herr mit den verwunderten Augen und der bekannten leicht fassungslosen Neugierde in der Stimme.

Er behauptete, auf seinen ersten Gast sei er besonders gespannt, eine junge Autorin, eine kluge und hübsche Frau, die ein mutiges, wenn auch nicht unumstrittenes Buch geschrieben habe. »Lola Schrader!« Unter Applaus legte Lola mit ihren Büffelhüften auf dem schwarzen, glatten Studioboden den Weg zu

Cäsar zurück, der ihre Hand nahm, sie in den Sessel drückte und sich sogleich blauäugig über sie hermachte.

»Malefizkrott, das ist Schwäbisch, nicht wahr? Ich fürchte, das müssen Sie einem Norddeutschen erklären.«

»Malefiz, das Spiel, das kennen Sie ...« Lola lächelte Grübchen.

Martin Cäsar fragte erstaunt: »Und Sie sind erst siebzehn ...«

»Achtzehn!«

»O ja, natürlich, vor vierzehn Tagen achtzehn geworden, nicht wahr, darf ich nachträglich gratulieren? Und Sie haben bereits ein Drehbuch und einen Roman verfasst. Ich bewundere das. Sie gehen noch zur Schule, Sie machen nächstes Jahr Abitur. Das erfordert doch sicherlich sehr viel Disziplin. In Ihrem Alter!«

»In meinem nicht weniger als in irgendeinem anderen«, entfuhr es Lola, doch gleich darauf lächelte sie kindlich. »Mir macht es vor allem Spaß. Was einem Spaß macht, dafür braucht man keine Disziplin, nicht wahr. Ich liebe es, mit der Sprache zu arbeiten, die Dinge zuzuspitzen ...«

Cäsar lächelte väterlich.

Cipión gähnte quietschend neben meinem Stuhl. Aber das hörten die Mikros da vorne nicht. Überhaupt fand ich das Studio riesig. In meinem Fernseher daheim hatte es immer intim gewirkt. An der Decke hingen Balken mit Scheinwerfern. Um die kleine Bühne mit den ziemlich abgewetzten Sesseln war viel schwarzer Boden und schwarze Wand. Kabel schlängelte sich. An der Seitenwand saß unter anderen die Maskenbildnerin mit Puschel und Make-up-Tasche. Die Gäste, die noch auftreten würden, saßen etwas abseits hinter einer Stellwand an einem Tischchen mit Sprudelgläsern. An vielen Stellen standen auf dem Boden alte Röhrenfernseher herum, die das Kamerabild zeigten.

Lola würden noch drei weitere Gäste folgen. Jeder hatte 13 Minuten. Und was in einem Studio auch nicht fehlte, waren Uhren. Die Zahlen der Zeit leuchteten uns aus jedem erdenklichen toten Winkel an.

Ab Minute 9 bedeutete eine Assistentin mit Uhr in der einen Hand Cäsar mit den Fingern ihrer erhobenen anderen Hand, dass ihm noch vier Minuten blieben. Als sie mit der Hand die Drei zeigte, sah ich einen roten Laserpunkt über die Scheinwerfergehäuse an der Decke hüpfen. Nur sekundenkurz, dann war er weg, aber ich saß senkrecht.

Gab es auch Pistolen mit Laserzielhilfe? Bestimmt! Warum auch nicht? Besucher einer Fernsehsendung wurden nicht unbedingt auf Waffen abgetastet, bevor sie hineindurften. Und da saß Lola im Sessel als ein gut ausgeleuchtetes, nahezu unbewegliches Ziel.

Aber würde er es wagen? Hatte er seinen Fluchtweg so gut geklärt, dass er sicher war wegzukommen? Oder war das sein Tag, die Nacht, der öffentliche Auftritt Lolas, auf den er gelauert und hingearbeitet hatte? Dann war es ihm womöglich egal, ob er davonkam. Denn nur heute und nie wieder würden zwei Millionen Menschen zusehen, wie Lola starb.

Und ich saß da und schaute zu.

Die Regieassistentin hob zwei Finger.

Andererseits, fiel mir ein, war es ja bloß eine Aufzeichnung. Wenn er schoss, würden es nur siebzig Menschen sehen. Das öffentlich-rechtliche Fernsehen war taktvoll genug, im Nachhinein keinen Mord auf offener Bühne zu zeigen. Aber war das auch dem Schützen klar? Wenn er in der Welt der Privatsender lebte, dann versprach er sich womöglich Bilder, die um die Welt gingen.

Und wieder flirrte das rote Pünktchen durch den Studiosaal, diesmal über die Wand neben mir. Der Staub in der Luft machte den Laserstrahl sichtbar. Er kam aus der Mitte der vorletzten Reihe. So viel sah ich, bevor er erneut verschwand.

Die Szene eines Films spulte sich in meinem Kopf ab. Ein Bodyguard, gespielt von – egal, der Name fiel mir jetzt nicht ein –, stürzte sich vor Tausenden von Zuschauern schützend auf die schöne schwarze Sängerin, die er liebte und die Morddrohungen erhalten hatte. Am Ende war es ihre eigene von Neid zerfressene Schwester, die auf sie schoss. Aber Lola hatte keine Schwester.

Nur diesen Vater. Ja, und diese Mutter, die es wurmen mochte, dass heute niemand mehr Lola als Tochter der Schauspielerin Marlies Schrader vorstellte, sondern umgekehrt, sie, Marlies, nur noch als Mutter der berühmten Autorin Lola Schrader. Aber das hatte sie ja nicht ahnen können, als Lola ihre erste Lesung bei Durs Ursprung gehabt und alles angefangen hatte.

Der rote Punkt flackerte erneut, diesmal gegen die Hinterköpfe der vorderen Reihen. Lola erzählte gerade, dass sie Wortesammlerin sei, nicht Märchenerzählerin, und ich stand auf, ließ Cipións Leine zu Boden fallen und trat an die Zuschauerreihen heran.

Die Regieassistentin hob einen Finger.

Einer der Kameramänner beugte sich zu einem Kabelträger. Er hatte den Laserpunkt auch bemerkt, zumal er soeben über die Wand hinter Cäsar und Lola wackelte. Ein Mann in Jeans und Karohemd an den dunklen Rändern des Studios wurde ebenfalls wach. Der Punkt näherte sich von oben Lolas Scheitel.

Ich lief los, sprang die Stufe zu den Sesseln empor und stellte mich vor Lola.

Cäsar schaute auf. Die Regieassistentin riss beide Arme hoch und ließ sie resigniert fallen.

»Entschuldigen Sie«, wandte ich mich erst an Cäsar und dann ans Publikum. »Ich bin Lolas Securitymanagerin. Und hier ist jemand, der fuchtelt mit einem Laserpointer herum. Zumindest hoffe ich, dass es nur ein Pointer ist und nicht die Zielvorrichtung an einer Schusswaffe!«

Jemand lachte. Andere wurden unruhig. Aber sie befanden sich alle im Kokon der Fiktion. Ihr Vertrauen ins Fernsehen und die Kontrollierbarkeit aller Ereignisse war unerschütterlich. Zumal Cipión gemütvoll bärtig und blankäugig neben mir stand. »Ach wie süß!«

Inzwischen hatte der Techniker in Jeans und Karohemd einen vielleicht vierzehnjährigen Jungen aus der vorletzten Reihe gezogen, der sofort schrie: »Ich hab nix gemacht!«

Da sah ich ihn: die nicht dicke, aber unbeholfene Gestalt eines Mannes, der sich rechts ganz hinten erhob und einer Tür zuwandte, von der ich nicht gewusst hatte, dass es sie gab. Kurz sah ich im Licht von draußen ein faltiges Gesicht, ehe er hinausgeschlüpft war und die Tür wieder zufiel.

Ich rannte los. Diesmal würde ich ihn nicht laufen lassen wie in Friedrichshafen, diesmal würde die Polizei seine Personalien feststellen. Ich schlitterte auf dem schwarzen Boden um die erste Zuschauerreihe, angelte ein Kabel mit, über das Cipión fiel, fand die verdammte schwarze Tür inmitten der schwarzen Wand nicht, erwischte endlich die Klinke, während Cäsar hinter mir die letzte Minute des Interviews wieder aufnahm: »Das schneiden wir. Lola Schrader, es gibt noch ein unschönes Thema, über das wir sprechen müssen. Sie erhalten Drohungen?«

Ich schlüpfte mit Cipión hinaus.

Ein fensterloser Gang nach links, einer nach rechts, Türen auf beiden Seiten, am fernen Ende ein Treppenhaus. Ein Fahrstuhl rappelte. »Such, Cipión!« Er trabte Richtung Treppenhaus los. Ich hörte hinter mir eiligen Schrittes Leute kommen und rannte. Der Fahrstuhl war zwei Stockwerke höher stehen geblieben. Ich sprintete die Treppe hinauf. Cipións Schlappohren flatterten. Aber oben wusste auch er nicht weiter. Wieder Gänge mit Türen. Eilige Schritte hallten irgendwo.

Ich lief los, um eine Ecke, wieder ein Gang, dann eine Tür nach draußen, vor der zwei Frauen standen und rauchten. Ich stieß sie auf. »Ist hier gerade jemand raus?«

Die Frauen schüttelten die Köpfe.

Also weiter. In einem Raum standen Tische mit Getränken, ein Mann und eine Frau saßen auf dem Sofa und blätterten in einem Drehbuch oder was auch immer. »Da können Sie nicht …«, riefen sie mir zu. Aber ich hatte die Tür schon aufgestoßen. Sie war überraschend leise und zugleich schwer, innen gepolstert. Ich platzte in ein verschachtelt getäfeltes Studio, in dem eine Tür mit Rahmen und Klinke, aber ohne Wand herumstand. Einen Streifen Kiesbett gab es. Ein Klavier stand da. Eine Treppe wendelte ins Leere empor, und drei Menschen standen an drei Mikros mit Skripten in den Händen und schauten mich entgeistert an.

»Entsch…«

Weiter kam ich nicht. Ich wurde von hinten gepackt. Männer keuchten mir in den Nacken. Einer drehte mir den Arm auf den Rücken, kugelte mir dabei fast die Schulter aus und zwang mich zu Boden. Ich lag mit der Nase im Kiesbett und tat keinen Mucks mehr.

28

Die drei Männer vom Sicherheitsdienst des Senders brachten mich ins Hinterzimmer einer Pforte. Zweie hielten mich fest, einer führte Cipión an der Leine, der sich angewöhnt hatte, zu unseren brutalen Spielen nichts zu sagen. Er hatte nicht mal geknurrt, was mich doch ein bisschen enttäuschte.

Nach zwei Stunden hatten wir den Sachverhalt zur leidlichen Zufriedenheit aller geklärt. Die Polizei nahm meine Personalien auf und ermittelte, dass der Mann, den ich das Studio hatte verlassen sehen, ein namentlich bekannter Gast mit ordnungsgemäßer Eintrittskarte gewesen war, der nur mal aufs Klo gemusst und den kleinen Tumult um den Jungen mit dem Laserpointer für eine gute Gelegenheit gehalten hatte. Rückfragen in Stuttgart ergaben, dass meine Hysterie nicht völlig unbegründet gewesen war, und an mich erging die Ermahnung, solche Aktionen künftig der Polizei zu überlassen. Ich versprach es mit schmerzender Schulter und durfte mit Lola nach Hause fahren, während die Sendung ausgestrahlt und von ihrem Vater daheim aufgezeichnet wurde.

Wahrscheinlich steckte er die CD in eine der Klarsichthüllen im Erinnerungsordner für spätere Tage.

Dann musste ich Lolas Adrian kennenlernen und absegnen. Dazu war ein Freitagabend auf der Partymeile von Stuttgart angesetzt. Wir trafen uns vor dem *Mumi*, dem *Club Muttermilch*.

Adrian und ich schauten uns an und mochten uns sofort nicht. Diese Sorte Testosteronhammel mit Tigerzahn am Lederband um den Hals wusste vermutlich instinktiv, was zwischen Lola und mir während ihrer Wanderwochen gelaufen war. Schon vor der Tür knutschte er seine Lola ausführlich ab. Das setzte er oben in der Bar bei Red Bull mit Wodka fort. Ich kam mir vergreist vor und überließ den Hammel und sein Schaf alsbald den unschuldigen Spielen.

Diese Nacht an der Theodor-Heuss-Straße hatte schlechte Laune. Jungs aus dem Umland veranstalteten mit ihren viel zu teuren Mietwagen Wettrennen. Für den Eintritt in die Clubs und Diskos reichte ihr Geld nicht mehr. Glasscherben knirschten unter meinen Sohlen. Ich kam gerade dazu, als vor dem *T-O-12* ein Gestörter mit einem Fußkick einem andern, der verträumt auf einer Bank saß, den Kiefer zertrümmerte. Die Umstehenden lachten. Der Kicker hatte es nicht einmal eilig zu verschwinden.

Ich provozierte ihn. Wer sich provozieren lässt, hat schon verloren. Er kickte auch nach mir und gab mir Gelegenheit, ihn kampfkunstgerecht auf den Fußweg zu klatschen. Dass dort Glasscherben lagen, dafür konnte ich nichts. Es folgte eine Massenschlägerei. Drei Krankenwagen mussten die Verletzten abtransportieren. Ich entkam einer erneuten Feststellung meiner Personalien durch die Polizei und beschloss, eine Woche lang mal gar nichts zu tun und das Haus nur zu Spaziergängen mit Cipión zu verlassen.

Michel Schrader schicke mir eine E-Mail mit der Mitteilung: »Wir brauchen Ihre Art, Publicity herzustellen, nicht mehr. Ihre Dienste sind hiermit beendet.« Ich schickte ihm eine Rechnung über 9000 Euro, die er anfocht, und räumte meine Wohnung auf. Dabei fiel mir die tote Taube im Gefrierfach in die Hände, die ich per Mail Christoph Weininger andiente. »Wenn ihr jemand den Hals umgedreht hat, dann müsste sich Genmaterial auf ihr finden lassen.« Er ließ sie von einem Streifenbeamten abholen. Auch der Stock mit dem Faden fiel mir wieder in die Hände, den Cipión im Rinnstein vor dem ausgebrannten Laden von Ursprung gefunden hatte.

Sah aus wie etwas, was man in eine Tür klemmen und dann an einem langen Faden wegziehen konnte, beispielsweise, damit die Türglocke bimmelte und man einen Grund hatte, hinaufzugehen und nachzusehen, wer in den Laden getreten war, um hernach die Geschichte eines unbekannten Brandstifters zu erfinden. Ich war immer der Meinung gewesen, dass Ruben den Laden seines Vaters angezündet hatte. Aber wenn es nicht einmal der Polizei gelungen war, ihm das nachzuweisen … Und damit machte ich die Akte Lola Schrader und Buchhasser zu.

Am Sonntag fuhr ich mit Cipión zu Richard auf den Haigst, lud ihn zu einem Spaziergang in die Wälder rund um den Fernsehturm ein und bat ihn um Entschuldigung für meine Grobheiten.

»Du hattest ja recht«, antwortete er. »Ich habe mich selbst bemitleidet, statt das Naheliegende zu tun, nämlich finanziell zu helfen.«

»Du bist ein Heiliger, Richard!«

Er lachte und widersprach nicht. So entspannt war er schon ewig nicht mehr gewesen, dass er es seiner Eitelkeit gestattete, sich loben zu lassen. »Und deshalb«, fuhr ich fort, »sollten wir nach Berlin fahren und mit Marianne Brandel reden.«

»Ich sehe nicht ein, was das eine mit dem andern zu tun hat.«

Unter seinen handgenähten italienischen Schuhen knisterte der Herbst. Und eher würde das Jahr den Winter überspringen, als dass Richard Weber auf Logik verzichtete. Deshalb ergänzten wir uns so gut.

»Dann werde ich eben«, teilte ich ihm mit, »auf die Frankfurter Buchmesse gehen und zusehen, dass ich sie treffe. Sie muss ja kommen, erstens wegen Kultur und zweitens, weil sie den Preis für den besten Debütroman verleiht. Wenn auch nicht an ihre Enkelin Lola Schrader.«

»Es ist nicht erwiesen, dass Lola ihre Enkelin ist!«

»Das will ich von ihr selbst hören!«

»Sie wird es dir nicht sagen, Lisa.«

»Aber dir!«

Richard schnaubte. »Sie kennt mich doch überhaupt nicht mehr. Und außerdem ist das eine Messe für Fachpublikum. Da kommst du gar nicht rein. Erst am Wochenende. Und da ist Frau Brandel sicherlich nicht mehr da. Die Preisverleihung ist Mittwochabend.«

»Und wer kommt in die Messe rein?«

»Buchhändler, Verleger, Literaturagenten … Presse.«

»Ich bin Presse!«

Richard lachte. »Eine Spätzlesreporterin.«

»Na, das werden wir ja sehen!«

»Ich als Staatsanwalt komme jedenfalls nicht hinein.«

Gleich am Montag rief ich Rudolf Wagenburg an und fragte ihn, wie man zu Fachpublikum wurde, das in die Messe hineinkam.

»Du hast doch einen Ausweis der Landespressekonferenz«, antwortete er. »Damit kommst du immer rein. Am besten, du lässt dich nachher gleich auf der Internetseite akkreditieren. Aber was willst du auf der Messe? Ach so ja, Lola Schrader, der sinkende Stern. Übrigens hat der Verlag sich mit Matthias Kern geeinigt. Man hat ihn großzügig abgefunden und führt in der jüngsten Auflage alle Zitate aus seinem Buch akkurat auf. So viele sind es gar nicht, wie man erst dachte.«

»Also Rehabilitation?«

Rudolf lachte aus seinem Trollingerbauch heraus. »Wen interessiert das noch?«

»Vielleicht das Mädel!«

»Du weißt doch, wie das läuft. Wer ein Star werden will, muss mit übler Nachrede leben lernen. Beim nächsten Buch ist ihr die öffentliche Aufmerksamkeit gewiss. Das ist mehr, als die meisten Autoren hoffen dürfen, wenn sie ihr zweites Buch vorlegen. Also, was will sie noch?«

»Wenn ich jemanden mitnehme auf die Messe, wie käme der hinein?«

»Nicht Fachpublikum?«

»Nicht vom Fach.«

»Du könntest Lolas Verlag fragen, ob er eine Karte übrig hat. Die haben Besucherkarten für ihre Autoren.«

»Was, sag bloß: Autoren sind kein Fachpublikum?«

»Nein. Das ist eine Messe für Buchhändler und Verlage. Da werden Lizenzen für Übersetzungen verkauft, da treffen sich Literaturagenten mit Verlegern. Übrigens, vielleicht hat dein Buchhändler auch noch eine Karte übrig. Buchhändler kriegen ein gewisses Kontingent.«

»Danke, Schatz!«

Rudolf grunzte.

Mein Buchhändler? Ich hatte keinen Buchhändler! Wenn einer mein Buchhändler gewesen wäre, dann Durs Ursprung. Aber der war tot. Das brachte mich auf eine Idee. Ursprungs Sohn war ja noch Buchhändler. Rubens Nummer stand nicht im Telefonbuch, aber er war in Facebook. Und weil ich mit einem seiner FreundInnen befreundet war – und zwar mit Lola Schrader, wie ich feststellte –, hatte ich Zugang zu seinem Profil und fand dort nicht nur seine E-Mail-Adresse, sondern auch seine Handynummer.

Es klingelte lange, bis er ranging. Etwas außer Atem. »Ja?«

»Lisa Nerz hier«, sagte ich. »Sie kennen mich vermutlich nicht.«

»Hm.«

»Ich bin Journalistin.«

»Ich gebe keine Interviews. Ich bin nicht mehr im Buchgeschäft.«

»Oh! Was machen Sie denn jetzt?«

»Ich lasse mich umschulen, zum … äh … Segelfluglehrer.«

»Von Büchern restlos die Schnauze voll, was? Kann ich gut

nachvollziehen. Über den Wolken muss die Freiheit wohl grenzenlos sein.«

Er lachte kurz.

»Nun ja«, faselte ich weiter, »ich hatte eigentlich gehofft, Sie hätten eine Eintrittskarte für die Frankfurter Buchmesse für mich übrig.«

»Ach so, ja, äh, stimmt. Wahrscheinlich sind die Karten noch irgendwo. Ich müsste gucken, wo mein Vater sie hingelegt hat. Aber als Journalistin kommen Sie doch rein.«

»Ich will aber noch jemanden mitnehmen.«

»Ich werde mal schauen. Wie ... wie kann ich Sie erreichen?«

»Über Facebook. Und meine Handynummer haben Sie ja jetzt auf Ihrem Gerät.«

Da schau her, dachte ich, nachdem ich das Gespräch beendet hatte, Ruben ein Segelflieger! Unter der Woche eingesperrt im Bücherkeller, am Wochenende über den Wolken. Aber war so was nicht ganz schön teuer? Dafür hatte Papa Durs Geld übrig gehabt? Wieder fiel mir ein, dass zwei Leute mir erzählt hatten, Durs Ursprung habe Vermögen gehabt, nämlich Oma Scheible – »Der Vater hat mit seiner Knopffabrik einen Haufen Geld gemacht« – und der Passant, den ich vor dem ausgebrannten Laden getroffen hatte. Ein kurzer Flug durchs weltweite Netz brachte weitere Informationen bei: Durs Ursprung war vor etlichen Jahren mal von einer linken Gruppe kritisiert worden, weil er von seinem Vater Vermögen geerbt hatte und es nicht in linke Projekte steckte, sondern an der Börse für sich arbeiten ließ. Ein Kapitalist! Und das vor dem Hintergrund, dass er als linker Buchhändler über Jahrzehnte die gesamte intellektuelle Linke in Haftung für seinen Laden genommen hatte, mit Alarmmeldungen, dass er demnächst schließen müsse, weil der Laden sich nicht mehr trage, mit Sammelaktionen und Versteigerungen alter Bücher. Durs Ursprung gefiel mir immer besser.

Ich überlegte, ob ich Ruben noch mal anrufen sollte, um ihn zu fragen, was er erben würde. Wenn das kein gutes Mordmotiv war! Nur ergab sich daraus kein Motiv, auch Lola Schrader zu verfolgen und zu töten. Und der Angestellte von Magnus Villing hatte auch nichts mit Ursprungs Erbe zu tun. Außerdem war der Mann, dem ich in Friedrichshafen in die Augen geschaut hatte, nicht Ruben Ursprung gewesen. Aber der Mann, den ich im Fernsehstudio Baden-Baden für den Stalker gehalten hatte, war auch kein Stalker gewesen. Die Eigenschaft eines Phantoms ist es, dass es ein Trugbild ist, Betonung auf »Trug«.

Akte zu! Nicht mehr darüber nachdenken! Die Polizei wird's schon richten.

29

Die Skyline von Frankfurt mit dem pyramidenhütigen Messeturm glitzerte im Morgenlicht. Wir rasten auf vielspuriger Autobahn darauf zu. Richard saß am Steuer und bemühte sich, seine Nervosität zu verbergen. Unter dem Ärmel seines maßgeschneiderten cognacfarbenen Anzugs lugte ein Manschettenknopf aus Platin hervor. Die Krawatte war so gut auf den Farbton von Hemd und Dreiteiler abgestimmt, dass es mir in den Augen wehtat. Richard pflegte anders als ich nicht stundenlang vor dem Schrank zu stehen und zu überlegen, in welcher Verkleidung er sich am besten gegen die Garstigkeiten des Lebens panzerte. Viel Auswahl hatte er als Mann, so wie er sich verstand, ohnehin nicht. Er hatte in jüngeren Jahren einmal festgestellt oder sich sagen lassen, dass Brauntöne ihn am besten kleideten, weil sie das eigenartig lichte Braun seiner asymmetrischen Augen und seines dichten Haars betonten, wobei er sich alle Varianten rötlicher Untertöne erlauben konnte, und seinen Kleiderschrank entsprechend gefüllt. Nun musste er nur noch hineingreifen und eine festgelegte Kombination herausnehmen. Schuhe besaß er nur fünf Paar, die Lauf- und die Tennisschuhe eingeschlossen.

Es war ein sonniger, aber kalter Oktobertag. Cipión hatte beim Morgenspaziergang ein grünes Loch in den Raureif auf den Grashalmen des Parks der Villa Berg gepinkelt. Danach hatte ich ihn zu Sally gebracht und mich, weil sie so süß verschlafen vor mir stand, mit einer Umarmung von ihr verabschiedet. »Und vielen Dank für alles, Sally!«

Als ob ich geahnt hätte, dass ich am Abend tot sein würde.

Schilder winkten uns auf einen riesigen Messeparkplatz, ein Bus brachte uns zu den Hallen. Im Torhaus betraten wir die Messe, an Schleusen lasen Lasergeräte den Barcode auf Richards Karte, die Ruben mir geschickt hatte, und auf meiner Eintrittskarte für die Presse ab. Garderoben beraubten uns der Mäntel, dann empfing uns die teppichgedämpfte Atmosphäre der Literatur. Stand um Stand, Halle um Halle, eine halbe Million Bücher, davon 130 000 Neuerscheinungen, über siebentausend Aussteller aus hundert Ländern. Ich hatte mich vorher kundig gemacht. »Heidabimbam! Wer soll das alles lesen!«

»Niemand«, antwortete Richard mit abenteuerlustig geweiteten Nasenflügeln. »Es gibt zweitausendfünfhundert verschiedene Tomatensorten und niemand sagt: Wer soll die alle essen!«

»Bücher sind halt unbescheiden und fordernd, Richard. Sie sind wie meine Mutter, sie erzeugen ein schlechtes Gewissen. Man hat nie genug gebetet!«

Andererseits reduzierte sich der moralisch-appellative Charakter der Bücher doch sehr, wenn man sah, wie gut einige Verlage von ihnen leben konnten. Man erkannte es an den riesenhaften, über mehrere Parzellen reichenden Verlagsständen aus teuren Materialien, wo wichtige Menschen in dunklen Anzügen standen und von Damen in Hostessenkostümen Sekt gereicht bekamen und Fernsehteams nach wichtigen Autoren in Kordsakkos mit und ohne Schal Ausschau hielten.

»Wann hast du deinen Termin mit Frau Brandel?«, fragte ich Richard zum wiederholten Mal.

»Um vier am Stand von Fliegenkopf.« Richard schaute die alphabetisch gekennzeichneten Reihen mit den Standnummern an. »Müsste da drüben irgendwo sein. Ich weiß nicht, was du vorhast, aber ich gehe jetzt zu den Argentiniern. Die sind dieses Jahr Gastland. Mein alter Freund José ist bestimmt auch dort.«

Ich durchwanderte die Hallen 3.1 und 3.0, Literatur und Sachbuch, trank einen Orangensaft an einer Saftbar, rauchte auf dem Balkon eine Zigarette, stieß auf den Stand von Yggdrasil, der sich schwäbisch sparsam auf eine Parzelle beschränkte, eine Wand mit dem callgirlroten Buch gepflastert hatte und an den anderen beiden Wänden sein restliches Programm vom Regionalkrimi bis zum Wanderbuch zur Schau stellte. Julius Hezel trug einen hellgrauen Anzug und lächelte beseligt. Er hatte seine Pressefrau dabei, die noch damit beschäftigt war, einen Kaffeeautomaten in Betrieb zu nehmen. Auf einem Tischchen standen Knabbereien und ein Karton mit der Mitteilung »Lola Schrader am Stand, Mi. 16 Uhr«.

Mich erkannte er nicht als diejenige, die bei Lolas erster denkwürdiger Lesung bei Durs Ursprung im Publikum gesessen hatte. Ich beließ es dabei und flanierte an allerlei Unsinn vorbei, an Mondeinflüssen auf Steine, an einer Geschichte des dritten Jahrtausends, an Lyrik und Miniprosa, an Kabäuschen, in denen einsam einer mit Ökobart oder eine in Wahrsagerinnengewändern saß und sich im Ohr oder in der Nase popelte. Woanders herrschte Lärm und Hallo, weil sich alte Bekannte trafen und auf die Schultern klopften. In manchen Ständen lagen mehr Radiergummis und Plastikspielzeug auf dem Tresen, als Bücher auf den Borden standen. Es gab Verlage, die nur ein einziges Buch anboten, das dutzendfach im Regal stand.

An einer Ecke hatte ein Verlag zwei Damen an einen Kaffeeautomaten gestellt, die gegen Mittag an Feuilletonredakteure und Literaturkritiker Kaffee auskellnerten. Vom Messeschnupfen hörte ich einen alten Hasen reden, er erkälte sich immer bei all dem Rein und Raus. Prognosen wurden abgegeben: Der Untergang der Branche sei dieses Jahr noch mal aufgehalten, aber schon nächstes Jahr unausweichlich, das E-Book auf dem Vormarsch, Verlage bald unnötig, das Buch in der Form, wie wir es kennen, in zehn Jahren Geschichte.

Ich tastete besorgt in der Innentasche meiner Bikerjacke nach Maries Buch, zog es sogar heraus, das Unikat *Schloss und Fabrik* von Louise Otto mit Einschussloch, Kommunardenflugblättern und Geheimbotschaft. *Burn warehouse burn*!

Gab es hier eigentlich Sprinkleranlagen? Ich schaute an die Hallendecke vom Typ Raumschiff Enterprise.

»Ups!«

Mit dem Kopf im Nacken war ich in einem linken Laden gegen eine Bank gestolpert. Eine Frau fing *Schloss und Fabrik* auf, das mir aus der Hand gesprungen war.

»Was für ein schönes altes Buch! Das ist mal noch ein sinnliches Erlebnis!« Sie senkte die Nase in die Seiten und schnüffelte. »Druckerschwärze und, hm, Zigarren, und was für ein Knaster.« Sie lachte. »Das hat sicher in der Bibliothek Ihres Großvaters gestanden, wa? Und … Oh! ›Warum brennst du, Konsument?‹ Das ist ja das berühmte Flugblatt Nummer 7 der Kommune 1. Wie kommt das hier herein? Und dieses Loch! Für die Augen einer Krimiverlegerin sieht das aus wie eine Einschussloch.« Sie lächelte mich bezwingend an.

»Es hat demjenigen das Leben gerettet, der gesehen hat, wie Benno Ohnesorg erschossen wurde«, sagte ich.

»Oh, wie das? Das müssen Sie uns erzählen!«

Man zwang mich auf die Bank zwischen orangefarbenen Taschen mit schwarzer Krimikatze, ich bekam einen Kaffee und Kekse und erzählte die wahre Geschichte des Buchs, wenn auch anonymisiert. Schon bald duzten wir uns – »Ich bin die Else«, »Ich Dörte«, »Ich Lisa« – und ein oder zwei Stunden wurden aus meiner Langeweile getilgt.

»Und Journalistin bist du also?«, bemerkte Else, die ich inzwischen für die Verlegerin höchstpersönlich hielt. »Das heißt, du kannst schreiben. Na, wie wär's? Was du uns über das Buch erzählt hast, wäre schon mal ein guter Krimi. Und RAF ist derzeit wieder ein großes Thema.« Sie lachte.

Ich musterte die ausgestellten Bücher mit dem schwarzen Cover und der gelben Schrift. »Ihr habt doch genug!«

»Gute Krimiautorinnen können wir immer brauchen. Denk darüber nach, ja? Versprichst du mir das?«

Träumt davon nicht jede junge Autorin, jeder junge Schriftsteller? Auf der Messe von einem Verlag aus dem Gang gezogen und zum Schreiben eines guten Buchs überredet zu werden.

»Ich weiß nicht«, sagte ich und bedachte, wie schwer mir das Verfassen der Berichte gefallen war.

Andererseits ... Hui, es reizte mich schon! Lisa Nerz hier in den Regalen, auf der Messe, im Fernsehen, ein Bestseller ... Kennen Sie schon den neuesten Nerz? Müssen Sie lesen!

Graaaandios!

In Träumen schwebte ich weiter durch die Gänge. Thomas Mann ist da, soso? Martin Walser ... lebt der überhaupt noch? Herta Müller ... wer soll das sein? Ach, Nobelpreisträgerin? Jaja. Ihr könnt mich alle mal. Ich bin Lisa Nerz, die demnächst berühmteste aller Kriminalschriftstellerinnen. Ich schreibe auch ab, aber mein eigenes Leben. Ätsch!

Unterdessen wurde es voller. Die Buchhändlerinnen rückten an, Mooskühe in Birkenstockpantoffeln mit großen Taschen für Prospekte über den Schultern, gemischt mit mageren Männern ganz in Schwarz mit dicken Brillen, mächtige Kritiker mit grauen Bärten, Damen in grauen Kostümen, Vertreter in braunen Sakkos. Die Rolltreppen schaufelten Menschen hoch und hinunter. Zuweilen schwamm Prominenz mit, Heinrich Weinrich sah ich, Martin Cäsar, einen Tagesschausprecher und Gesichter, von denen ich sicher wusste, dass ich sie kannte, nur nicht woher.

Auch Matthias Kern lief mir übern Weg. Ohne Krücken.

»Na, geht ja schon wieder!«, sagte ich.

»Muss ja.«

»Und sonst? Yggdrasil hat Ihnen die Rechte abgekauft, höre ich.«

Matthias winkte ab. »Ums Geld ist es mir nie gegangen. Aber es hilft mir aus dem Gröbsten. Und ein Gutes hat das Ganze: Auf einmal wollen gleich zwei Verlage ein neues Buch mit mir machen.«

»Gratuliere!«

Und endlich war es Viertel vor vier. Uff!

Fliegenkopf gehörte zu den größten Verlagskonsortien der Welt und war mir überhaupt nicht bekannt. Sein wirtschaftlicher Erfolg gründete sich auf Druck und Gestaltung EU-interner Berichte und Gutachten, sein publikumswirksamer auf Büchern der Marke Ich & Ich. Von Buchdeckeln schauten Leute, hauptsächlich ältere, die man alle von woandersher kannte, Politiker, Diven, Sportler, Konzernlenker, Päpste und Diktatoren mit und ohne Brille, Zigarre oder Hut, mal das Kinn in die Hand gestützt, mal schreibend, mal dozierend. Sie erklärten, wohin Deutschland ging und woher es kam.

Richard war auch schon da. Er stand am Rand, bei ihm eine junge Frau in schwarzem Rock, schwarzer Weste und weißer Bluse. Sie rang die Hände, lächelte strahlend und flüsterte: »Wenn Sie noch einen Augenblick warten wollen. Darf ich Ihnen vielleicht ein Glas Sekt anbieten? Nein? So, dann Kaffee? Mit Milch und Zucker? Nein. Ja, gut.« Sie huschte davon.

Alle großen Verlage hatten, das wusste ich mittlerweile, Kabäuschen mit Kühlschränken und Spülmaschine und abgeschlossene Räume, in denen die Millionenverträge verhandelt werden konnten.

»Was bist'n so garstig?«, begrüßte ich Richard.

»Bin ich das?«

Sein Blick war auf eine Gruppe devoter Männer gerichtet, in deren Mitte eine feingliedrige Dame mit eleganter Kurzhaarfrisur in Grau, einem schmal und kurz geschnittenen Boutiquenblazer und einem Rock, der über dem Knie endete, was sie sich leisten konnte, stand und redete.

»Ist sie das?«

Richard nickte.

»Erkennst du sie wieder?«

Er nickte erneut. Wir setzten uns, sein Kaffee kam. Mir wurde auch einer angeboten und gebracht.

»Ariadne möchte, dass ich für sie Krimis schreibe«, erzählte ich Richard.

Er nickte wiederum nur.

Wir warteten dann noch zwanzig Minuten. Unsere Verlagshostesse ging schließlich wispernd nachfragen. Endlich wurden Hände geschüttelt, der Kreis der Herren in dunklen Anzügen öffnete sich, und begleitet von einer Assistentin oder Pressesprecherin oder was auch immer näherte sich uns Marie Küfer als Kulturstaatsministerin Marianne Brandel mit für eine halbe Sekunde erschöpftem Blick, ehe er sich neu fokussierte.

Richard stand auf, höflich mit jeder Naht seines Anzugs, aber nicht devot. Als wackrer Schwabe kannte er nur Bescheidenheit. Er wartete genau den Bruchteil einer Sekunde ab, die nötig war, der Staatsministerin die Initiation der Begrüßung zu überlassen, und reichte ihr seine Hand.

»Richard Weber. Guten Tag, Frau Staatsministerin.«

»Herr Dr. Weber, freut mich.« Marianne Brandel lächelte freundlich interessiert. »Ich muss gestehen, Ihr Brief hat mich schon etwas neugierig gemacht. Ich kann mir gar nicht denken, welches Buch ich Ihnen in meiner Studienzeit ausgeliehen haben könnte. Vielen Dank jedenfalls, dass Sie die Unbequemlichkeit auf sich genommen haben, hierherzukommen.«

»Keine Ursache. Frau Dr. Brandel, darf ich Ihnen meine Lebensgefährtin Lisa Nerz vorstellen?«

So kam es, dass die kultivierte Dame einem Biest wie mir die Hand schüttelte. Und sie war sich ihrer Überlegenheit nicht allzu sicher. Das machte sie mir sympathisch. Ihre Begleitung hieß Lucie Müller und war Referentin.

»Können wir kurz irgendwo …«, wandte sie sich an Frau

Müller, die sofort Wege frei machte, Stühle beiseiteschob und das Hinterzimmer zwischen den Standwänden für uns eroberte. Während wir eintraten, auf Freischwingern aus Leder an einem Tisch Platz nahmen, auf dem Wasser, Kekse, Gummibärchen und Weintrauben standen, machten Richard und die Staatsministerin routiniert Konversation. »Man kommt ja kaum noch zum Lesen, leider! Aber der Urlaub, der gehört den Büchern. Lesen ist für mich lebenswichtig.«

Auf einen Wink der Staatsministerin hin verschwand Lucie Müller.

»Das ist das Buch«, sagte ich und legte *Schloss und Fabrik* in seinem melierten Einband mit Kapitalbändchen und ockerfarbenem Schnitt auf den Tisch.

Marianne Brandel schlitzte die Augen, suchte nach der Lesebrille und nahm es. Ein kurzer Blick genügte ihr, sie nahm die Brille wieder ab und schaute Richard fragend an. Mächtige Menschen reden nie übereilt los. Und diesmal hielt sogar ich die Klappe. Ich war viel zu gespannt, wie es Richard machen würde. Er tat es mit ruhiger Stimme.

»Frau Staatsministerin, wie schon in meinem Brief erwähnt, möchte ich noch einmal betonen, dass ich mich nicht als Staatsanwalt, sondern als Privatmann an Sie wende. Wir kennen uns aus unserer Studienzeit in Tübingen. Sie werden sich allerdings nicht an mich erinnern. Ich habe mich damals Rocky rufen lassen …«

»Ah!« Allmähliches Erkennen rauchte ihr ins Gedächtnis.

»Ich studierte Jura, Sie Anglistik und Germanistik. Ihr Kommilitone Wolfi hat mir in der Mensa bei einer hitzigen Diskussion über politische Fragen einmal die Faust ins Gesicht geschlagen.«

»Daran erinnere ich mich. Sie sind das? … Oh!«

Richard lächelte fein. »Ja, ich fürchte, ich bin mir nicht mehr sehr ähnlich.«

Sie lächelte nachdenklich.

»Wir waren zusammen in Berlin«, fuhr Richard fort.

Marianne Brandels schmale Brauen zuckten gegeneinander.

»Ja, ich erinnere mich«, sagte sie langsam. Dann entschied sie sich, die Regie des Gesprächs nicht dem Staatsanwalt zu überlassen, so privat er auch vor ihr sitzen mochte. »Das waren andere Zeiten, ja. Die Polizei hat auf Demonstranten eingeprügelt, man sah den Hass in ihren Gesichtern. Heute undenkbar. Ausrutscher gibt es natürlich immer. Aber man hat dazugelernt. Heute setzt die Polizei auf Deeskalation. Oft steht sie sogar auf der Seite der Demonstranten. In Stuttgart ging das ja auch lange Zeit gut. Demonstranten und Polizisten waren Freunde und hatten Verständnis füreinander. Bis zum Rückfall in staatliche Machtdemonstration. Ich dachte, ich sehe die alten Bilder wieder. Beängstigend! Und Sie sind also Staatsanwalt geworden. Wirtschaftsstrafsachen. Da gibt es sicher viel zu tun.«

Richard schaute sie an. Im Schweigen als Ausdruck der Selbstsicherheit von Macht war er ebenso gut wie eine Ministerin. Die Frau, die seine erste große Liebe gewesen war, erwiderte seinen Blick unbeeindruckt und abschätzend, aber ahnend, dass der Mann, der da saß, zum Kern vordringen wollte und würde.

»Ja«, sagte sie. »Man hat vor unseren Augen Benno Ohnesorg erschossen. Und Sie … entschuldigen Sie, ich weiß nicht mehr, ob wir uns damals geduzt haben, die Juristen waren da immer etwas eigen. Es ist so lange her.«

Richard nahm das kleine Signal ihrer rückwärts projizierten Gleichgültigkeit regungslos hin.

»Dieses Buch hat uns das Leben gerettet, nicht wahr?«

Richard beugte sich, plötzlich wachsam, ein wenig in seinem Freischwinger vor. »Sie haben vermutlich gehört, dass gegen den damaligen Todesschützen die Ermittlungen wieder aufgenommen werden, diesmal wegen Mordes und Landesverrats.«

Die Kulturstaatsministerin nickte völlig unbefangen. »Das ist auch gut so.«

Richard beugte sich noch eine Idee vor. »Ich habe Sie um ein Treffen gebeten, um in Erfahrung zu bringen, ob Sie vorhaben, eine Aussage zu machen. Sie haben gesehen, wie der Beschuldigte erst auf mich und dann auf Ohnesorg geschossen hat. Ich hatte zuvor gehört, wie er drohte, er werde einen von uns kaltmachen in dieser Nacht. Beide Aussagen zusammen würden einen Tatvorsatz als gegeben erscheinen lassen.«[24]

Marianne Brandel beeilte sich nicht mit ihrer Antwort. »Oh«, seufzte sie, »das ist wirklich lange her. Ich erinnere mich kaum noch an die Details. Meine Enkelkinder haben mich auch schon gefragt, aber ich kann gar nicht mehr viel erzählen. Ich sehe nur noch diesen armen Kerl in seinem grünen Hemd auf dem Boden liegen …«

»Es war rot, das Hemd!«, entfuhr es mir.

»Sehen Sie«, rief Marianne Brandel, »nicht einmal das habe ich richtig behalten. Rot, grün! Erinnerungen können einem fürchterliche Streiche spielen.«

Richard lächelte. »Gut. Dann bin ich informiert. Tja, das war es auch schon. Vielen Dank, dass Sie Zeit für mich erübrigen konnten.« Er machte Anstalten, sich zu erheben.

Marianne Brandel lächelte verblüfft. »Eine Frage hätte ich aber schon noch … Rocky.«

Richard ließ sich in den Sitz zurücksinken und wirkte auf einmal gemütlich. »Bitte, nur frei heraus!«

Sie lächelte, wandte sich aber erst an mich. »Ich weiß, es ist schrecklich unhöflich, Frau Nerz, aber würde es Ihnen etwas ausmachen, mich einen Moment mit Ihrem Lebensgefährten allein zu lassen?«

Ich wollte schon empört meinen Schnabel aufreißen, da griff Richard ein: »Natürlich wird Lisa uns alleine lassen, Marie. Kein Problem. Aber es könnte Sie vielleicht doch interessieren, was sie bezüglich dieses Buchs herausgefunden hat.«

Die Staatsministerin lehnte sich zurück, schaute auf die Armbanduhr und verschränkte die Arme vor dem Leib.

24 Die Unterstellung des Tatvorsatzes ist, genauso wie der Schuss auf Richard und Marie, reine Fiktion. Wahr ist nur die Tatsache, dass Benno Ohnesorg angeschossen wurde und an den Folgen des Schusses starb.

Ich verschluckte mich und hustete. »Äh … das Buch … also … Sie haben …« Ich nahm einen Schluck Wasser und fing neu an. »Frau Staatsministerin, ich habe herausgefunden, dass Sie dieses Buch, das hier liegt, als Studentin in der Buchbinderei Ihres Großvaters neu gebunden haben. Dabei haben Sie unter anderem Texte der Kommune 1 hinzugefügt, die Sie auf der alten Erika im Büro Ihres Großvaters getippt haben.«

Sie zog erstaunt die Brauen hoch.

Ich schlug das Buch auf. »Und hier, dieser Text ist der erstaunlichste. Er hätte zu diesem Zeitpunkt eigentlich noch nicht existieren dürfen. Er spielte erst drei Jahre später eine wichtige Rolle. Außerdem, sehen Sie diese breiigen Buchstaben? Sie sind doppelt angeschlagen. Schreibt man sie der Reihe nach auf, kommt ein Dutzend Namen heraus, zum Teil heute noch sehr bekannte Namen.«

Jetzt wurde die Dame wirklich ernst.

»Manuela Kantor hat sie entdeckt. Erinnern Sie sich? Sie war Lehrmädchen bei Ihrem Großvater.«

Die Kulturstaatsministerin richtete sich auf. »Sie haben sich ja viel Mühe gemacht, allerlei herauszufinden. Aber das ist alles sehr lange her. Das sind alles sehr alte Geschichten aus Zeiten, die Ihre Generation, Frau Nerz, schwerlich wird nachvollziehen können.«

»Oh!«, erwiderte ich lächelnd. »Gerade vorhin erst hat mir eine Verlegerin versichert, wie interessant exakt diese alten Zeiten gerade wieder sind.«

Marianne Brandel warf Richard einen Blick zu. Seine Miene war undurchdringlich, aber nicht unfreundlich.

Misstrauen stieg ihr ins Unterlied. »Ich verstehe nicht ganz, was Sie mit dieser Aussage bezwecken. Und so leid es mir tut, ich kann Ihnen da wirklich nicht weiterhelfen. Heute schon gar nicht. Mein Terminkalender ist eng gesteckt.«

Sie stand auf und zog das Jäckchen straff.

Richard war gleichzeitig aufgesprungen, ganz Gentleman, der niemals saß, wenn eine Dame stand.

»Eine Frage noch, wenn Sie erlauben«, sagte ich, sitzen bleibend. »Sie kannten Durs Ursprung? Ich hoffe, ich bin nicht die Überbringerin einer schlimmen Nachricht, die Sie noch nicht erreicht hat, wenn ich Ihnen mitteile, dass Durs Ursprung von einem bislang Unbekannten in der Filiale einer Buchhandelskette erschossen wurde.«

Marianne Brandel schluckte. »Es ist ein furchtbarer Verlust, auch für mich persönlich.«

»Sie kannten ihn gut, nicht wahr?«

Sie sah nicht aus, als wolle sie mir antworten, dann entschloss sie sich zum Gegenangriff: »Soll das ein Verhör werden?«

»Wir sagen nicht Verhör«, erklärte Richard liebenswürdig. »Das steht in den Büchern immer falsch. Wir sprechen von Einvernahme oder Vernehmung. Aber darum geht es hier nicht. Es geht auch gar nicht um dieses Buch.«

»Frau Staatsministerin«, sagte ich. »Verschiedene Umstände legen mir den Schluss nahe, dass Lola Schrader …«

Marianne Brandel nickte.

»… Ihre Enkelin ist.«

Die Dame setzte sich wieder. Und urplötzlich wusste ich, worum es hier eigentlich ging. Ich holte Luft, aber Richard bedeutete mir mit einem Zucken im Augenwinkel, Marianne Brandel Zeit zu lassen. Sie war es gewohnt, den Rhythmus einer Konferenz zu bestimmen. Seit vielen Jahren schon gab es niemanden mehr, der sie hetzen, ihr zusetzen oder sie unter Druck setzen durfte.

»Ja«, seufzte sie schließlich, »das wird wohl so sein.« Sie wurde klein in ihrem Freischwinger und blickte erst Richard, dann mich traurig an. »Es war ein Skandal damals. Mein Gott, Ende der Sechziger! Was habe ich meine Tochter beneidet um die Selbstverständlichkeit, mit der sie sich, als sie schwanger war, entschlossen hat, das Kind alleine aufzuziehen. Heute ist das so selbstverständlich. Aber damals!« Sie schüttelte den Kopf. »Und ich konnte noch von Glück sagen, dass meine Eltern bereit waren, das Kind aufzunehmen und mir ein Studium im Ausland zu ermöglichen.«

»Und der Vater des Kindes war …«

Alarm und Abwehr traten in ihre Augen.

»… Durs Ursprung«, vollendete ich.

Richard blickte mich überrascht an. Er hatte von mir bisher immer nur gehört, dass Michel Schrader der Sohn von Marie und Wolfi Schrader sei. Und bis eben hatte ich das selbst nicht anders gedacht. Aber warum hatte Marie einst Richard gegenüber bestritten, Durs zu kennen? Warum bestritt eine Frau so etwas? Weil sie ihn kannte, und zwar näher, als bekannt werden durfte.

Marianne Brandel seufzte und nickte.

Richard fuhr sich durch die Haare und ging zweifellos blitzschnell, aber gründlich die Konsequenzen durch.

»Michel Schrader ist also der Sohn von Ihnen und Durs Ursprung. Und er wollte die Vaterschaft nicht anerkennen?«, fragte ich sanft.

»Vor allem ich wollte es nicht«, antwortete Marianne und hob das Kinn. »Ich wollte ihn nicht mit Alimenten belasten, einen Hungerleider, wie ich damals dachte, einen Buchhändler, der nie viel haben würde. Wolfi dagegen kam aus reichem Hause. Und er hätte ebenso gut der Vater sein können. Ja, er hielt sich für den Vater. Mit Vehemenz. Und da habe ich nicht widersprochen. Damals war man in so einem Fall schnell als leichtes Mädchen abgestempelt. Es war ein Fehler, das denke ich heute auch. Ich habe manches Mal schon daran gedacht, die Verhältnisse richtigzustellen. Aber ich habe nie den richtigen Zeitpunkt dafür gesehen. Es ist ja ein harter Einschnitt in das Leben aller Beteiligten. Ich habe zu lange gezögert, das ist richtig, ich war einfach immer zu beschäftigt. Das ist natürlich keine Entschuldigung. Nur eine Erklärung.«

Sie lächelte Richard an. Er erwiderte das Lächeln. Es war eine schöne Vertrautheit zwischen ihnen. Weder sie noch er wirkten in diesem Moment angespannt.

»Dann hörte ich letztes Jahr im Sommer von jemandem, dass Wolfi … Wolfgang Schrader sich das Leben genommen hatte«, fuhr sie fort. »Ich habe es ein bisschen auch als Wink mit dem Zaunpfahl verstanden. Immerhin musste ich Wolfi nun nicht noch einmal verletzen, indem ich ihm verkündete, dass er einen Wechselbalg oder – wie man heute nicht unbedingt menschenfreundlicher sagt – ein Kuckuckskind aufgezogen hatte. Aber mein Sohn …« Sie schaute dem Wort nach, wie es aus dem Geviert hinaus unters Dach der Halle schwebte. »… mein Sohn hat wohl ein Recht darauf zu erfahren, wer seine leiblichen Eltern sind. Je älter ich werde, desto wichtiger kommt es mir vor, dass wir unsere Wurzeln kennen. Andererseits hatte Durs da auch ein Wörtchen mitzureden. Am Telefon oder per E-Mail wollte ich nicht mit ihm diskutieren, Durs kann … konnte sehr stur sein. Also habe ich die nächste Gelegenheit genutzt, als ich vergangenen Herbst beruflich in Stuttgart war, um ihn zu besuchen. Es war nach … nun, nach zwanzig Jahren das erste Mal, dass wir uns wiedersahen, und es war … bewegend.« Sie verscheuchte das Gefühl wie eine Fliege. »Um es abzukürzen: Durs war dagegen. Und ich denke heute, er hat die Presse eingeladen, damit wir zwei so wenig Zeit wie möglich zum privaten Gespräch hatten, und natürlich, weil er immer jede Gelegenheit nutzte, für sich Werbung zu machen.« Marie seufzte und lächelte zugleich.

Richard schlug die Beine übereinander und faltete die Hände. »Durs war ein im Grunde konservativer Mann. Viele Linke sind in ihrem Herzen eigentlich Bewahrer des Alten. Der humanitäre Gedanke des Einstehens für Benachteiligte und Ausgebeutete ist eben auch ein sehr alter. Durs hatte sich in seiner Legende eingerichtet, er hatte seinen Laden, seine Bücher, seine kleinen Gefechte mit der Politik, seine Anhänger, er lebte in seinem Universum, das hieß Gerberviertel. Sein Selbstverständnis als Mann war ebenfalls ziemlich traditionell. Er hatte seine Affären … immer. Das war letztlich der Grund, warum ich mit ihm keine Zukunft gesehen habe. Er hat mir zwar geschworen, ich sei seine große, seine einzige wahre Liebe. Aber gleichzeitig hatte er mit einem anderen Mädchen angebandelt. ›Ich werde doch jetzt auf meine alten Tage nicht anfangen‹, erklärte er mir, ›meine Seitensprünge zu legalisieren. Ich habe meine bürgerliche Pflicht getan, ich habe Ruben großgezogen, und er ist ein Nichtsnutz geworden. Da haben es die anderen ohne mich als Vater besser getroffen!‹«

»Die andern?«, fragte ich überrascht. »Wie viele hat er denn noch?«

»Noch einen weiteren Sohn, soviel ich weiß. Rubens Mutter hat ihn verlassen, weil er mit einer, ich glaube, Praktikantin was angefangen und ihr auch gleich ein Kind gemacht hatte.«

Richard schnaufte kurz.

»Das weiß ich auch nur, weil ich Durs nach meiner Rückkehr aus Amerika noch einmal besucht habe. Insgeheim hoffte ich damals, er wäre reifer geworden und er hätte durch meine Abwesenheit begriffen, was er verlieren würde. Aber, nun ja …« Sie lächelte schief. »Durs war immer noch derselbe, ein unruhiger Geist auf der Suche nach dem völlig neuen, noch nie gedachten Gedanken. Und bei einer Frau erwartete er nicht, ihn zu finden. Er liebte die Frauen als ewige, übrigens durchaus literarische Bestätigung einer männlichen Freiheit und Überlegenheit. Als Schriftstellerinnen mochte er sie nicht, wenngleich er gerade in diesem Punkt seine Vorurteile dann und wann über Bord werfen konnte, vor allem, wenn sie jung waren.«

»Und dieser dritte Sohn?«

Marie schaute mich an.

»Sie wissen nicht zufällig, wie er heißt?«

»Nein. Und ich wüsste auch nicht, was mich das anginge.«

»Was werden Sie nun tun, Marie«, mischte sich Richard mit einem mir unbekannten aprikosenzarten Unterton ein, »nachdem Durs Ursprung nicht mehr lebt und keinen Einspruch mehr erheben kann?«

Die Kulturstaatsministerin betrachtete ihre Hände und schaute dann wieder hoch. »Ich hoffe, es wird sich nach der Preisverleihung heute Abend eine Gelegenheit ergeben, mit meiner Enkelin Lola und meinem Sohn Michel ein paar private Worte zu wechseln. Darauf hoffe ich sehr. Das ist vielleicht nicht der beste Moment für solche Eröffnungen, aber der Moment ist im Grunde nie der richtige.« Sie blickte mich an. »Oder wissen die beiden es schon?«

»Nicht von mir!« Ich hob die Hände. »Wird Lola denn den Preis bekommen?«

Marie lachte. »Das werde ich weder Ihnen noch sonst jemandem im Voraus mitteilen. Und nun ... so leid es mir tut ...«

Sie schaute Richard an, der ruhig sitzen blieb und sich mit einer Gelassenheit anschauen ließ, die bei jedem anderen das Geschmäckle von Selbstzufriedenheit gehabt hätte, bei ihm aber von einer Reinheit war, für die nur die Trivialliteratur ausreichend Vokabular bereitstellt oder aber Thomas Mann den treffenden Ausdruck gefunden hätte.

Ich stand dann schon mal auf.

Richard erhob sich ohne jede Eile. Eigentlich hätte er bemerken müssen, dass der Freischwinger für Marie unangenehm schwer war, vielleicht merkte er es auch, spürte aber, dass es fehl am Platz war, ihr wie ein Kavalier im Lokal den Stuhl zu rücken. Also wand Marie sich zwischen Stuhl und Tisch heraus. Doch dabei kam sie Richard näher, als sie es geplant haben mochte. Er fasste nach ihrem Ellbogen, wie um einer Unsicherheit auf ihren Stöckelschuhen vorzubeugen. Sie ließ es zu, sie lächelte, und plötzlich überließ sie sich ihm, ja schmiegte sich fast an ihn, als ob sie kurz das Gleichgewicht verloren hätte.

Höchste Zeit für mich!

Ich fingierte ein Handyrappeln, zog das Telefon aus der Tasche und türte mich nach draußen.

Referentin Lucie Müller schaute mir entgegen mit Uhren in den Augen. »Was meinen Sie, wie lange geht das noch?«

»Ach wissen Sie, wenn der Zuckerhut über der Feuerzangenbowle erst mal brennt ...«, sagte ich.

Lucie lächelte gequält. »Sie war den ganzen Tag schon so irre nervös wegen dieses Termins. Mir hat sie nur verraten, jemand wolle ihr ein Buch zurückgeben, das er vor Jahrzehnten bei ihr ausgeliehen habe.« Sie schaute mich erwartungsvoll an.

Ich legte den Finger auf die Lippen. Dabei fiel mir ein, dass ich *Schloss und Fabrik* drinnen liegen gelassen hatte. Aber jetzt dort reinplatzen, das wollte ich Richard nicht antun. Diesmal nicht.

An der Kaffeetheke standen Leute und redeten. Der Tag und die Geschäfte neigten sich dem Ende zu. Buchhändler, Drucker, Illustratoren, Übersetzer und Rezensenten schlenderten mehr oder minder zufrieden in den Feierabend. Ein Kamerateam eilte vorbei.

Weil ich das Handy ohnehin in der Hand hielt, suchte ich Rubens Nummer und tippte sie an. Rufaufbau. Vorübergehend nicht erreichbar. Ich suchte Christoph Weiningers Mobilnummer. Er nahm ab.

»Du, hör mal. Mir ist da ein schrecklicher Gedanke gekommen.«

»Deine tote Taube hat nichts ergeben. So viel zu deinen Ideen!«

»Dafür weiß ich inzwischen, wie Ruben Ursprung es hingekriegt hat, dass die Türglocke bimmelt. Er hat einen Stock in die Tür geklemmt. Es gibt einen Zeugen, der gesehen hat, wie er sich vor der Lesung an der Tür zu schaffen gemacht hat, Nino Villar heißt er. Als wir dann unten saßen, hat Ruben den Stock mit Hilfe eines Fadens aus der Tür gezogen. Die Einzelheiten der Konstruktion kriegt ihr sicher noch raus. Ruben saß unten jedenfalls unmittelbar an der Treppe. Er ist hoch, hat Wasser auf das Zinkpulver gegossen und Feuer geschrien. Und wir alle waren Zeugen, dass er nur hochgegangen ist, weil die Türglocke gebimmelt hat.«

»Ja … äh«, sagte Christoph. »Leider haben wir keinen Stock gefunden.«

»Ihr hättet ihn aber finden können, sogar müssen. Er lag draußen im Rinnstein. Cipión hat ihn dort Tage später aufgestöbert.«

»Und wozu das Zinkpulver, wenn er das Feuer auch einfach mit einem Feuerzeug hätte entzünden können?«

»Du wirst lachen, Christoph, aber Nichtraucher haben meist kein Feuerzeug. Und die Sache mit der Chemie war erprobt.«

»Und das Motiv?«

»Befreiung vom übermächtigen und knausrigen Vater. Und seit heute weiß ich: Es kommt noch etwas hinzu. Habt ihr euch schon mal gefragt, was Durs Ursprung und Volker B. aus dem Waffenladen gemeinsam haben?«

»Wir fragen uns nichts anderes, Lisa.«

»Es sind Gene, Christoph. Volker B. ist wahrscheinlich Durs Ursprungs unehelicher Sohn.«

»Wie kommst du darauf?«

»Ich meine, die Information abgespeichert zu haben, dass sein Vater nicht bekannt ist. Und ich weiß aus sicherer Quelle, dass Durs Ursprung mindestens drei Söhne hat.«

»Ruben … Volker B. und wen noch?«

»Das sage ich dir, wenn sich herausstellt, dass Volker B. Ursprungs Sohn ist.«

»Lisa. Wenn du sachdienliche Informationen zurückhältst, die uns möglicherweise einen entscheidenden Schritt weiterbringen, machst du dich eventuell mitschuldig an weiteren Straftaten vonseiten des Täters.«

Da war sogar was dran. »Wie könntet ihr sofort herausfinden, ob Volker Ursprungs Sohn ist? Ich meine, gleich, innerhalb einer Stunde oder so?«

»Gar nicht. Die Mutter ist vor einigen Jahren an Krebs verstorben. Die Nachbarn werden dazu schätzungsweise nicht viel sagen können. Und ein Genabgleich dauert acht Stunden. Ihn selbst können wir ja leider nicht mehr fragen, er ist tot.«

»Eben, Christoph! Sie sind beide tot. Vater und Sohn.«

»Lisa, was genau willst du mir sagen?«

»Wenn der Schuss bei der Demonstration Ende Juli am Bahnhof gar nicht Lola gegolten hätte, sondern ihrem Vater, der neben ihr auf dem Laster stand. Die Kugel ist über seinem Kopf in den Stahlrahmen geschlagen. Das habt ihr doch sicher auch festgestellt. Dass ein so guter Schütze so weit danebenschießt …«

»Er könnte gestört oder angestoßen worden sein. Es herrschte ein ziemliches Gedränge, wie du weißt.«

»Ja, okay. Sonst wäre Michel Schrader vermutlich jetzt tot, Christoph. Denn er ist der dritte von Durs Ursprungs Söhnen. Und das ist gewiss. Was sagst du dazu?«

Er sagte gar nichts.

Mir trat einer in den Absatz, der den Arm streckte und ein Buch aus dem obersten Fach nahm. Er blies darüber hin. Der Staub wirbelte mir ins Gesicht. Ich nieste. Der Bücherfreund schaute unwirsch über die Schulter und widmete sich dann dem Buch.

»Bist du noch dran, Christoph?«, rotzte ich.

»Wo bist du eigentlich?«

»Auf der Buchmesse in Frankfurt.«

»Staubige Angelegenheit, wie mir scheint.« Er lachte freudig.

»Schon recht, Christoph. Aber zurück zu den drei Söhnen des Buchhändlers. Woran denkt der geneigte Krimileser, wenn nach dem Vater, der ein stattliches Vermögen besaß, ein Sohn nach dem andern stirbt? Ja, Christoph, du sagst es: Der, der übrig bleibt, erbt alles.«

»Ich habe gar nichts gesagt.«

»Leider!«

»Du willst mir also verklickern, dass Ruben derjenige ist, der wild entschlossen ist, Alleinerbe zu werden, richtig? Aber Ruben hat ein Alibi für den Todeszeitpunkt seines Vaters. Auf den Gedanken waren wir nämlich auch schon gekommen.«

»Ich weiß, er soll sich bei einem Verlag in Hamburg als Vertreter beworben haben. Aber in Wahrheit denkt Ruben gar nicht daran, in der Buchbranche weiterzumachen. Er wird Segelfluglehrer.«

»So?«

»Bitte, Christoph, tu es nicht ab. Redet bei euch in der Soko noch mal drüber, und nicht erst morgen. Michel Schrader und seine Tochter werden heute Abend – in gut einer Stunde – an einer Preisverleihung teilnehmen. Wenn ich das Erbrecht noch richtig im Kopf habe, müsste Ruben nicht nur den Vater, also seinen Halbbruder, sondern auch Lola, seine Nichte, töten, wenn er alles erben will. Zwei auf einen Streich, Christoph!«

»Dann erbt er aber nichts.«

»Vorausgesetzt, man erwischt ihn. Aber er wird nicht hier sein. Ich meine, wir werden ihn nicht sehen. Und hinterher wird er ein Alibi haben.« Es nieste noch mal aus mir heraus.

»Gesundheit! Also gut. Ich melde mich wieder. Und sorg du am besten dafür, dass Lola und Michel nicht zu dieser Preisverleihung gehen!«

Leichter empfohlen als getan.

Ich beendete das Gespräch. Die Tür zum Konferenzkabäuschen von Fliegenkopf war immer noch verschlossen. Lucie Müller saß leeren Blickes an einem der Tische und stopfte sich Gummibärchen in den Mund.

Ich tippte noch einmal Rubens Nummer. Vorübergehend nicht erreichbar. Wenn er sein Handy ausgestellt hatte, nützte mir auch das illegale Ortungsprogramm auf meinem Telefon nichts, das mir Wagner mal aufgespielt hatte. Was konnte ich sonst noch tun? Ich konnte Ruben eine Nachricht schicken. »Es hat keinen Sinn mehr. Wir wissen das mit deinen Brüdern.«

Quatsch. Wie musste das klingen, falls Ruben entgegen meiner Überzeugung mit den Morden nichts zu tun hatte? Woher wusste er überhaupt, dass er zwei Brüder hatte und wer sie waren? Warum hätte Durs es ihm erzählen sollen? An dem Abend von Lolas Lesung hatte Ruben sich uns noch vorgestellt mit den Worten: »Ruben, wie Jakobs Erstgeborener. Woran man erkennt, dass mein Vater ursprünglich zwölf Söhne haben wollte. Hat aber nur zu einem gereicht.« War das schon bissige Ironie gewesen?

Ich erinnerte mich Rubens hasserfüllten Blicks in den Nacken seines Vaters. Womöglich hatte Ruben das Gespräch von Marie mit seinem Vater belauscht und dann mit seiner Planung angefangen? Der Termin Herbst vergangenen Jahres passte zu den ersten Buchladenbränden im Stuttgarter Umland.

Also was nun schreiben? »Sie haben zwei Brüder«, tippte ich ins SMS-Feld. »Michels Mutter hat es erz…«

Da ging die Tür zum Hinterzimmer auf. Ich steckte das Telefon in meine Jackentasche. Lucie Müller fuhr hoch, fegte dabei die Schüssel mit den Gummibärchen vom Tisch und tauchte ab, um sie wieder einzusammeln.

Richard ließ der Kulturstaatsministerin den Vortritt. In der linken Hand hielt sie sein oder mein, eigentlich unser *Schloss und Fabrik*, die rechte reichte sie ihm zu einer von einem freundschaftlichen Lächeln begleiteten formellen Verabschiedung. Richard deutete eine sparsame, aber aufrichtige Verbeugung an. Ihre Hände lösten sich, ihre Blicke rissen sich voneinander los, sie drehte sich um.

Dabei entdeckte sie mich und kam tatsächlich extra zu mir, um auch mir die Hand zu geben. »Es hat mich sehr gefreut, wirklich!«, sagte sie mit einem nicht höflichen, sondern freundlichen Lächeln. »Passen Sie mir weiter so gut auf Richard auf, ja? Und vielen Dank für das Buch.«

»Wer hat es denn nun eigentlich bei Durs Ursprung deponiert?«

»Er selbst, denke ich. Ich hatte es ihm gezeigt. Er hat sich köstlich amüsiert. Als ich am andern Morgen gehen wollte, war es verschwunden. Ich könne ja bei ihm bleiben und es suchen, meinte er. Wahrlich, in diesem Laden hätte ich mein Leben lang gesucht! Durs hatte zuweilen einen sonderbaren Humor.«

»Und das Manifest, die Namen?«

Marianne überlegte einen Augenblick. Dann sagte sie mit großer Offenheit: »Er war das Dokument des geheimen Gründungsakts einer Gruppe, zu der ich nicht gehört habe. Wolfi sollte das Manifest formulieren, konnte aber nicht Schreibmaschine schreiben, typisch damals für die jungen Herren. Also kam er zu mir.

Ich hatte ihm schon so manche Seminararbeit getippt. Es fiel ihm auch nicht so recht was ein. Wolfi war ein guter Redner, aber das Schreiben fiel ihm schwer, das Diktieren sowieso. Seine Ansprüche an sich waren zu hoch, deshalb ist er auch an seiner Dissertation gescheitert. Also haben wir den Text, sagen wir mal, gemeinsam formuliert. Anonyme Verlautbarungen waren damals undenkbar, ein Name musste darunter stehen. Man wollte jedoch keinen der Gruppe exponieren. Außerdem wollte man dokumentieren, wer hinter diesem Aufruf stand. Also beschloss man, die Namen auf eine Weise in den Text zu setzen, die nicht auf den ersten Blick erkennbar wäre. Die meisten von ihnen kannte ich damals übrigens gar nicht. Die zweite Frage war, wo deponiert man dieses wertvolle Dokument? Da kam Wolfi auf die Idee, ein altes Buch zu nehmen, gewissermaßen als Safe. Und ich sollte es binden. Das Buch stammte aus der Bibliothek seines eben verstorbenen Großvaters.« Sie lachte unvermittelt heiter. »Wir waren wie die Kinder, finden Sie nicht?«

»Sind wir das nicht heute noch?«

Sie lachte wieder. »So, jetzt muss ich aber wirklich los. Aber wir sehen uns ja sicher nachher noch. Ich würde mich gern noch ein wenig mit Ihnen unterhalten. Sie scheinen ja ein ziemlich ungewöhnliches Leben zu führen. Darüber möchte ich mehr wissen.«

Mir blieb die Klappe offen stehen. Und sie eilte davon, schmal und filigran neben ihrer hurtigen Referentin. Währenddessen trat Richard zu mir mit einem Gesicht wie klares Quellwasser, rein und mit sich im Reinen, gelöst und zugleich gefasst und gestärkt, bereit zu neuen Aufbrüchen ins alte Leben.

»Na, war sie gut?«, fragte ich.

Er schnalzte tadelnd mit der Zunge. »Es ist nicht alles so, wie du denkst, Lisa!«

Ich lachte laut heraus. Das Gesicht auf dem Buchcover hinter Richard grinste. Auch des Dalai Lamas Miene zuckte. Nur die jungen Herren in den dunklen Anzügen guckten pikiert.

Richard nahm mich am Ellbogen und schob mich hinaus in

den Gang. Auf direktem Weg durchs Gewinkel der Gänge und Stände begaben wir uns hinaus auf die Terrasse von Halle 3.1, eine rauchen.

30

Eine Sonne vergoldete den Abend. Richard inhalierte tief und überließ es mir, ihm die Überlegungen, die er bereits angestellt hatte, darzulegen.

»Wenn du alles Unmögliche ausgeschlossen hast, muss das, was übrig bleibt, die Wahrheit sein, so unwahrscheinlich es auch ist!«, sagte ich.

Er schnaubte. »Diesem Satz, den der unvergleichliche Conan Doyle seinem Sherlock Holmes in den Mund legt, um zu zeigen, dass Kriminologie eine Wissenschaft ist und keine Frage des Leumunds, habe ich, ehrlich gesagt, nie wirklich zustimmen können. Ich habe ihn sogar zunächst für einen Übersetzungsfehler gehalten, aber auch im Englischen heißt es: ›*How often have I said to you that when you have eliminated the impossible, whatever remains, however improbable, must be the truth*?‹ Und hier trifft er gar nicht. Denn wir – Kollegin Meisner und die Ermittler – haben Ruben ausgeschlossen, weil er unmöglich seinen Vater erschossen haben kann. Er war zu diesem Zeitpunkt in Hamburg, seine Flugtickets belegen das, die Personalabteilung des Verlags, bei dem er sich vorgestellt hat, bestätigt das Gespräch.«

»Ich bin felsenfest überzeugt, dass das Gespräch am frühen Morgen stattfand oder am späten Nachmittag …«

»Morgens um halb zehn.«

»… und dass Ruben einen Flug Hamburg-Stuttgart gegen Mittag und einen Rückflug Stuttgart-Hamburg am späteren Nachmittag gebucht hat. Wie hat man ihn denn erreicht, um ihm die Nachricht vom Tod seines Vaters mitzuteilen?«

»Die Beamten haben ihn auf dem Handy angerufen, dessen

Nummer sie von der Putzfrau in Durs Ursprungs Wohnung bekommen hatten. Sie haben ihn aber erst abends erreicht. Deshalb hat man seinen Namen auch bis zum Abend nicht an die Presse gegeben.«

»Und warum war er nicht erreichbar?«

»Er habe sein Handy nicht dabeigehabt, gab er an, er habe es zu Hause vergessen gehabt.«

»Sehr klug!«

Richard schnippte die Asche übers Geländer. »Und darum hat Sherlock Holmes eben nicht recht. Schließen wir das Unmögliche nicht mehr aus, nämlich, dass Ruben an diesem Tag in Stuttgart war, so ist das, was übrig bleibt, keineswegs das Unwahrscheinliche, sondern das Wahrscheinlichste der Welt. Die meisten Gewalttaten werden im familiären Umfeld aus Habgier oder Kontrollsucht begangen.«

»Das weiß auch Ruben«, sagte ich. »Deshalb hat er den meisten Hirnschmalz darauf verwendet, woanders zu sein als dort, wo er seine Taten begeht. Und das, mein lieber Dr. Weber, ist eben das Unwahrscheinliche, das übrig bleibt, wenn wir alle Stalker, Sniper und Bücherhasser in den Bereich der narrativen Verzerrung verweisen: Ruben beseitigt seine Halbbrüder und deren Nachkommen, so wahnwitzig das auch erscheinen mag. Er tut es vordergründig, um vom väterlichen Glaubenskrieg für die Literatur freizukommen, sich das Erbe zu sichern und Geld für seine Fliegerei zu haben, aber seine Mordlust kommt von weit her aus der emotionalen Verwahrlosung eines Jungen, der im Keller der vergessenen Bücher aufwuchs und zuschauen musste, wie sein Vater immer wieder mit Autorinnen in die Kiste stieg. Er tötet aus abgrundtiefem Hass auf Bücher.«

»Und wie kommt es«, wandte Richard ein, »dass niemand Ruben wiedererkannt hat in dem Mann auf deinem Film von der Demonstration und auf dem der Überwachungskamera im Eingangsbereich von Walfisch?«

Ich zuckte mit den Schultern. »Ich habe Ruben überhaupt

nur ein einziges Mal gesehen. Als knielahmen und antriebslosen Menschen.«

»Und, Lisa, mit einem auffälligen geflochtenen Kinnbart. Und wenn er den nicht inzwischen abrasiert hat …«

»Muss er gar nicht!« Die Idee fiel mir aus heiterem Himmel ins Hirn. »Er trägt eine Maske. Jawohl, Richard, das ist es! Es hätte mir auch schon früher einfallen können. Ruben trägt ein zweites Gesicht. Bei unseren Crossdresser-Partys tragen manche solche Masken aus Latex oder – noch lebensechter – aus Silikon. Man kann sie bei entsprechenden Händlern sogar online kaufen, Gesichter von Piraten, Paten, Henkern oder Schauspielern. Man kann sie aber auch anfertigen lassen. Das kostet natürlich eine Stange, aber die Investition hätte sich gelohnt für Ruben. Mir kam dieses Gesicht immer eigenartig starr und unproportioniert vor, und dann dieses Hängekinn. Darunter versteckt er seinen Bart.«

Richard ging zum Aschenbecher, löschte seine Zigarette und kam zurück ans Geländer.

»Und das bedeutet«, fuhr ich fort, »Ruben ist hier. Er ist auf der Messe. Eine Eintrittskarte hat er ja. Die Buchhandlung Ursprung hat zwei bekommen. Und selbst wenn er keine gehabt hätte, irgendwie kommt man überall rein.«

»Aber riskant. Am Einlass wird der Ticketcode gescannt. Und ich gehe mal davon aus, dass die Messeverwaltung ihn dem Kartenbesitzer zuordnen kann. Man wüsste also, dass Ruben hier war.«

Ich überlegte. Er überlegte.

»Übrigens«, fiel mir ein, »wenn ich Ruben wäre, würde ich mich nicht mehr damit aufhalten, Michel und Lola zu töten. Warum zwei, wenn es mit einer Person getan wäre? Ich würde auf Marianne Brandel schießen, auf die Mutter. Ruben muss davon ausgehen, dass sie die einzige Person ist, die außer ihm noch weiß, wer der leibliche Vater von Michel Schrader war. Falls er sie nicht ohnehin aus Hass erschießen will.«

Richard wurde blass und zog sein Handy aus dem Jackett.

»Bleibt nur die Frage«, nahm ich seinen Einwand vorweg, »wo Ruben schießen gelernt hat.«

»Beim Bund«, antwortete Richard. »Ruben ist in Stetten am Kalten Markt als Einzelkämpfer ausgebildet worden, hat aber wegen einer schweren Knieverletzung bald den Dienst quittiert.«

»Oh! Hättet ihr Geheimnisträger mir das mal eher gesagt!«

Richard zog die Brauen hoch. »Und dieses Wissen hätte dir mehr genützt als der Polizei?«

Na gut.

Er hatte inzwischen die Nummer gefunden und hielt sich das Telefon ans Ohr. Sein Gespräch mit Staatsanwältin Meisner klang ganz anders als meines mit Christoph. Da fielen mit großer Aussicht auf Realisierung solche Worte wie Fahndung, SEK und Bundespolizei. Die größte Schwierigkeit war, dass um halb sechs auch Polizeipräsidenten gemeinhin Feierabend hatten und wir uns in Hessen befanden. Außerdem gab es Unwägbarkeiten wie den Personenschutz für Staatsminister und den Sicherheitsdienst der Messe.

Ich fischte derweil mein Handy aus der Tasche, um Lola anzurufen, und entdeckte, dass ich die SMS an Ruben noch nicht abgeschickt hatte. War es ein Fehler, wenn ich sie schickte? Vermutlich nicht. Immer noch besser, Ruben fühlte sich entdeckt, ergriff die Flucht und musste mit internationalem Haftbefehl gesucht werden, als er ballerte hier herum. Ich schickte die SMS auf die Reise. Vermutlich erreichte sie ihn ohnehin nicht rechtzeitig, wenn es zu seinen Vorsichtsmaßnahmen gehörte, während seiner Aktionen sein Handy ausgestellt zu lassen, damit man ihn nicht orten konnte.

Lola nahm leider auch nicht ab. Wozu, verdammt noch mal, genossen wir den Luxus, jederzeit überall erreichbar zu sein, wenn wir das Telefon nicht hörten? Ich schickte ihr eine Nachricht, in der ich sie dringend aufforderte, sich zum Yggdrasil-

Stand zu begeben und auf mich zu warten. »Geh nicht zur Preisverleihung. Todesgefahr!«

Inzwischen hatte Richard sein Telefonat beendet. Die Sonne war irgendwo verschwunden. Die meisten Raucher hatten ihre letzte Zigarette gelöscht und die Terrasse verlassen. Noch zwanzig Minuten!

»Ich habe Lola gesimst, dass sie umgehend zum Yggdrasil-Stand kommen soll«, informierte ich Richard.

»Dann gehst du am besten auch gleich dorthin. Ich gehe rüber ins Forum und versuche Marie ... äh ... Frau Brandel zu finden und mit dem Sicherheitsdienst der Messe Kontakt aufzunehmen. Nach meinem Dafürhalten sollte die Preisverleihung verschoben werden.«

Wir trennten uns innen an der Tür. Richard eilte davon in Richtung des Treppenhauses und der Laufbänder, ich hetzte durchs Gewinkel der Stände, in denen die Verleger und Verlagsassistentinnen zusammenpackten.

Bei Yggdrasil war nur der selig lächelnde Julius Hezel, dessen Pressetante den Kaffeeautomaten auseinandernahm und reinigte.

»Lola und ihr Vater wollten noch bei Klett vorbei und sich dann allmählich auf den Weg ins Forum machen«, teilte er mir mit. »Sie sind gerade weg. Gibt's ein Problem?«

»Ja. Der Scharfschütze ist hier ...«

Hezel lachte gemütlich. »Der ist doch eine Erfindung!«, sagte er. »Dieses ganze Drohszenario haben Michel und ich uns in einer Schnapslaune ausgedacht. Was muss man machen, damit eine Autorin bekannt wird, die nicht die geringste Chance hat, im Buchbetrieb wahrgenommen zu werden, nicht bei einem so kleinen Verlag wie dem meinen?, haben wir uns gefragt. Sie wissen ja, wie Journalisten ticken. Ein Schulfreund von Lola hat ein paar Drohbriefe geschrieben und Michel hat Sie als Bodyguard engagiert, weil bekannt ist, dass Sie immer viel Wirbel um nichts machen, und es der Presse gesteckt.«

»Ja«, sagte ich, »ich hatte schon immer den Eindruck, dass ihr zwei rechte Bachnahsoicher[25] seid. Hat Michel auch das Feuer bei Ursprung gelegt?«

»Nein. Das allerdings nicht. Das war ja wohl eine heiße Geschäftsaufgabe, würde ich sagen.«

»Hat Michel Durs Ursprung erschossen?«

»Um Gottes willen, nein!«

»Pech für ihn. Denn genau der, der Durs Ursprung erschossen hat, ist jetzt hier, um Ihren Freund Michel und seine Tochter Lola zu töten.«

Hezels Mund wurde flach. »Echt jetzt? Kein Witz?«

»Ich scherze nie! Und nun springen Sie, Sackzement! Holen Sie Lola und ihren Vater hierher. Die Polizei wird hoffentlich auch gleich kommen und sie hier abholen und rausbringen. Haben Sie mich versanden?«

Julius Hezel nickte, huschte aus seinem Stand und lief los.

»Und wenn nicht«, wandte ich mich an die erschrockene Pressetante des Verlags, »wenn die Polizei nicht kommt, dann schließen Sie sich in der Toilette da drüben ein. Und Lola soll mir eine SMS schicken, wo sie ist. Verstanden?«

Die Frau nickte.

Damit lief ich los, und zwar quer durch die Halle zu eben diesen Toiletten. Der Kaffee, den ich bei Ariadne und bei Fliegenkopf bekommen hatte, drückte mich schon eine ganze Weile. Ich erleichterte mich. Außerdem konnte ich mich auch gleich gründlich am Wasserhahn schnäuzen. Der eklige Staub von Fliegenkopfs Ich-Büchern biss noch immer.

Stopp!

Wieso Staub? Vor meinem inneren Auge sah ich den Schwaden, den der Mann, während ich mit Christoph telefonierte, vom Schnitt des Buchs aus dem obersten Regal geblasen hatte. Es war ein routinierter Blas gewesen, der eines erfahrenen Bücherfreunds, der alte Bücher aus verstaubten Regalen nahm. Ihn

25 Schwäbisches Schimpfwort: einer, der den Bach hinunterpinkelt

hatte es nicht gewundert. Aber mich hätte es wundern müssen. Die Bücher auf der Messe konnten nicht verstaubt sein. Sie waren druckfrisch und standen erst seit gestern in den Regalen. Die Halle war neu, das Belüftungssystem gut.

Ich stürzte aus der Toilettenanlage hinaus und schaute nach oben. Die Hallendecke war ein schnittiges graues Stahlwagnis vom Typ Raumschiff Enterprise. Zum zweiten Mal heute fragte ich mich: Gab es hier eine Sprinkleranlage? Der Gedanke war so kühn, dass ich ihn verwarf. Aber ich rannte trotzdem los, über die Teppiche der fast leeren Gänge an halb verlassenen Ständen entlang zu Fliegenkopf, wo die Mädels am Aufräumen waren und zwei Herren auf ein Geschäft anstießen oder auf eine langjährige Messefreundschaft. Ich langte eines der Ich-Gesichter aus dem obersten Regal.

Tatsächlich: Es lag ein graugelber, etwas körniger Staub darauf. Auf dem nächsten auch. Die Bücher zwei Regale weiter waren staubfrei. Ich ging zum Stand gegenüber. Kein Staub. Ich lief ein paar Stände weiter. Da, am Fuß des Regals hatte es etwas Graues hingekrümelt. Oben auf den Büchern lag das Zeug auch.

Ich schaute noch hier und da auf meinem Weg zurück zu Yggdrasil. Das Pulver war überall, nicht auf jedem Buch und auch nicht in jedem Stand, aber vielleicht in jedem vierten oder fünften auf einigen Büchern, oftmals eine Prise nur. Ich war mir sicher: Hier hatte jemand ein Kilosäckchen Zinkpulver und Natriumperoxid verteilt, und wenn die Sprinkleranlage losging, dann brannte Halle 3.1. Nur, wie wollte er diesen Prozess in Gang setzen und zugleich woanders sein? Eine Sprinkleranlage brauchte Rauch. Und Rauch brauchte Feuer. Das Stück Eis auf einem Taschentuch auf einem Gittergestell fiel mir wieder ein. Ein einfacher Zündzeitverzögerer. Das Eis taute, tränkte das Taschentuch und durchnässe es langsam, bis es irgendwann durchtropfte und eine starke exotherme Reaktion ausgelöste.

Aber war das jetzt die vordringlichste Frage?

Ich kam bei Yggdrasil an. Niemand dort. Ich schaute auf mein

Handy. Keine Nachricht von Lola. Ich rannte noch mal ins Klo und rief. Keine Antwort. Ich schaute auf die Uhr. Die feierliche Veranstaltung würde sicherlich mit einer längeren Rede der Kulturstaatsministerin eröffnet werden. Am Pult würde sie mindestens zwanzig Minuten lang ein nahezu statisches Ziel abgeben.

Ja, Ruben würde auf sie schießen. Denn ob Lola überhaupt nach vorn auf die Bühne gerufen wurde, war zweifelhaft. Höchstwahrscheinlich würde sie den Preis nicht bekommen. Dass man sie nach all den Diskussionen über geistigen Diebstahl nicht von der Nominierungsliste gestrichen hatte, war schon viel. Und selbst wenn sie doch auf die Bühne trat, ihr Vater würde im Publikum sitzen bleiben. Und zwar in der ersten Reihe, unerreichbar für einen Schützen aus den hinteren Reihen.

Ich schaute noch einmal auf die Uhr und zwang mich, die Zeiger zu analysieren. Noch zwei Minuten.

Keine Durchsage hatte die wenigen, die noch da waren, bislang aufgefordert, die Hallen zu verlassen. Von den schwarzen Männern des SEK mit den schwarzen Helmen war kein Zipfel zu sehen. Es herrschte die Ruhe nach dem Sturm des ersten Messetags. Die Letzten huschten davon, mit Rollkoffern voller Bücher, mit wichtigen Taschen und erschöpften Mienen hinaus gen Torhaus oder City, fortgetragen von langen Laufbändern.

Hoffentlich war Richard erfolgreicher gewesen als ich. Sonst war Ruben sicher längst dort und saß unerkennbar im Publikum.

Ich wandte mich dem Hallenausgang zu, irrte mich aber und kam am falschen Ende der Halle an. Der Ausgang zum Forum 1 befand sich auf der anderen Seite. Ich eilte auf leisem Teppich Gang F entlang.

Ein Geräusch bewog mich, mich umzudrehen. Zuerst entdeckte ich nichts, dann aber sah ich in der Ecke hinter mir Rauch aufsteigen. Ich rannte los. Vor meinen Augen setzten sich die Türen des Ausgangs in Bewegung und schlossen sich. Hilfe! Panik raste mir unter die Haare.

Ein Knistern und Knattern setzte ein. Und mit ihm kam der

Regen. Er näherte sich von hinten, denn die Sprinkleranlage war intelligent genug, räumlich begrenzt nur dort anzuspringen, wo es qualmte, setzte dabei aber zwangläufig immer weitere Pulverstellen in Brand. Die ersten Flammen loderten schon hoch über die Standwände hinaus.

Ich kam bei den geschlossenen Türen an. Super Idee! Was denn, wenn hier noch Tausende Leute gewesen wären. Sollten sie alle verbrennen und ersticken? Nein, das Sicherheitskonzept war schlauer als ich. Zum Glück bekam ich die Klinke zu fassen und merkte, dass die Brandschutztür sich öffnen ließ.

Ich war draußen. Wenn auch durchnässt.

Hinter mir brannten in der neuen Halle 3.1 unter der Hightech-Decke lustig, aber wortlos Romane, Memoiren, Poesie und bibliophile Ausgabe von Klassikern ab.

Und während irgendwo in der Verwaltung jetzt einer aufgeschreckt den Ordner mit dem Leitfaden für den Brandfall in die Hand nahm und den Voralarm für die Räumungshelfer auslöste, um dann weitere Punkte der Handlungsanweisung abzuarbeiten, vielleicht bis zu einer Durchsage oder einem regulären Feueralarm, wartete im Saal im Forum 1 Ruben Ursprung auf den Moment, wo Unruhe und Unsicherheit aufkam, man sich umschaute, aufstand, floh, um Marie zu erschießen und vielleicht, wenn es sich günstig ergab, auch noch Lola und Michel.

Und ich war hier, nicht dort!

Das große Treppenhaus, von dem auch lange Gänge zu anderen Hallenkomplexen abgingen, war menschenleer. Schilder wiesen in alle Richtungen. Torhaus, Eingang City? Forum 1, Via Mobile! Ja, da musste ich hin.

Ich rannte das erste der Laufbänder entlang. Es katapultierte mich aufs nächste. Beim dritten hatte ich so viel Schwung, dass ich stolperte und auf die Schnauze schlug. Ich rappelte mich auf, gerade noch rechtzeitig, bevor mich das Laufband auswarf. Ich rannte auf ein weiteres Treppenhaus zu.

In meinem Augenwinkel sah ich eine Gestalt um eine Ecke

huschen. Ich stoppte, überlegte und lief leise hinüber, lauschte – nichts zu hören – und bog um die Ecke.

Und da stand ich ihm gegenüber.

Ich bin vermutlich die Erste, die auf der Frankfurter Buchmesse erschossen wird, dachte ich. Schade um das Projekt mit dem Ariadne-Verlag. Ich werde doch keine berühmte Autorin. Echt schade!

Es war eine Pistole mit Schalldämpfer. Sie verlängerte den Arm eines Mannes mit einem viel zu alten Gesicht für den jungen, etwas unbeholfenen Körper. Er trug Jeans und eine Cordjacke wie tausend andere der Literaten, Journalisten, Verleger, Buchhändler oder Kritiker, die über die Messe eilten. Über der Schulter hing ihm eine abgewetzte Herrentasche.

Zeugen? Keine. Der Gang spiegelte das Licht der Düsternis, die so einen Gang ausmacht, der vielleicht zu Büros führt oder ins Nichts. Woanders herrschte Leben, waren Leute, hielt jemand eine Rede, fieberten junge Autoren einer Preisvergabe entgegen, raschelten Seidenblusen und Anzüge, herrschte das leise Knistern der Kultur.

So still es auch war, sie alle würden nichts hören, wenn er feuerte.

Ich schaute in braune Augen. Wenn man es wusste, sah man den Rand der Maske auf den Lidern. Es war dasselbe humorlose Gesicht, in das ich in Friedrichshafen geblickt hatte. Vermutlich hatte er dort nur keine Gelegenheit gefunden, unbemerkt auf Lola zu schießen. Zumal Vater Michel auch gar nicht dabei gewesen war.

Er zielte mir ins Gesicht wie ein Soldat der Spezialkräfte, nicht über die Augen, denn hinter der Stirn war ja nur Gehirn. Ein so guter Schütze war er also gar nicht. Michel hatte er überhaupt nicht getroffen und das Herz seines Vaters nur zufällig so punktgenau, falls er jedes Mal wie ein Soldat aufs Gesicht gezielt hatte.

»Hallo, Ruben!«, sagte ich und machte einen Schritt auf ihn zu. »Es hat keinen Sinn mehr …«

Er schoss.

Ich schrie: »Au!« Dabei fühlte ich keinen Schmerz, nur einen Druck auf der Brust, der mich von den Füßen riss und gegen die Wand schleuderte. Den Schuss hatte ich nicht gehört. Krach machte erst die Patronenhülse, die auf den Boden fiel. Der Schütze bückte sich, um sie aufzuheben.

Was hatte ich auch geglaubt? Dass er mich verschonte, nur weil ich ihn ansprach? Ja, in Krimis, da bekamen die Serienhelden immer noch eine Chance, weil man sie noch brauchte, aber für einen, der sich ans Morden gewöhnt hatte und seine Macht genoss, gab es keinen Grund, auch nur eine halbe Sekunde zu zögern, nur weil ich die Serienheldin meines eigenen Lebens war und an mir hing.

Außerdem hätte ich ihn nicht mit Namen ansprechen und ihm zeigen dürfen, dass ich ihn erkannt hatte. Da musste er mich ja zum Schweigen bringen. »Schau auf dein Handy«, wollte ich sagen. »Wir kennen dein Motiv. Die Polizei weiß, wer du bist. Es ist aus!«

Aber er hatte sich schon umgedreht und lief fort, dem Ziel entgegen, das er seit einem guten halben Jahr voller Hass und Wahnsinn verfolgte.

Ich sank nieder, verlor die Orientierung. Irgendwo quoll Blut aus mir, klebrig und heiß. Schmerz fühlte ich keinen. Immerhin hatte er mich nicht ins Herz getroffen. Sonst könnte ich das schon nicht mehr denken. Nicht ohnmächtig werden! Bleib wach, Lisa Nerz! Das ist wichtig. Da kommt schon jemand. Der unbekannte Helfer. Ich musste lächeln. Er wird sich um mich kümmern. Notarzt und Krankenwagen. Notoperation. Ich habe durchaus eine Chance.

Nein, nicht schießen! Erschieß mir nicht meinen Helfer, du Arsch!

Der, der da aus dem Licht kam, trug einen cognacfarbenen Anzug. Wie Richard, dachte ich. Pass auf, er schießt! Aber das kümmerte keinen der beiden. Vermutlich hörten sie mich nicht. Ich war schon nicht mehr auf der Welt.

Der aussah wie Richard sprang den Schützen an, knurrend wie ein Bullterrier, packte ihn und schleuderte ihn mit einer einzigen leichten Bewegung fürchterlicher Kraft und Wut gegen ein Fenster. Es knallte, als wäre eine Taube dagegengeflogen, ich hörte Knochen brechen. Und der Mann mit dem zweiten Gesicht knallte auf den Boden wie eine zerfledderte Gliederpuppe.

Warum eigentlich, fragte ich mich, hat Marie damals das Buch nicht von Richard zurückgefordert? Sie hatte doch extra den Zettel mit seiner Telefonnummer vom Schwarzen Brett abgerissen.

Das war mein letzter Gedanke.

31

»›Sie kommen, die Schützen, die Soldaten. Weh uns!‹, schrie es durcheinander von allen Seiten. ›Sie kommen, die Soldaten, die Schützen. Weh uns! Sie sind schon da.‹ Da tönte das Kommando: ›Feuer!‹ Und da knackten die Hähne. Da war's geschehen. ›Thalheim! Du auch? Die Kugel steckt in meiner Brust. Ach, so sind wir vereint, so ist's ja gut. Der Himmel ruft die vereinten Seelen vereint hinauf.‹ Und sie drückten sich fest aneinander und ließen ihr Blut gemeinsam strömen, und im heißen Kuss der Liebe flohen ihre Seelen nach kurzem Erdenkampf aus den Körpern.«

Man kann sich an seinen letzten Gedanken nicht erinnern, wenn man nicht wieder aufwacht. Aber wo wurde er aufgehoben, wenn man tot war? Wo wurden all diese allerletzten Gedanken und Gefühle gesammelt? Wer nahm sich ihrer an, wenn der Mensch, der sie gedacht hatte, es nicht mehr konnte? Wieso kam ich nicht drauf? Die Lösung war sicherlich ganz einfach. Es war zum Verzweifeln.

Jemand murmelte. Etwas raschelte. Es kostete mich keine weitere Sekunde mehr zu wissen, wo ich war.

Richard saß an meinem Bett und hatte die Augen in ein

quietschgrünes Buch mit einem kleinen Leuchtturmsignet gesenkt, auf dessen kartoniertem Deckel in weißer Schrift »Louise Otto, Schloß und Fabrik« stand.

»Von neuer Rechtschreibung halten die auch nichts.«

Über den Buchrand hinweg schaute Richard mich entgeistert an. Das giftgrüne Buch verschwand, und er griff nach meiner Hand, die, wie ich feststellte, mit einem Infusionsbaum verkabelt war. Sein Lächeln war so zerknittert, dass ich das Schlimmste befürchtete.

»Ist Marie tot?«

»Gott, Lisa! Nein. Du warst tot!«

Ich erinnerte mich klar und deutlich. »Und Ruben?«

»Schulter- und Rippenbrüche«, antwortete Richard wegwerfend. »Und eine Halswirbelfraktur. Aber er kommt durch.«

»Das warst du, nicht wahr?«

Richard zog es vor, nicht zu antworten. Aber seine Lider zuckten bestätigend. »Er hat bereits ein Teilgeständnis abgelegt. Seine Absicht war es, Marie, Lola und Michel zu erschießen. Und er gibt an, Durs Ursprung und Volker B. getötet zu haben. Natürlich kann erst ein detailliertes Geständnis in Anwesenheit seines Anwalts zeigen, ob er die Taten auch wirklich begangen hat. Aber immerhin konnte er angeben, wo am Max-Eyth-See die Leiche des von ihm ebenfalls erschossenen Hundes von Volker B. liegt, und dort hat man sie auch gefunden.«

Ich fühlte mich plötzlich angenehm müde, zugleich federleicht und wie berauscht vom Gefühl, dass alles in schönster Ordnung war.

»Und wie lange war ich weg?«

»Zwei Tage. Das Projektil ist zwischen Aorta und oberer Hohlvene in deine Lunge eingedrungen. Einen Millimeter weiter oben, weiter unten, weiter links oder weiter rechts, und es hätte dir eine der großen Herzadern zerfetzt. Du hast viel Blut verloren.«

Das klang heldisch, fand ich.

»Marie war heute früh hier. Sie ist sehr besorgt.« Richard

schluckte. Vermutlich hatte sie vor allem ihm tröstend beistehen wollen. »Sie will noch einmal kommen, sobald du wieder ansprechbar bist.«

»Was ich mich frage, Richard …«

Er lächelte. »Wie gut, dass du immer noch eine letzte Frage hast, Lisa!« Er strich mit dem Daumen über meine Finger. »Was hast du dich denn gefragt?«

Eigentlich war ich auf einmal zu müde für Fragen. Wer wollte denn jetzt noch was wissen? Ich musste mich zwingen. »Warum hat Marie das Buch nicht von dir zurückgefordert, damals in Tübingen?«

»Weil es nicht ihre Sache war, Lisa. Den Zettel mit der Telefonnummer hat sie an Wolfi weitergereicht. Der wollte, dass sie anruft, weil sie das Buch ja auch verschlampt hatte. Aber als ihr dann klar wurde, dass er selber Schiss hatte, es könnte ein Polizeispitzel dahinterstecken, der den Verfassern der geheimen Inhalte eine Falle stellte, hat sie keine Veranlassung mehr gesehen, ein Risiko einzugehen. Übrigens«, Richard lächelte großzügig, »du hattest recht, Lisa. Marie besitzt das Projektil aus dem Buch. Sie hat es damals im Flugzeug an sich genommen und aufgehoben.«

»Oha!«

»Ja, und das Projektil kann nun, falls es zu einer Verhandlung kommt, vor Gericht als Beweismittel dienen, ohne dass das Buch selbst dabei vorgelegt werden muss. Es kann nunmehr als verloren gelten. Ein Abgleich mit dem Projektil aus dem Kopf von Benno Ohnesorg könnte ergeben, dass beide aus derselben Waffe stammen. So, und nun brauchst du dringend Ruhe, Lisa. Darum …«

den Vorhang zu und alle Fragen offen